安塞县文艺创作基金资助项目
山丹丹文丛(第一辑)

唢呐情话

李留华 著

陕西新华出版传媒集团
三秦出版社

图书在版编目(CIP)数据

唢呐情话／李留华著.—西安：三秦出版社，2016.3
(山丹丹文丛)
ISBN 978-7-5518-1232-0

Ⅰ.①唢… Ⅱ.①李… Ⅲ.①中篇小说-小说集-中国-当代②短篇小说-小说集-中国-当代 Ⅳ.①I247.7

中国版本图书馆 CIP 数据核字(2016)第 034730 号

唢呐情话

李留华 著

出版发行	陕西新华出版传媒集团　三秦出版社
社　　址	西安北大街 147 号
电　　话	(029)87205121
邮政编码	710003
印　　刷	三河市嵩川印刷有限公司
开　　本	889mm×1194mm　1/32
印　　张	11.25
字　　数	252 千字
版　　次	2016 年 3 月第 1 版
	2021 年 7 月第 2 次印刷
标准书号	ISBN 978-7-5518-1232-0
定　　价	54.00 元
网　　址	http://www.sqcbs.cn

目录

001/ 黄土谣

054/ 花鞋垫

065/ 寡妇

074/ 唢呐情话

100/ 被诅咒的村庄

193/ 鬼庄惊魂

220/ 异事

黄土谣

> 山曲子本是没梁子斗,
> 甚会儿想唱甚会儿有。
> 黄芥芝麻能出油,
> 山曲儿里头甚都有。
>
> ——陕北民歌

二狗背着一捆铺盖卷儿,在正月初八这天走出了家门。

残冬的正月初八仍像腊月数九天气那么寒冷,刮着凛冽的西北风,天空阴晦,干冷干冷的。

一堵颓败了的矮墙围起了一个同样颓败的农家小院。大黑狗卧在矮墙下,对它的主人摇晃着瘦长的尾巴。院畔峁上有一棵洋槐树,那光秃秃的枝枝在寒风中呜咽、挣扎。一只花喜鹊站在树枝上,翘着尾巴喳喳叫,声音急切,听来有些阴阴的凄凉。

二狗心里咯噔一下,不由站住了脚步,抬头去看那干叫着的花喜鹊。他不知道他在出门时喜鹊在头顶叫是喜还是忧,是福还是祸。

二狗妈用手拢一拢散乱的头发,不由长长地叹一口气。她善良地想,喜鹊是给二狗报喜哩,说二狗一路顺当,不出意外,走时好好一个人,回来平平安安还是好好一个人,一点点事也不会出。

"你头一回出门,妈老担心你会受人家的气。"二狗妈说。

"妈你不要操心,咱不招谁惹谁,老老实实地受苦,受谁的气哩。"二狗说。

"唉……"二狗妈又叹一口气,一张苍老的脸愁云密布。

一条羊肠小路通向垴畔。小路边蒿草丛生,却早已枯死,黄黄的干叶子。羊粪蛋蛋铺了一路,被风刮得满地滚。

二狗背着铺盖卷走在前边,他妈跟在后边,蹒蹒跚跚,似乎再大点风就可以把她吹倒。

二狗上了垴畔,回头向下院看几眼。低矮颓败的黄土墙,静静地卧在土墙下的大黑狗,拴在院子里的灰草驴,高大的洋槐树和树上喳喳叫着的花喜鹊。这就是他一个山里后生的家。二狗想起了一句家乡话:金窝银窝不如自己的土窝。五爷说得对,好出门不如赖在家。但有几分能耐谁愿背井离乡,看他人的脸色吃饭呢?

二狗不禁生出一股子悲凉。他感到心中怅然若失,酸酸的有一种东西像汹涌澎湃的山洪一样冲击着他,不觉两眼就热辣辣起来。

"出门人难哩。"二狗妈又说,"凡事都忍着点。山外的人不比咱们,咱山里人斗不过他们。咱会忍,忍一忍什么都过去了。"

忍!他们山里人不就是在这个忍字下生活着的吗?

"出了门就你一个人,谁也依靠不上,你要自己照顾好自己。唉,常不出门,头一回走,妈不放心哇!"

二狗看妈一眼。妈老了,那张在他心目中白净的脸被岁月的无情和生活的磨难折磨得只剩下一张苍老的皮包裹着粗大的骨头,一头零乱的头发稀稀落落,根根银丝夹杂其中。二狗觉得妈这一世太苦了。

垴畔峁上长一棵歪脖子山榆树,寒风扫过山梁,山榆树呜呜号叫。二狗妈把二狗送到这棵山榆树下,老人站住了。她把儿子头上的一根杂草拣去,把一个小挎包挎到儿子的脖颈。她看着儿子,眼泪流得更欢实了。

二狗几乎哭出了声,他说:"妈,是我不好。"随即他把头一扬,坚定地说:"妈,我一定挣够一千块钱!"

二狗说完,转身离去。一条山中小路弯弯曲曲,一直伸向前边的山弯,伸向外面的世界。一双穿黑布鞋的大脚沉重地踏向这条黄土小路。

那面沟畔上,放羊老汉五爷裹着老羊皮袄,抱着一把放羊铲子。他扯着粗犷的嗓门唱着信天游。

哥哥走呀妹子照,
眼泪流在大门道。

骡子走头马走后,
撇下妹子谁收留。

粗犷、悲壮、激越的信天游在正月的风里顽强地回荡着。

日头已落，沟里暗了下来，山上还亮眼。风大了起来，从山梁上刮下来，寒意浓浓的。五爷赶着羊群在黄昏的冷风中进庄了。通往沟底的灌水路上，几头毛驴驮着特大的驮桶吃力地爬着坡。驮桶在驴背上颠簸出咯吱吱的脆响，洒下一路水点子。

半后晌，下院根根大领回来个瞎子书匠，是个五十开外的老汉，瞎子书匠被一个十多岁的小娃娃用根棍棍拉着。那把三弦装在一条布袋里，瞎子书匠把它挎在背上。

根根家有头生牛，四岁口，下得好牛不老。前几天这头牛猛不丁就不吃不喝了，想了些土法子治疗也无用，又牵至小镇兽医站吃了一剂药竟也不见好，根根大一辈子受苦人，爱牛如子，就在牛圈前燃起几根香，烧下了几张黄表纸，虔诚地说，只要牛王爷保佑他的牛能吃能喝，水草通顺，他就请来有名气的张书匠给牛王爷说一场书。口愿是从小镇子上回来的第二天许下的。到了第三天，牛果然能吃能喝了。既然许下了口愿，那就得还，可不敢糊弄神灵呀！

山里人娱乐生活很少，因此这一个人的演说也是那么激动人心。山里人早早吃了饭有些娃娃干脆饭也不吃就来到根根家的院子里，你跑他逗，喊叫哭号，把个山里的夜晚搅得不安宁了。

瞎子书匠已经弹起了三弦，这熟稔的声音令那些迟到的人心焦。庄里的各条小路上，山里人粗大的脚踏出深沉的脚步声。

似有野鬼游魂在夜色中时隐时现，那狗叫声也时断时续，其声充满了恐怖，畏畏缩缩的。垴畔峁那棵山榆树上落了一只夜猫子，"后悔——后悔——"其叫声悲惨阴森，似在悔过什么又似在哀告什么。瞎子书匠的三弦声时而激越，有如狂风骤雨，时而低如呜咽似哭灵的妇人。瞎子书匠的声音低沉苍老，哀哀怨怨，如泣如诉。院外有一轮明月，挂在垴畔峁那棵山榆树梢上。

闰月倚在根根家的老式米柜上,专心地听瞎子书匠在讲古。闰月嫁到这个小山圪崂里来,年对年已满一年了。

闰月在这个小山圪崂是出人头地地俊俏,那张脸白里透红粉嫩妩媚,最使人心跳不已的还是她那双秋水流芳的眼睛和脖子。她的脖子白得耀眼、细腻光滑,令人想起刚刚上市的水萝卜剥去了红皮。闰月是二狗的婆姨。她是二狗用厚厚的几沓沓钱用抑扬的唢呐声用毛驴从那个依山傍水的沟里村庄迎上山来的。

根根家的土窑洞里炕上地下挤满了专心听书的人们。男人们都抽着烟,一股股青烟从他们宽大厚实的嘴里吐出来,袅袅升起,窑洞便被呛人的烟雾弥漫了。

闰月站在老式米柜前,她猛然听到了一阵粗豪的喘气声,她回头一看却是保生。

瞎子书匠说的是一部《花柳记》,讲了一个类似陈世美的喜新厌旧嫌贫爱富死不认乡亲的无义之人以及他的婆姨和一双儿女的悲欢离合的故事。闰月听到保生粗重的喘息声时,闰月觉得那粗重的呼吸声就在她的耳际,似乎乘她不防就会在她脸上啃一口。闰月向前挤了挤,前边站着的二女子回头看她一眼:"挤甚哩,听书又不是看戏。"闰月再不敢往前挤了。

就在这时,闰月感到她的屁股蛋子被一只手轻轻拧了一下。闰月的心头一阵猛跳,呼吸也急促起来,脸上热辣辣地烫。她低下了头。

那只手又在闰月的屁股蛋子上拧了一把,比刚才用了些力。闰月羞愧难当,惶惶不安。闰月动不得又喊不得。她只得忍。

"后悔——后悔——"夜猫子又叫了。

保生的那只手干脆在闰月的屁股蛋子上轻轻地抚摩起来。

闰月在羞愧愤恨之中却又浑身发热发软。她感到屁股蛋子麻留留的,那麻一直传遍全身。

那只颤抖的手慢慢向上移动,闰月听出,保生的呼吸声简直如拉犁的牛一般粗壮了。她不能忍受了。她把手伸向后,狠狠地把那只手推开。但是,那只男人粗大的手却固执地握住了她的手,握得那么紧,以至她挣了几次才挣脱。

闰月心里感到委屈,那眼泪就要从眼眶里涌出来了。她不能再听下去了。于是闰月挤出了人群,走出门去。

深邃的苍穹挂着一轮好月,清冷银白,光也是清冷的。有风,不大,但寒意却浓。闰月感到冷,浑身的燥热一下子消失了。

闰月慢慢地向外走。夜风撩起她的长发,月光把她的影子拉得很长,细瘦的,紧紧地跟着她。

闰月不知不觉来到根根家的干草垛下。她静静地站在干草垛下,仰望着那轮明月,心中不由生出无限孤苦悲凉之感。想她一个如花似玉的女子落在这个小山圪崂里,她的命太苦了。

闰月想撒尿,就解了裤带圪蹴在干草垛下。没等她把一泡尿撒完,她就被一个黑影扑压在了干草垛下。

闰月狠吓了一跳,灵魂差点从七窍一跃而起。当她清醒已经发生了什么事时,她挣扎,她反抗,两手乱抓,两脚乱蹬,身子在地上滚来滚去,散乱了的干草干巴巴脆响。

"放开我!"闰月说,呼呼直喘。

"就不!"是保生的声音,也气喘如牛。

"快放开我。"闰月又急又气。

"我要和你相好。"

"我要喊叫了!"闰月绝望地说。她感到她的力气用完了。

保生并没有撒手,相反,两条胳膊像钢钳一样紧紧地搂住她的腰,灼热的颤抖的嘴唇像啃骨头一样啃着她的脸蛋眼睛嘴唇和那迷人的脖子。

闰月,这个年轻的山里婆姨,她受不了保生这么强烈粗野的爱抚。她感到她的灵魂正一点点飞走,飘飘荡荡升起来,飘向那开满桃花的小山洼里。她被桃花的郁香包围了,陶醉了。闰月的身子软了,如一摊稀泥动弹不得。她不由轻声呻吟起来,用胳膊紧紧地搂住了保生的腰。

保生喘着粗气,像拉犁的牛像驮水的驴,喷在闰月脸上的气流热烘烘的,有一股子烟臭。

闰月想起了天良。

天良是个有文化的后生,英俊,也有像她一样的一口好白牙。

"我就看上了你。"她说,很羞,低垂着头,摆弄着辫梢。

"我也是。"天良说,拉过她,在她脸上轻轻地亲一口。她觉得那里痒酥酥的。

她喜欢天良,喜欢得发疯发狂。天良是她爱的第一个男人。她不识字,可她喜欢识字的人。

可是天良不要她了。天良到大地方享福去了。大地方也有俊女子哩。她恨她们,她更恨天良。天良卖了良心。

她记得那天她站在村口的老榆树下,望着天良走向大地方的那条路。她哭了,眼泪像小河里的流水一般,哗哗地滚落。那是一天的黄昏。老榆树挂满了榆钱儿,时不时被风吹落几瓣,落进小河里,一荡一荡地漂走。

那年年底,闰月就嫁到山里来了。

闰月感到浑身一阵轻松。她睁开眼睛,保生正系裤带。她猛然觉得心里一片空虚,好像失落了什么贵重的东西。她用一双憎恨的眼睛注视着保生。

保生系好裤带,坐在她的身边,轻轻地扶她起来,说:"把裤子穿上,小心凉了。"

她伤心愤恨。她推开保生,狠狠地说:"你走吧。"

保生茫然。

"听见没有,你走!"

保生只得站起来,恋恋不舍地走了,细长的影子慢慢移动着。

保生走了,闰月坐在干草垛下,孤独凄凉一齐袭上心头。

闰月自嫁到山里后,她就觉得她活得很累很难。现在,这一意识更加强烈了。她想哭。我活得累呀!

眼泪顺着她那张洁白的脸颊流了下来,先是热热的,后被寒风一吹,冰凉冰凉的。她没有去揩那泪水,任它在月光下泛起晶亮的光。

三弦声很响地传来,老弦沉闷悲壮,和瞎子书匠苍老的声音合起来,如泣如诉,呜呜咽咽,好不凄凉悲伤。

夜猫子又叫了:"后悔——后悔——"声音在凄冷的寒夜里阴森恐怖。

闰月呆呆地坐在根根家的干草垛下,冷风撩起她散乱的长发,吹拂着她冰冷的脸蛋。

闰月是被毛驴驮到山里来的。

那天是那年腊月中最寒冷的一个日子,即她妈送走灶君爷的第二天。那天天气很坏。后来她常想,她一生中的大喜日子竟会是那么个恶劣的天气,可见命里注定她这一生要活得很不如意。天是阴着的,干冷干冷的风暴戾地刮着。她妈说要是下场雪才是个好日子哩,却是没下。前边是一班吹鼓手,呜哩哇啦地吹打,曲儿是"巧女上轿"。她骑在一头大青驴上,眼泪像羊粪蛋蛋一样滚落。她听人说,女子娃娃出嫁时都要哭,一来是舍不得离开娘家,二来也叫哭喜。不哭别人就会说,这个女子娃娃寻老汉心急,准不是个正道女子。可是她觉得她什么都不是。她想哭就哭了。直至到了村口老榆树下,她才晓得,她还想着天良。

闰月听到了那首她最熟悉的"信天游"。

　　　　山羊上树吃柳梢。
　　　　作女倒把朋友交。

　　　　娘家生来娘家长,
　　　　娘家里朋友不寿长。

　　　　管他寿长不寿长,
　　　　红火热闹两后晌。

闰月不再哭了,一脸冷漠。她的眼泪已经流干了。她两眼茫然地望着四周高低起伏的黄土山。腊月,山是光秃秃的,荒凉灰白。唢呐声在寒风中畏畏缩缩。毛驴脖子上的铜铃,叮——当,叮——当……

闰月是在去沟里灌水的路上想这些的。她本不想再去回忆这些伤心的往事了。可是,至昨夜干草垛下的事发生后,她一静下来就不由自主地回想了起来。冷风从山洼里刮过来,寒意甚浓。闰月拢一拢飘到额前的头发,长长地叹一口气。

毛驴沿着弯弯曲曲的盘山小路走着,驮桶在驴背上颠出清脆的咯吱吱声。

闰月在沟底的井子上看见了保生。保生也下来灌水。闰月只看了他一眼就低下了头。她心里很乱。

保生说:"你也来灌水?"

闰月不言语,低着头用小桶一桶一桶往驮桶里灌水。

保生默默地用一双火辣辣的眼睛看着闰月。他发现,今天的闰月比哪天都美。他喜欢闰月那迷人的脸蛋,更喜欢闰月那迷人的脖子。

闰月虽然低着头,但她能感觉到保生那双眼睛在她的脖子上像用手抚摩着一般。

"你今夜留着门,我要来。"保生说,定定地望着闰月。

闰月想说,我又不是你的婆姨哩,想来就来?可她什么也没有说。她只觉得心里很乱很慌。

黑夜饭闰月吃得很少。她吃不进去。她的心一直处于急跳状态。她不知道自己为什么要心慌。

闰月临睡前在门口站了片刻,但她还是咬咬牙把门闩上了。她睡在炕上。心跳得很厉害。她害怕保生的到来又似乎在盼望着保生的到来。夜已深了,很静。院外风声很紧,埒畔沿上的蒿草被风刮得呜呜叫。

闰月躺在土炕上,两眼大睁。她感到很累。可是她睡不着。由于心慌,不停地翻来覆去。她感到,这一夜似乎比哪一夜都要漫长。

大黑狗汪地叫了一声,闰月的心儿猛地一缩,咚咚地急跳,似乎要从嗓子眼里蹦出来。

大黑狗只叫了一声便无声无息了,夜又归于可怕的寂静。闰月的心还是那么急促地跳着。她晓得,大黑狗从不咬人,即使来个讨吃的它也会摇着尾巴去巴结。

闰月等待着将要降临的那一刻。从大黑狗发出一声懒懒的叫声到保生轻轻拍击门板的声音最多一分钟,可闰月觉得这段时间长得令人窒息。

三声敲门声过后,又是死寂。闰月躺着,呼吸也粗了,拼命抑制着以至憋得难受。

又是三声敲门声,比头一次的声音大了,但仍是怯怯的。

闰月不言语,也不动弹,就那么躺着。她心乱如麻。

"闰月……"保生低低地叫了一声。

闰月不能再装下去了。她尽量装出生气的样子:"谁?"可是由于呼吸急促,声音颤颤的,没有多少力量。

"我……"保生说。

"黑天半夜的做甚?"

"我想……"

"你走。以后再不要这样了,让人看见还活人不了?"闰月说。

保生急切地表白:"闰月,我是真心,我可以赌咒!"

"我不想听你说,你快走,再不走我就喊人了。"闰月说,声音很冷。

"闰月……"

闰月不再理会他了。

保生走了,脚步声很轻但很沉重。

闰月忽然感到心里空落得厉害,犹如从万丈高崖一下子跌入了无底的深渊,她不由想哭,想痛痛快快地哭一场。可是她咬紧了嘴唇,没让那充满眼眶的泪水流出来。

夜又静了,静得可怕。

闰月这一夜没有睡好。第二天早上起来，眼睛红肿，全身不自在。

闰月陷入了无边的苦闷和怅然之中。在这之前她就活得很累，就像驮水的毛驴爬行在陡立的山路上。其实她不愁吃不愁穿，虽然欠着一千几饥荒但不用她操心。可她还是觉得很累。现在，这种感觉越发强烈了。

白天做事无精打采，刚想要做什么事却就忘了，想不起来了；站在哪儿一动不动，呆呆地毫无目标地望一气，后重重地叹一口气。

晚上她睡不着，老是想着那事。她叹口气，把门闩上。如果忘记闩门就好了。她想，却就一阵脸红，骂自己一句：不要脸！你是熬不住了？但是她又想，她也是个人，是个年轻的女人，她需要一个男人火一般的爱抚。她想起了根根家的干草垛，那个清冷的月夜。那一夜的那一阵子她是多么快活多么幸福。她回想着保生那粗野的每一个细节。这种享受是二狗从未给过她的。二狗每回都是那么卑贱那么无能的短暂。

闰月浑身骚动，发热发麻。她不由把门闩抽去了。她想，快点睡下，脱得一丝不挂，免得后悔了再把门闩上。她上了炕，迅速地脱了所有的衣裳。她躺在被窝里，那颗心慌慌不安。

闰月猛然间意识到，她今夜的心情很好。她想唱一支山曲儿。她记得她唱罢山曲儿已有很长时间了。自天良卖了良心后再没有唱。

闰月就唱了。闰月作女子时就唱得一口好山曲儿。

洋芋开花土里埋，
哪达招手哪达来。

响雷打闪下冷子,

我在麻林等你着。

柔柔的歌声在寂静的寒夜里悄悄地婉转着,恰似清风细雨小河流水。

闰月唱完后笑了。她知道她笑得很甜。天良说过:"你笑起来很好看。"她就常给天良笑。可天良卖了良心不要她了,她就把爱紧紧地关闭起来。那时她想,她的心碎了。她再不会爱上另一个男人了。可是现在,保生又扣响了她爱情的大门。她想:我为什么不能再爱一回呢?

夜已深了。她估计有半夜的光景了。保生还没有来。闰月叹一口气。她知道,这时候还不来,保生是不会来的了。她的心一阵悲凉,感到从未有过的孤独和难过。死保生,你真狠心,夜黑夜不让你进来,你不会今黑夜再来?死保生,你心里根本没有我。你只想干那事,完了你受用了,心里就没我了。闰月想,眼泪扑簌簌地滚落下来。我再也不理你了,死保生!

这一夜,闰月又没有睡好。

白天一整天,闰月感到浑身发困,没有一点精神。婆婆诧异地看她几眼,那双朦胧的眼内分明流露出疑惑的神色。闰月只得挣扎着做那永远也做不完的生活。

后晌又去沟底灌了一回水,回来后心情越发沉闷。晚饭她一口也没吃。

"你病了?"婆婆问她。

"没哩。"她说。

婆婆叹一口气,自回她的窑里去了。闰月在院子里站了很长时间,直至天完全黑了才回到窑里。她进门做的第一件事就是把门闩住并顶上一根棍。

闰月关好门,呆呆地站在门前,心里怅然若失,悲凉至极。

闰月点上煤油灯,坐在灯下,对着这盏小小的孤灯,她忽然感到很怕。

煤油灯豆粒大的火苗儿忽闪忽闪地跳跃着,把闰月的影子映在墙壁上,细长。

啪,啪,啪。三声轻微的击门声惊醒了呆傻中的闰月。她一阵惊喜。死保生,你还是来了!你不要来嘛。想起昨夜的等待,她就气恼得不行又很委屈。

闰月轻轻地一口气吹熄了灯。她坐在黑暗中,心想:保生你就在外边受着吧。你敲门你祷告,叫姐姐也不行。

可是等了一会,除那三声轻微的叩门声之后,再也听不到一点声音。闰月想,他又走了。这个没良心的死保生!闰月顿时又感到心里一阵又一阵的委屈伤心,那泪水就流了满脸。

闰月默默地流了一会泪,在黑暗中深深叹出一口气。她想,男人没一个长良心的。这样想着,她揩去脸上的泪水,溜下炕。她要在临睡前走一回茅缸。

闰月打开了门,却不料被一个黑影撞进来紧紧抱住了。闰月吓得"妈哟!一声,浑身软得没了一点力气,想喊叫也喊不出来了。

"闰月,别怕,是我。"

闰月听出是保生的声音,浑身越发软得像一摊泥直往下坠。

"死保生,怕死人了。"闰月说。

闰月紧紧地搂住保生的腰,哼了起来。

"想死我了……"保生说,颤抖的嘴像啃苹果似的啃着闰月那光洁的脸蛋和脖子。

虽已立春,但黄土山里仍没有一点点春的意思。山,光秃秃的,树,光秃秃的。料峭的寒风白天黑夜不停地刮着,卷起枯草烂叶满天飞。

二狗背着一块沉重的大石头,爬行在用石块垒起的台阶路上。他弯着腰,在呼呼的寒风中头上冒出热辣辣的汗珠子。十几块石头垒起的台阶路虽不长却陡。二狗每上一个台阶都必须把浑身的力量用在两腿上,他的腿由于承受了过度的分量而簌簌地抖动。

二狗把石头背上窑顶,浑身顿时像散了架子似地软下去。他真想一屁股坐在窑顶上,哪怕只是一小会儿。可是不行,他是揽工人,主家出钱买的就是他的力气。石匠们的手锤子叮叮当当地敲打着石头,声音清脆而响亮。这声音令小工们心寒。一个小工供一个石匠,当然不能让石匠扯着嗓子喊一声:"石头——"这样就说明这个小工的苦水不好,况且大师傅的眼光盯着每一个干活的人,谁站下了或是不好好干,他便会骂一句:"干球了干球,不干球回球去!"

二狗和别的小工一样,给人家背一天石头,主家给开五块钱,干吃净捞。

主家箍三孔石窑,今日"合龙口",三个顶要套住,因此主家的纸烟不住地发,石匠的锤子不停地敲,大师傅一个劲地让大伙紧走跑快。二狗从未背过石头,刚开始背时,一样大小的石头别人看起来很轻松地背走了,他却很吃力,几天下来,二狗的后背压肿压烂,夜里不敢仰面睡,又疼得厉害,早了睡不着,第二天还得早起。二狗觉得揽工人难哩!

到晌午过才把三个窑的顶套住。大师傅说一声吃饭,二狗犹如从崖上掉下来一样,一屁股坐在地上,再也不想起来了。

晌午饭是"八碗"。先上的就是一瓶度数很高的烧酒"秦川大曲"。这些满身满脸泥土说话粗野的陕北男人,酒量个个惊人,喝得脸红脖子粗,却还不住地往里灌。划拳喝酒唱酒曲就是他们现在最大的乐趣。划拳的声音粗壮豪放歇斯底里。一个男人用他粗野的嗓门唱起了酒曲儿。

一垧高粱打八斗,
高粱里边有哟烧酒(咿呀啊噢哎),
酒坏君子水坏路么(啊噢哎),
神仙也出不了酒哟的够么(咿呀啊噢哎)……

后晌的活儿就轻松多了,大家一边干活,一边说笑。这些粗鲁的陕北男人很能说儿话,再脏的话也能从他们的口里说出来。二狗无心听他们男人女人的海说滥说。他心里考虑着下一步该怎么办。一个正月都在这个川里村庄当小工,背了无数的石头。那一孔孔崭新的石窑洞都箍起来了,也听不见再有谁家要箍窑,那么他只好再另寻出路了。

"咯吱,咯吱……"一阵清脆的声音有节奏地传来。大家都去看。二狗也看。他看到正是他来这个庄的头一天后晌碰到的那个俊婆姨。她挑着一担空水桶,迈着细碎轻快的步子往村口井子上走去。

"快看,这就是来花。"一个后生说。

"真白哇!"几个声音几乎同时说。

"你今黑夜去吧,她保险接你哩,不用你出一分钱,还管顿白面哩。"

"还有贴面的厨子?"

"不信算了。"

"谁去接谁。常二老汉也和她有一腿。"

"那个老光棍?"

"常二嘛,爱压宝的那个老汉。"

"不会。她看下常二的甚哩。"

"你不听人常说,不好的西瓜也顶喝水嘛。"

一群后生夹着几个老汉看着远去的俊婆姨,都嘻嘻哈哈地浪笑。

"听得子妈说,她老汉就和来花睡过,只一夜,回来她说人样样都变了,一年养不起来,心疼得她哟!"

"有这么厉害!"

二狗心里想,那么俊个婆姨有这么坏个名声。唉,二狗不出声地叹口气,很为那婆姨痛心。

夜里算清了账,第二天便各走各的路,互相招呼一声"拜实,以后有空来我们家串。""来也。"二狗去了常二老汉家,因为那里放着他的铺盖卷儿。

"完工了?"常二老汉问。

"完了。"

常二老汉坐在炕头上,吸着苦辣的旱烟。

"再没揽下活儿?"

"没有。"

"你打算怎办?"

"到旁处问问。"

"人生地不熟的,难哩。这样吧,"常二老汉磕掉烟灰,下了炕,一边找鞋一边说,"你先坐着,我去给你打问打问,看谁家再雇短工不了,现在到了农忙了,不定有门哩。"

常二老汉趿拉上一双破鞋走出去了。二狗坐在炕沿上,想起自己的许多难处,心里很不是滋味。他想起了他出山时,他妈送他到歪脖子山榆树下的情景。他眼前仿佛又出现了山榆树下他妈那单薄的身子和一头稀稀落落的银发。风在吼,山榆树在呜咽,他妈抬起袖口抹眼泪,他妈活得也累哩。他大死得早,他们母子俩相依为命。他妈又当大又当妈,拉扯他长大成人真不容易。

二狗承认自己没本事,处处得让妈操心。他的无能使妈在晚年的岁月中仍不能摆脱命运的不幸和生活的磨难。为了给他问婆姨,他妈不知流了多少泪,求爷爷告奶奶才借下了那笔怕人的财礼,这笔账像绳子一样勒着他们母子,如同山一样压在他们母子身上。

二狗深深地叹了一口气。

常二老汉很快就回来了,他一进门就说:"后生,你这娃娃运气好,真有人家要雇个短工哩。"

二狗迫不及待地问:"谁家?"

"钢婆姨,来花。"

她?

二狗眼前很快浮现出了那张白净的圆脸蛋和那双迷人的毛眼睛,耳边响着那些不堪入耳的脏话。他有些茫然。

"来花命好,她娘家也在山里,"常二老汉说,"一个字也不认得,就因为人长得俊才嫁到川里来了。他男人钢在百里以外一个小镇上工作,一月挣一百多块钱。家里的地她一个人种不过来,想雇一个人哩。"

常二老汉装上一锅烟点着,吸了一口,又说:"什么人什么命。"

二狗说:"她人长得俊。"

常二老汉摸一把乱扎扎的胡子说:"各人有各人的吃路。婆姨人长得俊也是福哩。"

二狗就想起了闰月。闰月就很俊。可闰月没福哩。闰月跟了他得受一辈子罪。他就感到他对不起闰月,太亏闰月了。凭闰月那张俊脸蛋本该跟一个有本事的男人享福,可命运偏偏把闰月安排给了他。唉,都是命。他的命不好,闰月的命也不好。

二狗跟着常二老汉在正月最后一天的下午走进了来花家的院子。院里长满了桃树杏树梨树等。三孔石窑洞,青砖压檐,窗子上安着玻璃。石砌的围墙,正面留一进出口子,装有花栏门。女主人来花笑盈盈地把二狗和常二老汉领进窑里,让他们在小椅凳上坐了,倒了两杯冒热气的香茶。二狗就想,这婆姨名声不好,可对人蛮热情哩。

二狗睡的地方在边窑里。后响来花领着二狗把那孔窑打扫开,铺了席子和毡,又烧了一阵炕。夜里,二狗睡在这孔庞大的显得空落落的石窑洞里,心里颇为凄凉。他想起了他家的那三孔破旧的小土窑洞,想起了年迈的妈和年轻俊俏的婆姨,不禁黯然神伤,眼里含满了泪水。

二狗看得出来,这是一个很富裕的小家庭。两个娃娃甜甜地叫他叔叔,叫得他心里一阵阵激动,便不敢再想那些听来的脏话了,不管是否属实,他都不愿把那些话和这个俊俏的婆姨联系起来。

来花是个爱说爱笑的女人。二狗干着活,她站在一边说,什么都说,似乎想到什么就说什么。

二狗说:"你能说哩。"

来花一笑,露一口洁白的牙齿,说:"人长嘴就为了说话嘛。"

二狗看着那整齐洁白的牙齿,心想:闰月也长着这么一口好牙哩。

二狗说:"你会说。"

来花就咯咯地笑了,没遮没拦地笑,很甜脆。

来花是个山里女子。山里女子都会唱山曲儿哩。来花也会唱,唱得也好听,也爱唱。

夜里,二狗睡在隔壁窑里听来花唱。来花什么都唱,有时还唱几句酸溜溜的酸曲儿哩。

来花有一副好嗓子,脆脆的甜甜的,听了令人心魂魄散,沉迷于虚无缥缈的幻想之中。

二狗忽然想起了闰月。他听庄里人说,闰月也唱得一口好山曲儿哩,可惜他无福去听。想起闰月,他并没有喜悦和幸福,闰月给他带来的是无限的凄凉和悲哀。

他感到活一个人很累很吃力。

开春后,庄户人就忙碌起来了,他们为秋后的收获和一颗颗满含希望的心打基础。当黎明前的黑暗刚刚过去,打鸣的公鸡还在叫着最后的一遍,庄里的小路上扑踏扑踏的脚步声和牛铃叮当叮当的脆响,敲响了一天生活中的第一个音符。天渐渐地亮起来,朝霞给灰白的黄土地涂上了单调的色彩。牛拉着吃土很深的犁,迈着沉稳强健的步子,叮叮当当的铃声各处回应。一条鞭子高高举在一只粗壮有力的手里。犁过之处,哗哗翻起湿漉漉带着浓厚的只有受苦人才闻到的馨香的泥土。

闰月赶的是一头老黄牛,一步一个深深的蹄印子,喘着粗壮的气。闰月打着一双赤脚,裤筒卷起至膝盖,露出白生生的腿。

二狗出门揽工去了,婆婆又不能上山受苦,家里的地只有闰月一个人种。她不怪二狗。她晓得二狗因为娶她欠下一千多块钱的账。这笔账不仅是二狗的也是她闰月的。在这一点上,闰月并没有糊涂过。她上午翻地,下午赶上毛驴往山里送粪,回到家还要灌水帮婆婆做饭。对一个年轻的女人来说,这繁重的体力劳动够累人的了。闰月累吗?累,累得很,一天下来浑身酸困软得没有一点力气,可第二天还得重复昨日的生活。但是,闰月累是累,苦是苦,她不抱怨。她忍,她没有抱怨的理由。她妈把她生在黄土地上,她就得以这片黄土地活着。这就是命。闰月想。

自那一夜之后,闰月和保生成了相好。保生是粗野的,但闰月觉得这粗野似乎正是她所希望的。那一刻,她觉得她不能失去保生了。事后,她却产生了一种莫名其妙的失落感和苦闷,甚至恨死了保生。她原以为,能够相好一个像保生这样的俊后生,她或许会觉得活一个人很快乐。可是,保生和她相好了,那苦闷忧伤的心似乎越发伤感了。

后晌闰月赶着毛驴去送粪,保生也赶着毛驴去送粪。悠闲地走在她的后边。

上了垴畔出了庄,保生就唱起了信天游。

羊羔羔上树吃柳梢,
拿上个性命和你把朋友交。
旱蛤蟆叫唤遭水灾,
十指连心离不开。

毛驴脖子上系的铃铛单调地敲出受苦人古远悠长的苦涩之歌。

保生赶上闰月,说:"苦了你了。"

"我惯了。"闰月说。

"二狗也太没本事了,男人干的活怎就撇给一个婆姨。"

"他也难哩。"

"我帮你几天吧。"

"不用。有你这话就行了。"

"我看见你受苦我心疼。"

闰月心中一阵激动,她说"生就的受苦命,不受苦再做甚?"

他们不再说什么了。毛驴相跟着走,人也相跟着走。

"我今黑夜来也。"保生说。

闰月不语,脸上毫无表情。她在想,她们家的披洼下有一片桃树林,三月桃花儿开了,红了一片。

夜里,保生睡在闰月的被筒里,抚摸着闰月光滑柔软的身子,说:"你在我的心中,比任何女人都俊。"

"俊不俊灯一吹能看见什么,还不是一样,就那么回事。

"不,你不一样。"

"哪里不一样?"

保生没说,她也没再问。他们静静地躺在被窝里。

"你在想甚?"保生问。

"甚也不想。你呢?"

"我在想,你穿着衣裳都那么美,脱了衣裳就更美了。"

"瞎想些甚。脱了衣裳有多难看。"

"不是的,你们婆姨女子只有脱光了衣裳才能表现出来美。

闰月,把灯点上。"

"点灯做甚?"

"我要看看你的身子。"

"胡说甚哩。"

"真的。"保生真诚地说,点上了灯。

保生揭开被子,闰月那光洁的身子出现在他的眼前。

闰月没有反对,她静静地仰面躺着。

闰月静静地躺着,微微地闭着眼睛。她的心里一片空白。她什么也不想说也不想动。她就愿这么躺着,一直到死。

闰月觉得,她永远也不可能理解一个男人的心,而她们女人的心任何男人也是理解不了的。

闰月想起了上回保生睡在她的怀里,说:"以后我娶你。"

她说:"我没那个指望,只要你以后问过婆姨不把我们这号人忘了,我也不枉和你相好一场。"

闰月想起了这样几句话:腊月天吃凉粉,小子娃娃没良心;黄河水深水漂船,狼心狗肺男子汉;手拿马勺舀水水,心软不过死女女。

闰月心里倍感凄凉。

二狗把来花家的地都细细地翻了一遍,耙耱得整整齐齐,一块土圪垯也没有。川里粪二狗用架子车送,山地粪二狗只得一口袋一口袋往上背。那沉重的土粪压在背上像一座山似的,汗水浸湿了内衣外衣,弥蒙了眼睛;脊背压红了肿了又烂了。那些日子,二狗受了一个受苦人最苦最累的活儿。来花过意不去,说:"山地就算上粪了。"

二狗说:"那怎行哩。粪是庄稼宝,没粪长不好。"

来花说:"那就少上点吧。"

二狗说"上少了也不顶事。"

来花说:"这苦太重了,累坏了身子可是后害哩!"

二狗笑了,说:"这算甚哩,受苦人嘛。"

来花心疼地瞅他一眼,说:"可你是个揽工人,不该那么死受。"

二狗认真地说:"揽工人也要凭良心挣钱哩。"

来花叹一口气:"唉,你这人真老实!"

下种的时候,二狗头边扶着犁翻地,来花跟在身后,脖子上挎着个抓粪斗,把二狗用汗水背上山来的粪连同种子撒进湿漉漉的泥土里。

四月天的太阳热度已经很强烈了,虽然混沌,但照到脸上和身上还是热辣辣的。山仍然光秃灰白。山中少树,越发显得荒凉萧条了。

二狗夜里回家做的第一件事就是洗手洗脸,以前不习惯,一下下就忘了,来花就多次提醒他,久而久之也就习惯成自然了。长时间适应不了的还是洗脚。他好奇怪,臭脚还值洗吗?

来花说:"洗脚能解乏哩。"

二狗当然不信。

二狗在四月天的这个夏夜里,他想家了。

三孔土窑洞还是他爷爷手上挖下的。他爷爷死了,土窑洞作为他唯一的遗产留给了他大。他大在土窑洞里住了一辈子,在黄土地上受了一辈子,什么也没有挣下,把土窑洞和一把磨得锃光瓦亮的锄头一柄掏荒大镢留给了他。土窑洞年长日久破败不堪。窑面上尽是窟窿住下了一窝窝麻雀。堖畔沿上长起了一丛丛蒿草山榆条白地梢。一条小路从院畔崄上蜿蜒下去直到沟里。每逢黄昏,毛驴驮着特大的驮桶爬行在这条小路上。毛驴脖子上的铃铛单调地响着,清脆的声音像一首古远悠长的歌谣。

他的家闭塞、偏远,可他想家。家乡的一棵树一条路一个人及他的一言一行回想起来都那么令他激动不已。他晓得,即使让他住在繁华的大城市里,他也受不了那过分的热闹,仍然要想这个穷家的。他记着一句老话:金窝银窝不如自己的土窝。他信这话。

二狗坐在明亮的电灯下,抽着苦辣的老旱烟。由于想家,心情颇为苦闷,一种无依无靠的悲哀。

那面窑,来花唱起了"盼五更"。

> 一更里打一点,
> 想起丈夫不得见面。
>
> 说一声爹娘无良心。
> 为什么许给出门人……

二狗听出,那一句句伤感的曲儿流露出来的是怨恨、辛酸。

二狗猛然意识到,来花男人这几个月还没回来一次呢。他想,那男人也真狠心,把这么好个婆姨撇在家里受熬煎,他也就忍心。

二狗叹一口气,一锅一锅抽着苦辣的旱烟,似乎用这种呛嗓子烧舌头的东西来驱赶内心的苦闷,或者完全是一种自身的折磨。

门"吱"的一声开了,来花走了进来。近些日子,来花常常在吃过夜饭的时候来二狗住的窑洞坐上一阵子,说笑一阵子。

她说她怕寂寞,找个说话儿的。

来花坐在炕边,盘着腿,笑眯眯地望着二狗。

二狗常常在来花这双火热的目光盯视下,自卑地低下了头,心里莫明其妙地紧张。

"想甚哩?"来花问他。

"甚也不想。"二狗说。

"想婆姨了吧。"来花咯咯地笑了,声音甜脆如山涧的淙淙细流。

二狗脸红了,不知说什么好。

静了一会,二狗听到来花的呼吸声很急促。他斜眼瞥了她一下,看见了一截洁白丰腴光滑细嫩的腿把子和来花那迷人心魄的微笑。二狗的心慌了乱了,打鼓一般跳起来,浑身发热不能自已。他感到,身体里有一种东西像火一样烧着他。他忙低了头。

"你婆姨俊不?"来花问,声音极甜。

"她会唱曲儿不?"来花又问。

二狗慌乱地回答:"会唱哩,我没听过。"

"你爱听不?"

"爱听。"

"爱听我给你唱。你听我唱不?"

来花并不需要二狗的肯定回答。她拢一拢额前的秀发,就唱了起来。

    白格生生的大腿毛格闪闪的眼,
    这么好的人样你还看不在眼。

歌声细如流水,甜脆柔和。

在这一刻,二狗心里想了些什么,来花并不知道。但她肯定,二狗保险想了。

"你,真是个老实疙瘩……"来花叹一口气。

这天夜里,二狗没有睡好觉,早上起来眼睛红红的,浑身感到不自在。出了门,见来花正端着尿盆子从窑里出来。二狗的脸刷地红了。忙低下了头。

"起来了?"来花和往常一样样地问他。

二狗低着头嗯了一声,底气不足,声音没有往日高。

来花微微地笑了笑,端着尿盆子往粪圈走去。

这一天以后的许多天里,二狗始终不敢正眼看来花,偶尔在来花低头忙着什么的时候,他偷偷瞥一眼却也很快又把目光移开。倒是来花很大方,像什么事也没有发生一样,和以往一样说一样笑。她还是那么爱说,笑也是咯咯咯的,甜脆。二狗心里想,这女人是经见过世面的,脸皮子厚得敢调戏男人,还像没事似的。

又忙了些日子,来花家的地全部种上了。二狗惦着家里的地,怕闰月种不好,乘着这个空空回家看看。二狗给来花说了一声,就急急地赶回去了。

二狗回家的头一天夜里,庄里发生了一件事。这件事的发生改变了几个人的命运。

早上好好的。该吃饭就吃饭,吃完饭说干活儿就干活儿,平平静静,日出而作,忙忙碌碌。

中午也还好好的。土筑的烟囱里冒起缕缕炊烟,家家吃着黄米捞饭。闰月家的那条大黑狗无声地卧在残颓的矮墙下,懒懒地晒着四月天的太阳。

五爷赶着一群羊回庄了。羊在头边走着,人跟在后边。灌水路上毛驴驮着特大的驮桶吃力地爬坡,颠簸出咯吱吱的叫换声。

夜里人睡定的时候却就乱了。一阵急促的狗叫声,猹猹的,满是恐怖。接着就听到杂乱的脚步声在各条小路上奔跑,夹杂着娃娃惊醒害怕的哭声。山里的夜一刹那就不安静起来。

出事地点在闰月的家。

闰月似乎在后响就预感到了要出事,不仅是她从狗社子那恶恶的眼睛里看出了她的危险,多是凭直觉。她在睡觉的时候心里想,不论长短保生今黑不要来,没事防有事。可是刚刚睡下,保生就来了。

"死人,你不能隔几夜嘛。"闰月埋怨他说。

保生说:"我连天黑也熬不到还隔几夜哩。"

"我是担心要出事的。"

"怎也不怎。"

"可我心慌得厉害哩。"

"款款睡你的。"

事罢,闰月让保生赶快走,保生不走,说再睡会儿,却就搂着闰月睡着了。闰月先还心里有些紧张,耳朵细细地听着外面的动静。山里的夜晚很宁静,一阵疲倦袭来,闰月也睡着了。

当闰月和保生被杂乱的声音惊醒后,他们已经被堵在窑里了。

闰月只觉一阵眩晕,心想,妈哟,球势了!她的名声她的地位以后的生活都将在这一夜之间像压宝人揭出来一根黑黑的端棒而输个精光。她似乎看到了以后岁月中的自己,将在人们鄙视、非议、唾沫星子的包围中苦苦挣扎。

不幸之中万幸的是,保生回来闩了门,不然两个人会被赤条条地从被窝里拉出来的,那才叫难堪哩。院外人声嘈杂,但总的议题是伤风破俗不要脸丢人背姓看她狗明日怎见人哩!砸门的是狗社子,二狗的叔伯哥哥,一个有名的二杆子后生。

闰月吓蒙了,嘤嘤地哭,咕噜着这可怎办、没脸见人了活不成了。保生怕是怕,可他毕竟是男人。事已至此,埋怨哭泣是解决不了问题的。他催促闰月赶快穿衣服。闰月心惊胆战,一双手哆哆嗦嗦,半天,连钮子也扣不住。在保生的帮助下,闰月穿好了衣服,被保生拉下了地,推在门前。

"快点,把门打开。"保生低声说。

闰月那双手像不是自己的了,怎么也不听使唤,往日一点点力就可以抽开的门闩,今日却抽不开。

"猛地一下抽开向后退。"保生又说,声音低得只有闰月一个人才能听见。

闰月手抖得厉害,就是抽不开门闩。保生站在闰月的身后,探手帮闰月拉开了门闩,又迅速地把闰月向后拉去,门哗地开来了,趔趄着跌撞进来一个手提板斧的后生。夜色中,那斧子闪出冷森森的寒光。保生不由毛骨悚然,头发紧紧地竖立起来。

窑内很黑,跌撞进来的狗社子差点撞进闰月的怀里。他恨这个女人,老是看她不顺眼不是个正经货。母鸡不叫公鸡不跳。他想给她一斧,但他要砍的并不是她。他只是顺手给了闰月一巴掌。这一巴掌有多大的分量,只有闰月才能感觉出来。她只觉得耳朵嗡的一声叫唤,眼前涌来无数像星星一样的东西,要不是身后的保生挡着她就摔倒了。保生借着这个机会把闰月向前一推,狗社子没有防备,以为闰月要向他扑来,他往门后一躲,闰月向前一扑,一个马趴倒在门口。保生不敢有丝毫的迟疑,他纵

黄土谣

029

身一跃,从闰月的身上跳了过去,跑了出来。院里几个后生拉他,扯下了一条袖口也没能拉住。

等狗社子反应过来,保生已跑出了院子,身后追着几个后生,大惊小怪:"跑了,跑了!"

"你给老子跑,看老子撵上不劈了你!"狗社子骂骂咧咧,提着斧子追了出去。

那面窑早已气死了二狗妈,翻着白眼口吐白沫,人事不省,几个赶来看热闹的婆姨忙着用土法子急救。

闰月好久才从地上爬起来,晕晕乎乎,脸上像被火烫了似地疼。她无力地坐在门口,望着黑乎乎的夜空,泪水小河一般从眼内汹涌而出。

四周很静,一点点声音都没有。看热闹的人们已经离去了。在这个破败的农家小院里,婆婆睡在炕上,流着无声地泪,媳妇坐在门口,也流着无声的泪。夜好静。

也不知过了多久,闰月无力地从地上站起来,趔趄着走到炕沿前,伤心、怨恨、委屈、羞愧一齐袭上她的心头。她趴在炕沿上,眼泪像断了线的珠子一般滚落下来。她想放声大哭,可又不能。她憋着。喉头哽咽两肩抖动。她心里想:闰月呀,看你以后还怎见人哩!

闰月哭干了泪,她不再哭了,定定地站在炕沿前,两眼茫然。她记得她妈说过,女子娃娃一生下来就带着苦相,不论丑的俊的都带着。她问妈她的苦相在哪里。她妈说,她的苦相在嘴上。那年闰月十七岁了,是个大女子了,出落得像她们家坡洼下的桃花一样粉嫩娇媚。她不信妈的话。现在想起了却就很信。

闰月不知道以后有没有勇气继续活下去,就是能够活下去又怎个活哩。唉,保险更累了更难了。

一个黑影一闪就进了窑洞,速度之快令闰月吃惊。

"谁……"闰月惊恐地问。

"别怕,是我。"保生的声音。

"你……"闰月茫然了。

保生呼哧呼哧喘着粗气。

"你怎还敢来?"闰月说,忙去关上了门。

"我准备走。"

"走?上哪里去?"

"不知道。反正咱庄不能盛了。狗社子弟兄几个早就恨上我了,现在他们更不会轻饶我。再说二狗回来这事就更难办了。"保生喘一口气,又说,"我大也拿着菜刀满庄寻我哩,一声声说要杀了我。"

闰月惊恐地说:"那怎么办哩?"

"所以我要走。"

"他们呢?"

"狗社子他们吗?被我甩到南弯去了。"

"真的要走?"

"真的。"

"你走了,我怎办?"闰月觉得,她从来也没有像今天这样感到自己是个女人,弱小无能的女人,她需要男人的保护。而这个男人只有一个保生。保生这一走,她怎办哩?她的眼泪又流了出来。

"歪好你先住着,我在外面混得好了,就回来接你。"保生说。

闰月拉住保生的手只是哭。

保生把闰月拉进怀里,看到她嘴角有血迹,就边揩边说:

"狗社子这个杂种,下手这么重。"

"你在外面一个人,你要保重。"闰月说。

保生只感到心里一阵激动。他动情地说:"好闰月亲闰月,我会记着你的话。"

"你出去后,找个活干,不敢学坏了。"

保生点点头。

"说走就走,操心他们再寻回来。"闰月说,凄凄的。

保生在闰月脸上亲一口,恋恋地不肯松手。

闰月忽然问保生:"你拿钱着不?"

保生说:"不拿。"

闰月从怀里掏出一个小包,是用花手绢裹着的,她递给保生说:"这是七十块钱,你拿着作路费。"

保生感激地说:"这,我怎报答你哩!"

闰月说:"不要把我忘了就行了。"

"我不会忘了你的,在外面混好了,我一定回来寻你。"保生真诚地说。

"你要常常想着我。"闰月说,用手背抹一把泪。

"看见你的手巾,我就会想起你,就会想到在这个山圪崂还留着我的闰月。为了她,我会争口气的。"

"外面世界大了,看见好的不敢把我忘了。"闰月哽咽着说。

"不会。我赌咒。"

"不用,我相信你。"

"你要忍着,不敢想不开。"保生说。

"我等着你回来。"

保生把钱装进衣袋里,恋恋不舍地松了手。他眷恋而深情地望一眼泪流满面的闰月。这一刻,他才真正明白了离别是一种什么滋味儿。他舍不得离开闰月。闰月那颗火热的心温暖着他,闰月那双粗糙的手爱抚着他。

闰月给保生打开门,说:"在外面混,多个心眼儿。"

保生点点头,退出门去。闰月跟在身后,送他出了院畔。大黑狗卧在矮墙下,默默地看着他们。

闰月站在院畔上,看着保生上了垴畔,她心里满是悲哀和凄楚。

保生上了垴畔,回头看一眼站在院畔岢上的闰月,两行泪水无声地流下来。他不会忘记闰月的,包括这个山里之夜。他想。

哥哥走来妹子照,
眼泪流在大门道。

叫声哥哥你走呀,
撂下妹子谁搂呀。

长杆烟袋对着口,
丢下妹子谁亲口。

这一夜可真黑……

二狗回到庄里,天已经完全黑了,家家户户点起了小小的煤油灯,昏暗的灯光映出昏暗的窗户纸。

二狗在垴畔上的山榆树前站下了。他看着这亲切熟悉的家,心里异常激动。山榆树已经抽出了嫩绿的叶子。二狗出山时山榆树还在寒风中呜咽。不知不觉就四月天了。二狗心里想,走下了垴畔。

家还是原来的家,一点点也没变。破败的黄土窑洞,残颓的矮墙,矮墙下的大黑狗。二狗越发觉得亲切了。他迫不及待地迈进家门。

二狗妈躺在炕上,盖着棉被,头边点一盏煤油灯。她闭着眼睛,那苍老如树皮的脸在煤油灯的映照下黑瘦得可怕。几颗浑浊的老泪挂在瘪下去的两腮边。

二狗心中一阵阵发热,眼窝酸涩,喉头堵塞。他上前一步,伏在妈妈的头边,哽咽着叫了一句:"妈……"

多么遥远的呼叫声啊!风在山梁上猛烈地刮着,撕扯着她的衣服和头发。雪下得正大。"妈——"风在吼雪在飞,儿子的叫声微弱嘶哑。她抬起头,看见儿子站在远远的垴畔峁的山榆树下,小小的身子在风中畏缩着。她的脸上露出了欣慰的笑。儿子是她的依靠,是她生活的支柱。

"妈……"二狗又叫了一声。

这遥远而亲切的呼唤声震撼着二狗妈的心。她睁开了眼睛。她看到了一粒火苗子在上下跳动。她眼睛迷蒙。她用干瘦的手背揉一揉蒙眬的眼睛,看到了那张虽然模糊却十分亲切的面孔。她颤颤地叫了一声:"二狗……"一串浑浊的老泪从深陷的眼内流了出来。

"妈……"二狗内心热血沸腾,眼睛发热,不觉已含满了泪水。

"二狗,回来了?"老人说,拉住了儿子的手。

二狗不住地点着头,想说什么,可说不出来,嗓子眼像被什么东西堵塞了。

"老了,眼窝老淌泪。"老人又说,声音是沙哑的,嘴角咧了咧,却没有笑出来。

"妈,你哪儿难活呢?"二狗终于憋了一句话。

"不怎,过两天就好了。"老人说,勉强地笑了笑,却是很苦涩的。

"没寻个医生看?"

"没甚大病,睡两天就没事了。"老人说,尽量装出没事的样子,她又问:"那面不忙了?"

"不忙了,都种上了。"

"主家对人好不?"

"好着哩。"

"人家对咱好,咱可不敢偷懒。"

"嗯,妈。"

二狗妈叹了口气,艰难地坐了起来。

二狗说:"万一不行,我寻个巫神给你看看。"

"我的病我晓得哩,什么也不用寻,过两天就没事了。"

二狗不再说什么,心里沉沉的。

闰月在那面窑做着晚饭,风箱被她拉得扑踏扑踏响,火苗子窜进灶火口,映出闰月那张洁白茫然的脸。她定定地坐在板凳上,一只手慢悠悠地拉着风箱。风箱的声音单调烦躁。闰月两眼盯着一个地方,好像忘记了自己在烧火。一粒火星从灶火口掉出来落在她的脚面上。突然的灼疼才把她从遥远的沉思中惊醒。

闰月长长地叹了一口气,又往灶火口里丢进去一把碎柴。

晚饭二狗伺候他妈吃了,他自己吃了很少的一点。他放了碗,坐在妈的头边,默默吸着旱烟。煤油灯嗞嗞地燃着,窑内昏暗朦胧。母子俩都不说话,静静的。

好长时间,二狗妈说:"今走熬了,睡去吧。"

二狗给妈盖好被子,吹熄了灯,走出窑洞。

闰月站在炕沿前,那神态是专门等待着二狗。二狗一走进门她就瞥了他一眼。那眼神很复杂,似乎包含的东西太多了。二狗并没去看闰月,他在地下的小凳子上坐了。

两个人谁也不说话,一个坐着,一个站着,默默的。

过了一会儿,闰月拢一拢散乱的头发,说:"你大概还不晓得,我和保生被人捉住了。"

闰月是鼓足了勇气说这句话的,一旦说出心里感到舒畅了,不由深深吐出一口气。

"捉住什么?"二狗一时没有明白,傻乎乎地问。

闰月平静地说:"和他睡觉。"

二狗一下子惊呆了。真不亚于一个晴天霹雳,闰月是从来不和他耍笑的。自他娶过闰月,闰月还没有给他笑过。怎么可能是句笑话呢?可是他又不信,是他不让自己相信。他希望闰月是说谎。

"你信不?"

二狗不语。他觉得,他已经被人当作玩物耍了。他很悲哀。

"真格,我们相好几个月了。"闰月说,她希望二狗发怒,越厉害越好。

二狗气是气,可他并没有怒发冲冠。他只觉得悲哀。

"你可以打我,你怎么打都行,也可以杀了我,我不后悔,也不怨你。"

二狗眼前涌来一团黑,脑子里像有虫子在叫唤跳跃。这一刻,他真希望自己变成聋子、哑巴、瞎子,什么也看不到什么也听不到,让世界上的一切统统离开他,不,让他离开这个使人活得很累很吃力的世界,永远隔绝。

"我看起了保生,就和他相好了。是我先说的,不怪人家保生。"闰月说,很平静,像是夫妻间商量一件无关紧要的事儿。

"不要说了,好你哩,不要说了!你要逼我死吗?"二狗猝然站了起来,脸色难看得怕人,嘴唇哆嗦,眼里流露出绝望的光。

闰月惊呆了。

二狗两眼盯着闰月,那双绝望的眼睛凶恶阴森冷冰冰,像是一头失去儿子的母狼找到了报复的对象。

闰月胆怯了。她在这个粗壮的男人目光的逼视下,她不由向后退了一步,惊恐的一双黑眼睛紧张地望着二狗。

二狗这样站了片刻,用拳头狠狠地捶打了一下自己的头,然后转过身,默默地走出了窑洞。

闰月看着二狗的背影消失在门口,很久才从惊惧中回过神来,便一头爬在炕沿上,呜呜地哭起来。

二狗无力地来到垴畔峁上的山榆树下。天上没有月亮,风不出声地刮着。他依着山榆树,他感到浑身发软,脑子里乱成一团。两条腿酸困,渐渐支撑不了这副沉重的身体,两膝一屈,一屁股坐在山榆树下。

他早就应该料到这种结局的,可他疏忽了。他记得他第一次见到闰月就觉得这是个错误。他不该娶这么俊的女子作婆姨的,不该!

夜很静,风儿凉爽清冷。天空星星稀稀拉拉,一双双小眼睛默默地看着这个世间的悲欢离合。二狗静静地站在树下,一动不动。

第二天,二狗就出山干活了。他苦是苦,可他知道,再苦也要活人。

五爷赶着羊群从山畔上过来了。他招呼二狗:"回来了?"

"回来了。"

"夜天回来?"

"夜天临黑回来。"

五爷脱去了老羊皮袄,但头上羊肚子白毛巾永远也不脱下来,无论寒风凄凄的腊月还是酷暑炎炎的六月。人们一说起五爷,都会想起他那拢在头上的羊肚子手巾。

"歇歇吧。"五爷说,在山畔上坐下来。

二狗走过去,坐在五爷的身边,把脑袋耷拉得很低。他想,他是个男人,可不是个刚刚正正的男人。他现在当了"盖老"了。当"盖老"的人都有一个俊婆姨,都不是刚强的男人。

"活一世人难哩!"五爷抽着旱烟说。

"是难哩。"二狗心不在焉地应和着。

"一切都是命里注定的。年轻时我也不信命,球,哪有命哩,人怎命怎,尔格我信了,命还是有的,不能不信,也不能全信,就像神神一样,你说没有,可有些事就日怪,你说有,谁又见来?"五爷吸一口烟,摸一把乱扎扎的胡子:"人一生下来就带着命,注定一辈子是怎个活法,哪容人自己想怎就怎哩?"

二狗看着五爷那张老脸,听着五爷的话,心里沉甸甸的,苦涩,憋闷。

"婆姨嘛,是个身外的东西。"五爷又说,"没她不行,有了她事非也就多。唉,哄着过就行了。五爷我见得多了,怎个婆姨要怎个对待哩。心放得宽宽的。婆姨女子嘛,就那么回事。你信不?"

"我信,五爷。"

"你还年轻,不晓得男人和女人的那点点关系。唉,说穿了叫相好,尔格叫爱哩吧?其实人都瞎想着哩,到头来怎,还不是那么回事？能够割舍的人才有出息才干大事情哩。可能割舍的人不多也！唉，人嘛，不也就那么回事？一辈子为了吃为了穿为了娃娃，往死里受哩，到头来怎？还不是埋进黄土窑窑里了？人一辈子和这个生气和那个不合，谋这个害那个，没意思。不信你老后看着，想起年轻时做得那些糊涂事，后悔哩，可来不及了。唉，人就是瞎活着哩！"

五爷深深地叹一口气，老眼定定地看着前方，那里是无数的黄土山，绵延起伏，高低错落。

二狗也茫然地看着这些山山峁峁、沟沟岔岔。

> 青石板栽葱扎不下根，
> 什么人留下个人想人？

那面山畔上，一个男人粗豪的嗓门唱起了信天游。

"是杏花老子。"五爷说。

"是杏花老子。"

"这老汉！"五爷笑了，摸一把胡子。

"他爱红火。"

"人都不知怎个想着哩，都像杏花老子这么个活法，不晓得愁肠，肯定活得好哩。"

"肯定哩。"

> 天上下雪地上滑，
> 各人跌倒各人爬。

杏花老子还在唱着。

过罢端午节,二狗怀着一颗苦闷、酸涩的心离开了这个小山圪崂,踏上了出山的那条弯弯曲曲的坎坷山路。

五月的风从山梁上吹过,凉丝丝的,但二狗感觉不出来风的凉爽,他只觉得苦,只觉得累。他整天沉着个要死不活的脸子,悄悄地干着活,默默地吞咽着苦水。夜里他翻来覆去睡不着。有时候感到内心空落前途渺茫,有时便陷入无边无际的苦闷和悲哀之中,有时他想哭。夜常常是静静的,死寂。白天,二狗拼命地干活,好像是以此来解脱自己。

二狗老多了,仅仅就这几天的时间。

山路弯弯曲曲延伸着,没有尽头。一双脚沉重地向前移动,显得那么吃力,似乎每迈出一步都要付出心血与代价。

二狗是吃罢早起饭动身的,跟天黑就回到了来花家。

来花第一眼看见二狗吃惊不小:"你怎啦?"

二狗说:"怎也不怎。"

"是不是家里出甚事了?"

"没有,甚事也没出,家里好好的。"

"你的脸很难看,胡子也长了,好像见罢你有十年了。"来花说,那双泉水般的眸子里流露出来的是惊讶和疑惑。

二狗不说什么。他能说什么呢?他只能不言语。

来花见问不出什么,自言自语道:"一定出了什么事了。"

二狗悄没声息地圪蹴在门口。来花给他寻个凳子,他也没有坐。来花泡了一壶茶端出来让二狗喝,又打来一盆洗脸水,说:"先洗洗脸吧。"

二狗感激地说:"不洗了。"

来花说:"看你的脸脏成个甚,大概回家后一次也没洗。"

二狗这才想起他回家后确实一次也没有洗脸。倒不是他懒的洗,而是他顾不上洗,没心思洗。还洗脸哩?他想,想笑却笑不出来。

"洗洗吧,凉快点。"

二狗不忍使来花的一片好心落空,他就洗了。温热的水浸在脸上,他感到那是他妈年轻时那双温暖的手抚摩着他。他感激来花。他是个山里来的揽工小子,只要别人看得起他,像对待人那样对待他,他就知足了。来花看得起他,给他平等给他温暖。这种过分的热情使他常常惶恐不安。他想,他这个人是不该得到这么多的。他无力偿还这笔人情债。钱债他欠下可以还,因为他有力气,他就是拼着命累死累活也能清还得了,可这人情债他还不了。他只能以一个庄稼人的所有能力去卖力气流汗水。

后来二狗感到,这一年是他人生中多灾多难的一年。这一年他有痛苦也有欣慰。他在这一年失去了不少但也得到了许多。他憎恨这一年又眷恋这一年。他不知道是不是每个人都要经历这么一段岁月,是不是经历过这么一段岁月人就变得老练了。

这一年天气最热的一天晌午,二狗坐在背崖跟下,看着前方无数的黄土山连绵起伏,他的心也像这起伏的黄土山一样不能平静。

三伏天的晌午,一轮太阳悬在半空,把它所有的能量全部投放到大地上,赤日炙炙,酷暑难当,使人感到那太阳就在头皮上烤着。没有丝儿风,崖畔上的蒿草山洼里和禾苗山弯处的老杜梨树一动不动,叶子软沓沓的,卷了边,灰灰的。山里很静,静得像子夜一般。灰鸽子花喜鹊短尾巴兔子这些活跃的东西早在晌午来临之前就躲到阴凉的地方去了。山默默地在烈日下暴晒着。

来花坐在二狗身边,过度的暑气使她那张脸红得鲜艳像十七的女子一样妩媚,晶亮的汗珠爬满了额头脸颊脖子,湿了衬衫。来花揩一把那总也揩不完的汗水,端起水罐喝一口水,问二狗:"吃饱了?"

由于这块地离家较远,早上起身就带足了干粮和水,晌午不回去。

二狗说声吃饱了,也揩一把汗。

"吃饱了就睡一会儿吧。"来花说,笑笑地看着二狗。这种女人的迷人的笑二狗见过,令他神魂颠倒不能自已。他忙低下了头,他不敢看那笑。

来花解开衬衫纽扣,用衣襟扇着风,不住地说:"这死天气,热得要命。"

天真热。

二狗呆坐了一会,脱下自己的两只鞋,叠在一起,枕着躺下了。他觉得热,热死了。他真想把衣裳脱光。可是不行。他只能挨着。

来花却受不了。她看一眼二狗,见他背向着自己。她微微笑笑,把衬衫也脱了下来,只穿一件白色背心。她感到不再那么热了。

二狗睡不着。他在想,眼下正是锄苗子的季节,闰月能不能锄开,可不敢把地荒了,一荒三不收。

来花是个闲不住的女人。她不想睡,也知道自己睡不着。她想和二狗说些话儿,又怕二狗受了一前晌的苦累了,需要歇息。她看着山弯处那棵老杜梨树,便低声哼唱起了"信天游"。

羊肚子手巾三道道蓝，
白天黑夜想见你的面。

白天想你吃不下饭，
黑夜想你脱不下衣。

前半夜想你吹不熄灯，
后半夜想你翻不转身。

二狗并没有睡着。虽然一个上午的劳累使他浑身像散了架子似的，但他睡不着。他听着来花唱山曲儿，心里很慌乱。他感到越发热得难受。他想动一动，又怕来花看见。

擦一根洋火点上一盏灯，
长下一个枕头短下一个人。

一个枕头一条毡，
一个人睡觉这么难。

她想老汉哩，二狗突然这样想。二狗实在受不了这种静躺着不能动弹的苦滋味。他浑身发困发热心里沉沉的。他不由自主地动了动。

"你没睡着？"来花问。
"睡不着。"二狗懒懒地说。
"我吵得你睡不着？"
"不是的。"
"睡不着就算睡了。坐起来才凉快哩。"

二狗想想也对。他坐了起来,却一眼看到了来花那只穿一件背心的身子。来花的脸红得鲜润,越发映衬出细嫩的脖子和丰满滚圆的两臂白得耀眼。背心的前胸圆口开得很低,两乳间和胸脯白生生的,沁出几颗亮晶晶的汗珠儿。两乳高耸,把背心撑得很紧。二狗虽然是个有婆姨的男人,但他从未见过女人这么赤裸着上身。二狗两眼直了,他晕乎了。他喘着粗气,浑身越发燥热难挨,散了架的身体里一下子充满了过余饱和的精力。这精力使他魂不守舍真有些飘飘欲仙了。他只想:来花的身子好白哩,一定绵哩。

来花见二狗这样看着她,熄灭了的火花又重新燃烧起来。

"你看甚了,这么用心?"

二狗脸忽地红了,忙低下头:"我,我什么也没看见……"

来花嘻嘻地笑出了声,她说:"你爱看你就看嘛,怕甚哩。"

"我没看,我……"

"你看嘛,我让你看。"来花忽然把背心向上拉起,软绵绵的白肚皮和那两只颤颤的奶子完全裸露出来。

"只管看。"来花说。

二狗低着头不敢看。

"你看嘛……"来花急切地说。

二狗不由地抬起了头。他看到了什么呢?他大睁两眼,痴痴的,木木的。

"好看嘛?"

"好看……"

"光看顶甚哩,你挤一挤嘛。"

二狗伸出了手,使劲把他那双手按在来花的奶子上,慢慢地揉搓。

"绵不……"

"绵……"

二狗的手顺着光滑细腻的肚皮向下颤颤地摸去……

日头很毒,天便闷热得厉害。

一阵疾风暴雨过后,剩下的只是无限的烦恼和苦闷。二狗一把推开来花。他觉得,来花是一条可憎可恶让人讨厌的脏虫子,如果她真是一条脏虫子,他就会一把搓死她。他恨死了来花。他真想扑过去,两手卡住她的脖子,直到她翻白眼。

二狗忽然想到了闰月。想到了闰月和保生也就是这么做的。他感到迷惘感到矛盾感到深深的悲哀。他忽然想哭。

他今日是怎么啦?他想。

地锄开以后,闰月回了次娘家。这是她今年头一次回娘家。闰月收拾了个小布包裹提着,和婆婆说了一声就上路了。

闰月今日特地把自己打扮了一番。她身穿一件刚买的印花的确凉衬衫,下身穿一件青色的筒裤,脚上是一双黑色的圆口长带布鞋。她把头发梳洗的整整齐齐,脸洗得白净,又抹了些香气浓郁的雪花膏。闰月自那个倒霉的夜晚后,她就没心思再打扮自己了。她想,打扮的再好又给谁看呢?保生走了,一直没有回来,她知道她长这么大了只爱过两个人。一个是天良另一个就是保生。她肯定自己以后不会再爱上别的男人了。她爱这两个男人已经付出得够多了。

闰月的日子很不好过。她活得很累很难。她的威信在这个小小的山圪崂里降低了,人们不再用看一个好媳妇的眼光来看她了。她犹如从万丈高崖一下子跌入了无底的深渊。

闰月提着个小包包,匆匆地走在山梁小路上。她记得她嫁到山里来的那天,骑在毛驴身上,走的也是这条路。小路弯弯曲曲,忽儿隐在山弯弯,忽儿爬向山峁峁。

闰月一踏进这个生她养她的家,内心犹如沸腾的开水,激动不已,两眼热辣辣地含满了泪水。

"你还有脸回来？丢人背姓的东西!"她大迎面给了她一顿臭骂。

"唉,人都让你给丢光了。"她妈也说,翻给她一个白眼。

像当头浇下一盆凉水,闰月的心凉了。她定定地站在门口,用满含泪水的眼睛看着自己日夜思念的父母,此时此刻,她感到这两张苍老的脸竟是那么陌生。

闰月的泪水终还是没有流出来,那颗激动的心也趋于平静。她拢了拢乌黑的秀发,回到妹妹住的小窑洞里。她把布包包放在炕上,人靠在炕沿上。她感到很累。她冷静了许多。她的嘴角微微地露出了一丝笑,眼眶里的泪水渐渐消失了。

这天夜里,闰月独自一人来到村口的大柳树下。她不知道她为什么会来这里。这里有她的甜蜜也有她的辛酸。她仰脸望着深邃的苍穹,一轮月儿孤孤地挂在夜空。她觉得她像月儿一样无依无靠。一腔悲凉顿从心起,两行泪水流了出来。

沟里的夜晚是宁静的,小溪潺潺,哗哗地流着,月光下泛起点点粼光。有风,不大,很凉爽。闰月想起了天良。就在这棵老榆树下,天良亲了她,也有今夜这般的月亮。还是在这棵老榆树下,天良对她说了卖良心的话,天上有一轮像今夜一般的月亮。小河两次都是用甜脆的声音伴着的。如今,小河依旧汩汩地流着,月儿依旧孤单单地银白,老榆树依旧默默地耸立着。可是天良不在了,闰月的心也碎了。

闰月就这么定定地站在老榆树下,两行冰冷的泪水挂在她苍白的脸上……

第二天闰月就回到了婆家。她受不了父母恶毒的责骂和两张阴沉着的脸。她想，连自己最亲的人都这样对待她，别人就更不用说了。

闰月回到婆家的当天夜里，就被一阵轻微的敲门声惊醒。闰月记得，过罢五月端午二狗走后的那天夜里，她临睡前，发现门后立着一根粗实的顶门棍。她知道这是婆婆给她准备下的。闰月不由落下一串泪水子。她用手抚摸着光滑的木棍，她觉得这不是棍，这是婆婆的眼睛二狗的化身，是一把她自己把自己锁起来的锁，她很伤心。她一把把木棍抱在怀里。她想，以后就只有这根木棍伴着她孤苦的熬夜了。她每夜临睡前，都要用手摸一阵光滑的木棍，然后才把门顶上，并弄出很响的一声，让在院里装着尿的婆婆听见。

这种半夜里像鬼似的敲门声令人可怕，几乎每天夜里都有。开头闰月很怕，虽然门由那顶门棍顶着，但老觉得那顶门棍不结实。她把自己弱小的身子紧紧地裹在被子里，心在胸腔里咚咚乱跳，后来她习惯了不怕了，也敢大着声骂几句："哪个驴下的马压的骆驼奶大的，瞎了眼的，烂了肝花的，欺负她妈哩，狗日的不得好死！死在六月天化成浓喂苍蝇！"

婆婆便也骂上一阵子："没良心的，欺负我们这好老实人家正经人家死了埋了让狼挖出来撕了！熬不住了不是？打你妈的门去！"老人声音苍老却声嘶力竭。

闰月在婆婆的叫骂声中，泪水一串串地往下滚落。她想放声悲哭，大声喊叫：我苦哇！

秋天，黄土地秋高气爽干燥宜人，秋风送来阵阵果实的香味。这个季节是受苦人最劳累也是他们最快乐的时期。他们看着用自己的汗水浇灌出来的丰收,想着这片黄土地没有辜负他们的希望,一张张庄稼人粗糙的脸上满是喜悦和欣慰的光彩。

二狗心里也是快乐的,这种快乐是秋的收获给予他的。虽然这丰收的果实里没有一粒是他的。可他觉得这些黄澄澄的庄稼证实了他一年的辛苦。他没有白挣人家的钱。

"哪一年也没今年的庄稼好。"来花说,欢喜地用手抚弄着那尺多长的谷穗子。

"今年风调雨顺。"二狗说。

"是你下了大苦。"

二狗心里一阵激动,他需要的正是这句普通话,而这句普通的话里所包含的深意只有他这个老实的受苦人才能理解。

秋收是劳累的。可丰收带来的喜悦是足以使人忘记疲劳。来花的脸晒黑了,手上打起了血泡。二狗对她说:"你歇着吧,我一个人也收割得完。"

来花说:"秋收没大小,一人一镰刀。我不熬,庄稼长得这么好,再熬也不觉得。"

二狗想,这话只有他们庄稼人才能够理解体会。

二狗和来花经过多天的劳累,终于搁了镰,剩下的只有往回背和打了。今年庄稼好,一背背不了多少。二狗起早睡晚,贪着干。他要干完来花家的再回去干他的。他知道,闰月一个人是忙不过来的。二狗在内心的苦闷和体力的劳累中干着活儿。等把粮食倒进来花家用青砖砌起的仓子里,二狗瘦下去很多。

粮食倒进仓子里,二狗的工期也就满了。他对来花说,他明天就要走。

夜里,来花炒了几样菜,拿出了一瓶西凤酒。她给两只杯子里倒满了酒。

来花说:"今年雇了你这个好人,托你的福,庄稼收成好。给你敬一杯。"

二狗慌忙说:"不敬,我自己端。"说着,他端起酒,一饮而尽。

来花又倒了一杯,端起来说:"这一年你给我们种了地,也照看我们这个没男人的家,我感激你,敬你一杯。"

二狗说:"行哩,行哩。"

来花那双乌黑的眼睛真诚地期待着他,二狗接过酒杯,一口喝了。

来花再倒一杯,说:"嫂子我是个没见识的婆姨,这一年有什么不周不到,二狗兄弟你就担待起。"

二狗说:"我是个揽工小子,只要你不嫌我,我……"二狗不知说什么好。

来花端着酒杯,脸忽地暗下来。她说:"你什么都好,可你的心太狠了,自那个晌午以后,你就再也没有……"

二狗忙说:"我……"

"我晓得,你看不起我,你怕我连累你。"

二狗看一眼来花,他说:"我没那个意思,我想,我……"

"你要看得起我就把这杯酒喝了,嫂子是真心要和你相好。"

来花说,那双眼睛定定地望着二狗,含满了希望。

二狗不知说什么才好,他并不是看不起来花,他有他的难处。

来花定定地望着二狗,二狗无颜地低下了头。

来花失望了,一张脸黯然失色,她把端着的酒一饮而尽。

二狗吃惊地望着她。

"我以为你是山里人,诚实,心好,不像他们奸诈、欺骗、耍心眼。可你……"来花忽然把头一扬,"我当初心为什么那么高,非要嫁到川里来嫁给个公家人呢?想跟上他们能享福!嘿嘿。"来花笑了,很凄惨的笑。

"你不理解一个女人的心,你以为像我这样的人都不正经。"来花又喝一杯酒,那烈性烧酒把她的脸烧得像山丹丹花一样红润。

"我……"

"你好,你正经!"

二狗几乎要哭了:"你不晓得,我,我心里难过……"

"我心里不难过?"来花凄惨一笑,"我活得很好。我会笑,我会唱,我还会勾引男人!"来花说着,眼泪断了线的珠子一般往下滚落。"在你眼里,我不正经,我下贱。可你晓得不,我心里有多苦?你不晓得,一满不晓得。你只听他们的屁话。你信他们,你信!"

来花抹一把泪,又喝一杯酒,说:"我后悔死了。我为什么要嫁给一个一年回不了几次家的男人呢?我爱人家婆姨汉在一起劳动,虽然苦,可他们活得顺当快活。我呢?男人不在,把我撂在家里。我孤,我怕,我想我的男人。我也是人,我还年轻,白天还好活,夜里睡在窑里,我怕得要死。"来花的眼泪哗哗地滚落,"你不晓得,夜里来欺负我的人很多。我用木棍顶住门。我头边放着切菜刀。你问问别的男人,他们的心有多狠!"

二狗听得惊呆了。他根本没有想到这个俊脸蛋上常露着微笑的婆姨竟也有这么多的难处!

"我不晓得你也是个苦命人。"二狗歉疚地说。

"唉,我说这些干什么呢?"来花叹一口气,用袖口抹去泪水。

"嫂子,我不该伤你的心。"

"唉,还说这些做什么哩,只要你回山后还记得川里有我这么个人,我也不枉和你那一次……"

"嫂子,我不会忘记你的。你对我的好我永远记着哩!"

"你明要走了,嫂子再给你唱一个曲子。"

二狗点点头。

来花就唱了。

　　　　哥哥走呀妹妹照
　　　　眼泪流在大门道

　　　　骡子走头马走后
　　　　撇下妹子谁收留

二狗听着这细如流水般的山曲儿,他想,来花是个多么善良的人啊!他以后不会忘记这个给过他温暖给过他许许多多的川里俊婆姨。

第二天,二狗就走了。临走,来花给他打驮了一大包东西:一双半新不旧的皮鞋,几双还很新的布鞋,十多件旧衣裳……二狗不收。他觉得他得到的已经够多了。来花很生气,却不说什么,把这包东西连同铺盖卷儿捆在一起。

二狗背着这些东西出了院子,来花又塞给他一个挎包,说:"里边装点干粮,拿着路上吃。"

二狗头边走,来花后边送他,一直送出村口。

"嫂子,你回去吧。"二狗说。

来花站下了,说:"以后常来串。嫂子就这么个人,有一阵没一阵的,你不要嫌弃。"

二狗说:"我一定来看你。"

二狗走出很远了,来花还站在村口目送着他。二狗心里一阵发热,他的眼睛湿润了。

生活单调、枯燥,可日子也过得快,不觉已入腊月了。

黄土高原在寒风的横扫吹打下,荒凉、萧条、寂寞、疲惫地缩下去。山畔上的蒿落尽了叶子,只有干干的枝枝在腊月的风中呜咽。山梁上谁家的玉米秆还没有割倒,干巴巴的枯叶被风卷着哗啦哗啦响。拦羊老汉五爷穿起了老羊皮袄,站在山畔上。

腊月里最寒冷的这天,闰月要走了。她收拾了个青布小包包,临出门时回头看了一眼二狗。二狗圪蹴在门口,低垂着一颗头。

这一年内,闰月生活在无边无际的苦闷与悲哀之中。保生走后再没有音讯,闰月心里很怕,她知道,外面的世界太大了,在那花花绿绿的世界里生活,改变一个人是很容易的。闰月心里很不安,她已经失去了一个天良,如果再失去保生,她不知道她这颗脆弱的心再能不能够承受得起?

闰月经过好多个漫漫长夜的考虑,她决定走,离开二狗去找保生。也许这是解脱她的一种办法。当然,闰月并不能够肯定保生不会像天良一样卖了良心,也不能肯定这样做了就会得到解脱。

闰月看着二狗,眼下她觉得这个人竟也是这么可怜。她说:"你是个好人,真的。可我不能跟你过一辈子,那样对咱俩都不好。我要走了,你不要恨我。"

二狗深深地叹一口气:"你要走,我也拦不住你,你走吧,我不恨你。我是个受苦人,没本事没能耐,自你过门后,没让你过一天顺心的日子。"

"不的,都怨我不好。"

"你是个好人,该享福的,可我不行……"

闰月流下了眼泪。她想,二狗是个多么善良的人啊!她的心软了,她真不想走了,永远作二狗的婆姨。可是,她想,她不能因为这个人而毁了她自己。她说:"我欠你的太多了,我以后会还你的。"二狗苦笑了笑,他说:"甚都不重要了……"闰月走了,夹着一个青布小包包。

刊《小说家》1989 年第 6 期

花鞋垫

日头从西山梁那棵老杜梨树下跌进去了。山上还亮眼,沟里就暗了下来。一条山里人的灌水路从沟底直弯曲到山弯里的一个小村。十多户人家,都住在靠土崖挖进去的窑洞里。窑檐搭有一个小棚棚,两根木柱支撑着。顺坡下去便是那条连接着各家各户的灌水路。毛驴驮着一对特大的驮桶,在坎坷的山路上爬行,喘着粗气,四蹄艰难地挪动,脖子上系的铃铛叮叮当当地响。驮桶在驴背上颠簸,洒一路水点儿。驴后跟着穿老羊皮袄的汉子或是穿大花袄的女子、媳妇,掮着灌水用的小木桶。

   灌水路哟拐了九十九个弯
   哭干了妹子的眼泪流干了哥哥的汗……

深沉、粗犷、悲伤的曲子倏然间在灌水路上传来,沟沟洼洼尽是回声。

吱儿,吱儿,驮桶在驴背上摇出一支悠然的歌,沟里黑严了。冷风就大起来，顺沟道刮，两边崖畔上的荒草、枯枝呜呜咽咽。沟底山里人灌水的井子上最后一头毛驴在"得呔——球"一声吆喝中迈蹄时，狗狗裹着一领破烂的老羊皮袄，拉着一根野柳棍，踩着冻在冰层里的列石，从沟里走进来了。冬日的冷风浸着这个年轻的山里汉子，吹着他零乱、肮脏的头发。在灌水路的第一个拐弯处，狗狗赶上了吆着驮水毛驴的大牛子。

"狗狗回来了？"大牛子回过头问狗狗。

狗狗冲大牛子善意地笑笑，把滑到肘部的破顺顺往肩上挪挪，跺了几下脚，粗老布鞋上沾着泥巴冻硬了，不掉下来。

"寻见了吗？"大牛子又问。

狗狗灰灰的脸肮脏得使人恶心。他吸溜进去一线鼻涕，用袄袖子又揩揩，咧了咧嘴，要笑，却没笑出来，就又缩了缩脖子说："没哩。"

"早不晓跑哪达儿去了，世界这么大，你上哪达寻哩。"

"快过年了。"狗狗说，叹一口气。

"慢慢寻，一时半刻怕不行。"大牛子说，在驴屁股上拍一掌："得呔——球！"

"跟过年大概就回来了吧。"

"回来？你说莲莲跟过年能回来吗？"

"都走了几个月了，按理也该回来了。"

"要回来就不走。"

狗狗没话了。停了好一会儿，又说：

"她走时没跟我要钱，这几个月也不知怎么活着哩。唉，把我彩娃也受坏了，天寒地冻，吃没个吃处，住没个住处……"

大牛子笑了："你真是个憨子，想你自己怎么过，别想人家莲莲和彩娃,怕吃的比你好,住的比你阔哩。"

"哪能哩。"

灌水路一个弯一个弯地拐,人和驴也一个弯一个弯地拐。爬上了山,分手时,大牛子对狗狗说:"回去多烧把火,一个多月没见烟火,窑里肯定冷哩。"

狗狗望着大牛子,嘴唇翕动了一下,想说什么,却没能说出来。沉默了一会,转了身,拉着野柳棍,疲惫的脚步踏上了通往自己家的那条弯了又弯的小路。

狗狗的家在村庄的西头,一个窝风弯子里。两孔很小的窑洞,是狗狗爷爷留给狗狗爸,狗狗爸又留给了狗狗。

窑面脱落得不像样子。窗户上,去年春节贴的窗花虽然失了颜色,仍是栩栩如生,这是莲莲剪的。莲莲有一双巧手,不仅能剪出花样繁多的窗花,而且那双小而粗糙的手什么都可以干,在家是个主妇,做饭喂猪抱娃娃缝缝补补,拆拆洗洗;出山能顶男人使唤,耕锄收背打。这都是以前的事了,现在莲莲带着彩娃走了,把两孔残败的土窑洞和一个孤苦的狗狗留下来。带走的很多,留下的也很多。

狗狗是二十七岁娶的媳妇。

狗狗人笨,脑子迟钝,可他有一身好力气,这就是村里人不敢把他看得最下的唯一资本。村里张家后生在七十里路外的镇上念了三年中学,背着铺盖卷儿回来后,想显一下自己的才能,就选中了狗狗。

"狗狗,我考考你。你姑舅的爸的妻哥你叫甚哩?"他当着很多人想出狗狗的洋相。

狗狗连想也没想:"你不用考我,我不晓得。"

庄里人没笑,倒是张家后生有些尴尬,讪讪地说:"狗狗是谦虚哩嘛。"

狗狗是个实在的受苦人,为了莲莲家那五千块彩礼钱,他在店头整整拉了一年的煤。

那年冬天出奇地冷,腊月十二一场大雪封了山,足够一尺厚。从小山庄到莲莲娘家十多里山路,狗狗一个人使一柄大铁锨,硬是在腊月十三铲开了一条路,腊月十四娶亲一点事也没出就用毛驴把莲莲驮到了狗狗家烧得暖暖的热炕上。那天狗狗穿着一身新却怎么看都不顺眼的衣服,头发洗得净净的,竟也是一头浓密的黑发。狗狗笑笑的,给村里人散烟、敬酒,也说几句让人惊讶的话。人们不由多看狗狗几眼。却没让人欣慰的地方,便都摇摇头,很诡秘的笑笑。

莲莲是村里娶回来的媳妇里最俊的一个。只因莲莲俊,很多人尤其年轻人便觉出气不顺,视狗狗仇人一般。莲莲是被狗狗抱下毛驴的,抱得艰难,吃力,就憋出了一身臭汗。那日狗狗穿一双千层底条绒方口布鞋,整齐的麻绳疙瘩印在雪地上十分清晰。让庄里人不怎么好受的是这鞋竟然是莲莲做的。这么好的女人做的鞋他狗狗配穿吗?于是又想到夜里,这么水嫩水嫩的花儿般的莲莲躺在狗狗的怀里任他受用,那该是如何残酷的事情啊!小后生们简直愤慨了。这晚听门的人只有一个,这在小山村的历史上还是从未有过的。

夜里刮着很大的风,雪粒儿被抛起来,摔打在糊了新麻纸贴了新窗花的窗户上,莲莲眼睛哭得红肿,低着头,坐在下炕角,像被猫儿照看着的老鼠。狗狗呢,坐在炕沿,只是吃烟,一句话也不敢说。前半夜就这样熬过。到了后半夜,狗狗终于开口了。他先看了莲莲一眼,极不好意思地说了一句:"睡吧,不早了,明还要早起呢。"

一串清亮的泪水顺着莲莲那张洁白的脸颊流了下来。狗狗慌了:"你怎么哭了?"

莲莲就抱了头,呜呜地哭出了声。

这夜唯一的听门人是老光棍富贵,他一辈子没娶媳妇,见了女人就走不动了,常干些偷看女人上茅房、换衣服给孩子喂奶的龌龊事。夜里不早睡,这家窗户爬一会,那家门上听一阵。兴奋时就不能自制,如牛的喘息惊了窑里的事。男的便叫:"外面是富贵吗?"富贵便慌慌地走掉,身后传来女人的声音:"不回来坐一阵? 就走哇?"

憨人有憨福。村人说,富贵也这么想。不然狗狗那么个狗样子猪脑子能娶上艳如天仙的莲莲吗? 这第一夜的房事肯定不同一般,富贵怎能不去呢? 早早穿了老羊皮袄,来到狗狗家的门上,站了一会,不见动静,便有些心焦,也慌慌的。后来干脆裹紧老羊皮袄坐在门槛上。大概是由于精彩程度不够,富贵仰靠在门板上渐渐迷糊起来,不久就酣然入睡。狗狗第二天早上开门时,一个毛茸茸的东西滚进门来,倒惊得不轻。刚要看是何物,那毛茸茸的东西竟站了起来,飞跑出去了。狗狗愣了许久。

这天中午都没过,一个男人的耻辱就被富贵老汉添枝加叶地传遍了全村。富贵老汉绘声绘色逢人就讲:"昨夜里的一场好戏你们就没看到。你们说,狗狗上了莲莲的身子吗? 哪里能上呢。狗狗要亲莲莲,莲莲说,你先亲一口尿盆吧。狗狗就亲了。真亲了嘛,再亲莲莲,门都没有。小手甩过来,啪的一声,都打出血来。狗狗呢,再没敢动一动。乖乖,那么厉害的女子,我还没见过呢。"

事实并非如富贵老汉所言。当莲莲和衣躺进被窝后,狗狗呆坐着,不停地吃烟,心就慌得要跳出来,一盒抽完了,他便要履行一个男人的责任了。他怯怯地凑过去,还没靠近莲莲,就被推开了,用力过猛,也快速,狗狗没防着,便仰面八叉摔在一边。爬起来后乖顺多了,一夜没再动一动。

在五月一个很不错的日子里,狗狗从小路上走过来,狼嚎一般地唱:"人想故土马想槽,哥想妹子想死了……"

"狗狗越活越像个人了。"万保老汉说,把早已熄灭的烟灰磕到老布鞋里,已堆了一小堆了。太阳是很好的,一些上了年纪的老汉们聚在阳崖根下晒太阳,脱光了上衣,裸露出干瘪黑瘦的皮肉,捉虱子。狗狗摸一下乱乱的头发,嘿嘿地笑了几声,不好意思地说:"不会唱,瞎唱哩。"

万保老汉点了一锅烟:"有了好婆姨,看狗狗就不像以前的狗狗了。"

狗狗就嘿嘿地傻笑。天气好,狗狗的心情也好。

"人想故土马想槽,哥想妹子想死了……"

狗狗又唱,却只会这么一句,后边的只能哼了。顺着拐了又拐的小路,狗狗上了自己家的硷畔。那时,太阳已在中天,树的影子缩在了树根下。他并没有注意到爬在窗户上的富贵老汉以怎样敏捷的速度藏了起来,就兴冲冲地来到门前,门紧闭着。

狗狗推了一下门,门关着。

狗狗摸了下后脑勺:"彩娃妈,我回来了。"窑里似乎有慌乱的声音,啪一声,好像把什么东西打碎了。好一会,门开了,狗狗看到莲莲脸色苍白:"怎,病了?脑疼哩吧?"

莲莲没有回答他,低着头,拢拢头发,扯一扯衣襟。

狗狗发现张家那个上了几年中学的白脸后生站在他家的脚地上,讪讪的。狗狗冲他善意地笑笑,他也冲狗狗尴尬地笑笑,笑后便要走。

狗狗猛然觉得不对,就说:"站着!你来做甚?"

"串串。"

"大白天关着门做甚?"

"没做甚。"

"你欺我憨!"

"没有。"

"你格老子!"

狗狗恼了,举了拳就扑过去,还没等扑到跟前,那后生腿一扫,狗狗一个马爬,扑在地上,硬生生磕去了两颗门牙。张家后生趁机溜了。

狗狗费力地爬起来,到门口望望,哪还有人影影哩,狗狗气得不行,用粗大的手抹一把嘴上的血,糊了一脸,走到莲莲身边,抬起大手,照莲莲那张白嫩的脸上打去,啪,很脆的一声,殷红的血顺着莲莲好看的嘴角流了出来,两行热泪从莲莲大花眼中流出,和血流过下巴颏,有一行流入白皙的脖子里。

"你……你怎么不躲呢?"狗狗跺了下脚,嗨的一声,蹲了下去,双手抱着脑袋,头几乎窝进了裤裆里。

这一切又让做惯了这种手脚的富贵窥探得清清楚楚,没到天黑,不堪入耳的消息就风传全庄。

狗狗生命中最惨痛的事就发生在过后的不几天,也就是五月最后一些日子里的一个早晨。那天狗狗起得很早,赶了毛驴到沟底去驮水,回来后,就不见莲莲和女儿彩娃的影子。狗狗先是以为莲莲因前几天的事赌气回娘家了,草草吃过早饭,就去了那个村子,可没见到莲莲,他丈母娘听说女儿不见了,哭着和他要人。狗狗才晓得,莲莲是走了。

狗狗就灰了，瘦了一圈。

腊月初一个飘着雪粒儿的早晨，狗狗在他那破败的门上锁了一把同样破败的锁，扛着一把借来的锯子和一柄锋利的板斧，走过空寂而脏乱的院子，下了光秃秃的院畔。

大牛子赶着驮水的毛驴，从灌水路爬了上来："狗狗，一大早去哪达？"

"老坟上有棵槐树，我想刨了卖几个钱。"

"老坟上的树也能刨吗？"

狗狗乱蓬蓬的头发在晨风中晃着，眼睛痴呆："现在的世道，没有不能干的事。"他说。

大牛子就很吃惊："你大都没舍得砍了做棺材。"

"不也坐了一副杜梨材么。"

"别人会骂你不孝的。"

"婆姨都跑了……"狗狗说这话时，眨巴了下眼睛，一张脸灰灰的。

"你还要寻？"

"我能不寻么？"

"你把牛也卖了？！"

"卖了。"

"明年不种地了？"

"婆姨没了，还种啥地呢。"狗狗要笑，却没能笑出来，只是咧了咧嘴，倒给人一种要哭的样子。

"早不晓跑哪达去了？"大牛子说。

"哦，这么冷得天，也不晓得她们母女俩在哪达落脚了，肯定受坏了。"

"别操那个心了,自己照顾好自己吧。"

"我要寻的,一定要把她们寻回来。"狗狗说得很坚定。

"你保准能寻回来么?"

狗狗呆了片刻,有些不好意思地说:"临走的前天她给我做了一双鞋垫,我一脚都没舍得穿哩。"说着,从怀里掏出用白布包着的一对花鞋垫,"说明她心里有我哩,我要把她寻回来,真的,她保险也想我哩。"

"球!"大牛子有些愤慨,后叹了一口气说,"刨树时小心点。"

顺着山梁小路走过去,山弯的向阳处,几堆坟丘爬满了荒草,一棵高大、粗壮的槐树长在坟角,光秃秃的树枝在风中呜咽。狗狗来到树下,脱了破棉袄,就干了起来,到了中午,狗狗把树伐倒了。

张家后生从小路上走过来,留着长长的头发,脸洗得白白净净,手插入袖口里,弓着腰,极冷的样子。他在远处望了会,就挪过来,站在一边看。狗狗见了,就问:"你是来砍柴么?"

"不是,我来串串,嘿嘿,串串。"

狗狗冲他善意地笑笑,又干起来。

张家后生站在一边,看狗狗挥舞斧头砍树枝,看树枝被震得扑扑动,看木屑乱飞,又看狗狗汗津津的脸。"狗狗,我想和你说个事。"他说。

"你说吧。"

"听说你还没寻见莲莲?"

"没寻见。"

"听说你还要寻。"

"要寻的。"

张家后生不语了,狗狗见他不说什么了,又挥动了斧头。

"那回的事……"张家后生又支吾道。

狗狗看看他:"哪回?"

狗狗等着他说,他却不说,狗狗又干起来。

"你不要再寻了,你寻不回来的。"

"嘿嘿。"狗狗笑了,"我能寻回来的,你不晓得,我一定能把她寻回来的。"

"虽然我不晓得她去了哪儿,可我知道,她不会再回来了。"他说得很干涩。

"总能寻回来的,一年不行,两年、三年,总有一天能寻回来的,你是有文化的人,你晓得,外面的世界有多乱……"

张家后生望着狗狗,先是吃惊,后便堆一脸悲壮,惶惶走掉。

腊月二十七,大牛子和粉粉桃结婚,把庄里人都请了,狗狗也带了一份礼去了。席面是"八碗",吹手是雇用最有名的吴家吹手班,酒肉管够,酒是六十度烧酒,肉是大块肥肉。万保老汉的大小子福胜子和张家后生还有几个年轻人喝醉了,有的唱,有的跳,都吐一堆污秽,狗们也不愿舔那东西。福胜子哭得很伤心,后便放开声嚎,他大万保老汉恼了,给一个耳光子,福胜子瞪着血红的眼睛嚎着说:"打吧,你打吧……我不好活呀……"

狗狗是不喝酒的,但他能吃肉,一寸方正的大块肉就敢吃二十多块,狗狗吃肉围下许多人看。

"狗狗好肉量!"

狗狗冲着人们善良地笑笑。

"狗狗能吃到三十块么?"狗狗不语,默默地吃,终吃了三十块,村人皆惊。

"狗狗,还寻婆姨么?"

狗狗望望众人,松着裤带说:"总能寻回来的。"

"莲莲给你做的花鞋垫呢?能让我们看看么?"

狗狗就从怀里掏出花鞋垫,仔细打开那层布,让众人看,就都说莲莲人样儿俊,手手也巧哩。

"是给你做的么?"

"怎么不是?"

人便都笑。

"笑什么,真是给我做的嘛!"

众人便都大笑,望望狗狗,又看看刚吐了秽物坐在吹手堆边烤火的张家后生,又笑,

狗狗也望望众人,望望张家后生,也笑。

刊《延安文学》1993 年 5 期

寡妇

太阳落下去了,天还不黑,晚霞正艳,那像鲜血浸染过一般的晚霞,赤烈、灿然,风却很大,寒意也有。这已是深秋天气了,秋庄稼早已入仓,山便是些光秃秃的山,川也是光秃秃的川,都灰白、萧然。

寡妇轻轻地叹了一口气。

那时寡妇站在自家的院畔峁上,深秋的风吹着她有些零乱的头发,脸上觉得凉丝丝的。

寡妇就那么怔怔地站着,一双黑亮的眼睛露出凄凉、哀痛,似乎有很多连寡妇自己也弄不明白的东西,正因有了这种难以言说清楚的东西,寡妇此时此刻的这双眼睛才给人一种类似漂亮、温柔的女人在哭泣的时候仍然那么美丽的感觉。实际上寡妇本不是那种让男人见了勾魂摄魄的女人,但那光净的脸和一脸哀伤多少还有点吸引人。寡妇目光专注,似乎在看一件很值得看的东西。其实寡妇什么也没有看到,一切都是朦胧、混沌的。

院畔耸长一颗杏树,并不高大,叶子早已落尽,枝枝杈杈在风中呜咽。落地的枯叶又被风卷起来,在寡妇的脚下转圈儿。

正是傍晚山村最躁乱的时候,往日听来很亲切很熟悉的一切声音,今日突然感到有些陌生和在这陌生中产生的可怕厌烦。寡妇拢一拢散乱的头发,极力寻求产生这种意识的原因。可是,她的内心处于一种不曾有过的混乱,并不能静下心来去细想一些问题。是不是因为今天是她渴望已久的日子?寡妇想,在以前的一些岁月里,为了等待这个日子,她的心从来没有安宁过,总是处于动荡、慌乱之中。这个日子终于来了的时候,她并不觉得怎么激动,反而有些伤感。她觉得此时此刻任何一种声音哪怕这呜呜哀鸣的风声也使她烦躁、怅然。

寡妇感到了腿的酸困。她把身体倾向杏树,瘦削的肩膀靠在干裂的树干上,渐渐,两行幽幽清泪缓缓爬上了她那张白净的脸颊……

五月里,山丹丹花开得正艳,红得像火。山畔上几株绿蒿被五月柔和的风吹着,轻轻摆动。那时,杏树上已经结满了指头般大小的青皮杏儿,咬一口往死里酸。而端午杏就熟了,但杏总是杏,即便熟透了,也少不了那股酸味,只有这酸味才能称其为杏。山弯里长一棵高大的杏树,一个十六七岁的女孩子爬到树上摘杏吃。这不是一棵端午杏,个儿大是大,但不熟,只有酸,也有一丝甜,女孩子吃一口酸的杏挤一挤眼窝,神态就是好看。

前边山洼里有一群羊,散乱地吃着青草。放羊后生站在山畔上,手里拿着放羊铲。他是个二十来岁的小后生,头上扰一块三道道蓝的羊肚子手巾,穿一件白布衫,系一条红腰带。

"拦羊一天不瞌睡,不由得我要想妹妹……"一句抑扬、高亢的信天游从山畔那儿传了过来,树上的女孩子脸腾地红了。

她心想,直眉画眼的人,心眼儿却坏着哩。想是这么想,但不由要往那边多看几眼,心便也咚咚跳起来,像揣着一只活蹦乱跳的小兔子。

"白羊肚子手巾包沙糖,干妹子你人俊好心肠……"歌声还是那么仰扬、高亢。女孩子摘杏的手停下,咬杏的嘴也不动弹了,眼睛痴痴地盯着放羊后生的身上。

"羊在山后人在畔,想拉两句话儿把头打转……"像风一样轻柔,如露水珠珠一样甜润,悠悠的,颤颤的,羞涩,多情。

一阵微风吹过,杏树的叶子哗啦啦的响。

"我是个拦羊的,穷哩。"

"我是个土女子,丑哩。"

"我不嫌。"

"我也不嫌。"

"让我拉拉你的手,行不?"

"你拉吧。"

一双粗大的颤抖的手拉住了那双小巧的手,紧紧的。

"我想亲你一口,行不?"

"让你亲五口。"

干裂、哆嗦的嘴唇压在湿润、同样哆嗦的唇上,久久的……

这已是许多年前的一幕往事了。

寡妇记得那年她十六岁,黄黄的头发梳两根黄黄的辫子,细瘦,不足一尺长,扎着毛茸茸的红头绳。从那以后,她小花袄的口袋里就揣上了一面小圆镜,这是他送给她的。他说:"没甚送你,这个你拿着,你看见它就想一想我。你每天早起梳一回头,你就一天想我一回。"

寡妇把手伸进怀里,从贴身口袋里掏出了那面小圆镜,她并没去照它,照镜子的那个她已死了。细想起来,她照过镜子已经许多年了。自从出嫁那一天开始,她再没有照过镜子。虽然这面小圆镜一直揣在她的怀里。此刻,她拿着镜子,忽然想到要照一照自己。之所以想照,是因为今天与往日不同。可是,她没有勇气把镜子对准自己的眼睛。她不知道自己这么些年来变成了什么样子,她害怕看见自己。她知道她老了,再不是那个扎红毛头绳的小女子了。

寡妇长长地叹了口气,揩去脸上的泪水,把镜子揣入怀中,然后转身回到窑里。唉,她想,这一天可真是长呀!

寡妇坐在炕沿上,两条腿垂下来,两只手压在膝盖上,似乎是极力支撑着那感到非常疲乏的身子。

夜临近了,院子里暗下来,窑内黑乎乎的。寡妇在黑暗中就那么静静地坐着,思绪像脱了缰的野马一样,总想一些非常遥远的事情。寡妇也弄不明白,那些事情已经过去很多年了,虽然记忆犹新,但平时也不多想,因为想起它只能增添许许多多忧烦、悲伤。然而今日却不同,多少年来一直折磨着她活得很累的那些事像一窝惹恼了的蜂,全部向她涌来。她想,今天对她来说是太不一般了。她又体会到了多年前出嫁她的那一天的感受,略有不同的是,那时她是个十六岁的小女子,而今已经是三十大几的寡妇了。岁月沧桑,人生坎坷。

那个冬天在她心目中是寒冷的,似乎任何一个冬天也没有那个冬天冷。她记得那好像是个没雪的冬天,干冷干冷的,风也却异常凛冽。就在那个冬天的最后一些日子里,她大以五石米两石麦子的价把她问了出去,那年她十六岁。出嫁她的那一天,也正是她十六岁的生日。

一班吹鼓手在前边吹出她听来是那么伤感的曲儿,咚咚的鼓声夹在少气无力的锣声中,就像粗大的鼓槌敲打在她的心上一样。她骑在一头大红骡子的身上,穿着多少有点臃肿的新衣,头上拢得红头巾几乎遮严了她的脸。大红骡子的四蹄敲打着细瘦的黄土小路,一串铃声响在耳边。泪水浸满了洁白、细嫩的脸蛋,泅湿了红头巾。

在她没经历这次人生的大转折以前,她见过出嫁的女子,一个个哭得泪人似的。她听人说,这是假哭,其实心里才喜呢。她不知道心里喜为什么还要哭,妈说,出嫁时新媳妇不哭,别人就会骂她不正经,想男人想得连娘老子都忘了。可她是真哭,发自内心的哭。她不可心这门婚事,她的心已经给了那个拦羊后生。

她记得她哭得很伤心,眼泪像断了线的珠子一般往下滚落。她不晓得眼泪是从哪里来的,总也流不完。她哭肿了眼睛,像两颗红葡萄似的。其实在出嫁的头几天,不,是在这门亲事成了那刻起,她就哭了,连饭也不吃。大骂她:"哭,哭你大的丧哩?有本事你变成个小子,老子让你挑!"

妈说:"这是命,娃呀,认了吧!"

她点了点头,认了,她只能这样。她是个女人。

那真是红火、热闹、隆重、喜庆的日子。那天她就是娘娘,众星捧月一般被前呼后拥,任何人都对她一脸笑意。她忘不了那一天,不是因为那一天是她人生中的一个转折点,也不是因为喜庆,恰恰相反,那一天留给她的只有无限的怨恨和凄凉。

娶亲的人一出村,她偷偷地把红头巾掀开一条缝,露出半只眼睛。可是,她没有足够的勇气往对面山梁的那棵杏树下望,害怕这一望会引来怎样的后果。

是在她出嫁的十天以前,杏河边的水渠渠里,她和拦羊后生面对面站着。

"你瘦了,"拦羊后生说。

"我们没缘分。"她哭了。

"到了那天,我站在杏树下送你……"

"哥,不怨我,是我大……"

"我晓得,这都是命里注定的!"

"命里注定的!"

"我等着你……"

"什么……"那时,她并不知道这等着意味着什么。后来她才明白。她一旦明白了,就更加痛悔。

"哥,有合适的,你就说一个吧。"她说。几年后,她已经有了儿子,可他还是光棍一条。

"没有合适的。"拦羊后生说,眼睛不看她,两眼瞅着杏树上那颗颗青皮大杏。她的耳畔又响起了他那野气的笑声。

"你吃杏不?"

"我不吃,酸死人哩。"

"吃杏就为了酸么。"

"害娃婆姨才吃酸杏哩。"

"你坏,我不理你了。"

"我理你……"

他就笑了,笑声有些野……

"你也三十出头的人了,该有个家了。"她说。

"家?"他苦笑笑。

"哥,过去的事了,你还记它干什么?忘了吧。"

"忘了?说得轻巧,我忘得了么?"

是呵,忘得了么?她想,你也不是忘不了么?唉,人呵,为什么要这样呢?

"可怎么说,我也是人家的人了!"

"我不是。我等着,土里头也等……"

她哭了,是爬在他胸前哭的,那是一年中最好的季节——五月里。

寡妇又叹了一口气,溜下炕沿,点燃了小小的油灯。油灯的火苗儿先是豆粒子大的那么一小点儿,渐渐大起来,燃出嗞嗞的声音。寡妇站在灯前,默默地看着跳跃着的灯焰儿,缓缓地抬起一只手,抹去脸上的泪痕。

寡妇在盆内倒了一瓢热水加了一瓢凉水,然后开始洗,她很仔细地洗着,动作迟缓、机械。她洗了脸、脖子、耳朵,又把头发解开,也洗了,做完这些后,她坐在灯下,极小心地掏出怀里的那面小圆镜,双手握着,怎么也没有勇气去照它。

寡妇终于颤抖着手把镜子举了起来,但她不敢看,紧紧地闭上眼睛,挤出两行亮晶晶的泪水。

寡妇还是把镜子重新揣入怀中,轻轻打开门,向外看看。她知道,是她走的时候了。

寡妇草草地收拾了一个小包包,抱在胸前,走出门,然后转身把门关上。

深秋的夜晚,似乎已经有了冬的寒意。萧瑟秋风在无边无际的暗夜中肆忌地横扫,暴戾、残酷。天阴着,很厚的云层低低地垂下来,好像要狠狠地下一场,但刮来的风没有一丝儿湿润感,干冷干冷的。土窑洞垴畔沿那一丝趋于干枯的蒿在秋夜的风中发出像老人呜咽一般的哀号。对面山梁梁上一只夜鸟叫几声,其声哑哑的,畏畏缩缩,很快就被风声淹没了。

寡妇站在院畔峁的杏树下,望着茫茫的黑夜,心里顿时翻卷起一种从未有过的说不清道不明的复杂情感。就要走了!她想,长长地吐出一口气,十六岁的一段情缘债,却要等到二十年后才偿还,这究竟是为了什么?是悲还是喜?是苦还是甜?似乎都有,似乎都没有。

对于男人的死她并没有怎样暗暗庆幸,相反那也成为她人生中的一大不幸。她记得一个古训,好马不备双鞍,好婆姨不嫁二男。她知道寡妇活人的艰难,更明白寡妇改嫁意味着什么。然而,死了的已经死了,活着的总还要活呀。虽然那样艰难,那样累。

要走了,她该去看一看儿子了。但她知道,这一点她是办不到的,刻薄的婆婆是不会答应她的。孩子虽然是她生的,但那是人家的骨肉,以后得为人家顶门立户,栽根留后。而她呢,只不过是一个可怜的寡妇而已。但怎么说也十月怀胎,一朝分娩,几载哺乳,疼呀爱呀,母子情深。她仰首向里望。窗户上已经没有了灯光,院内死一般静。此时此刻,儿子正甜甜地睡着了。他梦见妈妈了么?寡妇哭了。

"儿呀?妈去了。妈对不住你。以后的路要你自己走了……"寡妇在心里说。

秋夜很凉,寡妇的身影在夜色中显得很消瘦。

"妈养了你,却不能照着你,不能为你娶一个可心可意的媳妇,妈心里……难过哇……儿呵,以后长大了来看妈,千万别把妈忘了……"

寡妇知道,此刻,在村外的小石桥上,一辆驴拉车正在等着她。她想,她应该走了,向那辆驴车走去,向他走去。寡妇恋恋不舍地迈动了脚步。她感到两腿很沉很沉。

在走下院畔时,寡妇突然笑了,那种凄苦的笑比哭还难看。她想起了十六岁那个冬天出嫁她时那红火、喜庆的场面。可是眼下,同样找男人,却截然不同,漆黑的夜、悲凉的秋风、孤伶伶的身影……

寡妇像做贼似的走过村中的那条小路,脚步轻得几乎听不到一点声音。当她终于看到那座小石桥和那黑乎乎的驴车时,她的两条腿软得再也走不动了。

然而,寡妇知道,明天过不了晌午,她所走过的这条小路,婆姨们会用扫帚把它打扫得干干净净……

刊于《延安文学》1991年第6期

唢呐情话

一

七十二行,打狗卖糖,吹手也是一行。不过,吹手在三教九流里数下九流,在人们眼里和乞丐是同等的地位,所以,在旧社会,唢呐艺人是最下贱的。

吹手多是由五人组成的一个班子,两人吹唢呐,一个上手,一个下手;另外三人打鼓敲锣和拍钹。一般来说,一个吹手班子由吹上手的领着,锣鼓家什也是他的;多是家传,有的甚至好几辈子都是吹手。

吹下手的一般是学徒。吹手带徒弟也是有讲究的。新来的人先要问清家庭情况,再讲一番吹手的营生是如何的下贱,保不准怕连婆姨也问不下,然后劝说还是不学吹手的好,干什么不比学吹手强。收了徒弟,也认真教。先学换气,换气是学吹手的一大难关,闯过了这一关,以后就好学了。换气没有技巧,只要多吹多练,在某一时刻猛然就换过来了。艺术很高的吹手,一口气能吹几十里,脸都不红。学会了换气,再教些小曲的吹法,如"绣荷包"、"走西口"、"送妹子"等。然后就教正式曲牌。这里的吹手给人办事一般分为两种,一种是喜事,即娶亲嫁女,另一种就是丧事。喜事有喜事的曲牌,丧事有丧事的曲牌,比如喜事曲牌有:"大摆队"、"赵飞搬兵"、"巧女上轿"等。丧事曲牌有:"雪梅吊孝"、"祭灵"、"雁落沙滩"、"鲁怀旺"等。这些曲牌的调子都不长,但反复吹奏,喜曲儿激越亢奋,祭曲儿悲痛伤感。

吹手饭是一门艺术饭,也是下贱饭。

所谓"走在人前吃在人后"说的就是吹手。事办完院子里摆几桌,一桌八个人,上八大碗,叫"八碗",在吹手吹小曲儿的伴奏下,客人红红火火地吃,等待完客后,才轮吹手吃。吹手班是五个人,再备三个讨饭的坐一桌。一般人是不和吹手坐一个桌子同吃的。这个讲究很厉害,你真要和吹手坐一个桌子吃饭,在别人眼里,你的人格、地位随着这顿饭的结束也就降低了,还颇被人看不起。

吹手的地位是低贱的,人们说他们是"吹屁打鼓"的,话说回来,任何事情都有个好与坏的分法。当然啦,七十二行也有好行当,也有像吹手这样的下贱营生。不过,没有这些"吹屁打鼓"的下贱吹手,喜事就不热闹不红火了,丧事也就办得不隆重了。看来,在人们的生活中还是不能离了吹手。因为他们毕竟是给人们增添喜气的。

民国年间,吴家吹手班在杏子川一带是走红了的。只要一提起吹手,人们就自然而然地想到了吴家吹手班,想到了吴家吹手班领班的后生吴顺子。谁家给儿女办喜事或是抬埋老人都要去寻吴家吹手班。他们说,人家吴家吹手到底是吹手,名声响亮。别的吹手眼红是眼红,嫉妒归嫉妒,可自知不如人家艺高,也就自惭形秽。不过,吴顺子这后生不吃独饭,照顾着让别的吹手也办事,因此,吴顺子虽然年轻,可威望却不低。

吴家吹手班之所以比别的吹手好,说起来有这么三个方面。一是他们好伺候,主家无论对他们多么冷淡,多么看不起,或者是不周不到,他们也不去计较。挣钱也合理,给多挣多,给少挣少。另一方面是艺高。无论是吹曲牌还是吹小调,吐字清晰,发音准确,喜时悠扬、激越,使人兴奋;悲时呜呜咽咽、如诉如泣,催人泪下。再就是他们的小曲儿多。最拿手的一招还是能够把曲儿倒着吹过来,就像背书能倒背一样。这可是绝招,非多年的磨炼不可。仅这一招就使无数吹手佩服得五体投地。

吴家的艺是祖传,据说也有秘诀,但一般人却看不出吹手能有什么秘诀。

追溯起来要说到吴顺子的爷爷吴老四。吴老四自然是排行老四了,三个哥哥全是正儿八经老老实实的种田人,唯独这老四例外,他从生下来到死去也没有捉务过一棵禾苗,虽然生活艰艰难难,命运坎坎坷坷,也算是自在了一生。那年他二十多岁,东游西串,过着近似乞丐的生活,婆姨自然是没有人肯跟来的。一天,村里来了个要饭的,说一口米脂话,穿得破破烂烂,胳膊窝里夹一杆唢呐,每至一户门前吹一段小曲儿,主家就给个一勺半把的。虽然是个沿门乞讨的叫花子,可那唢呐吹得确实好,不懂行的听了也说好。吴老四就把老汉留在家中,拜为师傅,学得一手好唢呐。打那以后,师徒二人合伙,一个吹上手,一个吹下手,又引了三个娃娃,打鼓敲锣拍钹,走村串乡给人家办事情,挣口饭吃。那米脂老汉姓齐,至今吴顺子还说他们吴家是齐家的徒弟。齐老汉一死,吴老四吹了上手,又带上了徒弟,打出了吴家吹手班的牌子。

吹手出名也不是容易的，非得经过激烈的竞争不可。当然这种竞争是比艺术了，也就是比谁吹得好。先是和附近的吹手比。比的内容有两个。一是谁吹得曲牌小曲多，吐字清，发音准，再就是比谁的气长，也就是一口气能吹多长的时间，比过了附近的，就有慕名而来相比的。多是在娶亲嫁女的事情上，人多面前才能分出高低。有时一个事情上能来好几班吹手，主家只给管饭，来的吹手是不给挣钱的。比的时候也不是一齐吹，而是一班一班地吹。如果先吹的一班气长，吐字也清，得到一片叫好声。有听了以后自知不如的就不再相比，赶快离去，走时客气一句："你们在，以后再会。"颇有回去苦练再比的口气。这样不几年，吴家吹手班可就出名了。

自然，吴老四把艺术传给儿子吴小四，吴小四又把艺术传给儿子吴顺子。只因是家传，所以不曾遗漏一丝儿。

吴老四是四十几岁上养的儿子吴小四。那年吴老四已满四十，到保安山里去给人家办丧事。在这场丧事上，他结识了一个寡妇，以后便相好了，再以后就领了回来。这寡妇比吴老四小了几岁，浑身上下肮脏得有些丑。亏了这寡妇，不然谁肯嫁给一个地位低贱的吹手呢？

吹手在人们心目中的地位及四处颠沛流离的艰难，吴老四已经尝够了其中的酸甜苦辣。他不容许儿子学吹手，干这种下贱的营生。然而，儿子还是学了吹手。这倒不是儿子喜爱吹手，只不过是生活所迫。一切在艰难坎坷路上行走的人，哪一个不是逼迫的呢？

吴老四临死前，把儿子拉到身边，说了他这一世最后的一句话："大不该学吹手，你也不该学吹手，记着，咱们孙子手上也不要再学吹手！"

吴老四死了。

吴小四也是到了四十多岁才问到婆姨。他婆姨叫个兰花，实在的庄稼人姑娘。她是因为嫁汉被男人休回娘家羞愧不过跳了河的。似乎一切都是命里注定了的，后来他这样想，不然怎么就让他碰上了呢。他救起了她。在旧社会，一个因嫁汉被休跳河女人，有谁肯要呢？除了吹手怕只有讨饭的了。他要了兰花，兰花给他养下了顺子。他牢记大的话，不让顺子学吹手。可是，吴顺子还是接过了他那杆唢呐，成了吴家第三代吹手。

二

无论是寒冷的冬天还是酷暑的夏天，吹手们总是围着一堆火，呜哩哇啦地吹，吹别人的喜，吐自己的愁。

一堆烟火，伴着吹手们吹出悲伤的、激越的无字歌。

吹手刚上院畔，那火早就燃了起来，总是在一个角落里。吹手们也不用谁请，自自然然地走到火堆边，围火而坐。喝过一碗水，也不吃饭，就开始吹了。

吹手的火堆边总是个热闹的地方。那悠扬的唢呐声吸引着小娃娃，眨着天真而又好奇的眼睛，听那动人的唢呐声。也有大人挤来，伸出粗黑的手取暖，也有人和吹手亲热几句，为得完全是吹手们面前放的那盒廉价的劣质纸烟，抽一支吸着，过过烟瘾。

任何一户主家对给吹手打火的柴总是不吝啬的。陈年的干树疙瘩不用斧子劈开，就那么一大疙瘩架在火堆上烧，燃起熊熊的火光，烘烤着吹手们那褐黑的脸膛。两杆唢呐对着火堆吹出一支又一支曲儿。吹手走了，那火还在燃着，发白的柴灰燃下很大的一堆。

吹手有时也可以挣一笔相当可观的收入。不过这种运气是很少有的,多是到了年关,娶亲嫁女的人多,阴阳择日子又挤到了一天,那这一天的价就高。五个人的一班吹手,挣钱的多少也是不同的,按股份算账。比如五股账,唢呐和锣鼓家什抽一股,吹上手的一股半,吹下手的一股,打鼓敲锣拍钹的一股半。吹手班里敲锣打鼓拍钹的多是娃娃或老汉,挣钱多少不说,单为了吃每办一回事情就能吃一回的八碗。这是很让人眼馋的。然而谁也又不愿去当吹手,怎么说吹手的活儿不是正经人干的,不到万不得已谁也不愿走这一步的。

吴家吹手班办事向来是不搞价钱的。主家来定吹手,只需说个日子,放两块定子钱就够了。这两块定子钱对任何吹手来说都是缺少不了的。这是讲究,谁也无权打破的。定子钱理所当然是由班主接下。

接了定子钱,记下了日子,到了那一天,五个人就忙忙地赶去。这是良辰吉日,无论有什么重要的事也不能误了,主家出钱用吹手为的就是增添这一天的喜庆气氛。

吴顺子虽然有很好的人缘,艺术又高,人样也不丑,可就是问不下婆姨,二十六七岁的后生在当时来说已经是大光棍了。

吴顺子从十八岁上就开始问婆姨了,这么些年下来,仍是光棍一条,没有哪一个好心人肯把自己的女子嫁给一个吹手。

为了吴顺子的婚事,他妈兰花不知哭过多少鼻子,流过多少眼泪。每当夜深人静,她守着孤灯,想起自己这悲苦的一生和儿子的婚事,她就暗暗地叹几口气,洒出一串一串的泪水子。她恨自己当初怎么竟跟了一个吹手?唉,这一切都是命!

男人的一生是在别人厌恶的眼光下活过来的,他把一生献给了一杆唢呐,他临死时什么也没有给儿子留下,他没有能力给儿子成就终身大事,也没有能力给儿子挣下哪怕少得可怜的一点家产,他留给儿子的就是一杆被他粗大的五指磨光了的唢呐。

儿子呢?她想,等待他的又会是什么呢?她眼下还无法看得清楚,她也不敢认真地去细想。可她晓得,儿子的命运也不会比他大好多少,因为他们是吹手。

对于她来说,她觉得自己已经走错了一步路。可是她并不后悔,既然命运把她安排成那样,她认了,她是个苦命的人,除了像他那样的人肯收留她,别人谁又可怜她、同情她呢?

可是儿子为什么也要走他大的路呢?她似乎很明白,又不很明白。

每当别人送来两块定子钱,她心里就感到儿子接下的不是两块钱,而是她的两行苦涩的泪水和儿子的耻辱。她害怕听到唢呐声,无论是激越欢快的还是悲凄伤感的。那一声声无字歌揪着她的心。她仿佛在这无字歌中听出了儿子孤苦的心声。作为一个母亲,再没有比儿子受人歧视而感到难过的了。

冬天的日头永远是那么淡漠的,整日把一张难看的脸对着任何一个人。冬天的风也永远是寒冷的,横扫着荒凉的黄土地。每年的这个时候正是农村人娶亲嫁女的良辰吉日。吴家吹手班便天天忙着给别人带来喜庆,东奔西走,一曲曲无字歌在黄土地上回荡。

吴顺子喜欢他这杆锃光闪亮的唢呐,喜欢那一支支悲伤喜悦的唢呐曲儿。只要一拿起唢呐,一切不快都烟消云散了,整个身心都沉静在自我陶醉之中。但是,每到夜里,睡在陌生人家的黄土炕上,虽然一天的劳累使他很疲乏,但不能很快入睡,他想心事。他什么都想,想爷爷,想大,也想自己,他想得更多的还是他已经是二十大几的后生了,他用得婆姨了。每到这时,他真想狠狠地砸坏唢呐,永远不再动它,甚至连看都不愿看到吹手,不再听到那一支支熟悉的无字歌,然而到了第二天重新拿起唢呐时,他把什么都忘掉了。

这年的腊月办喜事的人家特别多,初二在小王庄迎回来个新媳妇,初三又去了羊蹄旮旯。

羊蹄旮旯是一个小山庄,十几户人家都住在向阳的山旮旯里。吴家吹手班以前在这个庄办过不少红事、白事。他们是一大早去的,连饭也没吃就上路了。因为要娶的新媳妇娘家离这儿有四五十里的山路,而且必须要在当天赶回来,不得不早走。

天黑以后,羊蹄旮旯的院畔下那条灌水路上响起了"得胜回营"高昂、激扬的唢呐声。早已等候在主家院畔上看热闹的男男女女都兴奋地伸长脖子看,好像是给他们娶回来了媳妇。有些娃娃就奔下了院畔,性急的后生已放起了迎亲的喜炮。

前边一班吹鼓手,中间是几头牲口,骑着新媳妇和几个女人,后边跟着十多个男人。吴顺子每到这个时候都很兴奋,尽他的本事吹,一杆唢呐吹出使人振奋使人激动的曲调。

这个时候是吹手们最卖力的时候。主家掏钱用吹手也就是为了这么一阵的喜庆。这种场面也很壮观。全庄的人几乎都站在高处看,黑压压的一行。女人们用手指着低垂着头抬不起来的新媳妇品头论足,调皮的后生把鞭炮点燃往新媳妇的头顶抛。鼓声伴着唢呐的节奏,每一下都像是敲击在人们的心上,使他们兴奋的心情更加激昂,任何人都是一张笑脸,哪怕平时有天大的不幸,可在这个时候似乎早已忘光了。

最让人兴奋不已的还是唢呐声。这种无字的曲调永远有一种激动人心的魅力,它所显示的是一种震撼心灵的力量,粗犷、豪爽,像黄土地一样自然,又像庄稼人一样憨实。这个时候人门不再用讨厌的目光看待吹手了,流露出敬佩的神色。吹手们也鼓着腮帮子,竭尽全力地耍自己的本事,以引起更多人的敬慕。

迎人或是送人的代事人,在这个时候是不敢得罪吹手的。你要得罪了他们,他们自有报复你的办法。其实这办法很简单,就是吹,一个劲地吹,甚至坐下吹。这对看热闹的来说无疑是一种莫大的享受了,可是对送人的和迎人的来说都是一种无言的折磨。干这种事情多选在坡陡的地方。牲口本身就很吃力,加之背上又驮着一个人,站立在陡坡时间长了,牲口会因体力不支而卧倒。一旦牲口卧倒,那就丢了很大的脸面了。因此,这个时候,两家代事的就殷勤地给吹手敬烟,说好听的话。烟是无法抽的,左耳一支,右耳一支,有戴帽的在帽子的边沿别着几支。

但是吴家吹手班可从未干过这种刁难人的事。他们边走边吹,在艺术上下工夫,而不是消磨时间。

天大黑以后,迎亲的队伍才上了院畔。人们看着这个年轻的后生吹手,纷纷议论:到底是吴家吹手,与别的不同。好吹手!

上过头以后,吹手们自动来到早已为他们准备好的火堆前,围火而坐,喝着大碗的白开水。

吴顺子在羊蹄旮旯办事不仅这一次,因此认识他的人很多,一闲下来,就有人来拉话,抽支主家的廉价劣质纸烟。有人问起为什么回来得这么晚,说路远其实也不远呀?吹手们七嘴八舌地说开了。吴顺子一边抽着烟,一边喝着水,脸上无有任何表情,好像徒弟们说的事和他无关。

本来在新媳妇娘家动身很早,路上也走得急,估计跟羊进圈就可以回来,不料路上不顺利,发生了一件本在意料之中的事情。他们这队人马和另一队人马相遇了。

既然是相遇就有个让路的问题,互不知底细的吹手就要比一番,谁也不给谁让路,面对面站下吹,是要比出个高下的,被比下的那一班自然说一句:"拜识,我经师不到,学艺不高,惭愧!"然后让路。这种事情是常有的。

吴家吹手班在吴顺子领班以后还从未经历过这种事情,一来他们的艺高,知道的吹手班不敢比,二来吴顺子迎头碰上了吹手,先就自动让开了路。今天却不同了。他们碰到的也是一班年轻的吹手。吴顺子让自己的人马往路边让。可是那班吹手不过,站下吹,懂行的知道,这是要较量的。吴顺子走上前,给那吹手递上一根纸烟,谦和地说:"咱都是吃这碗下贱饭的,不要伤了和气。"

那人的年纪和吴顺子不差上下,他接了烟,说:"听说吴家班艺高,今个碰上了,怎能不比呢。"

吴顺子又说:"不比也好,咱们都要赶路呢。"

那后生高傲地一笑,说:"哈哈,原来吴家吹手班光有个虚名,没实本事啊。"随即他脸一沉,"今天非比个高下不可!"

吴顺子知道不比是不行了,于是拿起了唢呐。

先是比音法,就是比谁吹得音调准,好听。自然,这是比不出高低来的。因为既然人家口气那么大,那艺术也一定不浅哩。接着比曲牌比小调,这下就分出高低来了,吴家吹手班的小调多,那一班自知不如,先就慌了手脚,音也吹不准了。吴顺子见这后生年轻气盛,目空一切,不让他知道山外有山,人外有人,他的艺术是不会有长进的。于是他拿出了绝招:倒吹曲儿。那后生大概只听说过有这种本事的人却没见过,早惊得目瞪口呆了。

吴顺子倒吹了一曲,说:"献丑了,见笑,见笑。"

那后生慌忙掏出一支烟,递与吴顺子,满脸羞愧地说:"我们有眼不识泰山。吴家吹手果是名不虚传,以后请多指教。"

"不敢,互相学习吧。"

那后生恭恭敬敬地把自己的人马让到路边。吴顺子也把自己的人马让到路边。两家谦让了一阵,一齐从两边擦身而过。

在人们用敬佩的目光望着吴顺子的时候,他倒有些不好意思起来,说:"别听他们瞎吹,没有的事。"

大伙都嘻嘻哈哈说他太谦虚了,吴家吹手本来就吹得好嘛,竟有人敢和吴家吹手比高低,不是让自己下不了台吗?

三

一堆篝火熊熊地然着,火苗子欢快地跳跃。火光映出了一个人的脸。这是一张青春女子的脸,白里透红,有着光泽。一双眼睛乌黑闪亮,扑闪扑闪地眨着,像是轻轻私语,又像是柔柔低唱。她说不上俊,但绝对不丑。看不清身材,但从消瘦的两肩看,她不是一个矮胖的姑娘;不一定苗条,但肯定匀称。她大胆地看着吴顺子。这是一种什么样的眼神呢?爱恋、敬慕、羞涩,似乎还有什么说不清的。吴顺子在这么一双眼睛的逼视下,他害羞了,胆怯了。他低下了头。

当他再一次抬起头来的时候,那双眼睛还是那样固执地看着他,脸更红了,嘴角露出一丝难以觉察的笑。吴顺子的心跳了起来。

开始吃饭了。在吃饭的同时吹手必须吹打起来。于是,欢快的唢呐声又响了。

吴顺子一边吹着唢呐,一边看那张脸,他不再害羞了。他觉得,一个后生为什么要害羞来自一个女子的眼光呢?他也大胆地看着她。四目相对,似乎有一股穿透空气的东西把这种无言的相对变成了一种语言来回传递。女子害羞了,低了头,摆弄着搭在胸前的一条大辫子。

以前也曾有过许多女子来看他们吹唢呐。可是一个也没有引起过吴顺子的注意。今天不同了。为什么不同,吴顺子说不清楚,反正他觉得不同了。不同的不是他本人,而是这个并不俊俏的山里女子那含情脉脉的眼光。

吴顺子拿出了他所有的本事,吹出激动人心的曲调,引来很多人看。在人圈中,那张脸始终没有消失。最后才轮到吹手吃饭,此时已是庄户人睡觉的时候了。

总管是一位约五十开外的老汉,年轻人都叫他三干大。

此刻,三干大在吹手们吃饭的同时正安排着整个事情上人们的睡觉问题。他先把送人的安排好了,并派专人招待,又让人拿了足够的被子,然后叫来主家,把亲戚们分成几伙,每伙都在哪里睡。一切都妥了之后,他才安排吹手们。

三干大叫住一个正要去的女子,问她:"侯女子,你妈还没回来吧?"

被叫作侯女子的回答:"没哩。"

"那好,你把吹手们引到你们家,让他们在前窑睡。"

"前窑没烧火,怕冷哩。"

"不怎,回去烧把就行了。"

"怕被子不够。"

"也不怎,几个人盖上一块,咱们庄小,吴师傅也不会见怪的。"三干大说着,走到吴顺子跟前,很抱歉地说:"你们五个就受一夜罪吧,我们庄小,被子有限,将就着吧。"

吴顺子说:"有个地方就行了,被子不被子的没啥。"

侯女子是一个十七八岁的山里女子。她并不姓侯,山里人把侯当小讲,也是一种爱称。

吴顺子看她一眼,心里一惊一喜,那个不眨眼看他的女子就是她,叫个侯女子。侯女子这时似乎很害羞,低了头,悄悄地在前边引路。吴家吹手班忙忙地跟上。

侯女子的家在一个小山旮旯里,靠山崖挖下三孔土窑洞。中间一孔亮着灯光,传出一阵苍老的咳嗽声。

侯女子把他们让进窑里,对正坐在灯下抽旱烟的老汉说:"大,我三干大让他们在咱家睡。"

那老汉忙溜下炕,招呼吴顺子他们上了炕,说:"你三干大这人也是,响手们在咱家睡也不说一声,好烧把火。"

响手是人们对吹手的尊称。不过对吴顺子来说,叫他们响手或是吹手都一样。他恭敬地给老汉敬上一支劣质纸烟,说:"干大,不烧也罢,都是伙年轻人,冻不坏的。"

老汉接了纸烟,让侯女子赶快烧火,侯女子抱回了干柴,给前小锅里加了水,坐在灶火口前烧了。

吴顺子的下手是一个四十多岁的中年人,老实厚道,很少说话。吴顺子收他为徒也是看中了他的这种性格。另外三个打鼓敲锣拍钹的是娃娃。此刻,三个娃娃东倒西歪地睡下了。下手坐在炕角一言不发,脸上没有任何表情,像一个傀儡,只有吴顺子陪着老汉拉着话,话题是自由的,这上面一句,那上面两句,却很亲切。老汉不时咧开没门牙的嘴笑一笑。

侯女子在灶火旮旯烧着火,火苗子窜出灶口,映红了她那张圆圆的脸。她不时抬头看吴顺子一眼。吴顺子也不由看她一眼。当他们的目光相遇时,她很快就低了头,脸更红了,却含羞一笑。这一笑很是动人,很有魅力,也很有吸引力。吴顺子的心又跳了起来,说话也颠三倒四。老汉以为他熬了,就说:"熬了就睡。"

吴顺子说:"干大,不熬的。"

"不熬的话,喝上点水再睡。"老汉说,又面向侯女子,"水还不滚?"

"滚了。"

"滚了就舀上来。"

侯女子寻来两只粗瓷大碗,一一盛了开水,端上来。老汉让吴顺子的下手喝。他说不喝。老汉就和吴顺子喝了起来。虽然是白开水,吴顺子却觉得好喝,比往常寡淡无味的白开水甜。吴顺子很诧异,这是怎么啦?为什么今天就有这种反常的心情呢?然而,他不能回答自己。因为这水是侯女子烧的。怪事!人家女子与你吹手有什么关系呢?莫非你喜欢上她了?他不敢承认,没有这种勇气。你凭什么喜欢人家呢?你一个下贱的吹手,有资格喜欢人家一个好女子吗?

老汉喝完了水,对侯女子说:"好了,不要烧了,睡去吧。"

侯女子就从灶火旮旯站了起来,往后窑去了。

虽是两孔窑洞,中间穿一小洞互通。侯女子在进小洞时,回眸看他一眼。这一眼特别让吴顺子激动不已。这一眼所包含的意思吴顺子似乎很明白,却又不敢相信会是真的:含情脉脉,火热的期待、少女的羞怯都在里边了。却又羞赧地一笑,并未露齿,却使人觉得十分甜蜜,和那眼神连起来看,勾人魂魄,使人不能自己。

这一眼一笑,吴顺子看得十分清楚,以至侯女子进了后窑,他的眼前仍有一双勾人心神的眼睛和含羞的甜笑。吴顺子的心情不能平静了,他虽然劳累了一天,却没有一丝的困倦感。他的心跳得很急促,甚至有些紧张。

"你也劳累了一天了,咱睡吧。"老汉说。

吴顺子赶忙说："睡吧。"但显得很慌乱。他不知道自己是不是已有一种难以见人的神情让老汉看到了，或者说是觉察到了。他偷瞥了老汉一眼，见老汉很正常，脸上没有怒容。他知道自己刚才的表现一定不很规矩，尤其那种痴情、迷恋和贪婪的程度足以使老汉抽他一个耳光了。吴顺子心想，却惶惶不安，像首次做了贼的人总疑心别人的目光。

吴顺子怀着忐忑不安的心躺进了被窝里。小小的煤油灯被老汉一口吹熄了。前窑顿时暗了下来，后窑还亮着灯光，侯女子大概还未睡下，正坐在灯前做针线活儿呢。前窑和后窑相通的小洞不很深，却宽敞。灯光从洞里传出来，前窑朦朦胧胧。吴顺子看不见灯光，也看不见侯女子。但他能想象得出此刻的侯女子应该是怎样一副让人迷醉的神态。

吴顺子又想起了侯女子那双脉脉含情的带有挑逗性的火热的眼睛。这个二十大几的光棍后生，这个从未拉过女子们手的吴吹手，这个夜里常常想着女人身子奥秘的有名的民间艺人，此刻，他的胸内有一团火在燃烧，有一种急需发泄出去的东西在折磨着他。他躺不住，浑身发热。

一口轻轻吹出的气体，灯光熄灭了，吴顺子眼前顿时涌来一团黑。但是他的听觉却相当灵敏。他听见后窑传来了窸窸窣窣的声音。他知道，那是侯女子在脱衣服睡觉了。他在想象着侯女子把衣裳一件一件脱掉，那又是怎么一幅勾人心魄的图画呢？吴顺子的呼吸急促了，心跳加剧，那种欲望越发强烈了，足以使人不顾一切了。

老汉睡在后炕，吴顺子睡在前炕，中间相隔他的四个徒弟。吴顺子侧耳倾听，老汉大概睡着了，因为他的鼾声最响，那种只有劳累后的老人才能发出这样呻吟般的鼾声。

侯女子还未睡着,因为吴顺子听到了她的一声轻微的叹息。

夜已经很深了,却静,院外只有冷风在轻微地吹着。窑里除了一片鼾声之外就只有吴顺子那颗急跳的心发出只有他才能听见的咚咚之声。后窑又传出一声侯女子那似乎带有痛苦的叹息。

吴顺子在一种难以克制自己的强烈欲望下,他已不顾一切了,也不想一想一旦有什么闪失,他就有被打坏一件子的危险。他抬起头来,听听老汉是不是真的睡着了。当他确信是这样后,就从炕上爬起来,轻轻地下了地,弓着腰一步一步向后窑挪去。此刻的吴吹手紧张到了极点,他的心简直是狂跳,他自己感到由于心跳的厉害而身体也颤抖了。

他像一只饿狼凶恶地向炕上睡着的侯女子扑去……

吴顺子本是个老实人,平时见了女子媳妇都不好意思认真看人家一眼。然而,人就是这样,老实人总有不老实的时候,而不老实的人也总还有老实的时候。

侯女子哭了,无声地哭了,哭得好伤心。

吴顺子满足了,却感到从未有过的痛苦,他静静地躺在侯女子的身边,脑子里一片空白,一片茫然。他对自己这可怕的举动吃惊了,害怕了。是的,假如侯女子不容叫喊起来,假如侯女子她大还没有睡着发觉了这事,后果会是什么样子的呢?幸运的是,这些都未发生。侯女子在他一钻进她被筒里时,她惊叫了一声,不过很低,就吓得缩作一团。他狠命地亲着侯女子,恨不得一口吞下肚里去。侯女子在他狂热的亲吻下,终于浑身酥软了,并紧紧地搂住了他。

但是,侯女子哭了,眼泪像泉水一般往下流。

"你,你个死吹手,坏吹手!你不得好死!狼吃了你!龙抓了你！黑老鸦掏了你的眼睛，挖了你的肠肚！"侯女子头拱着他的胸脯，眼泪打湿了他的皮肤。侯女子呜咽着，却又不敢大声地哭。

他能说什么呢？能说他抗不住那股欲火的燃烧？能说他可怜？能说他是狼是虎是狗是猪？能说他对不起她？他什么也没说，只觉得痛苦，莫明其妙的痛苦。

他一次又一次抹去侯女子脸上的泪水。他感到侯女子可怜，他怎么会欺负这样一个柔弱的山里女子呢？

"我是你的了。"侯女子喃喃地说。

他疼爱地摸着侯女子那光洁软绵绵的身子，然后紧紧地把她搂进怀里。不知为什么，他想哭。

"我原以为你是个好人，可你……"侯女子怨恨地说。

他默默地睁着一双大眼睛，黑暗中什么也看不清。

"人家看上了你，对你有意，你不会慢慢来？你一下把人家作践成这样，叫人怎办哩？

他心中一酸，两眼热辣辣的，有两股热热的液体爬上了脸颊。他哭了，为他也为侯女子。

"你，怎啦？"侯女子用手摸他的脸，"你哭啦？吹手哥，不要难过，我不再怪你了，真的！"

吴顺子把侯女子搂得更紧了，可那泪水欢快地往下流着。第二天是待客的日子，吹手们仍然围坐在火堆边，呜哩哇啦地吹着。

吴顺子一边吹唢呐，一边在人群中寻找着那张他现在觉得很模糊的脸。然而，他没有发现。

吃过午饭，吹手班要走了，他们要去另一个庄做同样的营生。

吴顺子仍没有见到侯女子。他磨蹭了很长时间,直到徒弟们催他上路才不得不离开这个小小的羊蹄旮旯。

在庄头他意外地看到了侯女子。她站在一棵老槐树下,像是专门等着他。他心中一热,眼睛湿润了,他怕别人发觉,强忍住没让泪水流出来。

他看着她,她也看着他。四只眼睛里包含的只有依恋和惜别之情。他见她红润的脸蛋上爬着两道泪痕。她急切地看着他,像是要说什么,可是她小小的嘴唇在哆嗦着,什么也没有说出来。吴顺子的心碎了,他多么想扑上去抱住她呀!

经过她身边的时候,他走得很慢,呼吸却十分急促。他想说:"妹子,等着吧,吹手哥一定来寻你!"可是在四个徒弟面前他怎么能说呢?

侯女子和他相距不到五步远。他看见她的泪水小河一般往下流。但是她那双泪水盈盈的眼睛一眨不眨地望着他,似乎是期待着什么,希望着什么。

他终于没有说什么,跟着四个徒弟走了。他每走一步都感到心在动。他真正体会到了离别是一种什么样的心情。他的眼泪再也忍不住了,终于流下来,他低下了头。

他们一行五人翻越了一道沟,上了对面的山梁。他站住了。回过头来,看到侯女子还站在原地,望着他,望着他……

冬日里,天阴着,寒风颇大。他在心里说:"妹子,等着我,吹手哥一定会来寻你的!"

翻过这道山梁就得下沟了,他深情地回眸凝视了一会在寒风中呆站着的侯女子,然后狠着心回了头,往山下跑去了。

四

人真是个怪东西,怪极了,这男女之间的感情也是一样,有时确实让人不可思议,捉摸不透。两个陌生的男女经过一段时间的接触、交往,相互了解,这感情就有了,且日渐加深,这是正常现象,谁都信。然而也有另一种感情是很难让人理解的,很难让人接受的。他们在某一时刻或在某一瞬间的交往,甚至连对方的姓名也不知道,相互就有了感情,而且相当的浓烈。人就是这样,这个女人在很短的时间内给予你的比另一个女人一辈子给予你的都要多。

吴顺子和侯女子正是这种看似怪却又不怪的感情把他们两个的心紧紧地系在了一起。陕北人重感情,女人们对爱情忠贞不渝,一旦爱上了一个人,那她对那个人至死不渝。

他们相处的时间虽然很短,仅仅可以说是一夜,但是,就这一夜的交往,强烈的感情就在他们两人心底产生了。这是一种不可抑制的感情,是用任何贵重的东西都难以换取的。吴顺子和侯女子之间的爱似乎是很粗野的,又是使人难以置信的。不过,爱情是伟大的,也是神奇的,任何力量都难以和它相比。人是个怪东西,爱情岂只是怪东西呢!

吴顺子是怀着怎样的心情离开羊蹄峁的,只有他知道。他从未经历过任何重大的感情折磨,即使大的死也没这么强烈。大的死只能使他痛苦,而这次就不仅仅是痛苦了,它包含的太多了,太复杂了。

离开了羊蹄峁,离开了侯女子,吴顺子又继续着他近似流浪般的生活。一杆唢呐,吹了一村又一村,吹了一家又一家,把一个个黄花女子用欢快激越的唢呐声迎进婆家,迎进婆姨的行列,也把一个个死者用哀怨伤悲的唢呐声送上黄泉路,送进任何一个阳间的活人不可能晓得的另一个世界。

冬日的黄土山光秃秃的,荒凉得厉害。西北风横扫着大地,卷刮着残草枯叶。黄土山一座连着一座,像浑浊的一排排巨浪。

腊月在寒冷的西北风更加狂暴的日子里结束了,新年在一场黄土山罕见的大雪降临后来临了。吴顺子在腊月最后一天的黄昏回到了家。是的,过年怎么也不该过在门外呀。

穷困的农家小户,过年黑夜最好的一顿饭便只是那用一杆唢呐挣来的钱割的二斤猪肉。猪肉切成不很大的片子,熬在一锅酸白菜里。蒸几个白面馍馍,买二斤粉条而已。第二天早上吃一顿饺子,这个年就算过了。

睡过一夜就长了一岁,无怪古人编了这么一副对子:一夜连双岁;五更分二年。吴顺子吃了初一早上的饺子,就又领着他的吹手班走了。是啊,一年的口饭米全在这一杆唢呐上。

初一这天迎回来个新媳妇,因为初二还要迎另一个,所以这里第二天待客便没有吹手。不过新媳妇已迎了回来,吹手不吹手的也就不很重要了。

初六这天的小年吴顺子准备回家去过,可又一户人家送来了两块定子钱。日子正是小年这天。吴顺子只好让妈一个人在家过个孤独的小年了。

也是早上去的,一问,吴顺子才知道要迎的女子家在羊蹄旮旯,吴顺子心里一阵激动。离开侯女子有一段日子了,他也没有顾上更找不到任何理由去看她,他想她。从他离开她那天起他就一直想着她,念着她,盼着下一次见面的日子。想不到竟这么快又要见面了,更想不到又是以吹手的身份去的。不过,她说过,她不嫌他是吹手,她爱听他的曲儿。

吴顺子怀着激动的心情上路了。他以前是给别人吹喜,今天也带着给自己吹喜的心情,于是格外兴奋。

他们一行迎亲的人马是半前晌进了羊蹄卣兕的。这个黄土山中小山庄的人们,红火热闹的事是很少有的,这种迎亲嫁女的喜事,他们认为就是很好的娱乐了。他们通过庄中的那条小路,通过看热闹的人群,在媒人的引导下,上了一户人家的院畔。

吴顺子做梦也没有想到,生活把他推到了这种可悲的位置上。

他们现在站的这个角落,正是侯女子家的磨道。

一堆篝火早已燃了起来,冒着浓黑的烟,怎么会是这里呢?这不是侯女子的家吗?她们家出嫁谁呢?她姐姐?她妹妹?还是她?吴顺子心里像雾一般迷茫,又紧张到了极点。他记得在侯女子家住了一夜,根本没有看到除侯女子外的任何一个女人,也没有听她和她大说起她还有个姐姐或妹妹,既然没有姐姐和妹妹,这出嫁的女子一定就是侯女子了,吴顺子心里不由一阵哆嗦。但是,他不相信,他绝不会相信这就是现实。

然而,不管吴顺子如何地不承认,现实总归是现实。

吴顺子先是痛苦,接着便是无比的愤怒。他恨侯女子,恨她无情无义。既然好了一个男人,并且和他睡了觉,而且还赌咒发誓,那么她就是他的人了,没有任何理由再嫁给另一个男人。他也恨自己,这是一种莫明其妙的愤恨。他感到浑身一会儿发冷,一会儿发热,冷时心都寒了,热时头上也会见汗。他觉得自己置身在一种痛苦与尴尬的境地。他想骂人,更想打人。他看见任何一个人都不顺眼,包括他的四个徒弟。

吴顺子坐在火堆边,一支连一支吸烟,他知道自己此刻的脸是多么难看,也知道四个徒弟那惊异的目光是为了什么。但是他已管不了那么多了。

他现在想的是自己该怎么办,走还是留。走倒是不难,可是走了之后男方会怎么看她呢?并且已经接下了人家的两块定子钱,又来到了女方家,这一走,这人谁往回迎呢?留却是难,用抑扬的唢呐声把自己心爱的人儿送给另一个男人?这是怎样一种折磨啊!

吴顺子不知怎么办才好。

总管还是三干大。他脸色不悦地来到火堆前,不很客气地问:"怎么还不吹?"

吴顺子不由自主拿起了唢呐。

一杆唢呐就像有几十斤重一般。吴顺子两手发酸。唢呐声有气无力。本是一首欢快的曲子,却吹得呜呜哇哇,像猫叫,又比猫叫难听。吃过饭之后,在三声长如牛嚎的老号声中,新媳妇骑上了毛驴。

吴顺子又看见了侯女子。他第一眼看见她时,那颗心激动地跳了起来。他觉得她是那么亲切,可爱。他真想喊一声"妹子……"他更想扑过去,把她紧紧地抱在怀中,亲她几口,然后向她诉说相思之苦。然而,当他看见了侯女子身上穿的那件红丝绸袄和光洁的脸上两行泪时,他的心又寒了。他闭上了眼睛。

侯女子哭着,眼泪小河一般往下淌。她也看清了,来迎她的吹手正是她日思夜想的心上人。她浑身一阵战栗,差点晕过去,身子打了个趔趄,要不是伺候她的人抓得快就从牲口上掉下来了。

侯女子的眼睛红肿,说明她流了很多的泪水;脸虽光洁却清瘦,说明她经受了肉体上和心灵上最大的折磨。她在呜呜哇哇的唢呐声中哭出了声,双手蒙了脸,泪水从指缝里流了出来。

吹手头边走着,吹着欢快的"大摆队"。中间,侯女子骑在牲口背上,始终流着苦涩的泪水子。鼓声咚咚,一下一下,沉闷烦人。侯女子感到,那粗大的两根鼓槌不是打在牛皮鼓面上,而是敲击在她的心上,尤其那唢呐声。这声音曾使她的童年生活充满了乐趣,也使她的少女生活有了一种羞赧的向往。多少次,抑扬的唢呐声吸引着她,激动着她,又折磨着她。啊!唢呐声,无字的歌谣,是它把一颗少女的心倾向一个下贱的吹手,也是它把她和他安排在了一起。哪一夜哟,充满了恐怖充满了甜蜜的夜哟!可是现在,她不想听到唢呐声,她害怕听到它。然而,呜呜哇哇的唢呐声还是很刺耳地传来,撕扯着她的心。

牲口沿着山梁小路走,颠簸着。侯女子耳边是撕心裂肺的唢呐声,眼前是被泪水模糊了的灰白的黄土地。她感到头晕,恶心,想呕吐,却又吐不出来。

对面山畔上有一个放羊人,他望着这队迎亲人马,唱起了信天游:"山羊上树吃柳梢,作女倒把朋友交……"

歌声是欢乐的,使人想起某些对自己来说是何等甜蜜的往事。可是,侯女子听了,眼泪流得更欢了。

在多少个不眠之夜里,侯女子的心像野马一样狂奔,幻想着她的未来。对她来说那是一种无限甜蜜的生活。她在甜蜜中睡去,又做着甜蜜的梦,可是,一切都已经完结了,像下雨天的水泡泡,很快就消失了。

侯女子骑着牲口,看着路下边很高的红砂石崖,她想跳下去。可是,她始终被人抓着,生怕她跌下来摔疼了。

唢呐声在高原的上空回荡,流溢着苦涩。

吴顺子头里走着,一杆唢呐含在口里,呜呜哇哇地吹。吹的是唢呐,吐的是苦水。

黄土地的冬天萧瑟、荒凉,西北风从山梁上滚过,挟带着很浓的寒流。山洼里、崖畔上的蒿在风中发出干干的呜咽声。山弯里的歪脖子老杜梨树早已没有了叶子,孤零零地哀号。

　　吴顺子的心在唢呐声中爆裂着,两行泪水从那张褐红色的脸颊上流了下来,他痛苦地闭上了眼睛。他想大声地咒骂天、咒骂地、咒骂人、咒骂这杆心爱的却又给他带来无数不幸的唢呐。可是,他忍了,把一口苦水强硬吞进肚里。路很窄,一边是齐刷刷的红砂石崖。他真希望自己从红砂石崖走下去,永远摆脱这痛苦的折磨。

　　黄土路上,牲口蹄子得得敲击起一股黄尘,吴顺子听不到自己吹出的唢呐声是悲还是喜,可是他能听清牲口的蹄声和牲口脖子系的串铃叮当叮当地脆响。

　　唢呐声在高原的上空萦绕着,战栗着。

　　唢呐,黄土地上一支无字的歌。

五

　　吴顺子刚刚用唢呐声把侯女子送走,他们自己庄里德高望重的二先生死下了,主家二先生的儿子打发他的小子急急火火地撵来,正巧在半路上相遇了。

　　吴顺子回到庄里,连家也没回,直接被请到丧者门上。

　　一堆篝火在燃着,映出吴顺子那张因过分痛苦而变了形和色的脸。

　　"咚、咚、咚",鼓槌击打在鼓面上,有节奏地响了几声,随后,唢呐声跟着响了起来。先是少调无韵的,高一声低一声,细一声粗一声,渐渐地,吴顺子就进入到曲子所渲染的那种悲凉的境界里去了。他不仅仅是吹曲儿,也是吐露着自己的苦水。

一曲"雁落沙滩",好不凄苦,呜呜咽咽,悲悲泣泣,像一个可怜的女人哀哭死去的丈夫,像一个孤苦的老人诉说着一个伤感的故事。鼓声咚咚,敲击着每一个人的心。人们都被如此凄凉的唢呐声感动得心酸了,眼热了……

吴顺子闭着双眼,鼓圆了腮帮子。他早已不是现实中的他了,而是一个失去了母亲的孤儿,一个刚死了男人的寡妇,一个刚死了婆姨的光棍,他的心在滴血。篝火正旺,照出一颗晶亮的泪珠挂在他的眼角。

吴顺子经过这场暴风雨般的剧烈折磨,他的心麻木了。他呆滞的一对眼睛望着自家黑乎乎的土窑顶,一动不动,呆呆的,木木的。他妈坐在小煤油灯下,虽然手里拿着针线活儿,却一针也未做。她长长叹了口气,问儿子:"顺子,妈有话和你说。"

顺子抬起头,看到了一双红肿的眼睛。

小小的煤油灯发着昏暗的光,映出一个吹手贫穷的零乱和破败的家。

"妈,你说吧。"

她深深地叹一口气,说:"今天后晌,你二干妈来咱家啦,她说她兄弟有一个女子,十七啦,看你要不。你也大了,该成个家啦,唉,咱这号人,难哩!"

吴顺子没有丝毫反应,只是瞪着木木的眼睛望着窑顶。

"她还说啦,"妈又看一眼儿子,"她兄弟比妈大七岁,有个咳嗽病,还能受苦。她兄弟的婆姨死得早,那女子从小苦惯哩,有本事。"吴顺子微微动了动,但对妈的话仍没有反应。

她又说,却极小心:"人家女子叫个三娃,说长得还俊。你二干妈说啦,让妈跟了她兄弟,他兄弟才肯把三娃嫁给你。"

吴顺子猛一下坐起来,吃惊地望着妈。

"妈想啦,咱这号人,只要有人跟来,妈受多大的委屈也行。"她说,流下了眼泪,忙用手背揩了。

吴顺子听懂了,妈要用她来给自己换个媳妇。天哪,世上的事为什么这么不公平呢?吴顺子流下了两行泪水。

第二天是埋人的日子。吴顺子吹着唢呐走在头边,用悲伤的唢呐声把一个灵魂送到另一个世界去。孝子们在唢呐声中撕心裂肺地哭着。

凄苦的无字歌在冬日的黄土山中回荡着,久久,久久。

夜里,在二干妈家里把事情定了下来。顺子妈跟了三娃她老子,三娃嫁给了吴顺子。也就是说,他用女子换来了个婆姨,他用妈换来了个媳妇。

吉日定在正月十五。

吴顺子和妈亲自上人家的门,从此离开这个熟悉的家,到一个并不很陌生的地方去生活。四个人合并成一个家,日子又会怎么样呢?谁也说不清。

临走的前一天,吴顺子和妈去给吴小四上坟。正是冬末,黄土山一派荒凉,荒草丛生,一座坟地还是用钱买来的。他妈跪在祖宗的坟前,哭成了泪人儿。

他们走了。

吴顺子跟在妈的后边,背上仍然背着他心爱的唢呐。他望望苍茫的黄土地,心中涌出无数酸楚。他想到,他用这杆唢呐给多少人红红火火地迎回了媳妇,又把多少人欢欢喜喜地送到婆家。可是轮到他自己,为何这般孤单?凄苦?

他叹了口气,不觉两眼含满了泪水。

刊于《乡土文学》1989 年第六期

被诅咒的村庄

一、死在诅咒上的三个女人

这个村庄原先叫太平崾崄,后来就不这么叫了,而是被一个听起来让人毛骨悚然的名字所替代——断魂崾崄。

这要从三个女人的死说起。

头一个女人死于血迷。血迷是指女人在生孩子时大量流血而引起的昏迷现象。这个女人叫艳红,死的时候还不到二十岁。这是第一胎,还是个小子。

太平崾崄是个山里庄子,十多户人家窝在一个山弯子里,都姓马,多年前就是这样,现在仍然没有哪一个杂姓能插进来,这与村人一致排挤外姓的心理因素是分不开的。艳红的男人是个木匠,常年外出打零工,在家的时间少得可怜,她只和年过四十但依然风韵犹存的婆婆住在一起。这个女人早年死了男人,一直守寡,可她从不缺少心理和生理上对异性的渴求。艳红感到肚子疼的时候,她的身边仍然酣然大睡着一个秃了顶的男人。

他们住的都是土窑洞,表面看好像互不干涉,但里边是相通的,当地人把这种形式的窑洞叫做前后窑。

艳红住在后窑。艳红的肚子一阵紧似一阵的疼,终于忍不住喊叫了起来。"妈呀,疼死我了……"

声音先惊醒了那个秃顶男人,他又叫醒了胸前的女人。"怕是要生了!"女人说,着急地掀开被子,赤条条地爬起来,慌乱地找衣服穿。"别睡了,快去找七婆婆!"她又说。

秃顶男人好像是被她使唤惯了的,不敢怠慢,三两下就穿好了衣服,以最快的速度下炕、穿鞋、开门,然后走远。

秃顶男人奔过村路的时候,和刚从茅缸里走出来的花嫂撞了个满怀。花嫂家的茅缸建在村路的边上,一大早起来进去方便,谁知刚出来就被撞了。那时她还忙着紧裤带,那一撞差点把她的裤子撞下来。"大清早赶着去投胎呀!多亏老娘肚子里不怀娃娃,要不然还不被你撞下来了!死秃子,又不知被哪个倒霉的男人攮出来了。"

不久,这个花嫂也出事了。

"艳红要生了,我去找七婆婆。"秃顶男人不顾花嫂苛刻的咒骂,跑过去了才回头喊道。

"妈呀,这是大事,我得去看看。"花嫂自言自语道,转身往艳红家的方向疾走,手里还提着裤子,边走边紧着。

要死要活的疼痛已经让艳红承受不了了,妈呀大呀的喊叫着。她的婆婆怕弄脏了被褥,早把炕上的东西堆到了一边,连席子也卷了起来,然后她又铲回来一些干黄土铺在炕上,就让艳红在黄土上生育。

花嫂进门时,艳红的婆婆脱下了艳红的裤子,就让赤条条地坐在黄土上,血像杀猪般往出喷溅。花嫂生育过两个娃娃,却没见过这种阵势。这阵势大得怕人。随后秃顶男人领着七婆婆进门。"爬球远远的,到前窑烧水去!"艳红的婆婆呵斥跟进来的秃顶男人,"老娘的你还没看够啊?"

七婆婆的接生技术在方圆数十里也是一流的。她见过大出血的,却没见过这么厉害的。"快,搂住她的腰,别让她躺着!"七婆婆说,异常紧张。

花嫂爬上炕,与艳红的婆婆一同用力,把软成一团的艳红拉起来。花嫂搂着腰,艳红的婆婆分开她的腿,七婆婆开始接生。"咋这么多的血呀,会流死人的!"七婆婆好像也是束手无策了。

"想办法嘛,你不是很能行嘛……"艳红的婆婆感到了事情的严重性,她害怕了。

七婆婆用尽所学,终于有一只小脚丫费力地伸了出来。"天呀,娃娃不顺,是立生!"接生婆说。这是很麻烦的,弄不好得死人。

艳红已经没有了力气,这更可怕。汗水浸湿了她的上衣,并顺着肌肤流下去,和血水混合在了一起。殷红的血浸透了那一堆黄土,窑洞的墙壁上也喷溅了一片,三个手忙脚乱的女人这儿那儿都是斑斑的血迹,艳红的两条赤腿更给血水染红了。

"她不行了……"花嫂惊慌失措地叫起来。

艳红的身体渐渐软下去,接着头一歪,耷拉在了一边。

在艳红的头歪下去的那一刻,她从嗓子眼里艰难地吐出几个字。她的声音很微弱,细若游丝,另外两个女人没有听清楚,但花嫂捕捉到了那声音。

"她说是诅咒。"花嫂说。

艳红的婆婆已经放声哭开了。她哭她的孙子,哭她娶儿媳妇所花的钱。

"诅咒……"花嫂自顾自说,"妈呀,是诅咒,扳转的诅咒!"

花嫂惊魂未定,跌跌撞撞跑出艳红家,发了疯一般往家中跑去。她跑回家,返身关死了门,然后用被子蒙了头,兀自瑟瑟发抖,口里不停地重复着一句话:"扳转的诅咒……"

艳红死后,她的婆婆硬把娃娃拽出来,也没了气,见是个长鸡鸡的,抱着血糊糊的肉圪蛋大放悲声,哭一声天哭一声地……

第二个女人死因蹊跷。

花嫂自那日从艳红家跑回来以后,神情恍惚,总是把自己关在家中,很少出门,即使到院外的茅缸里去,也是快去快回。到了晚上,她把门和窗都关死,并让她男人给她压上两块被子,把人捂得严严实实的。纵然这样,花嫂常常会突然惊醒,惊恐地往炕角里缩,头上和身上的冷汗像泼了水一样。花嫂的男人是一个很憨实的人,在自己的女人面前永远也挺不起腰杆来。花嫂莫名其妙变得异常起来,这下他就可以发表自己的看法了。"是不是让鬼给捏了……"他说,仍然没有底气。

"你给我请个巫神看看,我大概活不过今年了……"花嫂说,脸色蜡黄,连一点精神都没有。"你再到前崾崄去烧些纸,给我祷告祷告,让她放过我吧。我肯定是中了扳转的诅咒了!"

"扳转都让狼吃了几个月了……"

"呸!呸!你是想让我死呀!"花嫂打断了男人的话,急得捶胸顿足,呼天抢地,号啕大哭。

男人慌了,急忙转身出门去办事了。

村里有一个四十来岁的女人,在娘家作女子时候的名字太平崾崄的人都不记得了,生得第一个娃娃是个小子,她给取名叫成子,后来村人都叫她成子妈。这个女人和艳红婆婆经常争吵,有时还大打出手,矛盾的主意焦点就集中在那个秃顶男人身上,都想把他占为己有，但秃顶男人脚踩两只船，哪个他都想拥有。"死都没死！"她们碰面都会用这句话咒骂对方。

艳红血迷死后的第三天，成子妈敲开了花嫂的门。她们相处得还不错。"你能来看我，说明你还算有良心。"花嫂像见到了亲人一样，拉住成子妈的手就不放了。

成子妈说："你看你，咱姐妹谁跟谁呀。你那儿难活了？"

"唉，我呀就觉得腰酸腿困浑身没劲，心慌憋闷，跟没了魂一样。"花嫂少气无力地说，"前两天艳红血迷死了，临死她说是诅咒。我相信她是死在了扳转的诅咒上了。你记不记得扳转的诅咒了？我们都怕活不长了！"

成子妈笑了，笑得咯咯响。她说："神呀鬼呀就出在婆姨女子的嘴里。我才不信什么扳转的诅咒。真的要那么灵验，让我现在就头疼，那我才信。神呀鬼呀你让我头疼吧！你看，不疼，我的头一点也不疼，这就说明世上根本没有鬼。"

花嫂忙捂了她的嘴，惊惧地说："死朽鬼，快不敢瞎说！你呀，除了怕蛇以外，这个世上就再没有你怕的了。"

成子妈说："我呀，天不怕地不怕，我就怕长虫。"

花嫂男人请来的巫神是个老汉，在花嫂家跳腾了半夜，挣了一斗米走了。都以为花嫂的病会好起来的，谁知第二天她却莫名其妙地死在了自家的茅缸里。

花嫂的死状非常恐怖。发现的时候她的尸体已经僵硬，蜷缩在茅缸的一个角落，脸上没有一点血色，像纸一样苍白，嘴唇呈乌青色，口张大到了极限，并且向一边歪着，整张脸就扭曲得非常难看，尤其是那双眼睛瞪得圆鼓鼓的，像要从眼眶子里蹦出来，显得惊恐异常，似乎在死之前看到了这辈子最最害怕的情景一样。这不是最让人惊心的。她上身穿一件贴身的短小的薄裤,从肚脐眼以下就赤条条的了,比她的阴毛多得多的蚂蚁和一些飞虫赫然从生育口钻进钻出,小腿和大腿上也有很多蚂蚁在快速地爬着,茅缸里的蛆虫成群结队地往那儿蠕动。这场景太恐怖了,很多人都不知道这些虫子为什么往那里边钻,只有一个人看了以后清楚是怎么一回事。

成子妈赶来的时候,茅缸里已经围了好几个人。她拨开众人挤进去一看,也惊得差点跌倒。"难道真是扳转的诅咒……"她倒吸了一口冷气。

她没在那儿多看,在花嫂的儿女们悲痛欲绝的哭声中,她悄悄地离开了。

接连死了两个女人,太平崾崄就不太平了。然而村人哪里知道,这才只是个开始。

又一个三天后,成子妈也死了。她是从自家的堖畔上跌下来摔死的。

二、断魂崾崄

生活在黄土高原上的人们安身的场所就是一孔孔窑洞,无论自然条件怎样恶劣他们总能在细小的夹缝中求得生存。在靠黄土山崖的地方,先齐齐地刷出窑面,再掘洞般挖出一孔孔深深的窑洞。烟囱是打山中像老鼠一般挖上去,在半山腰上出来。从院子到窑面的顶部叫堖畔,高低不同,主要看所选的地形了。成子家的堖畔由于地形陡峭,足有十几丈高,别说是人跌下来了,就是只老鼠摔下去也不可能幸免于难。那几天刮南风,成子家的烟囱走烟不畅,都从灶火口冒了出来,呛得一家人连窑里都回不去。每到了做饭的时候,成子妈不得不抓一把蒿柴费力地爬上堖畔,在烟囱口点燃,把烟引上去。这天晌午她照样那么做了,却从垴畔上摔了下去,花红脑子都打得倒了一摊。

按说不应该发生这样的事,多少次上上下下的都顺利,唯独这次却出了意外。成子爸办完了婆姨的丧事,他上到了垴畔上,想看一看婆姨是如何掉下来的。到了烟囱的出口处,他被一条蛇惊吓得也差点摔下去,多亏他眼疾手快抓住了身边的一根酸刺。定下身来以后,他仔细去看那蛇。那是一条黑乌蛇,是当地最毒的一种蛇。那蛇盘在烟囱上,头耷拉着。再仔细一看,竟然是条死蛇。成子爸皱起了眉头,他在想烟囱上怎么会有一条死蛇呢?

随着成子妈的摔死,扳转的诅咒在村子里被传得沸沸扬扬,一时太平崾崄人心惶惶。

这里人把两山相连接的地形叫崾崄,一般也是两条沟的分界线,不论刮什么风,都能在崾崄聚集起来,顺势而过,形成强劲的风势,即使在别的地方无风的情况下,这里也可以感到阴风阵阵,人们把这种风叫穿山风。不知从何时起,人们就对崾崄有一种避而远之的心态,普遍认为,它是最有可能被"邪"了的地形。这样的地形一天之内阳光照射的时间是最短的,很容易形成阴盛阳衰的格局,阴阳学认为,崾崄是滋生鬼怪的极佳之地。

连接太平崾崄和外界的只有一条路,出了村子是一条不足二尺宽的小路,小路在一道平展展的山梁上延伸着。这道梁当地人叫走马梁,传说当年吴三桂在此操练过兵马,也有说是西夏李元昊的跑马梁。多年以后学者考古学家经过实地走访,认为这儿是秦时的高速公路,也就是秦直道。过了这道梁就是两山相连的崾崄了。这个崾崄和别处的并无多少不同,只是险峻了一些。还有就是这里的土质是一种红胶泥的硬土,遇水时很黏,踩上去非常光滑。由于常年的山洪冲刷,在崾崄的深处形成一道十几丈高的红胶泥山崖,很是陡峭。一条刚容一人通过的狭窄小路从山崖上劈出来,如果迎面来了人是很难让开的。在山崖的对面,有一座残破的古院落掩映在茂密的树丛中,时隐时现,一孔孔不知深浅的窑洞张着黑洞洞的口子,就连村里最年长的老人也不知这座早已废弃的院落建于何年,是哪家的。大概是心理作用吧,不论是谁,村人每次经过这个崾崄的时候,总是心慌得厉害,身不由己地加快了脚步,都感到身后有什么东西跟着,但谁也敢回头看。这是多年来太平崾崄的人都清楚的事,也是无法摆脱的一块心病。取名太平崾崄是给村人壮胆呢,因为要出村非得经过这个崾崄不可,这是一条死路。如果一个人从这儿过,必须记住三点:一是夜里和晌午不过,最好选在上午八九点钟的时候,一口气走过,千万不要停留;二是无论听到或看到什么都不要理睬,如果听到有人叫你,万万不敢答应;三是不能倒照,也就是不可以回头。村里的大人小孩都知道这三条,所以多少年来太平崾崄还算太平。随着扳转的诅咒在村里蔓延开来后,这个崾崄却接二连三地出事。

  村里有个哑巴,大家都叫他马哑子,打小就不会说话,也一直没有娶亲,如今已是年过半百的人了,孤零零地住在自己挖下的一孔小小的土窑洞里。三个女人出事后不几天,马哑子从山外回村了。那时候正是黄昏,沟里暗了下来,山上却还亮眼。中午的时候下过一场小雨,山路就泥泞了一些。这人虽然不会讲话,但头脑还是很灵活的,过崾崄的那三条他早已铭记在心。任何人在经过崾崄的时候,都会莫名其妙地紧张起来,会身不由己地加快脚步,这一点太平崾崄的人深有体会。马哑子想以最快的速度通过崾崄,但下过雨的红胶泥路面异常滑,一不小心就会滑下十几丈高的悬崖。

马哑子艰难地从崾崄的悬崖畔上走过。他不敢回头,但和以往的任何一个人一样,总是感到身后有什么东西在跟着,虽然听不到一点动静,那种感觉却很强烈。走过一半的时候,正对面就是那座废弃的古院。相传在太阳直射的时候,经常会在那院里看到有个穿着红袄的女人,她或坐着或站着,长发遮脸,没有人看到过她的脸。村里有了点年纪的人说,看到她以后你的眼内千万不能有淫邪的东西,更不能往坏处想,否则轻者眼睛疼,重则眼睛会瞎掉。"这是真事,千万别不信。瞎子书匠的眼睛二十岁以前好好的么,自打看了那个女子后,一夜之间眼睛就瞎了。"他们说,不由人不信。马哑子在走过这个崾崄的时候,忽然就想到了那个事。他极力控制自己不去想,更不往那里去看。就在这个节骨眼上,马哑子听到了一个声音。这声音来得很突然,是叫他,那是很清楚的三个字:马哑子……声音悠远、娇柔、缠绵。马哑子记牢了一点,无论是什么呼叫他的名字,都不能答应。但是他记住了这点却忽略了另一点,那声音还在耳边萦绕时,他不由自主地回过头去看。他是边走边回头的结果脚下一滑,摔下了悬崖。

第二天上午放羊人铲子发现了马哑子,这时候他还没有死,只是摔断了腿动不了。铲子立即回村叫来了人,费了很大的周折才把他弄上来,抬回了家里。他向村人用手比划了他的遭遇,这更让太平崾崄的人惶恐不已,寝食难安。扳转的诅咒像山一样压得他们喘不过气来。

马哑子是个鳏夫,村里虽然都是马姓人家,可也没人愿意伺候他,几天以后他就死了,他的死因扑朔迷离。

马哑子一辈子没有娶亲,但一直和村里的一个女人相好着,他的劳动所得除了自己吃穿外,剩余的都给了那个女人。这几年他逐渐丧失了劳动能力,连自己的吃穿都无法保证了,别说再给她了。那女人是很现实的,在得不到实惠后,她渐渐疏远了马哑子。他们不来往已经有好几年了。眼下马哑子断腿瘫在炕上,似乎激起了她的一点怜悯之心,在那个早晨她揣了两个鸡蛋走进了久违的窑洞。然而眼前的一幕吓得她魂飞魄散。

马哑子死在了自己的炕上,他的脖子里勒着一根不算太细的麻绳,麻绳的另一头连着他自己的一只枕头。他脸色发黑,眼睛暴突,口大张,舌头吐出来老长,样子十分恐怖。从表面看他是被那只枕头勒死的。但是,一个只装有荞面皮皮的枕头就能把人吊死吗?马哑子死得蹊跷。村人宁愿相信扳转的诅咒,也不去探究马哑子的真实死因。

如果说马哑子的死让太平崾崄的人惶惶不可终日的话,那么接下来发生的事就把他们推向了死亡的边缘,每个人晚上睡下以后都不敢保证第二天能不能起来。

还是在那个恐怖的崾崄里。

村人把马哑子埋在了走马梁上,孤零零的一座黄土坟丘,距崾崄不足百米。每天铲子把羊赶出去,到崾崄的山峁上去放。马哑子坟上的引魂幡那些五颜六色的纸在习习的山风中呜呜咽咽,平添了几分凄凉,也有不少的诡异。联想到最近村里死了那么些人,他也感到心有余悸。他不姓马,也不是太平崾崄人,十二岁那年被马天才雇佣来从事放羊工作,这一干就是几十年,除了混个肚饱以外,连一个钱都没有攒下,更别说娶妻生子了。如今他已年过半百,早没了许多愿望和兴致。他小名叫铲子,可太平崾崄的人都叫他锅铲子,一直叫到现在。马哑子死后,他尽可能避免不到这个崾崄来放羊,但这里树林茂密,青草丰盛,最适合放羊。早上吃过饭,他从山的这边把羊赶进了树林里,到山的那边等着。这是一个缓慢的过程,都是从早晨开始,到黄昏结束。羊进去的地方是太阳照射到的阳面,出来的地方是阴面,正是这个可怕的崾崄。接下来的时间就是耐心的等候。铲子在进入崾崄的路口等着他的羊。这里有一棵高大的老树,树心已空洞,只有一张老皮维持着它的生命。铲子坐在树下,背靠着树干。山风从崾崄刮过来,虽然看不到树枝荡动,也听不着风声,但那种阴风拂面的感觉比有形的风更加强烈,忽有忽无时身心骤紧,只感头发都竖了起来。这里一直都是那么静,每一个走进它的人都会被这种静深深地包裹着、困扰着和重重地挤压着。铲子就是受不了这样的气氛才钻进树洞里去的。铲子在树洞里慢慢睡着了。

树洞上开了一个拳头大的眼,铲子看见有一张脸向他走来,渐渐地近了,赫然就是扳转的脸嘛。扳转有一双过于大的眼睛,那眼睛先是流泪,接着就有两行血挂在脸颊上。他一点也不害怕。他问扳转:"是谁欺负你了吗?你眼睛里流的是血!"扳转的嘴角一咧,低下头弄她的指甲,那指甲又长又尖。扳转说:"你告诉太平崾崄的人,扳转的诅咒——都会应验的……太平崾崄就要变成断魂崾崄了……十窑九空……"随后是一串恶毒的笑声……

在这样的笑声里,铲子骤然感到发冷,一种前所未有的恐惧像山一样压着他,他想跑,他想叫,可浑身无力,喉咙里连一丝声都发不出来……

铲子在树洞里大汗淋漓,身体扭曲,痛苦异常,置身在噩梦里醒不过来。

终于醒过来的铲子还没来得及擦一把如瓢泼一般的汗,一双眼睛就被一种景象怔住了。透过虫蛀的眼,他的眼睛正好落在了对面那座废弃的古院落里。院子的一角有一座石磨,磨盘上坐着一个穿红袄的女人。女人的脸也正好向着他。他死也忘不了这张脸。天呀,这活脱脱的就是个扳转嘛!太平崾崄的人都说在这里看到过穿红袄的女人,这回让他碰上了。扳转好像发现了他,竟冲着他微微一笑。扳转的笑很甜,可是铲子却吓得魂飞魄散,慌乱地爬出树洞,没命地往回跑了,连回头看一下的胆儿都没有。

毕竟惊吓得不轻,铲子跑回去后就病倒了,三天以后才下了炕。好转过来的铲子把他的遭遇很沉痛地讲了出来,一经在村里传开,太平崾崄就笼罩在一种等待死亡的阴影之中。

马天才有个叔伯兄弟,叫马天成,光景过得远不如马天才,娶了一个眼睛里有个萝卜花的女人,这女人除了一个接一个养娃娃外,别的本事少得可怜,甚至做不出一顿像样的饭,马天成就一直打她,有时会往死里打。女人挨打的时候像杀猪一样嚎叫,完了就会咒一句:"总有一天你会从胶泥崖上掉下去,花红脑子打得倒下一滩……"马哑子就是从那儿掉下去的。

马哑子的死让马天成嗅到了死亡的气息,仿佛有一只无形的手在向他召唤,非要把他往那个死亡的地方引领。他再不敢从那个崾崄经过了,甚至把自己关在深深的窑洞里,不出门了。纵然这样他也没能逃脱扳转的诅咒,没能逃脱他的女人的诅咒,果真从死亡的悬崖上掉了下去。

冥冥之中似乎有一种无形的东西在主宰着每一个人,包括生和死。当地有一种说法,先注死后注生,就是说一个人还没有生就已经注定了他是怎么死的,然后才注定是怎么生的。人的一生什么该发生什么不该发生早就注定了,有时候躲都躲不开。其实为人只要心中没有鬼,行的端立得正,不做亏心事不怕鬼叫门,也根本不用相信那些似有似无的事。马天成不一样,他非常明白自己做过什么,本想把自己关在家里不出去就可以逃过一劫,但是每个人都得为自己所做的事承担责任,这是必须的。

马天成家最值钱的就是一匹全身乌黑的骡子。这头黑骡子几乎独揽了他们家的所有力气活,农忙时送肥拉犁耕地,农闲时拉碾子推磨,如果没有了这黑骡子,马天成还不知道这个家能不能维持下去。马天成只管使唤却从不饲养,喂骡子的事一直就是他老婆的。这天老婆被他打跑了,骡子就没人喂了,马天成根本不记得管。到了黄昏的时候,骡子终于饿得受不了了,挣脱缰绳跑了。天黑下来后有一个女人骂骂咧咧地找上门来,说骡子吃了她们的庄稼。马天成才知道骡子跑了。于是他走出把自己关了几天的窑门去找骡子。骡子早已让那个女人打跑了。他就到处找,最后有人告诉他,他的骡子往走马梁去了。当时马天成应该忘记了扳转的诅咒,就往那儿撵去了。路过马哑子的坟,他看见了引魂幡上的那些颜色纸条儿在风中发出呜呜的声音。他的骡子就在坟前边吃着草,见他走来,那畜生竟然头一昂往崾崄那儿跑去了,他不假思索跟着追。骡子从红胶泥悬崖上走过去了,马天成的双脚也踏了上去。

那时天完全黑了,废弃的古院落里传出一种夜鸟的叫声,阴森森的冷风穿过崾崄,似乎有女人的笑声夹杂在其中,那种诡异和阴冷把这个崾崄弄得尽是危险。

太平崾崄的人发现马天成已经是三天以后了。他是从红胶泥悬崖上摔下去的,花红脑子磕得倒下一滩。他的黑骡子在消失了一天后又回到了槽上。马天成老婆伏在尸体上,哭得还是很伤心的,边哭边忘不了数落一句:"我说过你狗日的会这么死的嘛,咋就给说中了!"

马天成也死了，太平崾崄更加是人心惶惶，不可终日，人人自危，等死的感觉比死亡更难熬，谁也不知道明天又有哪一个人会死在扳转的诅咒上。会是自己吗？

从此以后，谁也不再把这个村子叫太平崾崄了，而是叫它断魂崾崄。

三、巫神惊魂

由太平崾崄到断魂崾崄改变的不仅仅是几个人，而是整个村子。在那一年的以后几个月里，外面世界的人谁都不敢进来，村子里的人又不敢出去，那个崾崄断了行人，成为死亡的象征，让人谈之变色，更多的人都不敢提及那里。

马天才是村中为数不多的富人里较出色的一个，山前山后都有他的土地，他最引以为自豪的是这么多年来他很少把屎尿送到别人的土地上。他经营家业是把好手，但他有一个最薄弱最痛楚的地方，那就是人丁枯竭，属于那种财旺人不旺的局面。这是一个致命的死结，每每思之丰厚的家业日后无人继承，心里便不是个滋味。其实他是有儿子的人，只不过有这个儿子和没有这个儿子区别不大。他现在最大的愿望就是再给儿子娶个女人，至少把马家的香火延续下去。可是随着扳转的诅咒如瘟疫般在村子里蔓延后，别说往回娶人了，就是有一个黄花大闺女也没人敢来娶。马天才知道要想改变目前这种悲惨的局面，办法只有一个，那就是把扳转的诅咒给破解了。能有这个本事的人在方圆百里之内除了谢巫神恐怕再无别人了。但谁都知道谢巫神艺高架子大，不是谁都能请得动的，况且此人心重，每次出来的费用都很高，贫寒人家根本用不起。马天才经过再三斟酌，权衡利弊，和村人合议后，决定不管花多大的代价都要把谢巫神请来安庄驱邪,所花费用由全村人共同承担。

那日太阳出来以后,十多个年轻气盛的小伙子把马天才护送过断魂崾岘。年轻的男人阳气重,邪神厉鬼不敢靠近,马天才方可安全通过。两日以后马天才领着谢巫神返回了在断魂崾岘。谢巫神其貌不扬,就是一个瘦得可怜的小老头,但他的眉宇间有一种明显的煞气,这就使得他似乎与众不同。马天才是许以重金才把他请了来。现在他站在断魂崾岘的入口处,感受着迎面刮过来的阵阵阴风,他的眉头不由皱了起来。"这里阴气很重,妖邪活动平凡,魂魄弱的人经过时极易受到伤害。"谢巫神奇在一匹高头大马上,目光阴森森地说,他的两个徒弟一前一后护着他。

听了这话,马天才不由地感到浑身发冷,惊惧异常,似乎真的有一种看不见的邪神厉鬼就在前后左右死死盯着他,随时都会偷袭他。"全看你的了。"马天才颤声说,往谢巫神跟前挤挤。

"谢巫神在此,一切恶鬼邪神立马回避!"谢巫神威严地吼道。

谢巫神的声音不是很高,但马天才听出这话颇具威慑力。"放心地过吧。"谢巫神自信地说。然后谢巫神的一个徒弟拉着马缰绳走在前边,另一个徒弟背着一个用红漆刷过的楼轿压后,马天才和谢巫神居中。当他们走到断魂崾岘的中间地段时,不知从哪里飞来一块土疙瘩,正好落在马的屁股上,那马受了惊吓,仰头嘶鸣,前蹄腾空而起,差点把谢巫神掀下去。这里是红胶泥崖的最高处,一旦掉下去保准把花红脑子能打得倒下一滩。谢巫神这一惊非同小可,冷汗都吓出来了,好在他的徒弟及时地制服了受惊的马。"人打这里走过的时候,常有土疙瘩飞过来,就是不知从哪里来的,能把人怕死!"有惊无险地过了断魂崾岘后,马天才惊魂未定地说。

"咱是没有准备嘛。"谢巫神说,但神情远没有刚才那么淡定,"不过也说明一点,这不是一般的鬼怪在作祟,而是成了气候的,通常的仙法是不能对付它的。还好你们找了我,如果是别的巫神恐怕连命都要留在这里了。"

马天才也相信,只有谢巫神才能拯救他们村子。

巫神最大的能耐就是借神驱神,使鬼咒鬼,他们可以借助大神的力量去要挟小神,借助大鬼的威名去弹压小鬼。他们使用的仙法有一部分是书本上学的,有一部分是祖传的,还有一部分是自己修炼的,一个巫神的能耐有多大,全凭自行功底的修炼。

马天才把谢巫神领回村的时候,太阳刚下山。盛情招待了一顿后,谢巫神开始了他的准备工作。他认真听取了村人详细的讲述,得出了一个结论:扳转的诅咒其实是扳转死后变成厉鬼作祟的行为,只有收复了这只厉鬼,扳转的诅咒才能破解,村子才能恢复以前的安宁。"应该有两只鬼。"马天才说,"还有一只男鬼,怕是更厉害。"

"不管它有几只,遇到我谢巫神也是活该它们倒霉!"谢巫神说,在他看来捉个把厉鬼还不是小菜一碟,无需花费太大的力气就可以摆平。他把一些力气活交给两个徒弟去干,而他只是在技术上做一些指点。

谢巫神在村里的青壮年中精心挑选了八个男人,都是没有娶妻的光棍后生,这些人个个精神饱满,是出力气的好手。谢巫神用的楼轿做得很特别,全部是用上好的桃木制作,四角挂有四面照妖镜,两根楼杆粗壮结实,由四个后生抬着。谢巫神红巾扎头,剥光上衣,精赤着膀子,手中拿着一把铜制的三三刀,刀背上坠着三个铜环,他的胳膊一动铜环就呛啷啷一阵爆响,声音很是惊人。摆起香案,烧香烧纸,念动咒语,这个过程叫请神。谢巫神请的是真武祖师。谢巫神之所以有名气是他和真武祖师的合作是分不开的。当然不是所有的巫神都可以请真武祖师的,也就是说谢巫神是为真武祖师跑腿代言的,反过来又为自己服务,也可以叫双赢。在神还未到时,四个后生抬着楼轿平稳地站着,随着谢巫神念咒语速度的加快,三三刀摇出刺耳的声音,令人惊奇的一幕出现了,楼轿开始了摆动,这就说明神已经附轿。随后楼轿快速地晃动起来,四个后生的脚步也开始挪动,直到像被楼轿控制着一样狂奔起来。

抬楼轿这是一件很诡异的事情。很多抬楼轿的人都有体验,掌握主动权的不是抬家,而是那只木楼子,听起来是不可思议,但事实就是如此,也有不信邪的,想亲身经历一下,结果被摔得鼻青脸肿。传说抬楼子的时候,只要紧紧抓住楼杆,无论怎样奔跑都摔不倒,也不会受伤,尤其是在一些危险的地方,比如到很深的水里去,即使不会游泳的人也能安然无恙。

谢巫神口里念念有词,楼子在空旷的院子里一圈又一圈奔跑,谢巫神的三三刀向空里猛地一挥,楼子简直就像一匹脱缰的野马,挟裹着四个精壮的后生,跃过一堵土墙,顺着出山的土路飞奔起来。它时而冲进一个角落,时而跑向一个山崩,又是向左突,又是向右冲,粗野狂放,肆无忌惮。纵然这么大的运动量,四个年轻的汉子只是微微喘息,并不显得有多么累,也没有流汗。这确实是一件很诡异的事情。谢巫神别看是一个干瘦的老头,但他奔跑起来绝不逊色青年人,他健步如飞,紧紧跟随在楼子的后边,倒是他的两个徒弟远远地落在了他的后面。

楼子跑上走马梁后,在马哑子的坟堆前绕了几圈,直冲断魂崾崄。

断魂崾崄的小路很窄,仅容一人通过,如果有第二个人从对面过来,两个人相遇后,一个人须得像壁虎一样紧贴土崖,另一个抱着这个的腰才可小心通过。要么一个返回,等这个过来后再过。发了疯一样的楼子直冲断魂崾崄,毫不犹豫地踏上了这条窄窄的悬崖小路,眨眼之间他们已经过了悬崖,出现在崾崄的另一个入口处。这才是蹊跷之中的蹊跷,诡异之中的诡异。楼子不大,但抬它的是四个粗壮的后生,前边两个后边两个都是并排抬着,怎么就安全通过呢?真是无法想象的。难道是谢巫神使用了什么法术?

谢巫神在穿过悬崖的时候,也是如履平地,似飞一般快速、敏捷,几个纵跃已至楼轿跟前,心不跳气不短。他的两个徒弟气喘吁吁跟上来后,楼子向一片密林冲进去。林子很厚,灌木荆棘遍地缠绕,松柏树密密麻麻,在正常的情况下一只羊要想通过怕是也有些困难的,但是由四个后生抬着楼轿钻入,竟然披荆斩棘一般,左冲右突,不一会就到了那座荒废的古宅前。

谢巫神到来时,楼子已经进入古宅内,这里那里似乎在寻找着。谢巫神知道,作祟的厉鬼就出没在这座古宅里。当下他召唤两个徒弟:"带好镇邪之物,速与我进去抓鬼!"

这样的阵势见得多了,两个徒弟轻车熟路,知道接下来该怎么做。他们一个执柳木弓箭,一个挥桃木宝剑,口里也念着咒语,跟随师父进入古宅。

此时正是午夜前的一段时间。夜静得出奇,但整个崾崄内阴风缠身,古怪异常,不寒而栗的感觉非常明显。古宅里残砖废瓦到处都是,密密的杂草长了一人多高,所有的窑洞都没有了门窗,一个个黑洞洞的口子正如一张张凶残的大嘴随时可以张合,给人的感觉进去就出不来了,那里就是死亡的陷阱。谢巫神利用神把鬼找出来,再聚人神之力,使鬼无处逃遁,或收服,或消灭。大半辈子他一直就是这么做的,从未失过手,偶尔也会遇到险象环生的情节,但都有惊无险。他知道他抓鬼是假,挣钱是实。至于有没有鬼,他不能说,这是天机,不可泄露。

楼子仍然在残破的院子里左冲右突,谢巫神在一人高的草丛中挥舞着三三刀,尽量把铜环摇出响亮、恐怖的声音,口中念咒语的声音也异常急促、快速。声音虽高却一句也听不懂,好像连他自己也一直没有弄懂那些拗口词语的意思,好在他信它们的威力,更多的人也都信,这不就行了?突然,某一孔窑洞内隐隐传出女人的啜泣之声,其声隐隐约约,呜呜咽咽,似有似无。这是很恐怖的。谢巫神想看到楼子的具体位置,但怎么也找不着。就在这个时候,一块不知来自哪里的土块丢在谢巫神的脚下。这一惊更是非同小可,然而不等他有任何思想准备,一声凄厉的长啸震耳欲聋,集阴森、恐怖、震撼于一体,天地仿佛开始旋转了起来,人就被跌倒了。"我是扳转……我死得好惨……"这个声音就响在耳边,是那么清楚,又是那么让人不寒而栗。

这种情况比较特殊,谢巫神可从没有碰到过。他有些慌乱,亦有些惊惧。真有这么厉害的鬼怪?他吃惊地想,却有好几块土块同时丢过来,有的打中了他,有的落在身前身后。"嘿嘿,你逃不掉的……"这个诡异的声音又在脑后响起。

"徒弟……"谢巫神的话还没有说完,只感到身后有个东西在拉他,让他惊得把后面的话全咽了回去。

两个徒弟倒是出现在了他的面前,但他们却说:"师父,这里很诡异,咱还是撤吧,这次的钱不好挣。"

谢巫神亦觉得有理,为了钱把命搭进去就划不来了。"楼子呢?"他问。

"不知道。别管了,快走吧,逃命要紧。"徒弟们说,先一步逃了。

谢巫神也要迈腿时,他的一条腿被什么拽住了,怎么也拉不动。"快,拉我一把……"谢巫神拼命喊道。

两个徒弟早已跑出了古宅废弃的院子,钻入树林里不见了。谢巫神越是着急越是拉不动腿,那时他大喊一声"救命啊……"身体尽力向前扑去,摔倒了,摔倒了的谢巫神拼命往前爬,头上、身上如瓢泼一般冷汗不绝……

扳转的诅咒还是没能破解,断魂崾崄依然被死亡的恐惧所笼罩。

谢巫神那次死里逃生后,神智远没有以前好了,也老了很多,从此不再干那一行,窝在家中等死。

四、马家院里的鬼脸

马天才自己认为他没有做过太亏人的事情,可老天爷偏偏和他过不去,不仅只让他生了一个儿子,还是一个吃饭不知饥饱睡觉不知颠倒的灰汉。他常常觉得这老天爷做事太不公道,每每心里有一种欺天的想法,却又怕遭到更大的灾祸,很多年便一直纠结着,虽然不愁吃穿,但也过得很累。扳转的诅咒成为全村人的一场躲都躲不开的死亡时,他才意识到这根本就是他和他的家人惹的祸。当村人一个接一个离奇死亡后,他越来越感到下一个死的很有可能就是他。在等待死亡的每一天里,他都会被一种比死更加可怕的事情折磨着、困扰着,那就是发生在他家一连串的诡异事件。他知道也该轮到他家了。

一场莫名其妙的火灾是一切诡异事件的开始。

那火着得非常蹊跷。马家人丁不旺,但马家家底厚实,光这座大院就占地不小，除了一排石窑洞外，左右都有东房和西房，在后院靠山崖的地方，挖下几孔很深的土窑洞，一些雇工就住在这里。此外牛棚、驴棚、猪圈、鸡窝等应有尽有。引发大火的是几垛陈年干草。这些东西是用来喂牲口的，主要还是给牲口过冬用的。马天才家有足够多的土地，一年产的干草堆满了整个场院，为了不占地方，都选用码垛的方式储存，顶部置土覆盖。这种方法储存的甘草至少几十年不会腐烂。马家的这几垛甘草就是这么一年年堆积起来的。着火的那个晚上正好有一个人在不远处目睹了一幕让她目瞪口呆的奇异景象。这是一个还年轻的小媳妇，那天晚饭她们家吃的是腌猪肉，这是去年冬天腌的，也是最后一顿。腌制的时间较长，天气也暖了，这肉就有了异味，应该是不能吃的，可小媳妇是个过光景的人，不忍丢弃，就和着腌酸菜一块儿吃了，结果吃坏了肚子，前半夜跑了好几趟茅缸，把个年轻轻的人拉得脸色蜡黄，连腰都直不起来了。她家的茅缸修在院外，一个角落里下挖一坑，刚好能放一条大缸，四面用土筑起半人多高的围墙，留一窄窄的出口，上边不挡一物，呈露天状。这女人最后一次到茅缸时间正好是午夜。她感到再也拉不出来了，那时她就站起来，费力地紧着裤带，目光正好在马天才家的方向。马天才家的后院与山崖相连，崖畔很高，山峁上长满了密密麻麻的山杏树。这夜风很大，树梢被吹得呜呜作响。不经意间她看到有一团火球从马家后院的上空坠落，远远看就像是从天而降。那团火球在空中旋转着，拖着长长的尾巴，直直地落在马家的干草垛上，瞬间腾起一团火焰，正好大风一吹，火苗子呼啦啦窜出丈许远，把另一垛干草也引燃了。火借风势，风助火威，很快几个干草垛都燃烧了起来。那火头如汹涌澎湃的韬天巨浪，真的是翻墙越脊，燃着了牲口棚，燃着了柴垛，燃着了东西房……很短的一会儿,马家大院就被大火吞没了……

这个年轻的媳妇看着马家的大火是怎样燃起来的,她惊得几乎呆了。她告诉自己的男人,马家是被天火烧了的。

这一场火几乎烧光了马家地面上所有能烧的东西,就连石头都被烧焦了。人倒跑得快,命都保住了,只是烧光了马天才的胡子,把他老婆的一头头发烧的也所剩无几了。烧死了几头大牲口和一些猪和鸡,房子是烧没了。石窑洞烧不了,门窗却烧成了黑炭,肯定是用不成了,窑里的东西也烧光了。

事后村里人都在说,马家的火灾其实是一场天火,根本无法躲避,天意就是这样的啊。听到这话,马天才心里的欺天情结有增无减,竟然当着村人的面讲,马天才是不惧天的,天火可以烧了我地上的财,但我还有地下的财,我照样是村里的财主,老天爷你是拿我是没办法的!这话说得可真够直的,欺天心理已经不再遮掩。说了这话,马天才终于长长地吐出一口气,多年来的压抑得以释放,浑身顿感轻松了许多。但村人都为他捏了一把汗。马家更诡异的事情才刚刚开始。

马家不愧是村里的首富,大火烧光了他地面上的家产,他又挖出了地下的资产,包括几十年也吃不完的粮食和一些金银财宝,没用一月,马天才的日子又过得红红火火。马天才的老婆是一个很瘦弱的女人,嫁到马家以后可以说对马家一点儿贡献都没有,虽然生过一个儿子,但那是她很年轻时候的事,主要是这个儿子是个灰汉,按她的话说那个脑袋里装的不是脑子,而是浆子。前几十年马天才的心思根本不在老婆身上,寻花问柳的事时有发生,也有过讨小的想法,一直没有落到实处,年龄就大了,没了那个心思,其实是不行了。他们的儿子小名叫个什么,他们也忘记了,只随着村人叫灰汉。灰汉今年已经三十出头了,连饥饱都不知道。自从娶媳妇的事失败后,他的那种毛病有增无减,就是每天晚上睡觉一定要他妈哄着才肯睡,不然就像小娃娃一样号啕大哭,闹个没完没了。到了睡觉的时候,马天才老婆就来到儿子睡觉的窑洞,帮着他脱去衣服,给他盖上被子,然后又斜躺在儿子身边,把干瘪的乳头掏出来,看儿子的大嘴吸吮着,虽然没有一点儿奶水,但儿子却吸得很专心。他吸一会儿,再双手玩耍一会儿,慢慢地就睡着了。没有这个过程儿子是不肯安安稳稳睡觉的。看着胡子都黑茬茬的儿子,这个母亲的眼泪哗哗地往外流。每个女人都养儿育女,可她怎么就这么命苦呢!

等儿子完全睡着后,她才轻轻地离开,从儿子的窑洞里出来,在院子的墙角找到尿盆子,提着回去。马天才每天夜里都要起来尿两回。马天才起来尿的时候必须要老婆给他把灯点上,完了再让她吹熄。每天夜里伺候完儿子再伺候老子,这个女人的睡觉时间就很少了。

天火烧过马家一个月后,有一天夜里,马天才的老婆伺候完儿子睡觉,照常去墙角寻马天才的尿盆子。马家的院墙是用石头砌起的,那次大火只是烧焦了石头,对整个墙体并没有造成破坏。她走到墙角弯腰拿起尿盆子,抬起头来的时候,她看到了异常惊心动魄的一个画面。赫然有一颗人头不知不觉就搁在了墙头上,那披头散发的人头有一张惨白惨白的脸,五官像极了死去的扳转,眼睛里流出了两行黑色的血迹。最让人恐惧的是,那张血红的嘴角那么一咧,发出一种无声的却令人比死都惊惧的笑。马天才的老婆吓得还没有来得及喊出声,就被惊得昏死了过去。

这事马天才不知道,当他再看到他老婆时,这个女人已经疯了,常常会把自己缩在角落里,瑟瑟发抖,嘴里只说一句话:"扳转活了……"这话听了太让人经受不起内心的惊恐折磨了。

马天才老婆疯了,自然就不能伺候儿子睡觉了,马天才的灰汉儿子每天夜里像小娃娃一样哭得不肯睡,这让马天才非常头疼,无奈他花钱雇了一个女人。这个女人三十来岁,人长得有点黑,但她有一对硕大的乳房。她对马天才说,她只哄他睡觉,也只把两只奶子豁出去,下半个身子她可不给。马天才说,你只管放心,你就是把那东西摆在他面前他也不认得。"这我就放心了。"她说。灰汉在女人的身上又得到了慰籍,夜里就不哭不闹,很快就睡着了。

但是这样的好日子没过几天,这个大奶子女人说什么也不干了,她说马家大院里有鬼,再干下去怕连命都保不住了。

马家院里真的有鬼。

大奶子女人把灰汉伺候得睡着后,还要回家陪自己的男人睡觉。她每次回家的时候夜都已经很深了。第一次碰到鬼是她揽了这活的第二天。那天夜里灰汉不好好睡,把她的奶子搓过来揉过去,一直到接近午夜时才睡着。她裹好衣襟,感到胸前的两团有点疼,晓得是灰汉的手劲使得大了,想着啥钱都不好挣,走出了窑门。就在她打开门的一刹那,有一个影子在她眼前飘过,像是猛然间受到了惊吓,快速离开。但真正被吓到的还是从门里走出来的人。那个影子当时肯定在距门口不远的地方。因为她看到的时候就像在她面前飘过似的。这就是人们传说中的鬼影形象。她没能看清楚真实的面貌,但那一头飘荡的乱发和舞动的白衣就足以让人有一种见鬼了的真实感受,那就是不寒而栗的惊惧。在那一刻她下意识地关上了门,手抚在胸前不停地喘息,心像要蹦出来一样狂跳。她不敢再把门打开了,就在窑里的炕沿上坐着。灯是点着的,她也不敢到炕上去,一直到她的男人来寻她。男人问她不回家的原因,她如实讲了,可这个人哪信呢。"不信算了!"她说,揉一揉越来越疼的乳房。

连着几夜没看到那个鬼影,她以为也许是那夜她看花了眼,紧绷的心也松弛了下来。这夜灰汉又不好好睡,要上奶子就没完,揉了吃,吃了揉,虽然她疼得要命,但也得忍着,因为一旦不让灰汉耍,他就拼命地哭,马天才就过来说,花钱雇你就是让他耍的嘛,你不让他耍我们还花钱干啥!于是她就忍着,忍得眼泪都掉下来了。好不容易灰汉睡着了,她才把肿胀的青紫的乳房收起了,疲惫地下了炕,昏昏沉沉地去开门。她"吱呀"一声打开了门。她开门时头是低着的,门开后她抬起了头。就这一瞬间,她的脸和另外一张脸险些挨到了一起。因为挨得太近,她只看到了一张脸。这是一张她一辈子都不想再看到的脸。这脸太恐惧了。长长的头发遮住半张脸,她所看到的半张脸像纸一样白,好像没有嘴,眼睛只看到一只,像个黑窟窿,流出像浓一样的黑水。太近了,她想她都闻到了死尸的味道。"妈呀……"她过一会儿才惊天动地喊叫了一声,跌坐在门里了。马天才听到惊叫声,披着衣服走出来,进了这个门,看见了倒在门里的女人,问她发生了什么事。她抬头看看门口,哪里有个鬼脸呢。这更让她心惊肉跳。以后她说什么也不再干了,灰汉夜里就不睡觉,又哭又叫,马家院子更不安宁了。

五、人鬼同眠

在那场天火之后,马家院子虽然经过了一番修整,但都不是太彻底的,这里那里火烧后的痕迹还是很明显的,尤其是墙壁和石窑的窑面,它们又黑又脏,马天才也让雇工们清扫过,只因那火太凶猛,都烧到石头里去了,任凭想尽办法也不能去除。门窗是换了新的,和黑旧的窑面比起来显得格格不入。马天才也很无奈,近来村里和他家接二连三地出了一些奇奇怪怪的事,这些事把每一个人都弄得焦头烂额,死亡的阴影笼罩在他们头上,都自顾不暇,谁也不敢想以后的事,活一天算一天吧。马天才想,如果有以后,他可以在现有的窑面上抹一层黄泥,或者涂一层白灰,也完全可以重新修造一院地方,这就看马家能否留下后代。这样原来的马家大院一下子就颓废了,站在远处看,残破的可不是一点点,假如没有烟囱上冒出的烟,就会觉得那里已经荒废好久了。原来村里往马天才家跑的人可是不少,如今谁都不愿意迈进这个院子,好像是怕沾染上什么不吉利的东西。现在的马家大院已经成为恐怖的让人谈之色变的地方了。每当夜幕降临,灰汉的哭喊声不仅在马家院子引起恐慌,更给整个村子增添了不祥和不安。

村人都有这样的感觉,在这种环境里生活,都不如死了安稳。只要天一黑,每家每户的人们都会窑门紧闭,蜷缩在被窝里,相互搂抱着,只要外边有一丝一毫的动静,他们都如大难降临一般,直到第二天太阳出来以后紧绷的身心才能松弛一会儿。马家院子更像是一片荒坟地,一入夜后魑魅魍魉就会肆意滋扰,不是这个哭就是那个笑,还有这样那样诡异的响动,阴气遍布各个角落,连新买的几头大牲口也缩进新建的圈里,叫声都不曾有。

马天才有很多土地,他一般是不亲自耕种的,一年都会雇几个长工为他春种秋收。如果风调雨顺的年月粮食打得堆成了山,让那些没有粮食吃的人们爱得要死。马天才是个过日子很悭吝的人,虽然每年都会生产粮食,但他们家的生活标准却不高,一年四季一直都在吃旧粮,新粮都储存了起来。他们在地上挖一窑,通过一些处理,把粮食倒进去,然后埋起来,可以几年不坏。一场大火烧光了马家在地面上看得见的家产，第二天他就开启了一窖谷子。这谷子已经窖了五年了，挖出来后依然金黄金黄的，一阵阵谷子的香味沁人心脾。

今年给马家扛长活的是三个人，他们都住在后院土的窑洞里。有一个五十多岁的老汉在马家已经干了好多年了，一个人占着一孔窑洞，另外两个年轻的住在一起。这个老汉也姓马，但和马天才毫无瓜葛。马天才叫他老马，那两个雇工则叫他马干大。这个人种地的确是个好把式，但他有一个很大的毛病，就是好色，因了这个爱好，在马家干了多年的长工，不仅没攒下几个钱，连个老婆也没有。这几年他一直和村里一个女人鬼混着。女人是个老女人，有男人不说，儿子也都有了媳妇，连孙子都满炕跑了。这女人不经常下地干活，也注意保养自己，看起来显得年轻了不少，倒是她真正的男人苍老得腰都直不起来了。他们勾搭成奸也有好几年了，老马在马天才家所得到的苦力钱几乎都给了这个女人，这一家人就睁一只眼闭一只眼，老马也把这儿当成家一样，想啥时候来就啥时候来。老马来的时候，那个男人便躲开，或干脆腾出后炕让他们活动，自己则在前炕蒙头呼呼大睡，任凭他们把炕板石弄塌也不去管。

老马去那里主要是为了发泄，所以多数是在夜里。由于近一段时间以来，村里太不安宁，夜里走动的人几乎没有，他也就较安分，天一黑就在土窑里睡了，不去想那好事。但是时间一长，他就睡不着了。这天夜里他终于经受不住身心的煎熬，在灰汉很恐怖的哭喊声中走出了阴森森的马家院子，来到村路上。从马天才家到他要去的人家必须经过一个像簸箕一样的弯子，弯子的深处有一孔很大的黄土窑洞，多年以前就不住人了，村人把一座石碾子安在了里边，就算刮风下雨也不误碾米。老马正向那里走去。天不是那么太黑的,可没有月亮,也无风,夜时而静得出奇,时而又在这里那里传出一些嘈杂。在走到距安碾子的烂窑不远处,老马听到了一种声音,那声音类似碾轱辘在碾盘上转动碾米时发出来的。先是隐隐约约的不很真切,再往近走几步,就听出是真的了,咯吱吱,咯吱吱……是谁会在半夜三更碾米呢?自从扳转的诅咒在村里压得人喘不过气来后,别说碾米了,就连到院外尿一泡也是心惊肉跳的,还嘀嗒着呢就提了裤子往回跑,生怕让鬼给捏了。这很不正常。老马顿时感到心跳加速,头发根根都竖起了,腿软得直打哆嗦,哪里还敢再向前迈出一步,连那东西也早吓得缩回肚子里去了。

老马本想快速离开,可连转身都那么吃力了。他觉得有一条腿竟然不是自己的了,怎么也拉不动,像被什么东西拽住一样。越是这样越害怕,浑身上下惊出一层冷汗,尤其头上更厉害,都吧嗒吧嗒开始掉汗珠子了。这样的惊悚真是前所未有的,老马已经是承受不了了,当时就崩溃了,他不知道自己是如何离开那里的。

老马清醒后,他发现自己正坐在马天才家院门外的石狮子前。石狮子也被那场大火洗劫过,烧得黑乎乎的,看着已经失去了威风。他的一条腿还在抖着,想站起来却不能够。现在他什么都不想了,别说是那个老女人了,就是比她年轻的他也没有那好心事了,命比什么都当紧。他唯一想做的是回到那个土窑窑里去,好好地睡上一觉,问心无愧地活过以后的每一天,别死在扳转的诅咒上,太划不来了。

如今这个村里的夜在每一个人的眼里都是那么诡异,处处都充满了死亡的气息。老马哪敢在如此恐怖的夜里一个人待着。他抓着石狮子的嘴叉吃力地站了起来,费力地往院里走。

他感到他的一条腿是瘸着的,其实他明明走得很直,腿一点儿也不瘸。进院后一种冷寂的静让老马觉得很陌生,好像置身在孤山矿岭的坟地一般。灰汉的哭喊声消失了,这就让人感觉很不舒服,心慌得压抑。灰汉窑里的灯还亮着。看到灯光老马像看到了救星一样,不由自主地向那里走去。被黑暗包围得久了,就渴望得到光明,似乎有亮光的地方就温暖,就没有邪恶,就是安全的。

　　灰汉的窑洞是用石头砌成的,很大很深,炕又盘在窑洞的最深处,油灯的光亮通过深深的窑洞照在窗户上以后,光就很弱了,纵然是新糊的窗纸,但也昏暗。当然在无边的黑暗里,这点光也是难能可贵的了。老马几步疾走至门前,抬手就去推门。门在里边闩死了,他没能推开。他知道灰汉的门一直是不往死闩的,因为他根本就不会闩门的。老马就觉得奇怪,爬在窗户上往里窥探。窗台有半人高,老马的脑袋正好和最低的那格窗孔齐平。他伸出一个手指头,把刚糊上的窗纸捅开一个洞,他就从这个洞里看了进去。炕在很深的地方,有一盏油灯点着,放在一张小桌上,桌上还放有一只粗瓷大碗,这碗遮挡了油灯的光,使炕上只照到一半的光。在这一半的光里,老马看到了让他吃惊的一幕:灰汉的身边半躺着一个人!老马就奇怪了,他离开的时候灰汉还哭喊着不睡觉,怎么在这点时间就多了一个人呢?怪不得灰汉安生了。那无疑是一个女人。只见她低着头,长长的头发遮住了她的整张脸。他看不清这是一个怎样的女人,但绝不是灰汉他妈,那个老女人不可能有这么长的头发。女人的怀敞开着,露出两嘟噜奶子,灰汉正用他那双大手揉搓着,而女人的一只手搭在灰汉的头上,轻轻地抚摸着。此情此景让人感到是那么温馨,所有的恐惧早已抛开了。老马也忘记了刚才的遭遇,被这样的画面感染了。

那时,女人把长长的头发抚到脑后,露出了一张脸来,正好面对着老马。她好像早就发现了爬在窗户上的人,嘴那么一咧,竟然冲着老马笑了。

这是一张很柔和很灿烂的笑脸。然而老马看到这张笑脸后,惊得向后退了几步,一屁股跌坐在地上,怎么也爬不起来了。

他看到的赫然就是扳转的脸!

这一惊吓真的是非同小可,老马只觉得浑身痉挛,寒冷异常……

第二天两个年轻的雇工起来后,迟迟不见老马,那门也是关着的。这两人就奇怪了,往常都是老马先起来然后再敲门叫他们,今天倒是一个例外。老马是他们的领头,他们也不敢去催,就在门口等着,一直到过了出山的时间还不见老马出来。

马天才对雇工们下地和收工的时间要求很是严格,迟出早回都得扣工钱,就是提前干完了今天的活,也不能回去,雇工们只好在山里待着,等到了点才能回去。由于老马迟迟不出来,马天才非常生气,又嚷着扣工钱,又让把门砸开。其实门是虚掩着的,只是两个雇工不敢叫。开了门后,老马不在窑内。两个年轻的雇工和马天才就开始找寻,很快在一个地方找到了他。这里原先是马家的猪圈,火把上边的草棚烧没了,只留下一个残破的露天圈。他们找到老马的时候,那人正窝在角落里呼呼大睡,脸上头上衣服上糊了不少杂草尘土和猪粪。有一个人跳进去把他叫醒了。

老马睡得很死,叫了好几声又推了几把才哼哼着醒过来。他看看周围的环境,十分诧异。"我怎么睡在这里!"他看着他们说。

"你是被鬼搬到猪圈里的吧!"马天才愤愤地说,"每人扣半天工钱!

六、扳转的哭声

奇怪的是老马对昨天夜里发生的事一点也记不起来了,只觉得头隐隐有点疼,也讲不出是在头的哪个部位疼,这种不急不缓的疼痛在以后的日子里一直伴随着他,到死也没有弄清楚是什么原因造成的。从那一天开始,天一黑老马就早早关了门,再也不出去了,即使天塌下来他也不会走进夜幕里了。老马晚上不再出门,这倒让另一个人着急的不行了。她就是那个和老马有不正当关系的女人。他们扯上这种关系已经有好多年了,这个女人的吃穿花销都是老马承包着的,甚至她男人到儿子到媳妇还有现在满炕跑的孙子,很多情况下的开支都靠着老马。连着几天不见老马来家,这个女人就有了想法。说实话她不是想老马那个人,只是惦记着人家的钱。如果没有了那样的关系,老马还能把所得的工钱如数交给她?她不能失去那些钱,也就不能断了和老马的那层关系。他决定主动去找老马。

那日吃了晚饭天色还早,心想这个时候鬼怪应该还没出来,不会有啥凶险的。她打扮了一下,草草出门了。临走她对她那个放屁也要叉开腿的男人讲,今黑夜她不回来了,闩了门悄悄地睡。她急匆匆地走过村路,到了马家院外,天就完全黑了。残破的院子让她产生了恐惧感。但她没有犹豫,快速走了进去。对于这个女人的送货上门,老马一点也不觉得意外。他尽情享受着女人的美好,其他的一概不去想。也是精力的问题,很快他们就软成了一摊,沉沉地睡去了。

不知过了多久,睡在老马身边的女人被一阵哭声惊醒了。

那哭声呜呜咽咽,隐隐约约,似在门口,又像在很远的地方,断断续续,显得十分诡异。如果把这事放到以前,也不是太惶恐的,可是现在的村子只要一有风吹草动人们就会疑神疑鬼,总往扳转的诅咒上去想,弄得人心惶惶,一刻都不得安宁。她被这种哭声惊扰得无法入睡,更加剧了内心的惊悚感。她推了推身边的老马。这个男人是累了,睡得很死,推了几次才推醒。"门外有人在哭。"女人压抑着狂跳的心说。

老马坐起来,仔细去听,果然有一个哀哀怨怨的哭泣声就像是在门口一样。"是个女人的声音。"老马说。

"是鬼吧。"女人说,把头埋入他的怀里。

"明明是人在哭嘛,怎会是个鬼呢?我去看看,有什么伤心事呢,还半夜哭。"

老马掀开被子要去看,这女人不让,她说:"万一是个鬼呢?"

老马说:"怎么可能呢。"

老马固执地要去看,女人拉都拉不住。他跳下炕沿,径直去开门。此时正是午夜,除了断断续续的哭泣声,一切都隐藏在黑暗里,万籁俱寂。门"吱呀"一声开了,他探出头,往夜幕里窥探了一下,轻声问道:"是谁在那里哭泣?"

哭声越来越伤心了,抽咽得很是厉害。"我就是那个……扳转……"一个幽怨的声音说。

那个声音像是从黑夜里飘进来一样。"妈呀,是死了的扳转!"炕上的女人尖叫了一声,把自己蜷进了被子里,吓得糊里糊涂,被子抖动得更是厉害。

啊,是扳转!老马也一声惊叫,不由后退几步,跌坐在地上,早吓得魂魄全无……

老马经不起这样三番五次的折腾,终于被击倒了,躺在土炕上病得爬不起来了。那个女人也受到了不小的惊吓,回去后就不敢再出门了。从此以后她没再和老马来往,收了心,一心一意地对待起了家人。老马在炕皮上爬了十几天,在一个阴霾的天气里,他还是走出了窑洞,向马天才提出了辞职。"我不干了。"他直截了当地说。

那时马天才正给他老婆喂饭。这女人衣衫不整,蓬头垢面,忽而傻笑,忽而啼哭,形容枯槁,样子如鬼。忽然他指着老马惊慌地说:"你是扳转,你活了,你是来害我的。我怕你。我再也不敢了。"她一把打掉马天才手中的饭碗,缩到了下炕角里,抱住头,哆嗦着,"你走开,走开……"

马天才收拾着打碎的碗和倒了的饭。"你说不干了?"他毫无表情地说。

"我再干下去怕也要疯了。我疯了可没有人给我喂饭。"老马说,"这哪是人待的地方!"

"不到开工钱的时候。"马天才冷冷地说。

"不要了。命比钱当紧。"老马草草地说。

他没有多少行李,走的时候几乎没带什么东西。他在村头的路上走过时,他的胡子已经很长了,背也开始微微地弯曲了。村里人都说,他好像老了好几岁。

他是早上走过断魂崾崄的,还好,没发生什么怕人的事。这大概与他选择的时间有关。纵然他出去了,但村里人是无论如何也不敢往那里去的。

几天以后有一个女人竟然通过了断魂崾崄往村里走来。

这时候的马天才承受着前所未有的身心煎熬,已经是焦头烂额,疲惫不堪了。往日那个高傲的财主形象早已被扳转的诅咒折磨得荡然无存了。好的一点是他那灰汉儿子近几天里不知为何乖巧听话,不再哭号着要耍奶奶了。灰汉不闹了,但这并不代表着马家就平静了,一些奇奇怪怪的事仍然接连不断地发生着。

马天才的疯老婆白天很安静,一个人坐在炕上长时间地注视着窗户,那里有个窗格的纸撕开了拳头大的孔,可以看到院子里一堵烧黑的墙,墙上黑白相映出模糊的图形。她看得累了就随便一躺,睡得很安详,嘴角有一线口水流出来,在羊毛砂毡上湿了一大摊。有时候她整个白天都在睡觉。到了晚上就不安分了。她会在马天才熟睡的时候偷偷走出来,在村子里四处游荡。她什么东西也不拿,不说话,脚步轻得发不出一点声音,就那么一个人悄悄地走,飘忽不定,一会儿出现在村东头,一会儿却在村西头,要么就站在谁家的门上静静地窥听,或是爬在哪家的窗前,一声不吭……有好几次村人都被她吓坏了,可谁也不知道他们看到的是人是鬼。这更增加了村里的恐怖气氛,夜里谁也不敢出门了,早早把尿盆子寻了放在下炕角,即使外边天塌下来他们也不会出去看的。她能在夜里走很长时间,一直到鸡叫了才姗姗回去。开始马天才并不知道,等他发现了老婆的这种怪异行为后,已经晚了,他的疯女人出事了。

那天子夜疯女人出去后,一直到第二天早上也没有回来。关于疯女人的走失马天才没有向任何一个人提起,他更不去寻找,好像什么事都未发生一样。

两天后那个叫改过的女人就来到了村里。

正是太阳直射的午间。改过能在这个时候从断魂崾崄安然进来,这在村里人看来简直就是一个奇迹。好久没有人来村里了,改过的到来是个新鲜事,好多人都走出窑门跑来看。他们从改过的身上似乎看到了扳转的影子。他们就觉得这个女人很邪乎,都不敢和她多亲近,知道了她的一些情况后就匆匆离开,也有只看一眼就觉脊背发冷的人,更是远远地躲开,惶惶地走掉。

改过自称是逃难来到这里的。她说她家住在离这儿很远的一个沟里,十六岁上嫁给一个嗜赌如命的男人,二十六岁上男人被赌债逼死,一个儿子六岁,前年被狼吃了,连件衣裳也没有找到。她的公公是个酒鬼,几乎把家里能卖的都卖了换酒喝。那个五十多岁的老汉在三十岁的时候把老婆卖了,买了几大缸酒放在家里,天天喝得酩酊大醉。她男人死后,她公公就打她的主意,想把她也卖了换酒喝。在家里确实是待不住了,万般无奈之下,她选择了出逃,一个人盲目地走了将近一个月才来到这里,希望找个人家,不论是干什么,只要有口饭吃就行。在这样一个灾难频发的日子里,谁也不想把一个来路不明的人收留在家中,多一事不如少一事,况且一般的家庭也不需要这样一个女人,他们连自己的家人也养活不过来呢。

改过正是站在马天才家的院外向村人讲述她的不幸遭遇。马天才是在村人都散尽后才出现在改过面前的。这一段时间马天才把自己关在家里,很少走出窑门一步。老婆的走失对他的打击似乎并不大,就没有寻找。他现在心里只装着一件事,那就是马家的香火如何延续的问题。他做过什么他清楚,扳转的诅咒在他身上应验那是迟早的事。他不是怕死,他的心里只有恨,那种恨天恨地的不甘心让他有一种想要毁灭一切的想法。他想他不会再敬奉祖先了,也不会在这路那路大神小神前烧香磕头了,那些木牌牌和泥疙瘩不会帮他的。他从烧黑的院门走出来,站在改过面前。"你什么都愿意做吗?"他问改过,声音十分的疲惫无力,给人的感觉好像没有睡醒一样。

改过无奈地点点头。

"你给我做儿媳妇吧。"马天才这才仔细地打量起了面前的女人。他发现改过只是穿着有些邋遢,头发蓬乱,脸有污垢外,其实人长得并不难看。

改过捡掉了头发间的一根杂草后,又点了点头。

"你养过娃娃吗?"马天才的眼睛落在她的肚子上,好像她的肚子比别的女人大了一些,也许是那件红袄隆起造成的。

"养过一个。"改过突然说。

"我儿子是个灰汉。"马天才说,这是他的痛处,很不愿提起。

改过沉默了片刻,好像鼓了很大的勇气才说:"只要给我饭吃就行。"

"能为我马家栽根留后,你就是这个家的主人了!"马天才的语音很重。

"我也不敢保证。也不是我一个人的事。"改过低着头嗫嚅着说。

"你是过来人,你可以引导他的。说实话能不能怀上娃娃主要还是看你了。"马天才只能说到这里了。

改过把目光移向别处,声音颤抖着说:"我……努力去做……"

马天才对她的回答很满意,他仔细地看了看改过的屁股,他发现这个女人的臀部很是肥硕,常言说得好,能养娃娃的女人,她们的屁股都很大。"跟我回去吧,"马天才说,"先把这身脏衣服脱了,然后再烧一锅水,好好地洗一洗你的身子。

改过就这样进了马家院,开始了为马家生儿育女的工作。

那天黄昏后,改过把自己洗得干干净净,穿了一身舒适的衣服,马天才直接把她送进了灰汉的窑洞里。

夜晚,马家院里很安宁,但村里的夜却充满了更大的危机,村前村后不时传来惊悚的狼嗥。

七、惊悚的狼嗥

断魂崾崄的人对这种畜生的嗥叫并不陌生,不久之前的那次狼嗥仍然影响着他们,每每想起都觉得心惊肉跳。那凄厉的狼嗥和人在面对死亡时的哀鸣,那一切是多么的可怕!谁都不会忘记那个充满了血腥味的夜晚。

狼嗥是从天一黑开始的,这时候有的人才刚吃了晚饭,而有的人家正在吃着。第一声狼嗥隐约是从断魂崾崄那边传来的。那声音苍劲、雄浑,底气十足,可以想象那狼仰天长啸的雄壮气势。接着便有三两声的狼嗥来自村子的不同方向,声音或长或短,或高或低,但都觉得是往村里聚来。娃娃们早已惊吓得伏在了大人的怀里,没来得及关门的人家以最快的速度把门和窗户都闩牢了,而圈里的猪和棚里的牛、驴也发出惊恐的叫声,鸡扑棱着笨拙的翅膀吃力地飞上了墙,又飞上了树枝。村里的夜一下子变得人心惶惶,鸡犬不宁。

改过在狼嗥叫的时候解开了上衣的扣子,把两只饱满的乳房呈现在灰汉的面前。她似乎很了解灰汉的嗜好,根本不用谁来教她就知道怎样乖哄眼前的这个男人了。灰汉也只认乳房不认人,尤其喜好那种饱满、硕大的。他用粗大的手把玩一会儿,又贪婪地吸吮一阵儿,弄得改过浑身酥痒,白净的脸颊现出一片红来。但她很快就冷静了下来,脸上的红晕迅速散去,一双眼睛冷漠地看着他。

"你不能光让他耍奶,你得引导他做正事。"窗外传来了马天才的声音。他正爬在窗孔上往里看呢。他的儿子他知道,不教他永远也不会耍。

改过慌忙吹熄了灯。灰汉忽然哭号起来,他不想在黑暗中耍奶奶。

"他怕黑,你不能把灯吹熄。"马天才又说。

改过说:"你不能看嘛。"

马天才说:"我也不想看,只是给你提个醒儿。"

"你走开!"改过的口气就有点重,"我晓得怎么个做,不用你提醒。"

"能早点给我怀上孙子,我把你叫妈。"马天才说,转身离开了。

改过重新点上灯,灰汉就不哭闹了。

这夜多只狼在村子里肆意嗥叫,那恐怖的狼嗥一直持续到天亮才渐渐消失。由于人们紧闭门窗,无有一人伤亡,只是多头猪被咬死,内脏全被掏空,撕扯得到处都是,鲜血淋漓,惨不忍睹。大牲口受伤的较少,也多是轻微的抓痕,伤及不到生命。

马天才的羊圈不在村里,他把它建在距断魂嶙峋不远的一个向阳的弯子里。这里山前山后都是他的地。这样做的目的有利于就近放牧,而羊粪也能及时送到地里,不用花费太多的人力和物力。给马天才常年放羊的是一个叫做铲子的人。羊圈是在黄土崖上挖进去很深的两个洞穴,洞前用丈许高的木棍做成栅栏,围起一个不小的空间,羊们可以自由活动,有密密的栅栏挡着也跑不掉。羊圈边上又挖了一孔不大的窑洞,开口很小,仅容一人进出,内里却也宽敞,砌有土炕、做饭的灶台。这是供牧羊人铲子吃饭和睡觉的地方。窑口只安一门,是那种厚厚的榆木单扇门。铲子白天把羊赶出去放牧,晚上就住在这里,从春到冬一年四季日日如此,即使过年也不会离开。

那日改过走过断魂崾岘的时候铲子正在对面山洼里放羊。正是夏日的午间,太阳光就热辣辣的,无风,天气异常闷热。铲子所在的位置正好对着断魂崾岘,此刻那个地方死一般静,尤其是那座废弃的古宅,隐隐似有暑气升腾,袅袅如烟,幽寂诡异。其实铲子在经受过那次惊吓后,很少敢去断魂崾岘放羊,夜里睡在小土窑内也惶恐不安。那只照羊的狗又夜夜狂吠不止,就好像它看到了什么害怕的东西一样,声音喑哑、惊悚。那狗一叫,铲子就睡不踏实了,用被子蒙了头,大气不敢出。他感到这以后的夜就邪了很多。

铲子晚上都不能睡好,白天就困乏得厉害,在山畔上,在山洼里,常常会不知不觉就迷迷糊糊睡着了,睡着了的铲子会做一些奇奇怪怪的噩梦,自己觉着是醒着,却就是起不来。铲子听阴阳说过,这是一种典型的中邪症状。由于精神萎靡,身心恍惚,阴盛阳衰,很容易被邪神厉鬼缠身。如果不尽快摆脱,一直这样下去,轻者被鬼怪利用,重者性命不保。铲子开始想是不是该辞去这份工作了,或者干脆离开断魂崾岘,到别的地方去谋生。

这日午间,铲子就在断魂崾岘对面的山洼上。这里有一棵粗壮的老柳树,树枝长开如伞状,给树下遮了不少阴凉。铲子就躺在树根下,厚厚的青草像褥子一样柔软、舒适。他感到头重脚轻,浑身发困,瞬间就迷迷糊糊起来。他的眼睛由大到小,渐渐窄成一条缝,朦朦胧胧之间他觑见对面古宅前有一个红点在晃动。他摇了摇头,把眼睛极力往大睁,一个穿红袄的女人走出了断垣残壁,瞬间就隐没在了树林里。他觉得头疼得害,刹那间便昏睡了过去。不知过去了多久,他又一下子睁开了眼睛,这个时候他清楚地看到有一个穿红袄的女人正在通过断魂崾岘。太阳直直地射下来，她好像没有影子。铲子听人说，在太阳底下辨别是人是鬼就要看她有没有影子，有影子的是人，没影子的肯定是鬼。他看不到她的影子。铲子倒吸了一口凉气。自从扳转的诅咒在村里蔓延开来后，断魂崾崄几乎断了行人。他以为自己是看花了眼，忙用手使劲地揉揉眼睛，再看时，还是穿着个红袄，还是没有影子。这里和断魂崾崄只隔着一道窄窄的沟，他根本不会看错，那就是一个女人，正从红胶泥悬崖上的窄道中走过。

铲子惊愕地看着她，越看越惊愕。他从这个女人身上看到了扳转的影子。他不免又倒吸了一口凉气。扳转活着的时候他见过，远看就是这么个形象，这是很恐怖的一种现象。铲子就觉得他真是见鬼了。她从容地走过断魂崾崄，顺着小路走了过来。小路穿过走马梁，通到了村里。太阳正在中天，炽热的光像要把大地烤着似的，暑气逼人，闷热得让人喘不过气来。铲子惊悚地看着这个女人走过小路，往村里去了。他目送着女人的背影消失在村头的一棵老树后，看不见了，蓦然一惊，仿佛刚才的事不曾发生，便头疼欲裂，内心惶恐不安。

到了黄昏的时候，铲子已经将羊赶回了羊圈，急急地往村里去了。回到村里，铲子听到一个消息，有个叫改过的女人通过断魂崾崄来到了村里，给灰汉当了媳妇。铲子就愈发得茫然不解了。当天夜里，狼群袭击了铲子的羊。

山中多狼，但很少有群狼围攻村庄的事例，偶尔有单只狼潜入村里，顶多咬死一两只羊，也早被惊醒的人用各种方式吓跑了，像铲子的羊场因为有狗就更不会被狼骚扰了，多年来一直相安无事。可今年是个多事之秋，奇事怪事频频发生。

开始听到狼嗥铲子没当一回事，毕竟这不新奇，可是渐渐听出是多只狼在嗥，并且就在附近，好像都往这里汇集。照羊的狗先还拼命地咬,声音急促,但慢慢就被狼嗥声淹没了。很快铲子就听出,狼已经在羊圈前了。他迅速穿好衣服,下了土炕,爬在门缝上往外看。借着朦胧的夜色,铲子看到了惊心动魄的一幕。好多只狼把羊圈围了起来,有几只正在栅栏前挖洞,几只站在高处仰天嗥叫。狗已经缩到窝里去了。他正不知该不该出去,犹豫间他赫然发现他的门口守着两只狼。他吓出了一身冷汗,只要他开门出去,肯定会遭到两狼的袭击。他知道狼是一种极其凶残的动物,它伤人的时候专拣要命的地方下口,而且最擅长偷袭,进攻的主要目标是脖子,一击致命。

在这种情况下,铲子选择了退缩。狼在很短的时间里就打开了通道,一只只钻进去,向羊群发起了残忍的杀戮。羊为了逃命,四处逃窜,发出绝望的叫声。狼看准了一只羊,腰子一弓,然后发力一纵,一口咬在羊的脖颈上,逃窜的羊瞬间倒地,四蹄无力地舞动着,无望地挣扎着,很快毙命。狼把羊咬死了,但它们并不吃,又去杀戮另一只,好像它们不是为了吃肉,而是为了杀戮。看着一只只羊倒下,铲子无力保护它们,心里很难过。他想明天如何向马天才交代呀!

狼群很快就退去了。第二天铲子打开门来到羊圈前,他被眼前的情景吓坏了。到处都是血,从羊圈里到羊圈外,那血如盆洒一样,触目惊心。羊的内脏被扯出来,丢弃在不同的地方,细细的肠子扯得很远。那么多的羊被咬死,黑压压倒下一片,场面惨不忍睹……铲子飞快地跑回村里,他要给马天才报告这个不幸的消息。

铲子进院,改过从门里出来。大清早改过蓬乱着头发,端着尿盆子去倒。铲子走得急,差点和改过撞在一起。铲子近距离地看到了该过,他发现她的某些地方似有扳转的影子,但仍是不同的。他还在想,昨天他看到的是改过还是扳转?

羊群遭到狼群的杀戮,马天才亦无可奈何,毕竟是天灾而非人祸。但铲子想辞工的想法越来越强烈了。他觉得这个村子真是太邪门了,保不准哪一天连命都搭上呢。

接下来的几天里,断魂崾崄的人每天晚上都被惊悚的狼嗥搅得惶恐不安,他们隐隐感到村里又要死人了。

八、突如其来的鸦群

这一年大旱。开春只下过一场薄雨,勉强把种子播进了地里,之后就没有再下过一滴雨,五月都眼看着过去了,老天爷就是不肯下雨。瘠地干渴,荒旱遍野,年馑已成定局。如果要在往年,天旱成这样,人们早就开始祈雨了,今年却没有人因为干旱而奔走。扳转的诅咒远比不可避免的灾年更严重,也更可怕。

有一天早上醒来,人们看到了一幕,这样的情景让他们目瞪口呆,惊愕不已。

自从扳转的诅咒在村子里蔓延开来以后,断魂崾崄人心惶惶,死亡的召唤笼罩在每一个人的心头,他们的生活遭到了严重的破坏,很少有人到地里去了,大白天窨门紧闭,村子里几乎无人走动,整个村庄鸦雀无声,死一般寂静。如果没有早晚烟囱上升起的一缕缕炊烟,都以为这是一个无人居住的荒村呢。人人自危,睡得早起得迟这是眼下断魂崾崄人的生活特点。这一天太阳早早地照到了窨面上,人们才迟迟地起来。他们疲惫不堪,身心俱已受损。知道自己又活过了一天,内心稍稍宽慰了一些。然而眼前的一幕把他们惊呆了。这注定是一个不平常的日子。

在村子的上空,黑压压一大片鸦群几乎遮没了太阳光。这情景太可怕了。从头顶到断魂崾崄一只只乌鸦张开宽大的翅膀，扑腾着，盘旋着，像暴雨前那沉沉压顶的乌云一样，翻滚着，缠绕着，相互碰撞着，一根根羽毛像黑色的剑雨纷纷飘落，一声声"哇哇"的哀鸣凄厉、阴森。这些黑色的幽灵在上空飞了一阵子，然后一个俯冲落在了断魂崾崄的树上。树少鸦多，仍有一些无有落脚点的，便在距地面丈许高处扑闪着翅膀，飞来飞去，和着树上的叫声，响成一片，那声音振聋发聩，阴森恐怖。

铲子被乌鸦的叫声惊醒了。他从来没有听过这么可怕的声音，好像是世界到了末日的那种骚乱，那些乌鸦的叫声连成一片，犹如山洪暴发，天崩地裂。他匆匆拉了一件衣服，边往门外走边穿着。他推开门第一眼看到的便是遮天蔽日的鸦群，就在头顶上如黑云翻卷一般，无数双翅膀震动着，气流急速下旋，迎面扑来，竟然让他站立不稳。所剩不多的羊们一只只逃到窑洞的最里边，吓得挤在一起。很快鸦群向断魂崾崄聚集，密密地连成一块，翅膀与翅膀相撞，黑色的羽毛在地上落下了一层，老弱病残的，一只只被撞下来，噗通、噗通摔落在地上，接连不断的声音惊心动魄。很多直接就摔死了，没死的在黑羽丛中挣扎、哀鸣。

铲子强迫自己镇静下来，把目光投向了对面的断魂崾崄。他看到在断魂崾崄的入口处，那棵老树上长刷刷地吊着一个东西。他揉了揉酸涩的眼睛，不由倒吸了一口凉气，啊……他惊叫了一声。老树上吊着的不是别的东西，赫然是一个人！他忽然明白了为什么会有这么多的乌鸦聚集到这里。它们觊觎的是那个吊死的人。谁会吊死在这里呢？

铲子惊愕的同时，数不清的乌鸦纷纷向下俯冲，叫声更加急迫，似有愤怒的叫声，也有悲鸣的叫声，更多的则是那种兴奋的呐喊，瞬间就在老树周围形成一个硕大无比的黑球，它滚动着，不停地增大着,更多的想挤进去,也有要退出来的,互相拥挤、碰撞,受伤的致死的纷纷落地,黑羽乱飞,鲜血淋漓,场面悲壮,惨不忍睹。

铲子被眼前的情景惊得目瞪口呆。就在这个时候有几只乌鸦发现了他。它们向铲子飞扑过来,叫声凄厉,翅膀带动起的风迎面袭来。他近距离地看到了乌鸦尖利的爪子和它们一双双鼓胀的眼睛。铲子从乌鸦的眼睛里看到了贪婪和兴奋。一只乌鸦直扑他脸面,他挥手驱赶,但乌鸦并不害怕,长长的尖利的喙啄向他的脑袋,他急忙护住头,手就成为了目标,一阵钻心的疼痛过后,就感到热热的液体流过手背,拿到眼前一看,手上被乌鸦啄去了一块肉。与此同时接二连三的乌鸦惊叫着向他扑来,一时间黑压压一片,吓得他抱头逃回窑洞里,关闭了窑门。乌鸦们很不甘心,一次又一次向门上撞,啪啪的撞击声和凄惨的啊哇声令他心惊肉跳,惶恐不安。不过这样的撞击持续的时间并不长,慢慢地鸦群离开了这里,叫声逐渐消失了。

铲子把自己关在小小的土窑洞里,一直不敢出去,挨到中午的时候,听不到乌鸦的叫声了,他才爬在门上向外张望,确信鸦群已经消失后,小心打开窑门,然后战战兢兢走出去了。鸦群消失后天地间一下子变得死一般寂静,连风都没有了,一切都好像静止不动了。太阳正低垂在头顶,炫目中一轮白日诡异无常,全没有了往日的激情,但每一束光都异常灼热,空间里弥漫着浓重的血腥味儿,凝固了的空气非常闷热,一种挤压着胸心的感觉使人出气不畅。

地面上铺了一层黑压压的羽毛,乌鸦的死尸到处可见,一滴滴、一串串、一摊摊的血迹洒在地上、树干上、树叶上,还喷溅在乌鸦的黑毛上,天地间只留下了一种气味,那就是浓烈的血腥味儿。铲子差点被这样的血腥味呛得呕吐出去。他用两指捏了鼻孔，目光落在了不远处的断魂崾崄里。树上也落了许许多多的黑色鸦毛，倒让那些树变得恐惧起来。铲子惊奇地发现吊在树上的死尸不见了，而一个情景让他骤然感到心惊胆寒、毛骨悚然。

一具完整的白骨吊在树上，白日照在上面更加惨白惨白的。

铲子从来都没有像现在这样感到恐惧过，他是彻底地把胆输了。他再也不想在这个鬼地方待下去了，他想立即就离开。他很快就往村里跑去。

村里看不到一个人影，整个村子在白晃晃的日头下显得更加荒败、寂寥。铲子直接走进了马天才的家。在马家太阳照不到的墙根下，放着两个小凳，改过和灰汉各坐在一个小凳上。改过端着一碗饭正在往灰汉的嘴里喂。改过穿着一件薄衫子，怀敞着，把两团肥大的奶子完全放出来，灰汉的大手就耍着它们。铲子的到来惊扰了他们，改过忙掩了怀。灰汉哇一声哭起来，从小凳上溜下去，两脚蹬着地号啕。马天才开门出来了。"你不能由着他吗？他是灰汉嘛。"马天才说，只穿一条裤子，光着上身。

"我不想干了。"铲子直截了当地说。

"你不干你早说嘛，这个时候走了，我又到哪里去雇人吗！"马天才用一只手伸到后背，探着去挠痒处，嘴就一咧一咧的。

铲子看着马天才白得有些扎眼的干皮，心里很不舒服。"那我不管。"铲子固执地说。

"做人不能这样。"马天才挠不到后背的痒处，便把脊背靠在门框上，来回蹭，脸上松弛的老皮不住地跳动着。"你硬要走的话，咱丑话说在头里，头几个月你是白干了。"

铲子爽快地说:"我不要了。你随我到羊场把羊清点一下,我今天就走了。"

马天才说:"不用数了,要走你就走吧。"

铲子头也不回地走出了马家院。很快他又返回来,站在院门口说:"断魂崾崄的树上吊死了一个人,被乌鸦啄光了肉,只剩下一架白骨了,不知是谁。"说完就走了。

马天才看着他的背影,一脸的无奈。"羊没有人放了,难道让我自己去放?"马天才自言自语地说,仰天看一看发白的日头,又到门框上蹭痒痒。

"是没有人放羊了吗?"改过突然问,手还捂着胸前的衣襟。

灰汉躺在地上打着滚,哇哇大哭。

"你哄哄他嘛。"马天才听着儿子的哭声,有些烦躁地说。

"他没个够。"改过说,显然是对灰汉不厌其烦的重复一个动作表示厌烦了。

"他是灰汉,想怎么就让他怎么嘛。"马天才说,"你是他的妻子。"

改过很无奈,就裂开怀,露出红肿的乳,让灰汉耍。

马天才也看着那乳,深深地咽了一口唾沫,赶紧把目光移开。

改过坐在凳子上,灰汉爬在她的胸前双手捧乳,贪婪地耍着。

"再没有人放羊了吗?"改过又一次问。

马天才说:"没有了,今年雇个人也难。"

改过说:"我去放吧。"

马天才说:"那可不行。你是马家的媳妇,你现在的主要任务是养娃娃。羊不重要,地不重要,甚也没养娃娃重要。"

改过低了头说:"我有了嘛。"

"有了?"马天才竟然没明白那句话的意思,待看改过红润的脸颊心就猛地一跳,"你说你怀上了娃娃?"他惊叫道。

改过仍然低着头,轻轻地嗯了一声。

"有这么快吗?"马天才说,死死地盯着改过看,恨不得扒开改过的怀一窥究竟。

改过躲开了他贪婪的眼睛,神情就像一位哺乳的母亲,羞怯、慈祥、幸福。"我去放羊吧。"她说,把飘散下来的一绺秀发款款拢到耳后。

马天才的心里异常兴奋,他想,老天爷,你虽然主宰着宇宙万物,可你奈何不了我马天才,你烧了我地面上的财,可我还有地下的财;你让我儿子成为灰汉,想绝我马家之后,可偏偏有一个女人她愿意为马家生儿子!马家有后了!他激动地老泪纵横,欺天心结愈甚。"羊不用你放,你安心在家怀娃娃吧。养娃娃比放羊重要。"他说,手舞足蹈地在院子里来回走动。

改过扑哧笑了,说:"我没那么娇贵。我怀过娃娃,知道怎么做。"

"铲子刚才说了什么?"马天才似乎想起来了,赶紧问改过。

"他不给咱放羊了。"改过说。

马天才摇摇头说:"不是这个。"

"他还说,断魂崾岘的树上吊死了一个人,"改过说,把灰汉推开,"让乌鸦吃光了肉,只剩一架白骨了。"

"他是那么说的吗?"马天才的脸上瞬间冷如死灰,一种发自心底的恐惧让他坐立不安。

"他还说死的不知是谁。"改过又说,她已经感觉到了马天才的惶恐不安。

"你还是去放羊吧。"马天才的声音明显地颤抖了。他走回窑里拉了一件衣服穿了,出来时又说,"我先叫一些人去那里看一看死的是谁,你把灰汉引上,记住,不敢把他一个人丢在家里。"他向外面走去了,脚步很不稳。

九、狼吃灰汉

断魂嵝崄又死人了!这回死得更惨。

哪里都会死人,有生就有死,这是自然规律,但是如果一个小小的村落接连不断地死人那就太不正常了。

村人那根脆弱的神经再也经不起这样的惊吓了。他们身处死亡的围困中,根本不知道什么时候死神会突然出现在自己面前,于是就等死。等死的感觉比死亡更加恐惧,更加难熬。天旱得厉害,庄稼是绝收了,人就坐在家里熬着提心吊胆的日子。有年轻的和娃娃们耐不住寂寞,走出家门到村子里去串,但并不敢出庄一步。马天才把死人的事在村里放出去后,这家那家的院畔上便传出呼喊声,这个叫娃娃,那个喊丈夫,各自清点各自的人。

马天才已经隐隐感到死的人是谁了。他是第一个赶到出事地点的人。看到这么震撼的场面,马天才不由倒吸了一口冷气。满地黑压压的鸦毛和那具白森森的骨架足以让他承受恐惧的能力降到极限。他后退了几步,并把目光移开,一屁股跌坐在地上。天上一轮白日,炫目的白光像针一样扎着。马天才坐在身下的草看似是绿的,但已经干枯了。

村人都来了。他们挤成一团,大人们看一眼那架白骨就低下了头,娃娃们的眼睛被他们的父母用手捂住了。谁也不说话,断魂嵝崄死一般静。

改过把羊从羊圈里赶出来,让它们自己去啃干草,她就在一棵树下坐了。灰汉在旁边低头捡吃地上的什么,把嘴都弄脏了,她也不去管。她用一只手撑住下巴,眯着眼睛往断魂嵝崄那边看。她的脸很白净,但她的目光却很冷漠。

太阳光照在悬着的人骨上,白惨惨的有油光渗出。好久马天才挣扎着站起来,往那棵树下走去。他的脚踩在柔软的鸦毛上,显得相当吃力。身体歪斜着,眼睛怎么也睁不大,头就耷拉着抬不起来。到了树底下,他跪下了,伸出双手扒拉开鸦毛,找到了一只鞋。这只鞋他太熟悉了。他双手捧起它,对着太阳去看。阳光惨烈,他只看到一团黑。在这一团黑里,他看到了他老婆的一张脸,那脸满是怨恨。"这是我老婆。"马天才说得很平淡,竟然还勉强地露出一丝不易觉察的笑。

所有的人都看着他。太阳光好像瞬间就把马天才晒黑了。人们看到了马天才一口雪白的牙。他们没有看出他的笑来。

"她疯了后自己走出来的。"马天才又说,把那只鞋夹在了胳膊弯里。

"这是扳转的诅咒!"有一个女人突然叫起来,"扳转说过,她就是这么个死法……我们做了恶事,扳转的诅咒——应验……天哪,我们就等死吧!"

"住口!"马天才突然咆哮起来,"哪有什么扳转的诅咒,都是自己吓唬自己的。我不信!我不信!"他仰头望天,把那只鞋抛向空中,疯狂地呼喊,"老天爷,我不怕你!我就是要欺天,你拿我没办法!马天才是不敬天的!你烧了我地面上的财,我还有地下的财……哈哈……"

马天才笑得疯狂,那种藐视天地万物的心态把村人震住了,他们连大气都不敢出。

接下来马天才和村人把那架白骨运回村,装进一口柏木棺材里,埋入了马家祖坟。可怜这个女人为马家操劳了几十年,死时连个戴孝的人都没有,当然也没有人为她的死流眼泪。她生育的唯一的儿子在她坟头的用作烧纸的碗里美美地尿了一泡。

改过为了放羊方便就搬到羊场里住了,灰汉自然是离不开她的。改过的肚子明显的显形了,妊娠反应也很强烈,主要表现在呕吐上。马天才发现后,就说:"真有这么快吗?"

天真的是太早了,村里很多人家已经揭不开锅了。那夜马天才睡在炕上做了一个梦,他梦见有个人来向他讨债。马天才自豪地说:"只有别人欠我的,我怎么会欠他人的呢?你找错人了吧?"

来人笑着说:"我是替天收债的。你欠的债太多了,是该偿还的时候了。"

他凶巴巴地吼叫起来:"我不欠他的,倒是老天欠我的太多了!你快点滚吧!哈哈……"

他笑得是那么得意,竟然大笑着醒了过来。

第二天他感到很疲惫,像没了魂一样,整个人就显得无精打采。他坐在太阳照不到的地方打瞌睡,口水流出来扯成长长的一条线。马家的两个年轻的长工躲在远处偷偷窥探。改过走进了院子。她到了马天才身边,伸手推了他一把,马天才睁开了眼睛。"新坟让人挖开了,白骨现天了,扔得到处都是。"改过说,看不出她有多着急。

马天才心里"咯噔"一下子,睡意全无,急忙爬起来,随着改过往祖坟赶去。

刚埋好不久的新坟真的被挖开一个洞,棺材盖掀到一边,根根白骨丢弃在坟的周围,让暴烈的太阳晒着。马天才看着那些白骨,只觉眼前一黑,一头栽倒了。他在栽倒的那一刻隐约听到有个女人的声音在笑……

改过叫了几个村人把马天才抬回家里。马天才在炕上躺了两天后,走出了窑门。他的一只脚刚踏在太阳光下,改过又出现在他面前。"咱家的粮窖被人挖开了,空空的连一颗谷子都没有了。"改过像个丧门星一样总是在第一时间把不好的消息带给他。

地下的粮仓是他欺天的本钱。没有了粮仓就等于要了他的命。他让改过搀扶着他来到了被挖开的粮仓前。一个个粮仓都空了,那黑洞洞的口子像在嘲讽他一样。"天哪,你还真是不让我活了!"他仰天狂叫,犹如一只被逼上绝路上的老狼。

改过冷冷地看着他,问他:"就只有这么几窖吗?"

马天才一愣,随后大笑不止。他笑够了,说:"马家当然不止这点家产。老天他是灭不了马家的。我不仅还有粮食,我还有银子金子。马家仍然是富甲一方的!"

马家的两个年轻的长工也赶来了,站在一旁吃惊地看。"这是咋回事?"马天才冷冰冰地问他们,"知道藏粮地点的人不多呀!"

"粮食是我们和你一块藏起来的,但我们对谁也没有说过。"他们真急了。

"我是从来都不相信任何人的,只信我自己。"马天才说,转身要走。

他们拦住了他。"你算工钱吧,我们不干了。"

马天才歪着脑袋,眯着眼睛看了他们一会儿,然后说:"不干可以走呀,天这么干旱,也没啥活让你们干的,还要管你们饭吃。"

"我们要工钱。"他们说。

马天才说:"我还想和你们算饭钱呢。"

改过说:"多少给他们几个,也干了这么长时间了。"

马天才眼窝一瞪,吼道:"马家的人就不会吃里扒外!"

"我们就白干了?"他们不甘心。

"怪老天吧。"马天才说,头也不回地走了。

两个年轻人看着马天才的背影,一时感到很迷茫。"不要了,老马走了,铲子走了,我们也走吧,这个村子太邪门了,这个村子里的人也失常了。钱不要了,还是逃命要紧。"

他们走了,在太阳浓烈的时候走出了断魂崾崄。他们平安地过了断魂崾崄,连回头看一眼都不想了。能活着离开此地比什么都强。此刻钱显得那么微不足道。

走了最后的两名长工,马家的几头大牲口就没有人饲养了,饿得不停地叫唤,把缰绳都咬得吃了。改过从羊场回来,把它们从不同的地方赶到一起,然后弄到羊场,由她喂养。马天才看着改过一边放羊,一边管护牛和驴,俨然是一个家庭主妇的角色,心里十分欣慰。

马家大院空了,出来进去只有马天才一个人。他就感到了孤独。这一夜他梦见了老婆。他像灰汉一样玩耍着老婆那两团干瘪的乳房。他把它们顺着黑黑的乳头拉呀拉,拉得很长,老婆就疼得呲牙咧嘴,他便感到很开心,浑身都舒坦了。第二天他坐在石狮子下,回想着夜里的梦,细细品味着。这时候有一家人要离开村子了。他们背着或挑着简单的行囊,脚步迟缓地挪动着。故土难离,虽然这里不能再活下去了,但这毕竟是他们的家呀,流连忘返是自然的了。是啊,但有三分奈何谁又会背井离乡出门讨活路呢?

不到三天的时间,村里十家走了九家,真正成了十室九空。

马天才背操着手,从村子的一头走到另一头。他连一点声音都没有听到,整个村庄死寂死寂的,荒败得更加厉害。马天才感到了从未有过的不安。他想到了扳转的诅咒。那个该死的女人最毒的诅咒就是十室九空。马天才不由仰天长叹了一声,他仿佛看到了死神正在向他一步步逼近。他确实不甘心哪!

这是早晨,太阳刚出来,那白花花的光照在马天才的身上,就像一团火焰在炙烤着他一样。"刚出来就这么晒,日你个妈的,你就把老爷立即晒死!"马天才骂一句太阳,但还是怕晒死,急急返回窑里去了。

马天才前脚刚进到窑洞里,改过后脚就跟进去了。

窑洞的脚地当中放着一个柏木箍成的大桶,桶里盛了满满的水。马天才把头整个都伸进水里,溢出来的水流了一地,有一股像蛇一样往改过脚边蠕动。

"别洗了!出事了!"改过突然吼道。

马天才吓了一跳,连忙伸直了腰,头上的水流了一身。"你说甚?"他抹着脸上的水问。

"灰汉让狼给吃了……"改过说,声音不高,一脸的平静。

马天才只是身体摇晃了一下,然后站直了:"吃光了?"

"肚子掏开个洞,里边什么也没有了。"改过搓着手说。

马天才取来手巾,细细擦干身上脸上头发上的水,又拧干手巾内的水,搭在肩上,走出了窑洞,来到太阳底下。突然他手指天空,声嘶力竭地嚎叫一声,如野狼一般阴森恐怖。改过吓得站在门口连脚步都挪不动了。

十、常三鬼讨债

马天才站在断魂崾崄的那棵老树下。改过站在他的背后。

这棵树刚吊死过马天才的老婆。现在马天才的儿子灰汉也死在了这棵树下。灰汉的死状极其恐怖。他是被绑缚在树上的。绑他的是一根细麻绳。绳子先绑了他的一双手,那双手反剪在树后,在手腕处结结实实扎了几圈,然后又在脚脖的地方死死地和树干捆紧了,绳子深深地勒进了肉里。灰汉的头歪向一边,脸上没有任何划伤的痕迹,但他的表情异常惊悚。他的头发本来就很长,现在又很凌乱,有一绺耷拉下来遮住了一只眼睛,另一只眼睛暴突着,就显得格外怪异,非常恐怖。灰汉没有一丝衣衫遮体,整个胸腔洞开,内脏全无,连一根小肠都看不到。胳膊和腿完好无损,只是丢失了那根宝贝。它好像是被什么锋利的东西割去的,创面非常齐整,未伤及两颗圆蛋蛋。

面对儿子的死状,马天才欲哭无泪。他颤颤巍巍地伸出一只瘦骨嶙峋的手,轻轻为他合上了那双死不瞑目的眼睛。"他不是和你在一起睡的嘛,咋就死在这里呢?"马天才的声音很低,但吐字清晰,还有几分威严在里边。他说这话时背对着改过。

"我也不晓得咋就会让狼吃了。"改过说,显然没有伤心的成分。

马天才突然回头,一双发黄的眼睛死死地盯着改过。

"是狼吃了的,又不是我吃了的,你干嘛这么看我。"改过说得很轻松,最后还不满地白了马天才一眼,把脸扭向了一边。

马天才不甘心地说:"那你细细说说当时的情景,可不敢欺骗我,我连天都不怕的。"

"就是扳转的诅咒!"改过说,"想起当时的情景,现在我的魂都没回全呢。"

"是谁告诉你扳转的诅咒的?"马天才吃惊地问。

改过说:"我就不告诉你。是你欺骗了我,你早就知道灰汉活不了多久,你却不对我说,你就是想让我给你们养娃娃,现在好了,我顺利地怀上了你们马家的种,你的目的总算达到了,但灰汉死了,我成了寡妇。你是有预谋的,是你把我害了。"

改过说到最后竟然抹起了眼泪。

马天才本想谴责改过,解开灰汉猝死之谜,没想到反被改过抢占了先机,好像这事一直就是他的过错。马天才立马感到改过这个女人并不简单。

"根本没有扳转的诅咒的说法,"马天才缓和了语气,这是看在了改过肚子里娃娃的分上。"你别听他们瞎说,咱们才是一家人。你快告诉我,灰汉究竟是怎么死的?"

"狼吃了的嘛。"

"你详细说说嘛"

"好吧。那太可怕了,我根本就不想再记起昨夜的事。"改过很无奈地说。

"我是他老子,我有权知道他是怎么死的。"马天才愤愤地说。

马天才一边解着灰汉尸体上的绳子,改过一边说着昨夜发生的可怕事。

"昨夜睡时他又要耍,我说怀上了娃娃,他不行,就放声嚎叫。我就让他耍了。"改过低声地叙述着,一直在马天才的身后,"狼肯定是被他的嚎叫招来的。"改过接着说。

"他能招来狼?"马天才打死都不信。

"他嚎叫的声音和狼叫一样,太吓人了!不往来招狼才怪呢。"改过心有余悸地说,"我一夜都没有睡着。到了半夜,灰汉醒了,就在奶上吊着。不远的地方听到了狼嗥,我吓得用被子蒙了头。这个时候有个声音在门口哭,很低,好像很伤心,是个女人的声音。我怕极了,问她是谁,她说了一句话,我就再也不敢吭声了。她说她是扳转,妈呀,村里人说扳转早死了嘛。我大气都不敢出,我听见扳转叫灰汉。她说叫灰汉耍奶奶,灰汉就出去了,我拉都没拉住。灰汉连一件衣服都不穿着就被扳转叫走了。"

"这个扳转还真能行,死了都作怪!"马天才说,把灰汉尸体的头和脚一对折,用那根绳子捆成一团,背了起来,"走,回!"

马天才头边走,改过紧紧跟在后边。

回到家,马天才把灰汉的尸体背回窑里,从背上拿下来,递给改过,改过接了,抱着。马天才把一只水缸吃力地挪开,然后把灰汉的尸体放在上面,摆成坐着的姿态。"听好了,你怀了马家的种,你就是马家的人。你必须把娃娃生下来,然后好好地抚养长大。记着,灰汉的下面埋着槽扣槽的金银,足以让你们母子吃穿好几辈子。如果你不想把娃娃生下来,生下了又对他不好,你会像灰汉一样被狼掏空了内脏的。还有,从此以后你不能再找男人了,要为马家守寡,否则,你不但得不到这些金银,灰汉做鬼也不会放过你的,他会一直缠着你,让你白天黑夜都不得安生。"马天才说,声音阴森森的,听得改过一阵一阵地发抖。"你跪在你男人面前发誓吧。"他结束了他的话。

改过很无奈地发了誓。

就在这天的黄昏,常三鬼安然无恙地通过了断魂崾崄,走进了这个已经荒废了的村子。

看到常三鬼马天才有两种心情。一种是就像一个落水的人看到了救命的稻草一样,另一种则是欠债的人被债主堵在了家门口。这个人他太熟悉了。常三鬼算能人里边的能人,在偌大的高原里不知道马天才的人多如牛毛,但不知道常三鬼的人屈指可数。这就是说这个人的名气大。当地流传着一句话,说的是三鬼不如一鬼。三鬼是南有曲倒鬼,北有赵倒鬼,中间坐镇吴倒鬼。此三鬼也是赫赫有名的,但和常三鬼比起来还是略逊一筹。这里的鬼有两层意思,即褒与贬,智慧和能力结合,奸诈与阴谋并存。可以说小到偷鸡摸狗夫妻吵嘴,大到持械斗殴人命官司,常三鬼都可以为你服务。当然他是在有偿的前提下才运筹帷幄的。其实他也不是一个只认钱不认理的人。这样一个能人突然来到断魂崾崄与马天才是分不开的。

"十年了,你还是一点也没变。"常三鬼见马天才的第一句话就是这样的。

"你还是那么能行。"马天才也这样说。

"我是来讨债的。你不会忘记我们的约定吧?"常三鬼的笑总是那么诡异,看了让人不踏实。

"是老天不容我马家呀!"他愤愤的却有满腔的怨恨说不出来。

常三鬼感叹说:"人在做天在看。人不可欺,天更不敢欺。"

"我有怎样的能力我还你怎样的债,但首先你必须帮我。"马天才说,"太平崾崄之所以会变成断魂崾崄,是由一个女人的诅咒开始的。我不相信鬼魅之说,但所发生的事情确实怪异难解。在不到一年的时间里,不断死人,都和那个女人的诅咒有关。原来的太平崾崄风调雨顺鸡鸣狗吠,人们和睦相处,无病无灾,可是现在你看,人死财散寡妇寻汉,十室九空了!"

"你记得我向你讨债的前提吗？不正是人死财散寡妇寻汉以后吗？"常三鬼说。

马天才说："记得。"

"记得就好。我可以帮你查找真相，但我是收费的，尤其是像你这样的人。"

马天才知道，常三鬼答应帮他查就一定会查的。看起来那笔债他是不能不偿还了。那还是十年前的事了。那时的马天才拥有大片的土地，成群的牛羊，粮食多得在地下储藏着连个数都没有。他趾高气扬，什么都不放在眼里，周围百里内没有他怕的人和事，他就是这一方的土皇上。当然马天才也有他不顺心的事，那就是他百年之后的继承出现了问题。他只有一个儿子，可还是个灰汉，这样的人怎么能撑起这么庞大的家业呢？那几年马天才几乎把所有的精力都放在栽根留后上。在距太平崾崄不远的一个沟里村庄，早年间建起一座娘娘庙，香火十分旺盛，吸引着众多的善男信女前来朝拜。每年的三月三是娘娘庙的会日，这一天来自四面八方的人们拥挤在庙内庙外，虔诚地跪拜祷告布施，多是无有子嗣的年轻夫妇求儿求女，也有求婚姻卦前程的。马天才已经在这座娘娘庙上连求了三年儿子了，均没有如愿。他第一年许诺只要娘娘保佑他生下一个健康的儿子，送大戏一台，要唱三天三夜，可一直到这一年的腊月三十老婆的裆里又见红了。第二年他又领着老婆上庙求子了。这一年他许的愿是只要娘娘送他一个聪明的儿子，他用千块银元来报答。同样的大年夜里，他老婆哭着说，她又来了。第三年他的口气更大，如果在这一年里他生下了儿子，他倾尽所有，为娘娘返修庙宇，重塑金身，但是今年他还生不出来，他会在来年的三月三掀翻香炉，踩踏贡品，推倒金身。那年也很快就过去了，娘娘还是没有保佑他。他恼羞成怒，要在第四年的三月三庙会上履行他的诺言。他来了。

马天才刚进入庙会的山门就被一个女人拦住了。这个女人最多有三十岁，长得也有几分姿色，只是不怎么注意自己的形象，穿着邋遢，头发凌乱。她拦住马天才是要账的。"你这个疯女人，我什么时候欠你的钱了！"马天才说，想绕开女人走掉，但她被拦得死，走不脱。

"你就欠了，一百块钱，还有十大口袋谷子。"女人说，声音不高，好像底气不足。

马天才看看陆续围上来的人群，尴尬地辩解说："我是个谁，这里的人哪个不认识？我有用步子都丈量不完的土地，数不过来的金银财宝，地下的粮食多得都忘记了埋藏的地点。我能欠你们的钱？简直能笑得我肚子疼。"

"我们是有证据的。"一个男人突然站出来说。

马天才看到这个男人愣了一下，随后坦然地笑了。"我认得你。你们是两口子，合伙来讹人的。"

"我们没有！"女人尖叫了一声，倒把很多人吓了一跳。马天才也向后退了一步。

"行，说我欠了你们的钱也可以，但你们总要告诉我，我欠了你们什么钱，买你们家的牛了还是种你们家地了？"马天才不怀好意地说。

"你种我们家的地了。"男人说。

"笑话，我的地多得都种不过来了，还会去种你家的地？这话让谁信呢。"马天才不屑地说。

"你就是种了，种了我们家两年的水地。"男人固执地说。

"有本事你当着这么多人的面，说出我是怎么欠下你们的钱的,我就还你。"马天才淫笑着说。

这个男人刚要张嘴,女人抢先说:"是买猪娃的钱。"

马天才放声大笑,兴奋地说:"我来告诉你们吧。这个女人答应给我生个儿子,但是一年都过去了,她还是像个不抱窝的母鸡一样,连颗蛋都不会下,别说给我养儿子了。你没有养下儿子,我凭什么给你报酬呢?"

所有的人把目光齐刷刷盯在这个女人的身上。女人"哇"的一声哭开了,撞出人群逃走了。

"你不是人!"女人的男人骂一句,去追了。

马天才像斗胜的公鸡一样,手往后一背,说:"我是马天才,和我要钱,哼!也不打听打听,以为还有两个马天才呢。"他手一挥,"走,都跟上,今天我马天才要干一件惊天地泣鬼神的大事。"

马天才趾高气扬地走在前边,后边跟着一群看热闹的人。

要进入娘娘庙的大殿,必须要经过一座小小的石桥。桥一人高,不足一米宽,长也就丈许吧。桥下也无水,只是一种装饰,但进庙就得过桥,过桥还得丢钱,多少不限。马天才一脚踏上石桥,却发现有一个人又挡住了他的路。

这是一个其貌不扬的人。他把一件衣服脱下来放在身边。能明显地看到衣服下面有个东西在动弹。"好狗不挡路。"马天才出言不逊。

这人正是常三鬼,一个大大的能人。此刻他微低着头,眼睛半睁不睁。"是人就说人话。"常三鬼都不屑看马天才一眼。他说出的话也较柔和。

"我说的就是人话,你听不懂?"马天才认得常三鬼,可他从来都不把这个能人放在眼里。

"可我没听出是人话呀。"常三鬼忽然笑了,笑得有点诡异,"你让大家伙都说说,你是人吗?"

人群齐声呐喊:"不是!"

常三鬼哈哈大笑,人们也是一片笑声。

马天才从这笑声中好像听出了什么,脸涨得通红,突然叫嚣道:"你们都等着,总有一天会求到我!起开,我要进去!"

"对了,我忘了告诉你,今天娘娘让我把守此桥,是人的放行,不是人的拦挡住。"常三鬼笑盈盈地说,还是不看马天才。

"我也告诉你,今天是人是神都不能拦挡我!"马天才豪迈地说,抬脚就拐了上去。他的脚没敢踏在常三鬼腿上,却踏在了他的衣服上。

"咕"的一声,衣服下的那个东西就不再动弹了。常三鬼一把拉住马天才的衣襟,更不让走了。他掀开衣服,一只黄母鸡被马天才踩死了。"你踩死了我的鸡,你要赔的。"

马天才嗤之以鼻,说:"不就是一只鸡嘛,行,等我干完了大事后,我会赔的。"

常三鬼说:"能行,我等着你,一会儿和你一起算。"

马天才横行直撞闯进娘娘庙的大殿,以恶人的形象吓走了拥挤的善男信女,推倒香案,践踏了丰盛的供品,最后推倒了娘娘的金身。所有的人都被他的行为惊呆了。

马天才大闹娘娘庙后,像出了一口恶气,很轻松地走出来。常三鬼还在石桥上等着他。"闹够了?"常三鬼冷冷地问他。

马天才昂着头,顺手摸出一块大洋,像施舍一样丢在常三鬼面前,就要走人。

"就这么走了?"常三鬼说,声音还是冷冰冰的。

"你还想怎样?不就一只鸡嘛,一块大洋能买好多只。"马天才就奇怪了。

"那你听着，"常三鬼坐直了，"我这也是一只普通的鸡，不过你要是会算账的话，它就不止值一块大洋了。它是母鸡，它会下蛋，一天下一颗，一年就下三百六十颗。我会把这些鸡蛋孵出小鸡，再让小鸡下蛋，然后再孵小鸡，鸡下蛋，蛋孵鸡，永无止境。你能把这笔账算清，你给多少我拿多少，但要算不清，我要多少你就得给多少。"

马天才哈哈大笑，讥讽道："你以为你是谁，也不看看自己的影子有多长，就狮子大开口，我看你是穷疯了吧？"说完他又一阵大笑。

他们正说着，有一股大风突然刮来，把庙门上的一面旗子吹落了。人们发出一阵惊叫。

"还有一笔账我也得给你提醒，"常三鬼说，"你掀翻香炉，践踏贡品，推到神像，天怒人怨，你欠了一笔生死账啊！"

马天才狼一样号叫着："什么天，什么地，我马天才从来都没有怕过！神神是什么，神神是个泥疙瘩，打烂了再塑它！"

"天作孽尤可为，人作孽不可活。"常三鬼叹了一口气又说，"咱俩立约，期限十年。在十年中，你马家人财兴旺，我跪爬在你面前，磕头参拜，认你是神神，如果十年后，你马家十室九空，人死财散寡妇寻汉，我也来，是来讨账，要啥你给啥，要多少你给多少。"

"行，我等着你来给我磕头！"马天才自信满满地说，随后狂笑不已。

十一、探寻真相

十年前的一次相约十年后来兑现了，马天才不知道这是天意还是人为，面对家破人亡的残景，马天才欲哭无泪，他心里不服呀！

常三鬼是个永远充满了好奇心的人，只要有疑惑他就想去探究，直到找出真相为止。他来是和马天才讨债的，但他更想弄清楚马家以及这个村子所发生的奇事怪事惊悚事。白天他在马家睡大觉，夜里他才出动了。常三鬼知道要想找到真相，最好的时间是黑夜。

现在村里的夜没有了异常的响动，变得更加死寂了。那些人去窑空的院落，落寞地荒废在那里，清冷、孤寂，越发地充满了诡异。

常三鬼一个人在村子里走来走去。忽然他看到有一点儿灯火在前边不远的地方闪烁了一下，瞬间就消失了。常三鬼感到紧张的同时，快速往那儿走过去。到了跟前发现这里是座废弃不久的院子，却不见了那点灯火。常三鬼站着的位置是这家人的院畔，干净的院畔上没有长出草，说明他们弃家时间不长，临走时也细细扫过，转年情况好一点就会回来的。常三鬼左右观察了一会儿，虽然看不到那点儿灯火，但他判断它就是在这里消失的。常三鬼没有犹豫，抬脚进了院子。院墙是用乱石插成的，没有院门，只留一个豁口。常三鬼走进这个豁口，他就看到有一些暗红的光映在窑洞的窗户上。窑门开着，一片微弱的光洒在院子内。常三鬼悄然来到门的拐角处。他把自己隐藏在灯光照不到的地方，探着头往里看去。发光的东西是一个过年时吊在院子里的灯笼，它是用木架子做成的，下面做了一个放灯的底座，再糊上纸就行了。由于纸厚，灯苗儿又挑得很小，所以发出的光就很微弱。灯光照到的地方是一些放粮食的囤子和老鼠扒出来的几堆土。在一个较大的囤子下边，常三鬼看到有一团黑乎乎的东西蠕动着。正在他想弄清楚这是个什么东西的时候,他赫然看到了一张人的脸,那脸正好对着灯光。在昏暗的灯光里,那只是一个人脸的样子。常三鬼被这张脸惊吓得后退了一步,心差点从胸腔里跳了出来。他镇定了一下,把目光又转向了那里。那真是人的脸,只是它太可怕了。那脸只有一只眼睛,没有鼻子,嘴很正常,但几道疤痕从左耳斜穿至右边的脖颈里,使整张脸丑陋、恐怖。之后那个人站了起来,一瘸一拐走到灯光照不到的阴影里。常三鬼发现他刚才是蹲在那里布置一个逮老鼠的陷阱。这是一种非常简单的装置,只用一只粗瓷大碗和一个量谷物用的叫斗的东西。他把碗扣在地上,将斗小心翼翼地侧立在碗上,然后在碗内放了一点诱饵,常三鬼看到那是很少的几粒玉米。那个半人半鬼的瘸子刚离开,有一只大的老鼠就迫不及待地钻出了洞。主人举家逃离,该带的都带走了,尤其是粮食更是一粒不留,导致老鼠们也饿疯了。玉米的香味立即吸引了老鼠,它"吱吱"地叫唤几声,试图爬上碗进到斗里去,但碗很滑,几次都没成功。它很饿,想吃到那些玉米,它就又去尝试。这回它的一只前爪探到了斗沿上,死死地抓住了,斗就在碗瓜瓜上摇晃起来。眼看就要吃到碗里的美食了,老鼠兴奋地起劲地叫。这是希望的开始,也是游戏的结束。老鼠正准备借着前爪的力向上爬时,斗却被它拉倒了,重重地把自己扣进了斗里。这种逮老鼠的方法常三鬼也常用,简单实用。

　　看到这一幕,常三鬼几乎忘记了刚才的惊吓,当那个半人半鬼的瘸子快速走进灯光里去抓老鼠时,常三鬼的心又揪紧了。他忐忑不安地看着瘸子把老鼠从斗里抓出来。老鼠在他瘦骨嶙峋的手里绝望地挣扎着,叫唤着。他仅有的一只眼睛里流露出贪婪的光,"咕"地咽了一下口水。他从怀里掏出一个陈旧的羊皮袋子，解开扎口的绳，把袋里的水倒在一堆土上，用手搅和成泥巴，然后用泥巴一层层糊住老鼠。他又找了一些干柴，燃起了一堆火，把裹有老鼠的泥团放进火中烧。

火光映在那张丑陋的脸上，常三鬼也不敢一直盯着看。夜很静，但有一股阴寒的凉意在他身前身后紧紧围绕着不散。这种感觉在以往的时候是没有过的。这个村子也真邪门。常三鬼想，站困了，便坐下去。他在往下坐的时候，把墙壁上的一块土疙瘩碰掉了，那土块"啪"地掉下去，又骨碌碌滚远了。常三鬼吓了一跳，以为惊动了里边的怪人。常三鬼探头往里边看了看，发现那人已经背对着他了，把火光全挡住了。这是一个行为怪异的人，或许从他身上可以寻找到扳转的诅咒的突破口。常三鬼不想贸然进去，他怕惊吓到里面的人，也怕吓着自己。他在等待着合适的时机。他悄悄地坐在门口的边上不动。

窑里的火光由大到小，渐渐地弱下去。常三鬼探头向里望去，只见那个丑陋的人从火中取出一个烧焦的泥团，他敲开它后，里边冒出缕缕热气，老鼠的毛很干净地被扒了下来，全部粘在泥里了，精赤的鼠身细嫩诱人，散发出淡淡的香味。这人撕开老鼠的腹部，把里边的内脏一一去除，然后撕了一块肉塞入口里，津津有味地吃起来。

常三鬼看到酣处，口内唾液充沛，不由地咽了一口，"咕噜"嗓子那儿响了一声。

"想吃你就回来么。"窑里的人突然说话了，声音也怪怪的，沙哑中带着点阴冷。

常三鬼走了回去，在他的面前蹲下来。

"我认得你。"他又说，撕下一条鼠腿递过来。

常三鬼接了，问："有盐吗？"

他摇了摇头。"我没吓着你吧?"

鼠肉还真是好吃,如果要有一点盐,味道会更鲜美。"还好,我经常被吓着的,一般没事。"常三鬼吃着老鼠肉,很轻松地说。

"我认得你。"他又说,"你是能人,你来是和马天才讨还十年前的旧账。你也爱寻个事的。"

"扳转的诅咒你是知道的。"常三鬼直截了当地说,把目光从他的脸上移开。他看不出他的年龄。"你就是村里的人?"他又说。

"你是想管这事了?"他的独眼已经睁得老大了,脸上不多的肌肉痉挛着,如果是第一眼看到这样的眼神这样的脸准会吓得跌倒。

常三鬼再一次避开他的眼睛,说:"我只是想探寻个真相。"

"你的好奇心太重了。扳转的诅咒是很毒的!"他加重了语气说。

"我都听说了。"常三鬼说,"死的人已经够多的了,扳转的诅咒也一一得到了应验,你不觉得该把太平崾崄的名字还给这个村子了吗?"

"死的都是该死的,不该死的一个也死不了。人在做天在看,谁拉下的屎谁收拾。"他冷冷地说,常三鬼感到背后一阵冰凉。

"这个村子发生了太多诡异的事,我只是想寻找到一个真相,满足一下我的好奇心。"常三鬼说,猛然看到他的喉咙处也有一块疤痕,周围的肉都往一块挤缩。他不知道这个人身上还有多少这样的伤疤,更不知道他究竟是怎样的一个人,他身上隐藏着太多的谜团。

"你真的想知道?"

"我太想知道了。"

"那你跟我到一个地方去。"

"哪里?"

"断魂崾崄。"

常三鬼一愣,竟然没有立即表态。"传说那儿很恐怖,大白天都没人敢从那儿经过。"他说,显然是在考虑跟不跟着去。

"不是传说,都是真的。"他的声音一直就这么冷冰冰的。"那是个死人的地方。"

"真的有那么邪恶的地方?"常三鬼隐隐地有些后怕。

"你不是不信,你是害怕了。"他站起来,一瘸一拐向外走去,他的右手压在右腿的膝盖上,左腿着力不多,好像是拖着的。

常三鬼早就听说了断魂崾崄的可怕,那里也确实是个非常邪门的地方,但为了弄清事情的真相,他只能去冒险一探究竟。他急忙走出窑洞,几步追上了瘸子。

这夜天空只有一弯淡淡的月牙儿,清冷的光像秋霜一样落在地面上,给人一种怪异的感觉。常三鬼和瘸子在荒废的村路上一前一后走着。走到一个地方,瘸子停下来。"上面的这家也死了一个人。她是从自家的垴畔上掉下来的,花红脑子倒了一地。"他说,声音不高,但常三鬼听了有些发冷。"后来才知道,她是被蛇吓得掉下去的。可那是一条死蛇。你说死蛇怎么会缠在烟囱上了? 扳转的诅咒里她就是这么死的。"

他又一瘸一拐地向前走,常三鬼仍跟在后边。常三鬼发现他的影子歪歪斜斜的,像浮在水面上一样。常三鬼很惊讶他怎么会有这样的影子? 看一看瘸子的影子也是如此。他害怕了,觉得真是邪门了。他紧走了几步,和瘸子并排在一起。

"这家也死了一个,养娃娃的时候血迷了。那血流的到处都是。扳转的诅咒里她也是这么个死法。"瘸子又说,声音冷冷的,不急不缓,没有停下来,就那么悠悠地走着,左脚的鞋在路面上拖着,吵吵地响。

常三鬼好像在听他讲着一个可怕的鬼故事一样,在这样的情景里,常三鬼不害怕才怪呢。他想阻止瘸子阴冷的讲述,可又怕他讥笑自己胆小,就硬着头皮听着,硬着头皮跟着。

"有一天夜里,马天才老婆去寻尿盆子,弯腰的时候什么也没有,头抬起来后,她就看到了一张脸,没有身子,只有一张脸,她认得那是扳转的脸啊!可扳转死了啊……"瘸子还在不停地说着,一瘸一拐地走着。

常三鬼越来越承受不了这样的惊吓了,他的眼前交替出现一条僵死的蛇,到处都是殷红的血和那张让人毛骨悚然的脸。"你不要说了,这些我都知道了。"常三鬼终于忍不住了。

瘸子果然不说了,两人就悄悄地走着。出了村,到了走马梁上,面前赫然有一座坟茔。"这里面埋的是马哑子,他在过断魂崾崄的时候掉下了红胶泥悬崖。他是被鬼推下去的。这里的鬼是个穿红袄的女鬼。"瘸子又说。

常三鬼知道自己无法制止他,索性就任他说,反正已经跟着来了,是死是活听天由命了。

过了走马梁,来到了断魂崾崄。这是个处处隐藏着危机的地方,即使在大白天也很诡异,很少有人敢单独出入,夜里更是绝了人迹。他们出现在那棵大树下。这里吊死了马天才的老婆,狼掏光了灰汉的内脏。"就是这棵树上吊死了马天才的老婆,乌鸦吃光了她的肉,只剩下了一具白骨还吊着。灰汉也是在这棵树上让狼掏光了内脏的。"瘸子喋喋不休地讲着。

现在没有一丝丝的风，但常三鬼能明显地感到有一股阴寒的气息侵袭着全身。夜色很淡，似乎有些许类似水汽的东西打湿了他的头发。此情此景显然是很诡异的。"哈哈……"突然，树上传出了一串阴寒的笑声。这声音来得太突然，常三鬼被惊出了一身冷汗。

"不用怕，这其实是一种鸟，白天是不常见的，多在夜里活动，叫声就像老汉的笑声一样，有时也发出像人一样的叹息。"瘸子的话音刚落，有一只鸟扇动着翅膀扑棱棱飞走了。

常三鬼忽然看见不远处有一点灯火闪烁了几下。

"鬼火闪烁的地方是座古宅，那地方闹鬼闹得厉害。"瘸子说，"我要带你去的地方就在那里。"

常三鬼一下子被不可知的恐怖攫取了他的整个身心。那个古宅里究竟隐藏着怎样的危险呢？他不得而知。但他一定得去。

十二、多出来的两条腿

很多时候马天才把自己关在窑洞里，面对着灰汉的尸体一阵一阵发愣。灰汉的尸体开始腐烂了，那种腐烂的尸味异常浓烈，奇臭无比。这样的气味从马家的窑里散发出来，一直在村庄里弥漫着，没走的村人紧紧地掩了门，连门缝都用东西塞住了，但仍不能阻挡尸臭的侵扰。马家的几头大牲口拴在槽上，也被熏得直吐。马天才好像闻不到尸臭，虽然被熏得一脸蜡黄，口水不停地流，但他仍然固执地守候着那团烂肉。马天才有一个问题一直想不明白。这个问题很多年前就在他的脑海里挥之不去，多年来不停地困扰着他。他能拥有财富却没有亲情，有自信却底气不足，年轻时的花天酒地变成了老年时的悲惨和凄凉，是他欺天呢还是天要灭他？他想不明白啊！

现在马家就靠改过一个人撑着了，她放羊，饲喂那几头大牲口，还要给马天才做饭。每次做饭时她都把口鼻捂得严严实实，就这样做好的饭她是一口也吃不下，还要在去羊场的路上吐一气。她希望这种日子快快结束，她好开始新的生活。

那天晚上常三鬼一夜未回，直到第二天早上才走进马家院子。他受不了腐尸的恶臭，决定立即离开这里。"我是来讨债的，总不能空手归去吧。"常三鬼手捂口鼻，归去之心甚浓。

马天才仍然面对着儿子的腐尸，声音嘶哑地说："债我可以还你，可我委托你的事你办好了吗？你总不至于言而无信吧？"

常三鬼皱着眉头说："你不会是揣着明白装糊涂吧？在这个人世间，你可以欺天，你更可以欺人，但你不可以欺理。人在做天在看，谁拉下的屎谁自己收拾！"

听了常三鬼的话，马天才突然激愤起来，仰头狂笑，但有气无力。"我欺天咋啦？我欺人咋啦？是他们要灭我马家呀！既然让我马家富有，为何不赐我子孙？赐我子孙为何又是个灰汉？天火烧我，扳转咒我，我马家人死财散啊！老天，我不服呀！"

"天作孽尤可恕，自作孽不可活啊！把欠我的还给我吧。我是在替天讨债。"常三鬼摇摇头。

"槽上拴着几头大牲口，看上了哪头拉哪头。"马天才一下子感到连说话都力不从心了。

常三鬼选了一头高大健壮的黄牛。他把缰绳从槽上解下来，将牛拉到了院子里。"这个世上本无鬼，只是人心里存着鬼才弄得鬼气冲天，人心惶惶。想知道扳转的诅咒的真相，就从她走进马家开始吧。你不会忘记你和村人对她做的一切吧？"常三鬼冲着窑里的马天才说。

常三鬼走出了马家院子,头也不回地往村外走去了。在断魂崾崄的古宅里他究竟经历了什么呢,这个他不想再提起了,人间的是是非非、恩恩怨怨本就是一团乱麻,怎么能理得清呢?谁对谁错,公道自在人心。死了的是他该死,活着的是还没有到死的时候。

世界上没有无缘无故的爱,也没有无缘无故的恨,有因才有果。太平崾崄到断魂崾崄的过程就是因果报应的过程。这一切缘于一个叫扳转的女人。

扳转长大以后才知道她父母想要儿子几乎到了发疯的地步。那是一对家徒四壁一贫如洗的夫妇,从十七八到四十岁这些年里,他们的人生盼头就是生儿子。白天忙着糊口,夜里就不停地上下翻腾,不图快活,直达目的。牛是好牛,地也不错,但生一个是女子,生两个还是女儿身。当他们精疲力竭的时候,回头一看,排下了一行丫头,一个比一个高出一颗头,一个比一个长得好看。说实话他们也想过很多办法,在给她们取名上就费了不少心思,扳过、改过、扳转、改转……但都无济于事,直到力不从心时也没有扳转生女子的命。扳转是最小的一个,也是最水灵的一个,但她的命运比起姐姐们来更加悲惨。

扳转在十七岁的夏天有了一个相好的,腊月的时候就嫁人了。那个夏天真热呀,那个冬天可真冷。每年的春天和夏天就是家里揭不开锅的季节,扳转就到山里去挖野菜给家人糊口。村里有一个叫家安的后生给财主家放着一群羊,他和扳转碰面的机会就很多。有一回扳转在山坡上挖苦菜,又饿又累,晕倒了。扳转醒来的时候发现自己躺在一棵很大的老柳树下,放羊后生守候在她身边,不远处有一些羊。"你醒了?"家安关切地问她。

她觉得她的嘴里有一股羊腥味。"你给我喝了什么?"

"我见你晕倒了,晓得你是饿的,就给你挤了羊奶喝。"他的手中还端着半碗羊奶。

"那能喝……"她不敢面对他,就低了头,但心里却有一股甜丝丝的奶香。

家安笑了,露出两颗虎牙。"这么好的东西咋就不能喝?没喝过才说不能喝,喝过了,睡到半夜都想喝呢。"他从随身背的包里又挖出一个黑乎乎的窝头,"东家不让我中午回去,给一个窝头当干粮,我饿得不行了,看见羊羔羔吃奶,就偷偷拿了碗,把羊奶挤在碗里喝了,又解渴又不饿了。给,把这个窝头也吃了。"

"给我吃了你吃啥?"从来没有人这样关心过她,扳转的心里瞬间涌动起一股暖流。

家安说:"我喝羊奶。"

扳转吃着窝头喝着羊奶,不时偷偷地看一眼家安,脸上掠过一丝女孩儿的羞涩。

打那以后,扳转挖野菜的时候都能喝到新鲜的羊奶,黄黄的脸很快就红润起来,头发也乌黑了。渐渐地她和家安好上了,一天不见心里就想得厉害,夜里就睡不着了,恨黑夜太长。

有爱的日子过得真快,转眼到了冬天。刚下过一场薄雪,路面上就积了一层,风吹来的时候把落雪卷起来在空中抛洒。父亲让扳转把院里的雪扫一扫,他说今天有人要来。扳转用扫帚扫雪的时候,有一个穿着老羊皮袄的人走进了他家院子。父亲把来人领进窑洞,让到热腾腾的炕头上。扳转站在窗下偷听他们的谈话。来人是个媒人,是来提亲的。他说男方家在太平崾崄,姓马,是家大财主。"太平崾崄的财主只有马天才一家。"她父亲说,"人家那么有钱,哪会看上我们。"媒人说:"马家还就看上了你们,只要答应了,人家给的彩礼吓死你。"父亲的眼睛大了:"多少?""你都不敢想。猜猜。"父亲嘿嘿地笑着摇摇头。"光粮食就这个数,十石!"媒人晃着一根手指头,"还不算响洋。"父亲的嘴巴都张开了,一下子就合不拢了。

这太诱人了,扳转的父亲没有理由拒绝。薄雪被太阳融化后,马家人赶着一群驴,把粮食驮来了,褡裢里还背着白花花的银元。扳转的父母把粮食藏好后,一夜睡不着觉。他们坐在炕上,不停地数着那些银元,男人丁零当啷数一气,女人再丁零当啷数一气。扳转站在父亲的影子里,看着他们贪婪的眼神,眼泪早已流成了行。她想起了家安,想起了香甜的羊奶,眼泪流得更欢了。

快过年的时候,马家把扳转娶走了。娶亲的大队人马从山梁小路上经过,远处有一群羊和一个人站着看。又开始下雪了,纷纷扬扬的雪花落在人和羊的身上,很快都成了一片白色。

在新婚之夜扳转才知道自己要与之过一辈子的男人竟然是个灰汉。虽然她哭了很多了,此时她更加悲伤,于是她不顾一切地放声大哭。哭过以后剩下的就是恨了,她恨姓马的人,她恨自己的爸妈。她心里悲怆地呼喊:爸呀,妈呀,你们把扳转推进火坑里了!

成亲的那年灰汉已是三十出头的年纪了,可他的智商远不足于一个十岁的孩子。他不知道娶媳妇的含义,更不知道男女之间的那些事情。他唯一的嗜好就是耍奶奶,这还是从小就烙在心里的记忆。新婚夜里,灰汉不和扳转睡,哭号着要他妈陪着。之前的每一个夜晚,马天才老婆把儿子哄睡了后才到另一空窑里陪马天才睡。看着灰汉像小娃娃一样哭闹,扳转想死的心都有。马天才老婆推门进来,急忙解开怀,把一对干瘪的乳房掏出来让灰汉耍。

"他是个灰汉,你要哄他嘛。"马天才老婆不满地说,"他不懂你也不懂?你要引导他嘛。我们花钱娶的是儿媳妇,不是买年画。"

"你们欺骗了我!他是个灰汉!"扳转声嘶力竭地喊道。

"灰汉咋了?我们马家有钱,你能做马家的媳妇是你的福气,你就珍惜吧你!"马天才老婆头上的金银首饰在微弱的灯光里也能发出刺眼的光来。

"我不愿意!"扳转又想到了家安,想到了醇香的羊奶。

"你真能行!"马天才的老婆冷笑一声,"你以为你是谁,你就是我们家买来的一个东西,就是伺候灰汉的,就是让他耍的,就是养娃娃的。"

"我就不!"扳转倔强地梗着脖子。

马天才老婆探手就抽了扳转一个大嘴巴子,这一巴掌差点把扳转打晕,她也第一次见识到了这个女人的心狠手辣。扳转有些害怕了。

"把衣服脱了!"马天才的老婆命令道。

扳转不脱。马天才的老婆推开灰汉,扑过来要脱扳转的衣服,二人就撕扯起来。扳转的力气大,马天才的老婆无法达到目的,顿时恼羞成怒,死死地揪住了扳转的头发不放。灰汉看到这种场面兴奋得手舞足蹈。"快来人呀,狗日的要反天!"马天才老婆喊叫起来。

有三个女人应声而入。她们在马天才老婆的指挥下,扒光了扳转身上的所有衣服,把她仰面八叉地压倒在炕上,然后让灰汉做事。灰汉看着在灯光下赤条条的女人,嘴巴蠕动了几下,目光尽在那两只奶子上了。扳转的挣扎是徒劳的,渐渐地被制服,不动了,只有两行眼泪悄然爬上那张绝望的脸。

吸引灰汉的仅是奶子,就像婴儿看见了一样,想吸吮,想玩耍,仅此而已。灰汉笑眯眯地伸出双手按在了那上面,揉着、挤着,又捏一捏乳头,再扯一扯,然后俯下身吃起来。扳转的毕竟比他妈的结实、丰满,也大了很多,那感觉自是不同的。这样叼着乳头的灰汉就不想再放开了。

这不是马家人想要的,他们娶的是媳妇,不是奶妈子。几个女人就开始引导灰汉做正事。然而灰汉哪里知道除了吃奶还有更好的事呢。当她们不让他玩耍奶子时,他就张开大嘴拼命地哭号。她们让他脱裤子,他不让,还骂"日你妈……"他也再骂不出什么了。

一直折腾到半夜灰汉也不肯脱裤子。扳转看着几个无能为力的女人,她忽然笑出了声。这一笑把马天才老婆给气得,伸手就揪下了几根毛,疼得扳转眼泪花花在眼眶里直打转转。"我就不信我儿子不会做!"马天才老婆恨恨地说,牙齿咬得咯吱吱直响。

新媳妇进洞房就得把整个身子豁出去,扳转这个新媳妇现在只是把上半个身子豁出去了,至于下面能守就守,守多久是多久。新婚之夜后,马天才老婆再没来骚扰她,还有那三个女人也没再见面。扳转知道她们一定在想着对付她的方法呢。灰汉除了哑奶和玩耍奶子,再也没别的想法了,只是灰汉的手重,弄得她生疼,两个乳房肿大了很多,连衣扣都不好往住扣了。

正月就这么过下来了,日子相对还算平静的。扳转的父母一直没有来看她,想是心里有愧,不敢见自己的女儿。扳转也没再回去,她也是怨恨他们的。灰汉除了夜夜耍奶外,就不会再干别的了,扳转很庆幸,但日日肿胀的乳房疼痛让她很烦躁。

这样的日子没过多久,一场灾难就降临在了扳转的头上。

马天才的老婆根本不相信自己的儿子不会干那样的事,他们花了那么多的钱娶了扳转为的就是给马家生儿育女、栽根留后,如果达不到这样的目的,钱不是白花了?她相信问题出在扳转的身上,是她不想和灰汉做。灰汉不懂,她要教嘛。那些天这个老女人也很苦恼。有一天花嫂来串门,马天才的老婆把她的苦恼诉说给对方听。花嫂想了一会儿问:"灰汉喜欢什么?"

"喜欢耍奶奶。"马天才的老婆有点儿奇怪,"这和那有关吗?"

花嫂卖着关子:"今天晚上你就看我的吧!"

到了晚上,花嫂领着艳红和成子妈走进了马家,她们和马天才的老婆密谋了一气,然后出现在扳转的面前。几个女人也不答话,一拥而上,把扳转压倒了,七手八脚地扒光了她的衣裳。扳转还没明白过来是怎么一回事,就已经是赤条条的了。"是他不要,不是我不让他耍。"扳转害怕了。

女人们一句话都不说,她们把扳转的两条手臂用绳子绑得死死的,两个人压了大腿,扯开,花嫂把早就准备好的半碗蜂蜜全部塞入扳转的阴道内。"你们要干什么!"扳转惊恐异常。

花嫂又从怀里掏出一个小瓶,打开盖,把里边的东西倒在扳转的那里。扳转细看时,吓出了一身冷汗。那些活蹦乱跳的东西竟然是一群蚂蚁。扳转知道她们要干什么了。她又气愤又惊恐。"你们不能这么做!"她惊呼道,不停地挣扎,无奈动弹不了。

艳红脱下脚上的一只臭袜子,狠狠地堵住了扳转的嘴。一股恶臭差点把扳转熏晕。

蚂蚁们嗅到了蜂蜜的味道,纷纷爬向那里。顿时扳转的脸急剧地扭曲着,眼睛大睁,浑身痉挛,大汗淋漓,痛苦异常。四个女人淫邪地笑着。

灰汉要撮奶,两个女人拦着他不让,灰汉张大了嘴巴哇哇大哭,两脚蹬着炕,把褥子都掀翻了。"想吃奶奶了?"花嫂问灰汉,手把扳转的乳头捻呀捻的,灰汉的口水都被引逗出来了。

"想吃奶奶你就把衣服脱光了。"花嫂说。

灰汉迫不及待三两下就脱光了衣服。

"来,爬在你媳妇的肚上吃。"花嫂进一步引导他。

灰汉照着做了。花嫂就伸手抓了,不停地抚弄,但小而软,就是不起来。花嫂这个气呀,一把丢开,气鼓鼓地说:"狗日的是个摆设!"

"儿啊,马家眼看就要断送在你的手里了……"马天才的老婆痛哭流涕。

灰汉喜滋滋地撮着乳头。

扳转难受得要死。

"这要他媳妇慢慢引导了。"艳红说,这是个长相还算好看的女人,声音也脆脆的。

"只要你听话,我们就放了你。"花嫂说,"但你保证以后要教灰汉的,直到他会耍、想耍。"

扳转使劲地点着头。

"过上几天我们要验看的,如果灰汉还不会耍,放进去的就不是蚂蚁了,而是茅缸里的蛆虫。"成子妈不怀好意地说。

扳转的头点得如鸡啄米一般。

那以后扳转害怕看到蚂蚁,也害怕看到那几个女人。她们的话扳转没敢忘记。每天夜里,扳转想方设法引导灰汉做那事,但无论她如何努力,怎样用心,灰汉就是不做,硬让他做,他就会哭喊,甚至咬她的乳头。有好几次扳转都急哭了。她不敢想蛆虫钻在里边是怎样的苦痛。

清明刚过,扳转在马家看到了家安,那个让她心动过的男人。家安偷偷告诉她,他想她想得不行,吃不下饭睡不着觉,就辞了那边的活,来到了马家,给他们放着一群羊,晚上住在羊场里。看到家安,扳转又想起了那一碗碗馨香的羊奶。她有一种见了亲人的感觉。她就想哭,想让他搂着自己哭,并向他诉说内心的痛苦。"我不害怕了。"扳转说,泪花花在眼眶里直打转儿。

"他们对你好不?"家安问她。

扳转就哭出了声。

"听说他是个灰汉?"家安死死地盯着她。

"你黑夜……来吧……"

"他呢?"

"他啥也不懂的。"

那天夜里,扳转躺在家安的怀里,体会着做女人的快乐。她想原来做女人竟然这么好啊!看着在身边酣然入睡的灰汉,扳转狠狠地蹬了他一脚。马天才的老婆为了让扳转和灰汉睡在一起,只给他们一块被子,今夜多了个家安,三个人就胡乱的盖着。灰汉被扳转蹬醒了,家安忙把被子向上拉了一截,盖住了头,却把腿都露在了外边。灰汉坐起来揉着眼睛,看着这么多的腿,一二三地数起来。"多出了两条腿。"他兴奋地喊起来。

十三、扳转的诅咒

就这多出来的两条腿为扳转和家安种下了祸根,并且很快他们就大祸临头了。

灰汉每天晚上睡之前一定要耍一会儿扳转的奶，然后才肯睡去，睡着后如果没有人打搅他，能一直沉沉地睡到第二天早上。这对扳转和家安偷情创造了有利的条件。他们感到这种偷情更兴奋更刺激。于是他们不加节制地做着这样的事情，欲罢不能。一个月以后扳转觉得她可能怀上了。她把这事告诉了家安。"咋会呢，才多久啊。"家安不信。那个月扳转确实没有流红。

马天才的老婆盼孙子的心情不亚于马家的任何一个人。她每天看到扳转的第一眼，就是把目光牢牢地锁定在对方的肚子上。她明明知道没有那么快，但那是身不由己的。"灰汉会耍了吗？"她问扳转，死死地盯着她。扳转不敢看她，羞涩地点点头。但马天才的老婆仍不放心。"今晚我会来查验的。"扳转的心就紧缩起来，不知今夜如何应对。

当晚马天才的老婆真还来到了扳转和灰汉的窑洞里。油灯点在炕沿上，灯苗儿小如豆粒，不时地跳跃几下。扳转半躺着，灰汉在她的胸前爬着，吃着一个，耍着一个。其实这是很温馨的一幅画面，但看久了让人心酸。扳转正盘算着如何应对马天才的老婆，见她进来，心一下子就提了起来，她还没有想好呢。

马天才的老婆走到儿子和儿媳身边。"做给我看。"她说。

"不行，这哪是当着人前做的事。"扳转羞得头都抬不起来。

"不做我哪知道灰汉学会了没？"马天才的老婆非要他们当面做给她看。

"到时候我把娃娃养下来不就行了？"扳转低声说。

马天才的老婆也觉得有道理。是啊，哪个当妈的好意思看儿子和儿媳做那事呢？唉，儿子要不是灰汉，这好事哪用她操心呀！

"妈,多出来两条腿。"马天才的老婆刚要走,灰汉突然叫了起来。

扳转吓得浑身一阵哆嗦。

"啥多出来两条腿?"她问灰汉,其实是问扳转的。

扳转一时语塞,竟然连一句话也说不出来了。

马天才的老婆忽然想到了什么,目光死盯着扳转:"说,咋会多出了两条腿?"

扳转已经吓得魂不守舍,哪会有个合理的说法呢?

"不说是吗?好,你等着。"马天才的老婆怒气冲冲地出去了。

扳转擦着脸上的冷汗,她不知道接下来等待她的会是什么呢?

很快马天才的老婆就来回了,身后跟着那三个扳转已经熟悉的女人。看到她们,扳转直往下炕角缩。花嫂又拿着半碗蜂蜜。"艳红,你去茅缸捞些蛆虫,挑大的,多捞一些。"她冷冷地说。

扳转觉得裆里热热的,早吓得尿了裤子。"你们别去捞,我说嘛……"扳转哭着说。

"说!"马天才的老婆一声怒吼,把灰汉也吓得直往扳转的身后躲。

扳转战战兢兢说出了她和家安偷情的事。"啊呀,天老爷哪,这好事咋能出在马家呀!"马天才的老婆捶胸顿足,号啕大哭,她把马天才也给吵起来了。

这天晚上在羊场的家安怎么也睡不踏实。扳转不让他今夜再去偷情,他不知道发生了什么事,

心里老是不安。半夜刚过,他就被一阵阵紧促的砸门声惊

吓得不轻。那门不经砸,很快就砸开了,几个男人直扑进来。他们不由分说,把家安从被窝里拉出来。"你们是谁?"家安战战兢兢地问。

"我们是你爷爷!"话音还未落,一拳就砸在了家安的头上,直打得他脑袋发晕,眼冒金星,差点跌倒。

"你们想干啥?"家安看不清他们的脸,怕得要死,说出的话连一点儿底气都没有。

"要你的命!"一个阴森森的声音说。

家安就觉得有一股阴寒之气霎时浸遍全身,他刚要张嘴,腿上被人狠狠地踢了一脚,一下没站稳,扑倒在地,接着就被拳脚相加,很快家安就感觉不到疼痛了。他被打得昏死了过去。

家安从昏死中醒过来后发现自己被绑缚在一棵树上,面前站了不少人,还有一盏灯笼正发出惨淡的红光。"他好像醒了。"有人说。

"没死算他小子命大!"又一个恶狠狠的声音说。

家安就觉得浑身上下没有不疼的地方。他看到在他面前站着几个男人和几个女人,扳转跪在不远处。家安已经明白发生什么事了。

"大哥,你说,怎么处理这小子吧。"这个人的声音听了总是让人毛骨悚然。家安认得他,他是马天才的弟弟马天成。

马天才站在一旁阴着脸。他在想一个问题,这种事怎么能出现在他们马家呢?这比刨了他家的祖坟还要让他难堪。他知道他是不会轻易善罢甘休的。马天才走到家安身边,看着他的眼睛:"你是为她而来的吧?"他问家安。

家安不说话,摇摇头。

马天成抬腿就是一脚踢过去,正踢在家安的小肚子上,疼得他不停地叫唤。"我让你狗日的嘴硬!"马天成又骂一句。

"行,你不说有人会说的。"马天才转向那几个女人,"让她说。"

艳红揪住扳转的头发,把他提起来。"和你鬼混的人是不是他?"她说,把扳转推到家安的面前。扳转不肯抬头看。花嫂和成子妈一齐上手,把扳转的头硬扳起来。"是不是?"马天才的老婆吼道,伸手在扳转的脸上捎了几捎,直捎得扳转疼得脸都扭曲了,但她还不说。

"弄回窑里去。我不信她嘴还硬!"马天才的老婆说。

几个女人把扳转拉回窑里,关上了门。"把裤子给她脱了!"马天才的老婆命令着。

成子妈和马天才的老婆压着,花嫂和艳红剥了裤子。"把狗日的毛全给拔光了,看她还偷吃不!不要脸的货色!"恶妇一般的话语让扳转心惊肉跳。

"我说还不行吗……"扳转哀求说。

"迟了!拔!"马天才的老婆笑了,笑得很阴毒,"你以为我们真是要你说吗?就是为了整你。让你知道做女人就应该恪守妇道,偷汉子就得付出代价!"

花嫂和艳红伸出了手。

"啊……"扳转疼得发出一声声惨叫。

外边,家安听着扳转的痛苦的叫声,心如刀绞。"是我欺辱了扳转,与她无关。求求你们放了她,要杀要剐冲着我来吧!"家安狂叫着。

"要的就是你这句话。"马天才说,"你知道欺辱扳转就是欺辱灰汉,欺辱灰汉就是欺辱马家。只有马家欺辱别人,没有别人欺辱马家。当年我连神像都敢给它掀翻了。"

"骗了他!"马天成吼道。

"割了喂猫。"又有人喊道。

马天才摇摇头,又摆摆手,说:"不,不。你们见过牛的是怎么被弄坏的?"

"捶!"马天成叫起来。

"对,就像捶牛一样把狗日的给捶了。"马天才恶毒地说,"哑子,你去找一口铡刀来。"

马哑子转身离开了。马天才又让马天成找来一柄锤子。很快马哑子扛回一口铡刀,放在树下。铲子也准备好了一些麻线。他们先脱去了家安的裤子,把铡刀背伸进他的裆里,马天成一手攥住了家安的命根子,把根部放在铡刀背上。马哑子把乱麻捣成一团,垫在铡刀背上。家安被绑缚在树上,动弹不了。"你们不能这么做!你们会折阳寿的啊……"家安声嘶力竭地喊叫着。

这些人不管他的死活,开始了惨绝人寰的酷刑。

马天成的另一只手里握着一把锤子。马哑子和铲子抓住铡刀的两头。马天才站在一边冷眼观看。马天成缓缓举起了锤子,然后砸了下去。"啊……"一声惨叫,家安疼得浑身战栗,脸扭曲得非常厉害,眼睛像要蹦出眼眶一样。

马天成砸下一锤后,又举起了锤子,并且毫不留情地落下。家安痛得又是一声惨叫。马天成不慌不忙地一锤一锤地砸着,每锤落下,家安就经历一次生死煎熬。

扳转在窑里听着家安痛不欲生的惨叫,竭力挣脱女人的束缚,没命地跑出来,扑向家安,用自己的身体护住了他。"你们杀了我吧,是我勾引的他。放了他吧。求你们了!"扳转哭喊着,哀求着。

扳转的行为更刺激了马家人,更让他们心理不平衡,那种被人欺辱的感觉再一次强烈了。"现在你还不知羞耻,仍然在替他说话。哼,锤!"马天才叫嚣着。

随后跑出的女人把扳转拉开了。

马天成的锤子又开始了一起一落。家安撕心裂肺地号叫着。渐渐地他的叫声弱下去了。

扳转浑身软得歪倒在了一旁,在家安恐惧的号叫声中,她集惊吓、悲伤、绝望于一身,很快昏死了过去……

家安也经受不住这样的酷刑,头一歪再一次昏了过去。

"都好像死了!"铲子惊恐地说。

"怕什么,死了就丢到山里去喂狼。"马天才说。

马天成也说:"对,喂狼。"

"小婊子没死,她是吓昏了。"花嫂说。

"把她抬回窑里去,先关起来再说。"马天才对几个女人说。

四个女人你扯胳膊她抬腿,把扳转弄回到了窑里,丢在炕上。灰汉被今夜发生的事吓着了,一个人蜷缩在炕角,一动不敢动。

院里,马天才让马天成把家安弄出去喂狼。马天成说:"万一没死,又活过来了,跑了咋办?打蛇不死留后患。"

"你们把他绑在村前崾崄的老树上,就是活了也跑不了。"马天才说,很疲惫地回窑里去了。

"对,就这么办,过不了多久,狼就会发现他,就会吃了他。哈哈……"他有些兴奋,仰天大笑。"狼吃他时他就会想到,马家人不是好耍的。"他又狠狠地说。

这些人把软成一团的家安从马家院里拉出来,一直拉到那个崾崄里。这儿有一棵百年古树。马天成、马哑子、铲子三人用一根绳子把家安紧紧地绑缚在粗壮的树干上。那时正是午夜后,一阵阵阴风穿过崾崄,让人不寒而栗。铲子只觉得脊背发凉,头皮发麻,他一刻也不敢呆了。"我们回去吧。你们觉没觉得这里好怕人?"铲子的声音有点儿发抖。

马天成也感到心中发慌,便和另外两个人匆匆离开了那儿。

黎明时分,村里人被一声声惊悚的狼嗥从睡梦中惊醒。他们从来也没有听过那么古怪的狼嗥,那是一种兴奋的充满了野性的嗥叫,听来更令人毛骨悚然,小孩都被吓哭了。

扳转也是被狼的嗥叫声惊醒的。油灯里的油快熬尽了,那点豆粒大的火苗儿急促地跳跃了几下熄灭了,窑里顿时一片黑暗。狼的嗥叫很清晰地传入扳转的耳朵里,那种惊悚的叫声让扳转惊恐异常。被扒光毛的地方火辣辣地疼。她骤然想到了之前所发生的事情。家安哥呢?家安哥呢?她不禁叫出了声。夜深得出奇,狼的嗥叫凄厉、阴森。扳转的声音小的像蚊子叫,显得可怜巴巴。她疼痛,她害怕,她又太无助,她被淹没在无边无际的暗黑之中。她在期盼着天明。

天亮了,扳转发现自己爬在门上。门在外边上了锁,关得死死的。扳转想抬手拉门,但她浑身没有力气,试了几次都没拉动那两扇厚重的木门。"开门……"扳转呻吟一般地从嗓子眼里挤出了这两个字。她的声音太微弱了。

扳转听到了脚步声。"开门……"她挣扎着又喊了一声,抬起无力的手臂敲响了门。

门被打开了,马天才凶神恶煞般出现在门口,他那个只生了一个灰汉儿子的老婆站在他的身后。"你还没死?"马天才冷冷地说。

"这么一回你都死不了,你个不要脸的命真大!"那个老女人也说。

扳转一把抓住马天才的裤腿,哀求说:"家安哥呢?你们把他怎么啦?求求你告诉我!"

"呸!看看,叫得多亲,还家安哥呢,我呸!"马天才的老婆气愤不过,探手在扳转的脸上狠狠地掐了一下,疼得扳转嘴都咧歪了。"你个不要脸的骚货!"她又把一口浓痰吐在扳转的头上。

"你想见他?"马天才忽然和气地问她。

扳转用力地点了点头。她想站起来,但她没有做到。

"好,这就带你去见他。"马天才转身走了几步,又回过头,"你走得动吗?"

扳转坚定地说:"我走不动,我还能爬。"

"好,你跟我来!"马天才头前走了。

扳转手脚并用,爬出了窑门,向院外爬去。

扳转的腿没有受伤,可她就是站不起来。她想见到家安哥,他不知被他们折磨成什么样了。家安哥,是扳转不好,扳转害了你呀!她在心中默默地呼唤着,急切地想要见到家安哥。她想,就是爬也要看到。

在村子中的那条连接各家各户的小路上,马天才高傲地走在前边,昂着头,背着手,目空一切。他走得很慢,他是怕扳转跟不上他。扳转仍然站不起来,她还在爬着。她的手磨破了,流血了,裤腿也磨烂了,渗血了。在她爬过的路上,洒下斑斑血迹。村里人都跟着看热闹。花嫂、艳红、成子妈、马天才的老婆向人们痛斥着扳转的丑恶行为。其实马家发生的丑事早已传遍了全村。人们对这样的事一直都是深恶痛绝的,对扳转也就恨之入骨,极其厌恶。这些人根本不用那几个女人的挑唆,男人们远远地躲开了,连看都不屑看她一眼,女人们则不同了,虽然自己也不是那么太干净的,但她们表现出的是一种正人君子的做作,一次次把无数的口水毫不留情地吐在扳转的身上、脸上,把最脏的东西抛向她,有的小孩给她尿了一头一脸。出村后,扳转已经被这样那样的污秽涂得没有人样了,她都忍着。血在流,泪也在流。

爬过村子,又爬过长长的走马梁,来到了嵝崄的那棵老树下。扳转气息奄奄,连抬起头的力气也没有了。"你不是很想看到他吗?你看啊!"马天才冷漠地说。

扳转趴在地上,浑身软得怎么也动不了。

马天才一把揪住她的头发,狠狠地提起来,咆哮着:"你看,你看啊!"

扳转艰难地睁开眼睛,一时呆住了,惊得魂飞魄散。所有跟来了人都被吓傻了。

家安被牢牢绑在老树上,浑身鲜血淋漓,衣服几乎成了碎片。这还不算,最最惊恐的是,胸腔洞开,内脏全无。头无力地耷拉在肩上。

"他是被狼掏空了内脏的。这种人就应该喂狼。"马天才从容地说。

"对,喂狼都便宜了他!"村里的人都附和着,又捡土块丢在那具残缺的尸体上。

扳转只看了一眼,她就再一次昏死过去。

有一个十几岁的小子,走到扳转身边,把一泡憋足了的尿全都浇在了扳转的脸上。扳转被浇醒了。她幽幽地吐出一口气。她挣扎着坐了起来。她又看了一眼她的家安哥,竟然没有再流泪。她接着扫视了一眼冷眼看她的人们,然后从牙缝里挤出一个个带血带泪的字:"太平嶇嶮的人,你们都听着,我扳转发誓,我要诅咒你们,一个个都不得好死!太平嶇嶮将会变成断魂嶇嶮,人死财散,寡妇寻汉,十室九空……"

"堵上她的嘴!"马天才声嘶力竭地喊道。

扳转突然发出一阵阵阴森森的笑声,让所有的人不寒而栗,毛骨悚然。

十四、雷劈马天才

从此太平嶇嶮的人睡觉就不踏实了,他们经常会梦见扳转,梦见家安,这两个人血淋淋地站在他们的面前,哭一气笑一气,突然就变得面目狰狞,而后被吓醒了。开始的时候谁也不敢说,后来他们晓得竟然做的是同样的一个梦。

马天才说他连神都不怕,还怕一个弱女子的诅咒?谁让马家蒙羞,马家就让她不得好死!

那以后扳转发现她真的怀上了。肚子里小生命的孕育让扳转既惊喜又担忧。惊喜的是家安哥留下了后,他的在天之灵或许会安宁一些;担忧的是这事让马家人知道了她真的怕是死无葬身之地了。她死不足惜,可不能让肚子里的娃娃也随她夭折。扳转本来想随家安而去,生不能在一起,死也要死在一块。现在她要活下去,为了家安哥受再大的折磨她也可以承受。但是事情还是败露了。扳转想,这就是她的命,老天爷容不下她们母子啊!

其实扳转的肚子平平的,一点也看不出来怀孕的迹象,坏就坏在她强烈的妊娠反应。

马天才本来也想放弃扳转,怎奈灰汉儿子每夜都要耍奶,只要一夜离了扳转,他就会哭闹不休,弄得马天才心烦意乱,焦躁不安,也只好暂时留着了。那一日花嫂来串门,偏偏就看到了呕吐不止的扳转。"他肯定有了。"花嫂对马天才和他的老婆说。

"不是咱的。"马天才的老婆也肯定地说，"灰汉都不懂那事呢。"

"想办法弄掉！"马天才阴沉着脸，话就很冷，"然后也喂狼算了。马家丢不起这人！"

"灰汉咋办？"马天才的老婆担忧地说。

"马家有的是钱，还愁讨不到儿媳妇？嘿嘿！"马天才冷笑一声。

"这事就交给我们几个女人去做。"花嫂说，"我们最会做那好事，保管把她肚里的孽种弄掉。"

"把心里的晦气出了再喂了狼。"马天才的老婆恶狠狠地说。

"绝不能让她痛痛快快地去见那个死鬼！"花嫂也说，学着马天才老婆的口气，嘴就扭了几扭。

几个女人把扳转赶出了窑洞，晚上让她和牲口睡在一起，给她吃很少的饭食，并让她干很重的活。扳转咬牙坚持着。只要生下了孩子，她死而无憾。连着下了几天雨，牲口棚里积了很多水，和着牛驴的粪尿，臭气熏天。花嫂几个女人让扳转从远处挖土，运回来垫圈。开始扳转用小筐担，马天才的老婆嫌太慢，就找来更大的筐让她担。每筐土足有好几十斤，扳转哪能挑得动呢？她们四人抬起筐担，硬是压在扳转的肩上让她挑。扳转被压得爬下了，连腰都直不起来，肚子被挤得疼痛难忍，豆大的汗珠瞬间沁了满头满脸……

马家有一条很温顺的老草驴，花嫂她们把它拉出来，让扳转骑。扳转不骑，她们就把她抬上驴背，让她爬着，然后拉着驴在院里转圈圈走。扳转的肚子搁在毛驴的干脊梁上，比脚踩着还痛苦……

这么折腾了几天,还不见扳转肚里的娃娃掉下来,马天才的老婆说:"用绳子勒。"

把一根指头粗的麻绳缠在扳转的腰上,花嫂和马天才的老婆拽一头,艳红和成子妈拽一头,四人同时用力。麻绳一点点地收缩着,扳转的肚子越勒越细,巨大的疼痛让扳转死去活来,爸一声妈一声地哭喊着:"妈呀,疼死我了!你们会遭到报应的。我诅咒你们!你们四个人一个个都不得好死啊!"很快扳转就晕过去了。她们也累得气喘吁吁,满头大汗淋淋。松了手,扳转软绵绵地跌倒在地,裤腿里流出了殷红的血,把裤子都染红了……

当天晚上,马天成、马哑子和铲子把奄奄一息的扳转弄到崾崄里的那棵老树前,用一根绳子牢牢地绑在树干上。那时扳转还处于昏迷状态中。

扳转又一次被惊悚的狼嗥惊醒了,正是子夜时分。

在朦胧的月光下,有个人影一瘸一拐地走出了村,来到了老树下,恐怖的狼嗥声由远而近。扳转像见到了救星,急切地说:"不管你是人是鬼,快救救我吧!"

瘸子也不说话,忙给扳转解绳索。狼来了。

狼来得迅猛。它异常凶残,后蹄一蹬,腰子一纵,便猛扑上来。

马天成他们给扳转扎的是死结,瘸子手忙脚乱一时解不开。就在他一愣间,狼已扑在扳转身上,把一只利爪搭在她的肩头,张开血盆大口,把一股腥臭的热气喷在她的脸上,两只眼睛贼亮贼亮,闪着翠绿的光。扳转吓得妈呀一声叫唤,把头扭向一边,正把个脖子给了狼,狼只需一口就能咬断她那细长的脖颈。瘸子正在树后,没容他细想,猛然伸出一条手臂,粗壮的有力的大手死死掐住了狼的脖子,让它的头动弹不得。狼被掐得气都上不来了,野性更甚,挥动利爪,向癞子脸上抓去。从癞子的一只眼睛到他的脖颈,被狼的利爪撕裂了,血肉模糊,鲜血喷了扳转一头一脸。癞子也在那一瞬间用力向外一推,狼被甩出几步开外,打了一个滚,哀叫一声,窜入树林里了。癞子不顾疼痛,费力地帮扳转解开绳索,然后把她背到那座古宅里……

马天才定定地坐在灰汉的尸体前,好长时间都会一动不动。灰汉的尸体腐烂得很严重,尤其那种尸臭已经弥漫在了整个村子。马天才像是做了一个很长很长的梦。他感到自己已经非常疲劳了。他想,他是斗不过天的。他可以毫无顾忌地推倒娘娘的神像,他可以用自己的方式弄死挑战他的人,然而他不能改变自己的命运。他看着苍蝇在灰汉的腐尸上飞起落下,看着一团团蛆虫不停地蠕动,他还想大声骂天大声骂地,可他连发声的力气都没有了。天就这么把他给灭了。他心里不服啊!

天上开始有云彩出现了,这是很难得的。自扳转的诅咒在村里蔓延并造成灾难后,村子的上空很难看到云了。有了云彩,老天爷开始准备下雨了。改过住在羊场,有两三天没有回家了,马天才自己也没做得吃饭,就那么饿着。这天黄昏他终于饿得栽倒在灰汉的腐尸前。

马天才浑浑噩噩中听到两个女子的说话声,又感到有水流入口中,那么清凉、甘甜的水滋润了他,马天才慢慢地睁开了眼睛。首先是一个模糊的头出现在他的眼前,渐渐地清晰起来,赫然是扳转的脸!这张脸不再那么恐怖。但是她还是吓着了马天才。"你是人是鬼?"他惊恐地叫道。

"你说我是人就是人,你说我是鬼就是鬼。"她的声音也没有那么恐怖了。

"我死了还是活着?"马天才想揉一揉自己的眼睛,但他的手动不了。

"你这种人早死早转,活着也是害人!"这是改过的声音,他能听出来。

马天才太虚弱了,眼睛乏得怎么也睁不大了。

"把米汤给他喝了,我要慢慢地折磨他,慢慢地报仇!"

一勺勺的小米汤喂入马天才的口里,不一会儿他有了精神,恢复了神智,眼睛睁大了,看清了。在他的面前站着两个女子,一个是改过,他的儿媳妇,另一个分明是已死了的扳转!

马天才倒吸了一口冷气,颤抖着问:"你究竟是人是鬼?"

扳转冷笑一声:"你看我像人像鬼?"

马天才又想揉眼睛,但手臂动弹不了,他这才发现他是被绑着的,就绑在崾崄里的老树上。这棵树上绑过家安,绑过扳转,绑过他的儿子灰汉,他的老婆也是吊死在这里的。现在轮到他了。"你是魔鬼啊!"马天才仰天长叹一声,忽然泪流满面。

扳转咬牙切齿地说:"我这个魔鬼是被你逼的!"

"这个世界上是有报应的啊!"马天才又是一声长叹。

"头顶三尺有神灵。谁种下了因,谁就得到果。"改过说,"人在做,天在看。万事逃不过个理字,种善得善,种恶得恶,不是不报,时候未到,时候一到一切都报。"

"你……"马天才像不认得改过了。

改过笑了,讥讽道:"害人的人到头来还是害了自己。你算来算去,你怎么也想不到我会是扳转的亲姐姐。你忘了我叫改过,她叫扳转,父母总想在我们身后养一个小子,但到死都没能实现这个愿望。"

"那你为什么还要当马家的儿媳妇?"马天才惊得嘴巴大

张,眼睛暴突。

"为了你的财产啊。不走这一步,我能得到马家的家产吗?地面上的地面下的,那么多的东西,马家的一切从此以后都是我的了。"

"那你肚子里的娃娃……"

"更不是你马家的种了。哈……气死你!谁叫你那么坏呢?"改过开心地笑着。

马天才一口鲜血吐出,脸色发青,浑身抖动,嘴唇哆嗦着,一句话也没有了。他觉得这两个女人才是真正的魔鬼,而他充其量只是个小鬼啊。他一世好强,欺天欺人,到头来栽在两个女人的身上,他更加心不甘呀。他只求速死,然后变成厉鬼回来索命。

但他死不了。两个女人不让他死,她们要慢慢地折磨他。她们给马天才喂饭,就是怕他一下死了。马天才开始了痛苦地等死。断魂崾崄的风虽然不大,但阴森森的,没日没夜地吹着他,马天才苦痛不堪。断魂崾崄的太阳也非常毒辣,几天后,马天才被晒脱了一层皮。夜里又下起了雨,他不知道这样的天气里晚上的雨会这么冰冷。六七天的时间里,马天才经受着风吹、日晒、雨淋的痛苦折磨。然而比这更难挨的是内心的煎熬。也许改过姐妹正是想让他承受良心的折磨。

第八天的晌午,几声惊雷过后,马天才被雷劈了,整个人都被烧焦了。

这大概才是天和人共同的愿望了。

鬼庄惊魂

一、邪门的庄子

多年前,有个南蛮子来北方寻宝。他以看风水驱邪禳病做幌子,经过近一年的苦苦探寻,终于取到一件宝物。回家的前一夜他借宿在一个叫做背沟的庄子里。他投宿的这家人住在村头,门前有一棵千年古槐树。这家人姓梁,男人是个背锅子,女人却长得修长端正。

前半夜南蛮子没敢怎么睡,到了后半夜时他实在乏困得不行了,刚迷迷糊糊睡着,他就被一根麻绳捆翻了。南蛮子睁开眼睛后看到背锅子和他的高个子女人站在的面前,背锅子手里还提着一把斧头。女人正在翻他的行李。她翻出一个用红布包着的东西,准备打开来。

"这个你不能动!"南蛮子吼道。

"我偏要动一动。"她解开了红布,竟然是一个锈迹斑斑的铜匣子,"里面肯定有宝贝。"

"我也不知道里边装的是啥,但它是地下的东西,是被下过诅咒的。"南蛮子说,表情严肃,有很多一部分是惊慌。"你们仔细看,盖子上隐约还有一道符呢。"

背锅子晃了晃斧头,阴森森地说:"你别糊弄老子,东西我们要了,你的命也得留下!"

南蛮子惊叫起来:"你们更不能杀我。我是南人,我有邪恶的法术。昨夜临睡前,我对你们门前的那棵树施了法,如果我不去破解,它很快就会死去。你们也许不知道,这棵树是全庄的照庄树,一旦它死了,你们的庄子就邪了,很快就会成为一座鬼庄。"

"你格老子哄鬼咯!"背锅子恶狠狠地说。

"我说的都是真的!还有,千万不要把这个匣子打开!"南蛮子急切地说。

背锅子哼了一声,和他的女人走出去了,又用一把锁子锁了门。南蛮子被捆着,一边挣扎,一边哀求:"你们会后悔的。你们要为今夜的行为付出代价的!"

这是一孔土窑洞,单扇木门,窗户也不大。背锅子和他的女人把一捆捆干柴和枯草堆在门口,直到把门和窗户都堵严了才罢手。随后他们点燃了这些柴草,一时间黑烟滚滚,大火冲天。开始的时候还能听见南蛮子绝望的哭喊,渐渐地就听不到了。这么大的火,窑里的南蛮子就是不被烧死也会被烤熟。

大火小了后,背锅子和他的女人回到他们住的窑洞里,在昏暗的灯光下,他们固执地打开了那个铜匣子。在揭开盖子的一刹那,他们倒吸了一口凉气。啊,满满的一匣子红的绿的黄的珍宝在这么昏暗的灯光里还能发出刺目的光来。这两个贪婪的人惊呆了。他们哪里见过这么多的财宝。他们惊叹的同时,又兴奋不已。女人把一件件一串串的好东西拿起放下,眼睛都眯成了一条缝。忽然背锅子的眼睛落在了匣子盖内壁的一行字上不动了。那是用利器刻下的,赫然是:动此物者必死。背锅子又倒吸了一口凉气。

梁家的大火并没有在背沟里引起什么,人们依然过着日出而作日落而息的固定日子。但是有一天早晨起来,背锅子的高个女人突然发现,门前的老树开始落叶了。这不是落叶的季节。女人捡起一片,发现已经干枯了,虽然还绿着,但一捏就碎了。她仰头去看,叶子正一片片地落下来。她想起了南蛮子的话,急忙跑回窑里,把这事告诉了背锅子。

在背沟,这棵老槐树的确是照庄树,更是背沟的风水。但它死了,死得莫名其妙。背锅子的女人在树洞里发现了一个用泥捏的小人,小人身上裹着一道符咒,全身用朱砂写满了咒语。背锅子长叹一声:"南蛮子就是毒啊,他真的给树施了法!他能算出我们要杀他劫财?"

这以后背锅子一直不敢花那些珠宝,虽然它们是那么的诱人。后来有一天背锅子突发奇想,珠宝被下了诅咒,不敢使用,它就是一堆废物,如果把这些珠宝兑换成一锭锭元宝,然后使用元宝或许就不会有事了。他为自己的想法感到恐惧。然而金钱的诱惑力太大了。接下来他用了近两年的时间把那些珠宝全部换成元宝,堆起来像座小山。背锅子请了一个石匠,打了两口石槽。他把元宝装了满满两槽,槽与槽相扣,埋在了地底下。那年开春背锅子置了两亩地买了一头牛,不料在耕地的时候,被发疯的牛一头撞下了山崖。村人把他抬回了家,几天后死在了炕头上。临死前他把两个儿子叫到身边,告诉了埋藏元宝的地方,一再叮咛那些元宝只能一辈辈传下去,千万不可当钱花,否则必死。背锅子死后没两年,他的高个女人也死于一场突如其来的疾病,跟死也没能弄清楚那是个什么病。他的两个儿子守着那么一大笔财富,却过着一贫如洗的日子。

那以后背沟开始出事了。先是一条狗爬上了树。狗上树在当地讲是很不吉利的,它预示着有灾难要降临。果不其然,后庄的一个哑巴突然开口说话了,他讲道:"人死财散,寡妇寻汉,鼠蛇遍地,十室九空。"于是背沟人心惶惶,笼罩在一片死亡的气息当中。那年庄稼歉收,过年的一场大雪直至第二年开春都不化。背沟人早早就揭不开锅了。那时刘家的女人疯了,大白天一丝不挂,满庄跑。到了夜里,这里那里不时传出鬼哭狼嚎的声音,人们一到天黑就死死地关上了门,不敢出去了。

背锅子的两个儿子经不住饥饿的煎熬,老大偷偷地去看了一眼那些元宝,当天夜里就得了眼疼的病,不久便瞎了,一次外出时,不小心摔死了。老二偷了一个元宝,还没来得及花呢,就被吊死在一棵树上。背沟接连不断的出事死人,所有的人都害怕了,他们请来了最有本事的阴阳,阴阳说是庄子邪了,不能住人了。于是有的人家举家迁出背沟,在别的地点挖窑洞居住,接着又有一家两家搬了出去。不到一年的时间,背沟所有的人家都搬了出来,集中在一个地方。他们给这个新村起名叫阳洼。从此背沟就没有人居住了,成了一座空村。每到夜里,这座废弃的村庄里鬼火点点,鬼影飘忽,隐隐传出哭声笑声,诡异、惊悚,慢慢就变成了一座名副其实的鬼庄。

二、初进鬼庄

鬼庄有宝已不是什么秘密了,只是没有人敢去盗挖。

多年以后,有三个落魄的男人在一起策划到鬼庄取宝的事。

有一个叫毛生,是背锅子的后人。"藏宝的地点我知道,只要不怕死,我就带你们去。"毛生说,是个红脸汉子。

"富贵险中求。该冒险的时候就得冒险。"他叫之初,白净面皮,像是识些字。

"听说鬼庄有鬼。"叫做不留的说,别看长得五大三粗的,其实他最怕鬼。

"我们已经无路可走。与其这样半死不活的,不如赌一把,或许还有希望。"毛生已经铁心了,即使是龙潭虎穴他也要闯一闯。

"我跟着你!"之初坚定地说,"要死我们一起死,要富我们一起富。"

"我也不想一辈子受穷。该死的球朝天,不该死的又活一年!我去!"不留说得很豪迈,但底气不足。

"既然都同意去,就得好好策划一下。"之初的口气俨然是个组织者了。

太阳临落的时候,他们走进了一座庙,焚香、点纸、磕头。"神神老价在上,凡人之初、毛生还有不留,今天在您老的神前结成异姓兄弟,不求同年同月同日生,但求同年同月同日死。如违此愿,天打五雷轰!"之初虔诚地说过,毛生和不留也发了誓。

当天夜里,这三个人离开阳洼,往鬼庄去了。这夜天上有半个月亮,只是云彩较多,那月便时隐时现,比往日诡异了许多。从阳洼到鬼庄的路已经多年没有人走了,荒废得几乎消失了。当年搬离的时候,他们三人还是懵懂少年,之后再没有涉足过这里,现在只能凭借儿时的零星记忆,摸索着往前走。

蹚过一条小河,面前无路可走了,挡着他们的是一人多高的草丛和大树小树。"我记得过了小河,顺着沟口往里走,不远就是庄子。"之初说。

"路是不岔的,只是多年没人走了,草长得比人高了。"毛生说。

"你们说,我们会遇到鬼吗?"不留说,紧张得四处乱瞅。

"听说是很邪门的,要不多年前的那些人一个个死得不明不白,没有人敢住了,都搬了出来。"毛生说,"有的全家都死绝了,埋都没人埋,死哪儿就一直躺在哪儿,狼刨了都没人管。传说好像是说被南蛮子破坏了风水,庄子就邪了。"

之初说:"本来我们就知道这一趟凶多吉少,就是拿到了钱,也不一定能花得安心,保不准把命都搭进去呢。但是,我们穷怕了,富贵险中求,必须得冒险,走吧。"

他们扒开草丛,一步步向沟里走进。刚入沟时,月亮正从云缝里钻出来,没行几步,一大片黑云就把月亮吞没了,夜一下子陷入到了暗黑之中。沟内风紧,阵阵阴风从深处窜出,让人脊梁骨发冷。"我总觉得有人在看着咱们。"不留说,走在毛生和之初的中间,他仍然感到前后左右都是一双双死死盯着他们的眼睛。

毛生回头说:"好好走你的,不要说话。"

等月亮再次钻出云缝后,毛生发现他的面前挡着一堵残破的土墙。他知道,他们接近庄子了。绕过土墙,看到了一座废弃的院落。院墙多已坍塌,几孔窑洞的门和窗子早已不知去向,只留下一个个黑洞洞的口子,显得凶险无比。当年的背沟兴盛的时候全庄有上百户人家,几百口子男女老少,日日鸡鸣狗吠,人声嘈杂,一派生机勃勃。从进庄的庄头到庄尾人家疏密有致,连起来足有五里地。"我们家在后庄头,要走到那里,就必须经过整个庄子。"毛生低声对之初说。

"走,穿庄而过。"之初说,把上衣的纽扣全部扣好,握紧了手中的铁锹。

"我的心慌得厉害,咚咚直跳。"不留说,"我看咱还是回去吧,白天再来。"

毛生说:"这事只能晚上做,不能放在白天。你是被传说吓的,但传说毕竟是传说,不能当真。别怕,我们前边走,你跟紧了。"

三人小心翼翼地往庄里走进。

"不要命了……"有个声音突然说。

走在头里的毛生停了下来,回头问:"谁说的?"

"我啥也没说。"不留说。

之初也说:"我也没出声啊。"

毛生就感到有一股冷风迎面拂过,阴冷异常。他不由打了个寒战。"你们听到那个声音了吗?"

二人几乎是同时回答:"听到了。"

毛生倒吸一口凉气。"谁在说话呢!"他的声音明显地颤抖着,"好像是个女人的声音。"

三人身前身后环顾了一圈,朦胧的夜色里除了他们自己再没有别的人了。夜出奇地静,静得让人不安,只有他们三人粗重的呼吸和急促的心跳挤压着他们。他们不敢再往前走了。

"快看,那是什么!"不留猛然惊叫起来,声音惊恐异常,一只手指着那里。

毛生和之初顺着他手的指向去看,惊得也差点喊出声来。在他们不远的地方,有一团火球缓缓移动着。"是鬼火!"毛生惊惧地说。

"好像是盏灯笼。"之初镇定了一下说,是在安慰别人,也是安慰自己。

"你哄鬼咯。这里哪儿来的灯笼?要是灯笼也是鬼打灯。"不留惊恐不安,吓得直往后缩,这个五大三粗的男人,胆子却小得可怜。

"一开始我们就知道这里凶险异常,如果因为一点儿鬼火就打退堂鼓,受穷也是活该。想活得好,想出人头地,不冒险永远也不可能。"之初说。

"嘿嘿……"一阵诡异的笑声就在他们耳畔响起,冷冷的,凶狠无比。

"谁……谁在笑……"不留惊恐万状,不由叫出了声。

他的话还未落音,他们的面前赫然出现了一个黑影。

"你们是不想活了……"一个苍老的如鬼魅般的声音骤然回荡在他们的身前身后……

三、惊心血手印

那一惊更是非同小可,不仅吓破了不留的胆,就连之初和毛生也顿时感到毛骨悚然,不寒而栗。不留"妈呀"一声叫唤,掉头就跑,哪管脚下有没有路,连滚带爬地逃走了。不留一逃,毛生和之初仅剩的一点胆量也瞬间荡然无存了,二人身不由己也撒腿往回跑。

第一次进鬼庄以失魂落魄惊慌逃离而失败。

他们慌不择路逃回家后已过子夜。毛生躺进被子里,怎么也睡不着。他之所以敢把不留和之初领进鬼庄盗取先人的财宝,除了贫穷和贪婪,就是他对鬼庄的那些惊悚的传说半信半疑。初进鬼庄的惊心让他不得不重新考虑他们这样的行为是否正确,如果为了那些充满了危险的财宝把命都搭进去那就太不值了。迷迷糊糊之时，有一个声音飘入了他的耳朵。那声音好像是从很远的地方传来，隐隐约约，时断时续。毛生细听时，却又什么也没有，夜死寂死寂的，身边的老婆娃娃睡得正酣。"毛生……"忽然有个声音在叫他，毛生这回听得很清晰，声音就在门口。是谁在这么深的夜里叫他呢？毛生感到一阵恐惧，但他不敢把老婆叫醒。

"毛生……你是个不孝的子孙……"这声音缓缓的，颤抖着，呜咽着，音扯得长长的，听来诡异、惊悚，苦怜怜的，一下子近得像是在他的耳边了。

毛生赫然听出这是他老妈的声音！他的心一刹那揪紧了。

这太不可思议了。他老妈一年前就死了啊！

毛生母亲因为毛生父亲死因怪异，内心一直纠结着，举止行为异于常人。一年前突然失踪，毛生及家人到处找寻也不见踪影。后来听说邻村一间草房失火，烧死了一个无主的人。毛生听说了这事，心里发慌，疑心是自己的老妈，便赶去确认。人已经烧得面目全非，根本辨认不出来了，衣物也烧没了，唯一可以证明死者身份的是遗留在现场的一只手镯。毛生看到这只手镯后号啕大哭，他认得此物，这正是他妈戴在手腕上的东西。毛生用一丈白布裹了那具烧焦的尸体，背回来，买了一口棺材埋在了他父亲的坟旁边。前几天他才刚给母亲过完一周年的忌日，今夜却听到了死去的老妈的声音，这太可怕了。

"毛生……你伙同外人盗取先人的财宝……你就不怕诅咒……"那个声音又说，渐渐地远了，有一股风吹过，扑打在窗户上，破了的纸哗哗响。

"你是谁？妈，是你吗……"毛生猛然坐起来，惊呼道。

"娃娃，认命吧……不是你的你永远也得不到……"听声音像是离开了院子,从坡上下去了。

毛生掀开被子,跳下炕,连鞋都没穿就开门出去了。夜黑得深沉,静得诡异。院里空荡荡的,朦胧的月儿把一棵小树的影子硬是拉到毛生的脚下。小树是栽在院畔上的,开春就没有发芽,悄悄地死了。

"毛生……"这个声音仿佛还在他的耳边回响。毛生浑身发冷,瘫倒在门口……

不留当晚逃回家把自己蒙在被子里,抖了一夜。第二天太阳出来以后,他才没精打采地起来。他开了门,在距门口不远的地方就尿了一道,尿完转身准备回去继续睡。就在他要进门的那一刻,门上的一个现象把他惊得倒退了两步。在双扇门左边的那快门板上,赫然出现了一只血手印。早晨的太阳照在那上面,血手印红得惨烈,红得惊心动魄。

这一惊非同小可,不留惊得都呆了,好一会儿才缓过神来。"妈呀,鬼啊……"不留大叫一声,拔腿就跑,很快就来到了之初家。那时之初站在门前看着什么。不留到了跟前,他惊讶得嘴巴都合不拢了。他看见之初的门上也有一只鲜血淋漓的血手印。"你是来要对我说你家门上也有一只血手印吗?"之初问不留。

不留只是使劲地点着头,但一句话也说不出来。

"走,到毛生家看看。"之初说,大步往外走去,不留紧紧地跟着。

远远地之初和不留就看见毛生家门口围着好些人,不用问他们也知道,毛生家的门上也有一只惊心的血手印。那只血手印逼得他们一口口倒吸凉气。

村里年长者说,这种血手印是厉鬼印在门上的,是死亡的印证,村里怕又要死人了。唉,村子才刚安稳了几年啊!

到了晚上,之初把毛生、不留叫到家里,拿出了一罐罐酒,让老婆柳巧胡乱地弄了一个菜,三人你一杯他一杯地喝起来。之初说:"你们害怕了吧?"

不留说:"谁不怕谁是孙子!我就是穷死也不再进鬼庄了。那简直就不是人干的嘛。"

毛生也说:"太可怕了,现在想起都心有余悸。更可怕的是,昨天夜里我听到了我妈的声音,她说不是你的东西你永远也得不到。她还说那些财宝是下了诅咒的,不能动啊。"

"你妈不是死了吗?"不留惊慌地问。

"这才更可怕啊!"毛生说,脸上的惊恐一直不褪。

之初喝了一口酒,说:"我还是那句话,富贵险中求,元宝圪蛋不会从天上掉下来砸中我们的脚。想要过上好日子就得冒险。死就死了,死不了咱就发了。"

"是啊,怕是怕啊,但怕也要干。我不想再过这样的日子了。我要发财!"毛生几乎是喊出了最后的四个字。

"可我害怕啊!"不留要哭出来了。

"你也是个男人?枉长了这么一身肉。"之初不满地讥讽他。

"他不去咱俩去。咱们的命本来就不金贵,丢就丢了。"毛生说。

"咱们是结拜的兄弟,要死一起死,要富一起富。不能把他丢下。"之初说,拍拍不留的肩,"不用怕,有我们呢。"

不留就拉了之初的手,紧紧地捏着。毛生也抓了他们的手。三人六只手牢牢地握在了一起,眼里都是满满的信心。

离开之初家已经快半夜了。不留喝高了,酒壮怂人胆,竟不让人送他，一个人东倒西歪地走在回家的路上。月光惨淡，冰冷如水。不留歪歪斜斜的影子一直抢在他的头前，怪怪的。不留踏着自己的影子高一脚低一脚地走着。

转过一个土峁子，不留就走进了一个簸箕形的弯子里，之后他就怎么也走不出去了。

四、二进鬼庄

这是不留回家的一条必经之路。在这个较为平坦的簸箕形的大弯子里，长着很多柳树，主干低矮粗壮，树冠像伞一样撑开来，大白天都很少有阳光能穿透进来。不留确实喝得太多了，进入这里以后，前后左右都是树，时不时就撞在了树干上。不留正在惊慌失措时，一步迈出去，头撞在了什么东西上。不留以为又撞了树，但他觉得不对劲，树干是硬的，他撞到的东西似乎是软软的。他抬起了头眯着眼仔细一看，吓得他魂飞魄散，妈呀，他面前竟然站着一个披头散发的黑影。"嘿嘿……"几声幽怨的惊悚的笑声似曾相识，好像在哪里听到过，但不留无法细想，早已被这恐惧的笑声惊得毛骨悚然魂不附体了。当时他没命地转身要逃，只跨出一步，就又扑在了树身上。这样一来不留更加惊惧，越是想逃越逃不出去，左跑是树，右跑还是树，有几次竟然又撞上了那个黑影。"你是出不去的……嘿嘿……"不留终于被击垮，瘫软在地，昏死了过去……

直到第二天太阳出来的时候，不留的老婆才找到了他。不留虽然醒着，但人虚脱了很多，连站起来的力气也没有，像是大病了一场。下午之初和毛生来了，商量晚上二进鬼庄的事。不留说什么也不去了。他真的是被吓破了胆。可是到了夜里要去时，不留又跟上了，他是不想放过这么好的发财机会。命当紧，元宝圪蛋也当紧。

这次他们有经验多了,至少带上了灯笼,还有一把铁锹和一把镢头。未进庄之前没敢把灯笼点上,摸黑来到了昨夜被惊吓的地方。"咱把灯笼点上吧。"不留提议。灯笼提在他的手里,没等那两个人同意他就点燃了灯笼。之初知道他是害怕了,也没有反对。在灯笼微弱的光里,三个人提心吊胆地向庄里走去。

今夜和昨晚没什么区别,月儿隐在云层的深处,时而露一下脸,月光就冷冷的,他们的影子细长地拖在身后。村庄早已荒废,原来的路找不到了,只能在杂草和乱石中摸索着。由于心情紧张得到了极点,摔倒的次数就很多。正走之时,一阵嘎吱吱的响声突然传来,使人心惊肉跳。那是一种残破的门被拉开时发出的声音,干裂、刺耳,又多少有点诡异。那也只是很短暂的,接着就什么也听不到了,也越发地静了,静得让人更加害怕。猛然间又"哐当"一声,微微平静下来的心又被震得猛烈地狂跳起来。这是破门被狠狠关上后所发出来的。"还不如面对鬼呢。这一惊一乍的谁受得了啊!"不留真的承受不了了。他说话都带着哭腔呢。"就算不被鬼掐死,也被它吓死。"

"是风。"之初说,"风把门吹开了。"

"心都快跳出来了。"毛生抚着胸口说。

"走吧,既然进来了,想出去都难。"之初说,其实他的心也是狂跳不已。

大约在半夜前后他们才摸索到了毛生家的老宅。这里颓废得更是厉害。月亮正好钻出了云层,老宅就被它照着了,其他的地方仍然黑着。他们从坍塌的院墙废墟上进入了院子。奇怪的是别处荒草长了有一人高,可这里却没有。这里共有四孔窑洞,只有一孔有门窗,其余的全是黑洞洞地张着口子。"就在有门窗的那孔窑里。"毛生对之初说。

"走,进去把。"之初说,走过去伸手推门,那门"吱呀"一声开了。"不留,把灯笼拿来。"之处又说。

不留把灯笼给他,之初向里边照了照,抬脚进去了。不留和毛生紧紧地跟着。

窑洞很深,灯笼的光微弱,就不能把窑洞全部照着。他们一直往里走,来到了土炕前。之初把灯火挑大了,一口黑色的棺材赫然出现在他们眼前。在灯光里棺材发出一种变化不定的亮光,像针一样地刺进三人的眼里,惊得他们头发都竖了起来。"就埋在棺材下面的土炕里。我爸临死时对我说,这笔财宝不仅不能花,连看一眼都不行。否则不得好死。"

"谁动了这笔钱,谁就得死……"突然一个声音飘荡在窑洞里,细若游丝,听得却真真切切,像是在身后,又像是在面前。

"谁说的!"不留惊恐地说,"是你说的吗二哥?"

"这句不是我说的。"毛生说。

"我也没说。"之初说,"你们听没听出这个声音很熟悉?"

"是鬼……"不留惊叫道。

不留还想说什么,却被一种"咯吱吱"的声音打断了。他们同时回头去看门,进来时门开着,现在也开着,肯定不是开门和关门的声音。那会是什么声呢?

"快看,棺材盖在动弹!"毛生的目光死死地落在那口黑色的棺材上。

之初和不留同时去看棺材。果然棺盖轻轻地在动。"哐当"一声,棺材盖被掀开,直直地坐起一个身影来。这个身影背对着他们,头发披散下来就很长。

"妈呀,鬼……"不留大叫一声,转身就往外逃。他惊慌失措,竟然把提在之初手里的灯笼撞得掉在了地上。

窑里顿时漆黑一片。受到不留的影响,毛生和之初也惊慌地逃出了窑洞。

月亮不知啥时候又钻进了云层里,夜黑得叫人心慌。不留第一个逃了出去,却不敢跑远,在院子的一个角落里缩着。毛生和之初跑出来,不留叫他们:"我在这儿呢。"二人也到了那里,三个人就挤成一团,浑身哆嗦。

夜非常静。他们三人心跳的声音大得惊人。"那真的是鬼?"毛生镇静了一下自己,像是自言自语,又像是问那两个人。

"当然是鬼了!"不留说,仍然惊魂不定。

"如果不是鬼又是什么?总不会是人吧。"之初分析着,"谁没事干把自己装在棺材里玩?再说也没有这么大胆子的人呀。"

"我看咱还是回去吧。这个鬼太厉害,会吃人的。"不留想哭的心都有。

"要回你回,我不回!"之初说,"与其穷死,不如放手一搏,侥幸死不了的话咱就是富人了。眼看就要得手了,我们不能放弃。"

"就是。我也不回。"毛生也说。

"我就是想回,我一个人敢回吗?"不留无可奈何地说,"明明知道有鬼,偏要……"不留没再说下去,他惊愕得嘴巴都合不拢了。

"你又怎么啦?"毛生奇怪地问他。

"四……四个人……"不留声音都变了。

"啥四个人?"之初也没听明白。

"多……多出来一个人……"不留的惊恐是真实的。

毛生不由环顾了一下,他看到了三个黑影。他长出了一口气,但他猛然被惊得心惊肉跳,连他不就是四个黑影吗?啊呀这太可怕了,多出来的黑影是什么呢?

这个现象之初也发现了。"多出来个谁?"之初问。

五、魂丢簸箕弯

明明是他们三个人,怎么会有四个身影呢?那多出来的是谁?人还是鬼?"看不清就说话。我在这。"之初说。

"我在你右边。"毛生也说。

"他在我身边……"不留大喊大叫,连滚带爬地跑回了那孔窑洞里。之初拉了毛生的胳膊,也跑了回去,返身关上了门。

窑里更黑。"快,找一找灯笼。"之初说。

三个人摸黑找到了灯笼,灯油没有全倒完,还能用。之初点着了灯笼,窑里又亮了起来。那口棺材还摆放在那儿,黑森森地闪着光。"不能再拖延了,赶快挖吧。"之初说。

三个人拿起铁锹镢头跳上炕,来到棺材边,小心翼翼地借着灯光向里看。里边胡乱地放着一些死人铺的盖的那种东西,尤其一双蓝面绣着红花的鞋更是触目惊心。靠棺材的大头有一个用红布遮着的东西,看样子应该是死人枕的枕头。"尸骨呢?"毛生说。

"刚才不是出去了嘛。"不留说,不由回头看看。

之初没说话,弯腰把那快红布掀起了,一颗骷髅出现在他们面前,三人吓得倒退了几步,心狂跳不已,似乎不用手压着就要跳出来了。"妈呀,我真受不了了!这么下去我们会被吓死的。"不留使劲压住狂跳的心说。

"不管了,把棺材挪开。"之初把灯笼递给不留,和毛生合了棺盖,又费力地把它移到炕的另一边。"是这里吗?"他问毛生。

得到肯定的回答后,之初挥动镢头开始挖掘。很快翻开了炕板石,又向下挖了一会儿,镢头碰到了石头上。翻开周围的土,露出了两口相扣着的石槽。三人欣喜若狂,早忘了刚才的惊魂和可怕的诅咒。他们撅着屁股推开石槽,白花花的元宝圪蛋在灯光里刺得他们睁不开眼睛。"传说中槽扣槽的财宝真有啊!"不留惊叹着。

"这个是真的,诅咒也是真的了!"之初说。

毛生兴奋地说:"管它什么诅咒不诅咒的,花了再说,做鬼也当个有钱人。"

之初捧起一个元宝,忽然就泪流满面了。穷人哪见过这么多的钱啊!"这哪是钱呀,这分明是勾命的鬼啊!"他长叹一声。

"这么多的银子,咱三人也搬不动啊。怎么办呀?"不留不无担心地说。

之初在一堆元宝上坐下来,双手护住,好像一旦松懈就会被别人抢去。"今天还不能往回拿。"他说。

"为啥?"不留就不能理解了。

"原因很简单,这东西毕竟是诅咒了的,非常邪门,我不是怕死,我是怕连累了老婆娃娃。"之初说。

"当年我二爸偷偷地拿了一个,就莫名其妙地被吊死了,还连累了家里人。"毛生也说。

"那怎么办?到手的钱花不成,还不急死人?那我们还冒险挖它干啥?"不留着急地说。

"我们冒险的目的就是为了得到这些东西,只是现在还不能全部拿走。这样,我们每人先拿两个,看看会不会出事,如果没有事再来拿也不迟。钱当紧,命也当紧啊。"之初说。

"拿两个就不出事了？"不留不懂的。

"就这样吧，再说今夜我们也全部拿不走。"毛生也同意之初的办法。

接下来他们每人拣了两个大元宝，沉甸甸地揣进怀里，然后重新填埋好，准备离开。灯里的油不多了，快要熄灭了。他们匆匆收拾了一下，来到门口。门是被他们在里边关上的，抽了门闩，但这门还是打不开来。"门在外边被锁上了！"之初惊慌地叫道。

天开始亮了，微弱的晨光从门缝透了进来，有一缕正好落在不留的脸上，那脸就疲惫不堪。他说："把门砸坏吧。"

毛生说："让我看能不能把门板卸下来。"

毛生没费多少力气就把门板卸了下来，然后他们三个人钻了出去。这时候天已经大亮了。之初藏好了工具，领着毛生和不留顺原路返回。白天鬼庄更加颓废，灰白、萧条，残破得厉害，显得空荡荡的，静谧无声。在快要出庄的时候，他们惊奇地遇到了一个老女人。她坐在一块石头上，把脸迈向一侧，晨风中有一绺头发像荒草一样飘荡。他们到了跟前时，她忽然转过了头。看到她三个人大吃一惊。他们是被她吓着了。她头发蓬乱，面目狰狞，目光无神。"你们是不想活了！"她说，连一点表情也没有。

"你是人是鬼？"之初问她。

"你说呢？"她嘿嘿冷笑一声，"迟早会把命丢在这里的。"

毛生的眼睛都直了，他缓缓走到她的面前。"妈，是你吗……"他跌坐在她的身边。

老女人甩手就抽了毛生一个巴掌，愤愤地斥责道："我不是你妈，梁家也没有你这好不孝的子孙！"

"妈,真的是你!妈,你还活着……"毛生抱住了她,却被她一把推开了。

"我早死了,可我放心不下这些财宝,我就回来日日照看着。"老女人把头扭向一旁,又幽幽地道来,"不能花也不能看,这是多么难过的事啊!我就照看着它,怕它被人挖走了。只因为这里是鬼庄,这笔钱又是下了诅咒的,就没人敢来挖。可是,你竟然伙同外人来盗挖,你……你真是活够了……这笔钱没有谁能花得出去的,你们早点死了心,不然的话,你们会死得很惨的!"

老女人说完,站起身走了。"妈,你跟我回家吧……"毛生哭喊道。

老女人头也不回地走远了,有一句话远远地传过来:"是你的就是你的,不是你的到了手里也不得安生……"

"怎么会这样呢?"毛生喃喃自语,浑身软得连爬起来的力气都没有了。

本来之初他们觉得进鬼庄的事没有人会知道,可是拿出来的元宝还未曾花呢,这事已经在阳洼传得沸沸扬扬了。"唉,阳洼又要死人了……"死亡的气息笼罩在每一个人的头上,多年前背沟的事会不会在阳洼重演?村里人堵在他们三家的门上,逼迫他们把带回来的元宝送回鬼庄去。"你们会害死村里人的!"村人愤愤地说。

在村里人的威逼下,他们只能答应把元宝送回去。当天晚上之初把毛生和不留叫到了他的家。"是谁把我们的事说出去了?"之初开口的第一句话就是这,语气很不友好。

"我没说。"毛生说。

"我也没说。"不留赶快说。

"那是鬼说了?"之初不满地说,看看毛生,又看看不留,口气缓和了些,"算了,我们是结拜兄弟,谁也不可能出卖谁,也许是对家人说了,是家人传出去的。"

"这不当紧,眼下是我们该怎么办?拿出来的元宝要不要送回去。"

不留急忙说:"不能送回去!"

"既然拿出来了,就不能送回去!"之初冷冷地说。

毛生看着之初,他忽然觉得这张脸一下子变得有点儿陌生,冷得让人害怕。

从之初家出来夜还不深,走过一段村路,到了分手的路口。"我把你送过簸箕弯吧。"毛生说。

"不用。还早呢。"不留说,走进了簸箕弯。

天上虽有一弯冷月,但月光都被那些柳树的枝叶遮住了,只有稀疏的地方才有零星的碎光投在地面上。"不留……"有一个声音忽然在他耳边响起。

"咋啦?"不留顺声应道。

四周一片漆黑,死寂死寂的,好像刚才根本没有人叫他。"是鬼!"不留猛吃一惊,想到了一种说法。在夜里或是万籁俱寂的午间,当你一个人匆匆赶路的时候,突然听到有人叫你,千万不要答应,等看清楚了后再说。有一种冤死鬼专门捡这个时候找替死鬼,冷不丁地喊你一声,如果你贸然回答,你的魂就被他勾走了,不出半月你就会死。不留吓出了一身冷汗。他知道他的魂已经被鬼勾走了,他活不了几天了。

"死了好,死了好,死了能穿大红袄……"不留的身前身后都是这样一个让人毛骨悚然的声音,幽怨、诡异。

六、三进鬼庄

不留第二天就躺倒了,他魂丢簸箕弯的事也不知怎么就在阳洼传开了,一时弄得人心惶惶,所有的人都在责怪之初三人不该拿了那些被诅咒了的银钱,送了自己的命那是活该,还连累了村人。他们的窑门被气愤的人们围堵起来,让他们必须把拿出来的元宝送回去。没办法,之初决定按庄里人的意思去做。他知道,如果不把元宝送回去,很可能他们会被群情激奋的人们用乱棍打死的。

天黑后,不留的家人给他叫魂:"不留回来……"

"回来了……"

那一声声幽幽怨怨的呼叫声和应答声把人们的心揪得紧紧的。第二天村里流传着一种可怕的说法:之初、毛生、不留活不了几天了,他们很快就会死于非命。

几天之后的一个夜里,之初三人带着还没有来得及花出去的元宝再次走进鬼庄。月亮已经圆了,云彩依然很多,夜就朦朦胧胧的,更加诡异了。鬼庄在夜色里残破得厉害,越发死寂了。灯笼提在不留的手里,暗红的光只照着他们身前身后不远的地方,如鬼火一般缓缓移动。三人的心都提到了嗓子眼,随时准备着被突如其来的惊悚所惊吓。一直走到毛生家老院子时,他们担心的事情并没有出现,刚要把绷紧的身心稍稍放松时,之初被脚下的什么东西绊倒了。不留把灯笼移在之初脚下时,他吓得一声尖叫,差点把灯笼扔了。在昏暗的灯光里,他们看到了一具死尸,正是这具死尸绊倒了之初的。三个人惊魂未定,稍稍镇定了一下,仔细地去看尸体。这一看他们又倒吸了一口冷气。这具尸体他们认得,正是那个是人如人似鬼像鬼的老女人。"妈啊……"毛生抚尸痛哭。

"怎么会这样呢?"之初自言自语,"怎么就死了?"

"这太可怕了!"不留两腿一软,不由自主就跪下了,"求求你,别杀我……你的东西我还给你……求求你……"

不留爬起来,往那孔窑洞里磕磕绊绊跑去,一头撞开门,进去了。毛生也顾不得哭他妈了,站起来,跟着跑进去。不留站在炕前,眼前的情景让他目瞪口呆。炕上被刨挖得狼藉一片,两只石槽丢弃在地上,白花花的元宝圪蛋不翼而飞。"这是咋回事?"毛生惊叫道。

"元宝呢?元宝哪去了……"不留的汗都下来了。

忽然,"啪"的一声,大开的窑门被关上了。这一惊非同小可,不留和毛生的头都大了。"是谁……"不留嗫嚅着说。

"大哥呢?"毛生惊奇地发现,之初不见了。

这一惊更是非同小可,他们连开门走出去的勇气也没有了。

"大哥不会丢下我们自己逃走的。"不留哆哆嗦嗦地说,"咱等着,他一定会来找的。"

不留和毛生缩在一个角落里,相互挤着,等之初来找他们。窑洞不太静,这儿那儿传出窸窸窣窣的声音,这就让二人更加惶恐不安了。时间慢慢地过去,夜深了,院外不时有一些莫名其妙的声音听来诡异、惊悚。油灯的灯苗儿渐渐弱下去,不多久跳跃了几下,熄灭了。

"灯里没油了。"不留声音微弱地说。

"大哥还不来,会不会也是……"毛生不敢说出来。

不留一把抓住毛生的手,说:"咱不能干等着,万一大哥……咱得去找他。"

"行,咱这就去找大哥。"毛生说,站起来,拉着不留走到了门口。

他们原以为门在外边锁住了,但他们轻轻一拉那门就开了,原来只是关上了,并未挂锁。走出来的时候,月亮刚好才云层里露出脸来,白花花的月光洒满了院子。毛生心中惦记着母亲,几步跑过去,却发现尸体不见了。正在疑惑之时,不留拉了拉他的衣襟。"咋了?"他问,声音怯怯的,尸体的消失让他有一种不祥的预感。

"你看那里。"不留说,用手指着一个地方让他看。

不留手指的地方是院子的西南角,那里有一孔废弃的窑洞,没有了门窗,只是一个大大的黑洞。他们看到有一些火光从里边映出来。他们向那里走过去。

火光是从灶膛里发出的,几根干柴正噼噼啪啪地燃着。灶上是一口特大的铁锅,锅里正煮着什么,缕缕热气不停地升腾。毛生从灶膛里抽出一根燃着的干柴,举了起来。他想看清楚锅里煮着什么。这一看不打紧,顿时让他们魂飞魄散,锅里赫然煮着一个人……

毛生和不留也不知是如何逃离那孔窑洞的,等他们缓过神来时,已经到了院子里。"是大哥。大哥被煮了……"毛生软得站都站不住,身体靠着墙都直往下溜。

"你……看……看清了……"不留磕磕绊绊地说。

"衣服是大哥的……还有脚上的鞋……一定是他……"毛生肯定,锅里煮着的人就是之初。

"开始死人了……我们也跑不掉的……"不留呜呜地哭起来。

也许是他的哭声惊扰了什么,就在他断断续续的抽噎声里,有一个绳圈不知不觉套进了他的脖子里,不容他叫出声来,那绳子就抽紧了,并把他扯倒,向后拖去。毛生发现不留不见了时,不留已经被拖出很远了。

毛生并没有看见是什么东西把不留拖走的,他只看见不留仰面躺着,两条腿不停地蹬着地面,双手抓住脖子里的绳子,拼命扯,嘴张着,但没有发出来声音。毛生吓坏了,腿软得动弹不了。过了好一会儿,毛生才站起来,艰难地向院外走出去。院畔上有一棵不太高大的枣树,树上长刷刷地吊着一个人,月光把他的影子长长地一直拉到毛生的脚下。毛生踩着那影子,费力地挪过去。惨白的月光落在吊起来的人脸上,那脸也如月光一样惨白。毛生一眼就看出这正是不留。吊起来的不留比站在地上的时候要显得长了一些。毛生再不敢看第二眼了,他转身就逃。毛生慌不择路,亡命在鬼庄里……

三天后。白天的时候,之初的老婆柳巧领着十几个庄里人走进了鬼庄。这些人找到了吊死的不留,又在烂窑的铁锅里捞出了一堆白骨,从衣服和鞋子判断,被煮了的人应该就是之初。接下来人们几乎找遍了鬼庄也没有看到毛生。就这样毛生活不见人死不见尸,消失在鬼庄里。

至此以后再没有人敢走进鬼庄了

七、谁是外人

一年后有一个外地人来到了阳洼,被柳巧招回家中,当起了她的男人。他很丑,有一张非常恐惧的脸,据说是被开水烫伤过。他话不多,每天只知道干活,默默地,从不与人交往。阳洼的人都说,柳巧有福,捡了个好男人,以后的日子会好过的。果不其然,几年后,这家人的日子就过到了村里人的前头,先是置买了地,又修了院子,还买了牛马羊,大小牲口一应俱全。阳洼人嫉妒得眼睛都红了。可是有一天,村里来了十多个警察,把柳巧的男人带走了。随后村里就传出一条爆炸性的消息:警察带走的不是别人,正是几年前在鬼庄被煮了的之初。这还不算,更惊人的还在后面:杀死不留的根本不是什么鬼怪,而是之初。还说毛生也是被他杀的。村里人都惊得呆了。"还是柳巧告发的。"什么?这也太匪夷所思了。

当然这一切都是真实的。之初在警察局把什么都说了。鬼庄里的那笔财富村里人都知道,可那是被下了诅咒的,背沟因此而变成了鬼庄,死在那上的人也不少。但之初不信诅咒,他想他一定要得到那笔财富。他耐心地等待着时机。终于有一天毛生找到了他,要和不留一起去挖宝,这正中他的下怀,于是一个恶毒的计划在他的脑海了产生了。为了得到毛生和不留的信任,他和他们结成了生死兄弟。他本想在毛生说出埋藏元宝的地点后就做了他们,但毛生母亲的突然出现打乱了他的计划,于是他将计就计,白天走进鬼庄,残忍地杀死了那个照看宝贝的老女人。三进鬼庄时,他利用毛生和不留进窑里还元宝的功夫,剥去了死尸的衣服和鞋子,把自己的衣服和鞋子穿在死尸身上,然后把死尸放在锅里煮,让人知道是他被煮了。

接下来他就等着毛生和不留走出窑洞,他再一个一个杀死他们,独占那些财富。正如他预料的那样,毛生和不留因为恐惧,迟迟不肯出来,出来后看到他被煮了,早吓得魂飞魄散了,那还会仔细地辨别真假。他就会趁机把不留吊死,再对毛生下手。他根本不用担心对付不了他们,他知道他们已经吓得半死了,很轻易就能达到目的。毛生在慌不择路的情况下,被他推下了窑洞的堖畔,花红脑子都摔了一摊。而后他挖了一个坑,把毛生的尸体深深地埋了起来。他知道他们的失踪会引来家人和村人的寻找。不留吊死了,他被煮了,除了衣服和鞋子只剩下一堆白骨了,毛生却找不到了,人们就会想,他和不留会不会是被毛生杀的?这样就没有人去怀疑他了。

事情就是按着他的设计进行着。他逃出鬼庄后,在外边流浪了一年多。这时候人们渐渐淡忘了他们,他在某一个夜里烧了一锅开水,然后把脸浸在开水锅里……过了几个月,他便以另一个形象回到了家里。"柳巧会认你吗?"警察为他的讲述惊讶不已。

之初笑了,说:"其实这一切都是我和柳巧一起设计的。"

警察对此不知该说什么。他想到了另外一个话题。"鬼庄真的有鬼?"他问之初。

"鬼是由心而生的,你说有就有,你说无就无。"之初说,"我正是利用了人的这一弱点,才顺利地完成了我的计划。"

"那背沟是如何变成鬼庄的?"警察又问。

"我也一直在寻找那方面的原因,可就是找不到。"之初说。

"那你想知道是谁告发了你吗?"

"知道,是柳巧,也就是我的老婆。"

"她为什么要告发你?"

之初叹了一口气,说:"我问你一个问题,请你如实回答。在一个家里,谁是外人?老婆?孩子?"

警察摇摇头。

"其实也怪我。有钱了,我就想再娶一个小的,可是柳巧说什么也不同意,就和我闹,我一气之下,便狠狠地揍了她一顿,谁知她记仇,就把我告了。就这么简单。"之初显出很无奈的样子。

警察带着之初走进鬼庄,找到了埋藏毛生的地方,果然挖出了一堆白骨。

　　白骨现天的一瞬间，旁边的一孔废弃的窑洞坍塌了，尘土飞扬，所有在场的人都感到了一种莫名其妙的恐惧。

2013·9·15 草毕于王家湾山上

异事

一、走失的女人

这是一桩发生在一个叫做滴水沟的偏僻乡村里的异事。

在黄土高原的腹地有一条长长的窄窄的沟,状似牛尾,叫长尾沟,滴水沟就在沟的深处。有一年冬天的一个上午,些许的北风从沟口一路刮进来,浓浓的寒意使墙头上的几尾荒草呜呜咽咽。不太温暖的日头照在残雪上,刺人眼目。在滴水沟村的中间地带,有一堵向阳的院墙,村里几个多事的女人和闲汉们坐在墙下的石头上晒太阳,扯着一些不咸不淡的话题,消磨着时光。村头有一座石窑院,窑洞和院墙都是用红砂石砌成的,院门虽已陈旧,但不失往日的气派。此时这家院门紧闭,死寂死寂的。如果在以前,主人这个时候早已出现在村人的眼前了,可是今天却迟迟不肯打开。晒太阳的人们虽有疑惑,但也并没当成个事去想。

这家人姓石,男人叫石成,三十多岁的年纪,石窑院是他父亲留给他的。石成打小就软弱,十九岁那年娶了前沟口张青元的女子九花为妻。

接近中午的时候,石家的双扇门终于打开了。由于院门年久走形,关和开时都会发出很大的响声。这种破裂的干巴巴的声音惊动了墙根下晒太阳的人们,都不由自主地抬起了头往那里看。他们看到有个女人从里边走出来。她身形壮实,穿着一件火红的棉袄,头上包着一块翠绿的头巾,大概是怕冷的缘故,所以把脸也包了个严严实实。她的头垂得很低,故意把脸拧向一边。虽然村人没能看清她的脸,可他们都知道,这个女人就是石成的老婆九花。九花出了院门一直往村外走去。她的腿迈动得有点笨拙,抬起落下时似乎很有力。

这是上午的事。

下午,有人看见石成从村外走了回来,脚步匆匆地走过自家院门,没有进去,而是来到村人中间。那里有座石碾子,碾盘上坐着几个闲人。石成肩上扛着一袋东西,到了跟前,把那袋东西丢在碾盘下。石成看看这个又看看那个,见没人和他打招呼,嘿嘿笑了笑,说:"我扫了一袋树叶,黑夜烧炕洞子。"

一个年轻的女人说:"看见了,还用你说。"

石成就有些尴尬,随手拎起装树叶的袋子,甩在肩上,往家里走去。石成进了院门,返身把院门关上。

黄昏的时候,村人看见有个穿老羊皮袄的老汉出现在村口。他在村口站了片刻,然后照直往石成家走去。石家的院门紧闭着,老汉伸手推了推,没开,就用力敲打了几下。沉寂了一会,院里传出石成的声音:"谁?"

张青元回答:"是我。"

听见一些或轻或重的响声,石成迟迟不肯开门。张青元不得不喊道:"石成,开门来,我是你老丈人!"

又过了一会儿,石成才急急慌慌打开了院门。

张青元走了进去,见女婿脸上有一些表情,也没在意,说:"大白天关着门做甚?"

石成说:"没做甚。您老回窑里坐。"

石家是老院子,当初建院时地面用红砂石板铺过,如今有很多地方的石板已破,或是丢失,显得破败了不少。有几堆刚扫好的土堆积着,铁锨、扫帚、铲子等丢在院子里。看样子石成正在清扫。张青元说:"常不打扫,今天咋想起扫了?"

石成说:"脏得不行了。"

石家是个大院子,正面是一排窑洞,右边是几间牲口棚,槽上拴一头牛,棚口有一石柱,用铁链拴着一条大白狗。这狗从张青元进门就开始咬,样子凶狠,好像要挣脱铁链似的,叫声也狂躁不安。张青元说:"这狗咋啦,我以前来它也不咬我呀?"

石成说:"大概是拴的时间长了吧。"

张青元进了窑洞好一阵后,那狗才安静下来。

石成给张青元到了一碗水,张青元喝着,说:"我是来寻九花的。明天是你岳母的六十大寿,我准备给过一过,让亲戚朋友聚一聚,热闹热闹。"

石成说:"你的话捎来了。"

张青元说:"我看天色不早她还没来,以为话没捎到,就跑后来寻她。"

石成说:"话早捎到了,九花上午就走了,"

张青元说:"走了?咋还没到呢?路上也没碰见?"

石成说:"大概是走岔了路,说不定现在已经到了。您老不用着急,她一个大活人还能走丢了?"

张青元说:"走丢倒不会,就是害得我白跑了一趟。"

张青元走时天已经大黑了,一路急走,到家已经是睡觉的时间了。他本以为到家就可以看到女儿了,谁知连女儿的影子也没有。老伴安慰他:"说不定到大女子家里去了,明天就和大女子一起来了。"

张青元想想也对。老伴又说:"石成咋没来?"

"他说明天一早来。"

谁也没多想,由于明天有事,张家人早早就歇息了。

到了第二天。唢呐班子来得最早。在欢快的唢呐声中,客人陆续进院,其中就有张青元的大女子。这个女人来到娘家做的第一件事就是去看她母亲。今天的老寿星穿着整洁,坐在炕头,一脸喜气。大女子进门,娘俩稀罕了一阵,老人问女儿:"九花呢?"

大女子有些诧异:"我没见着啊。"

老人说:"她不是昨天去了你家吗?"

大女子说:"没有哇。"

老人说:"这不是个怪事?人能走到哪儿去了?你快去把你大叫回来。"

大女子匆匆出去,匆匆回来,张青元紧跟在身后。知道了九花并未去大女子家,现在又不知去向,张青元也感到很奇怪,心里隐隐产生了一种不祥的预感。客人很多,都得招呼着,容不得张家人把心思放在九花身上。

石成姗姗来迟。他上了张家院畔,早饭已近尾声。张青元在人群中看到了石成,就把九花还未到的事说给了他。石成听后显得非常着急,他连饭也没吃,便急急忙忙离开张家,去寻找九花。

张家的寿筵在忙忙乱乱中总算结束了。客人散尽后,天已黑了。张青元心中惦记着女儿九花,便给家人安顿了几句,穿上老羊皮袄,佝偻的身影消失在夜色之中。他再次去了女婿家,仍然没有见到九花。张青元心里再一沉,想到九花可能出事了。

第二天,石成老婆九花走失的事很快在长尾沟传开了。

二、常三鬼出马

九花走失之后,石成和张家人撒开人马四处找寻,翻遍了九花可能去的地点,但都没有找到。这事对石成的打击似乎很大。张家更是笼罩在一种悲痛的气氛当中。女子的走失对两个老人的打击很大。他们不明白,那么一个大活人,怎么说没就没了?好像一下子从人间蒸发掉了。是的,这可真是一桩日怪事。

九花嫁给石成这么些年一直没有生下一男半女,九花走失以后,偌大的石家院子就剩石成一个人了,冷冷清清的。九花的走失在滴水沟并没有形成什么,议论这事的人也很少。在外人看来这好像很不正常,其实这里边隐藏的内情真是让人可怕。

九花走失已经好几天了,但仍然下落不明,石成没有放弃,见人便问,一有机会就走出家门去找寻。张青元面对日日以泪洗面的老伴,也是无计可施。那日大女子来看他们,见父母憔悴了不少,心里也很难过,就建议父亲去县里,找一下警察局,让官府出面,也许会有结果的。张青元其实也早想到了报官,可他对官府成见很深,根本不相信那些整日作威作福的人会为老百姓办事。不过,大女子的话让他想到了一个人。

当时那么大的陕北地面有三个能人,人称三鬼,即南有曲倒鬼,北有赵倒鬼,中有吴倒鬼。虽然此三鬼名声赫赫,但要和另外一个能人比起来还是略逊一筹。当时的人有这么一句话:三鬼不如一鬼。这一鬼姓常,因能耐在三鬼之上,又集三鬼之长,所以人们都叫他常三鬼。这里的鬼包含两个层面的意思,即褒和贬,褒是智慧与能力的结合,贬是奸诈与阴谋的体现。

张青元想到的人就是这个被称为常三鬼的。常三鬼其实没有正式的职业,作为一个农民,却不以土地为生,从小就用他的聪明才智和鬼精灵般的脑瓜壳子吃了张家吃王家,就连他的老婆也不是通过正常渠道得来的。他能说会道,为这家解忧,给那家分愁,山里人的驴丢了找他,沟里人的老婆跟人跑了找他,川里人惹上了官司也找他,他有求必应。他是有偿服务的,绝不白干。如果说他是和事佬他就是和事佬,说他是说大事了小事的调解员他就是调解员,说他是乡间侦探也不算过分。总之这是一个鬼一般的能人。

常三鬼的家在川里的一个人口稠密的村子里。张青元找到他时,那人正在阳崖根下晒太阳。这日天气晴和,阳光充足,常三鬼就脱下衣裳,在内衣上捉虱子。这个被传得有些诡异的人其实就是一个五十多岁的哪达看都是农民的老汉。他身材瘦小,双目有神,充满智慧和阴险;面庞清癯,肤色泛青,很有威严。因为常三鬼出马是要报酬的,张青元也不必客气,见面就直截了当说明找他的目的。

常三鬼眼皮也没抬一下,说:"不干了。"

张青元诧异道:"不干了?为甚?"

常三鬼说:"人老了,干不动了嘛。"

张青元根本不信这样的答复,以为是怕他不给报酬,就说:"报酬少不了你的,只要你开口,我老汉绝不还价!"

常三鬼说:"不是报酬的问题,我已经不干了。"

张青元还要说什么,常三鬼摆摆手,示意他不要再说了。张青元就很无奈。这时有个十多岁的半打小子跑到常三鬼面前,叫常三鬼回家吃饭。

常三鬼一生东奔西跑,为乡民排忧解难,好事装满了沟沟渠渠,名震乡野,可唯一的遗憾就是无有子嗣,这也是许许多多爱他的人共同的遗憾。常三鬼出门办事时一直骑着一匹高头大马,这个半大小子就是为常三鬼牵马的,也是他收的唯一的徒弟。他不叫常三鬼师父,而叫他干大。有人私下里说,其实他就是常三鬼收养的干儿子,是为百年之后的养老做准备。

张青元此次没能请动常三鬼,心里总是耿耿的。他把最大的希望寄托在了常三鬼身上。他对常三鬼的能耐从来就没有怀疑过。以前那么复杂的无头案子常三鬼也能轻而易举的给破解了,他相信只要常三鬼出马,他的女子是死是活一定能有结果的,他不能放弃。张青元没有回家,直接去了滴水沟女婿家,他让石成再去请常三鬼,并且一定要带着礼物去。石成开始犯难,可经不住张青元软硬兼施,最后不得不答应去请常三鬼。张青元说,一切花费不用石成出。

张青元进门和出门时,石成家的大白狗疯狂地咬他。张青元就奇怪了,说这狗是咋了?石成说:"它是眼瞎了,逮着谁都敢咬!"

石成第二天备了份礼物,去了常三鬼家。石成说了很多好话,可常三鬼怎么说也不答应。石成无功而返。

张青元头都大了,这可怎么办?冷静下来细想一下,觉得事出有因。接下来的几天里,张青元通过各种渠道,想方设法弄清楚了常三鬼不出马的原因。

常三鬼不再重操旧业的原因其实很简单,由于他的自信,也由于事情不同常规化的发展,导致他判断上的失误,冤枉了好人。其实常在河边走哪能不湿鞋,智者千虑必有一失,老虎也有丢盹的时候嘛。但是常三鬼不这么看,他为自己的过失自责的同时,决定隐退,不再参与那些世俗的纷争,清清静静地度过余生。

　　了解了事情的真相,张青元知道,要让常三鬼为他寻女,不花费点心思是不行的。张青元通过思虑,然后和老伴一起出现在常三鬼门上。常家过的是一种殷实的生活,高墙大院,进出的院门自然要气派一些。张青元和他老伴没有进院子,而是在院门前的沙石台阶上跪下。张青元的老伴想到走失的女儿,一时悲痛欲绝,放声大哭起来。她哭着,嘴里不停地数落着。她哭女儿的不幸,她哭自己的思念,悲悲戚戚,好不凄惨。很快就围下了好多人,心软的女人也流下了同情的眼泪。

　　常家第一个出现的人是那个叫安心的为常三鬼拉马的男孩,接着常三鬼和他老婆也出现了。常三鬼知道张青元这一出不仅是给他看的,更多是给众人看的,目的很明确。村人都很良善,他们看不得凶恶,也看不到眼泪。当他们知道了事情的真相后,纷纷为张青元求情,都希望常三鬼出马,寻找到那个可怜的小媳妇。常三鬼老婆心软,同情心更甚,看张青元老婆哭得伤心,她也跟着哭起来,表示一定让常三鬼出马,为他们做主。在这样的情形下,常三鬼为难了。他该如何抉择呢?

三、疯狂的狗叫

　　在多重压力下,常三鬼不得不重操旧业,无奈出山。他在出山前告诉张青元,他只能帮他寻求真相,别的他无能为力。

　　很大情况下,常三鬼出门都选择骑马。那是一匹毛色红亮、非常健壮的马。常三鬼骑在马上,安心为他牵着缰绳。天黑之前他们进了滴水沟。

　　冬日的残阳把它最后一缕冷冰冰的光斜射在石成家那扇破旧的榆木大门上。院门紧紧关闭着，院内死一般静。张青元领着常三鬼来到石家门前。张青元伸手推门，门在里边插死了。张青元喊了几声，院内才有脚步声传来，接着石成开了门。面对门外的常三鬼，石成在这一刻脸上掠过一丝惊诧，随后便堆上一脸笑，和常三鬼打招呼。常三鬼的眼睛是犀利的，他从石成惊诧的目光中隐隐看到了一种恐慌。这大概是由于内心的伤痛引起的。常三鬼想着，抬脚进了院门。常三鬼他们的脚刚刚迈过门槛，石成家的大白狗就叫起来，声嘶力竭的狂吠令人毛骨悚然。它张着大口，瞪着一双血红的眼睛，把一条铁链扯得哗啦啦响，很让人担心它会扯断铁链，扑到人身上，咬住脖子。常三鬼见过很多厉害的狗，可面对这条有点发疯的狂躁的狗他也有点儿害怕。安心更是惊恐，早已丢开马缰绳，躲到了常三鬼的身后。常三鬼和安心远远地躲开白狗，顺着另一边的墙根溜回了窑里。张青元让石成把常三鬼的红马拴在牛槽上。石成拉马进了牛棚，和他家那头牛拴在一起。狗就冲着红马咬，咬得撕心裂肺，咬得红马扯着缰绳往后退。石成喝喊了几声狗，狗竟然冲着他咬了起来。石成恼火了，抬脚狠踢了那狗几脚，白狗尖叫着，又冲牲口棚那儿咬。

　　晚上吃过饭，在石成家的炕上，几个人围着油灯而坐。常三鬼让石成说一说九花走失的全过程。"尽量说得详细一些，也就是说把你知道的如实讲给我听，不要遗漏，不要隐瞒，事情怎么发生的就怎么说。"常三鬼开始进入角色。

　　石成说："其实很简单，一点也不复杂。我老岳母过寿，捎话让我们过去。九花吃了早饭又梳洗打扮了一阵，大概快中午的时候就走了,这一走就走丢了,再也没回来。"

张青元插话说:"对,就是这么个过程。"

常三鬼有些不满,他问张青元:"这是你亲眼看见的?"

张青元说:"没有."

常三鬼说:"那你怎么肯定就是那么个过程?"

张青元说:"我也是听石成说的嘛。"

常三鬼转向石成,问他:"你老婆出门的时候是什么时间?"

石成说:"快中午了。"

常三鬼说:"九花走时还有谁看见了?"

石成说:"碾道前有几个晒太阳的人都看见了。"

常三鬼又问:"九花走时穿什么衣服,穿什么鞋,带没带东西?"

石成不假思索的回答:"上身穿一件大红棉袄,头上拢一块绿色的头巾,脚上穿的是她自己做的布鞋。"

院子里,狗还在咬,声音已经嘶哑了。

张青元说:"日怪事,这狗是咋的了?"

石成说:"咬马了,它没见过马。"

夜里,常三鬼睡在炕上,他在想一个问题:那狗为何这样疯狂地咬呢?这是不是很不正常呢?

人入睡以后,狗也渐渐安静下来,可到了后半夜,那狗又叫起来,忽儿狂躁,忽儿嘶哑,咬一阵停一阵,一直折腾到天亮。

常三鬼一夜被狗的狂吠搅扰得没有睡好,天一放亮就起来了。打开窑门,走到院中的一棵老桃树下。白狗被一条铁链拴在牲口棚前,一头系着它的脖子,一头固定在石柱上。现在白狗卧在石柱下,狗眼死死地盯着他,一动没动。在它的面前放着一个盆子,盆子里的食物已经盛满了,有的都流到了地上。看样子它一口都没吃。常三鬼奇怪这狗怎么不咬他呢？他看着那双血红的狗眼，好像要从狗眼里看出什么来。张青元也起来了，见了常三鬼就说："这狗以前多有灵性呀，可现在咋变成这样了？"

常三鬼说："人们都说白狗的眼睛毒，能看见人看不见的东西。"

张青元说："就是，我家就有一条纯白色的狗，连一点杂毛都没有。它能看见不干净的东西。看见了它就咬，比平时咬得厉害。这条白狗就是我女子从我家逮的狗娃喂大的。你看，从头到脚没有一根杂毛。"

常三鬼说："九花对这狗好不好？"

张青元说："好么。我女子没有娃娃，拿狗当自己的娃娃一样养着，有甚好吃的都先紧着它呢。"

石成从窑内走出来，听到了张青元的话，接过去说："在她的眼里，狗都比我强呢。"

卧着的狗突然跃起，冲着他们咬起来。常三鬼问石成："这狗好像不愿意吃食。"

石成说："它是不饿，饿了自然就吃了。"

常三鬼隐隐感到这白狗有点不对，但究竟是哪儿不对，他眼下还说不上来。

四、被遗失的罗盘

早饭后，太阳下来了，滴水沟村的碾道旁已经陆陆续续有人来晒太阳。常三鬼出现在这个地方时，这里已经聚集了不少的村人了。常三鬼的名气很大，认识他的人自然就多。见到这位大名鼎鼎的能人，村民们都争着和他打招呼，热情地问长问短。常三鬼人缘好，没有架子，和什么人都能处得来。常三鬼在碾盘上蹲下来,接过旁边一个老汉递过来的旱烟袋,直接就抽了起来。

常三鬼抽着旱烟,和村人说着这样那样的事,渐渐把话题引到了九花走失的那个上午。他问村里人,九花那天出村都有谁看见了?一个脑后梳着高高抓髻用银叉子边着头发的女人抢着说:"我看见了,那天我就在这晒太阳呢。不信你问花娘的,她也看见了。"

花娘的就说:"就是嘛,我们都看见九花从门口出来,低着头往村外走去了。"

常三鬼说:"她是低着头的吗?"

花娘的说:"对,是低着头的,头上还拢着一块绿头巾呢,把脸包得安安的。"

常三鬼说:"那你们看清楚了她的脸?"

头上边银叉子的女人说:"隔得这么远,哪能看清呢。"

常三鬼说:"这么说你们只看见有个女人从石家出来,往村外走去了,具体是不是九花还不一定呢,对吧?"

花娘的说:"她肯定就是九花嘛,穿着她常穿的那件大红袄。"

常三鬼说:"脸被头巾包严实了,你们又没看清,为什么就肯定是九花呢?"

花娘的说:"她从石成家出来,不是九花还是个谁?"

吃烟的老汉也说:"错不了,肯定是九花嘛,都在一个村子里住着,还能认差?"

常三鬼总结说:"那天上午你们都看见有个穿大红棉袄头上拢着绿头巾的人从石成家走出来,往村外去了,她的脸被头巾包得严严实实。你们没有看清楚脸,只是凭感觉认为那是九花。

是不是这样?"

几个人互相看看,似乎没弄明白常三鬼话里的意思。吃烟的老汉说:"头一天捎来话,说石成的岳母过寿,第二天九花去了,就是这么个事嘛。"

常三鬼又问:"石成没跟着去吗?"

花娘的嘴快:"没看见他出门,只看见他背着一口袋树叶子回来,还到这儿来和我们说了几句话才回去的。"

常三鬼说:"你们只看见他回来,却没看见他出去?"

几个人又你看看我我看看你,不知怎么回答。

这时,张青元匆匆来找常三鬼,问他啥时候开始寻找九花。常三鬼说不忙。

长尾沟是一条又长又窄的深沟,滴水沟在沟的深处,张青元的家在沟口,中间隔着好几个村庄。九花从滴水沟的家中动身,要到沟口的娘家去给母亲过寿,这几个村庄是她的必经之路,而张青元的大女子就在这中间的一个村里住着。九花离家是有目共睹的,但她没能走到娘家,最有可能就是在这一段路程中走失的。常三鬼手中的线索有限,只能从这段路上查起,或许能够寻找到九花走失的一些蛛丝马迹。

常三鬼让张青元回家等他的消息,让石成陪着他就行啦。几天前下过一场雪,冬日的阳光不怎么充足,残雪依然厚厚的覆盖着硬邦邦的土地。在石成的引领下,常三鬼他们踏着积雪,顺着九花走的路开始寻找。

这条沟不宽,几乎都被河槽占完了,石头是那种不太坚硬的红砂石,经常年不间断的水流冲刷,形成了很深的沟槽和高高的石畔,石畔下就是一汪深不可测的潭水,当地人叫这种深水潭为漩涡。这样的漩涡在长尾沟有好几处,有些被生活压得难以支撑的人选择轻生时,多数跳入这种漩涡里溺水而亡。常三鬼首先想到的就是九花会不会也有跳漩涡的可能。死都是很难的,没有比死还难受的事,谁也不会去走那条不归路的。他问石成:"九花有没有寻死的可能?"

石成不假思索的回答:"她才不会寻死呢。"

"为啥?"

"她活得好好的嘛?"

从石成家出来,走到村头的时候就可以看见一座庙。这是乡间经常能看到的那种庙,石头砌的墙,围着几孔窑洞。这样的庙多供奉着龙王爷,与这块土地经常久旱无雨有关。

"你和九花过得还好吧?"站在土路上,常三鬼停下脚步问石成。

石成看着他,有些不解。他没有回答。

"你没有因为她不生孩子抱怨过?"

石成忽然叹了一口气,说:"也许我命里注定就没有娃娃,抱怨她又有什么用呢?命里有时终须有,命里无时莫强求。"

常三鬼感叹道:"你真能想得开!"

石成苦笑了笑。

路宽不足一米,其余的都被积雪掩埋着,只有中间一脚宽的地方踩了出来。常三鬼他们顺这样的路走着。九花是下过雪后走失的,顺着这条路走,也许能找到点什么。在龙王庙的下边就是长尾沟最大的也是最深的一个漩涡。在过去的许多年里,这个漩涡夺走了不少人的性命。据传这个漩涡里有一条黑龙,当地人也把此潭叫黑龙潭。黑龙庙就是由此而修建的。

黑龙庙修建在漩涡畔上,站在这边的路上看,庙像悬挂在石崖上一样,岌岌可危,随时好像要一头栽入崖下的深潭里。通往沟前沟后的这条路刚好从漩涡畔上过,在这里走过的人都不敢往边上靠,更不敢往下看。常三鬼他们来到这里后,看见有两行脚印从大路上分出来,沿着更窄的一条小道往河边去了。小道就开凿在崖畔上,仅容一人通过。每至庙会的日子,那么多的人走过这里去对面的庙上敬神,却从来没有一个人掉下去过。都说这是神在保佑。

漩涡畔有三四丈高,河水冲出河槽,急速跌落下去,尤其是山洪暴发的时候,溢满河槽的洪水,咆哮而下,久而久之就冲刷出这么一个深不可测的大漩涡。小路是在砂石崖上开凿出来的,本来就光滑,又有雪便更加难走了。常三鬼在大路和小路的分岔处仔细地看了那些脚印,然后与石成、安心手拉着手极为小心地走在石崖小道上。

他们的脚下就是面积足有两亩地大的漩涡。眼下是冬日,水面早已结冰,蓝注注的冰面也让他们惊心,生怕一脚踩空或滑落下去,定会摔得粉身碎骨。

常三鬼紧紧抓着石成,石成拉着安心,三个人心惊胆战地走过后,常三鬼已经出汗了,安心更是吓得腿都软了,只有石成好像没事人似的。

他们到了漩涡畔上一处非常平坦的地方,全部是砂石的地面,平展展的一块,庙会的时候这里是搭建戏台唱戏的地方,河对面的庙下有一处斜坡,是看戏的人们坐的地方。河水在唱戏的和看戏的脚下流过,一边又是数丈高的悬崖,崖下一汪深不可测的潭水,这样的情景又折射出一种什么样的文化现象呢?

冬日的雪铺在石头平台上,如果没有那些零乱的脚印,这里就像一张洁白无瑕的纸,真不忍下脚踩。

常三鬼蹲下,仔细看那两行脚印。"这是一男一女两个人的脚印,从痕迹不难看出,这两个人来过这里已经是几天前的事了。再看,这是两双一新一旧的鞋,新鞋的脚印大,显然是男人,旧鞋的印小,应该是女人。"常三鬼说。

石成说:"这个我不懂。"

"安心,把笔墨纸给我。"常三鬼说。

安心从随身携带的包里取出那些东西递给常三鬼。

常三鬼用笔细细画下那两双鞋样。"这个漩涡很深吧?"常三鬼问石成。

石成说:"我们也不知道它有多深,只听说水下暗流涌动,石缸暗洞多,吸引力很大,没人敢进去试探。"

两行脚印在靠近悬崖边上更多,更零乱。常三鬼他们小心翼翼往边上靠,试图往下看。为了防止滑下去,常三鬼用衣袖把雪扫开。在他快要扫到悬崖边时,他看到了雪中的一个东西,那东西一半掩埋在雪中,另一半裸露着。他扒开雪,把这个东西拿了起来。这件东西常三鬼并不陌生,它是阴阳们看风水经常使用的罗盘,也叫罗镜。

这东西怎么会出现在这里呢?

常三鬼沉思了一会,让安心把罗镜收了起来。

"这是阴阳用的罗镜么!"石成惊叫道。

常三鬼说:"就是罗镜。"

石成说:"这么重要的东西,一定是不小心弄丢的。"

常三鬼说:"也许吧。"

常三鬼尽量挪到悬崖边上,让石成拉紧他的手,探着身子往下看。河水虽然已经结冰,但在跌落悬崖的时候,水流太急,只在水柱的两边结成冰凌。在潭底水跌落的地方,却没有结冰,落水击起无数水滴,冲溅在周围的冰面上,形成冰窟。浓重的水汽上升,直逼常三鬼。常三鬼被水雾的寒意侵袭着,浑身哆嗦,不由打了几个寒战,竟然连呼吸都变得困难起来,急忙缩回。就在他缩回身子的一瞬间,常三鬼的眼前闪过一点绿色。

常三鬼再次探头往下看的时候,他清晰地看到了一块绿色的布,就在脚下不足一尺的地方搭在冰凌上。由于落在这里时间不短,部分已冻结在冰里。

"下边有块类似头巾的东西!"常三鬼说。

石成说:"让我看看。"

石成把常三鬼拉开,没让谁拉他就探着身子往下看。"真的是一块绿色的头巾!"石成也惊叫起来。

常三鬼说:"你小心!"

石成退后一步,惊恐地说:"太激动了,啊呀,吓死我了!"

"有啥激动的。"常三鬼不以为然地说。

石成说:"我老丈人请你算请对了,有了你,九花是死是活都会有个结果的。"

常三鬼说:"雁过留声,九花那么大个人不可能一下子说没就没了,总会留下一些蛛丝马迹的。只要我们仔细去找寻,相信会有结果的。九花是女人,女人都有个共性,遇到事的时候,首先想到的就是寻死。如果九花遇到了能让她寻死的事,她选择寻死的地点就在这里。"

石成佩服道:"都说你是能人,一点也不过!"似乎又想到了什么,忙说,"九花她不可能寻死的!"

常三鬼说:"现在下结论还为时过早。虽然你们是夫妻,可对各自的内心世界又能知道多少呢?"

石成看着常三鬼,突然说:"我敢肯定这块头巾是九花的!"

五、供奉在神灵前的面人

但是,怎样才能把这块头巾取上来呢?

虽然头巾距崖畔不足一尺,可要取上来就不是容易的了。

常三鬼问石成:"你怎么能肯定这块头巾就是九花的?"

石成不假思索地说:"她走的时候就拢着这样的绿头巾,除了她还能有谁会把头巾丢在这里呢?啊呀,不好了,九花不会真的跳了漩涡吧!"

常三鬼笑了笑,拍拍石成的肩,说:"即便头巾真的是九花的,也不能说明她就跳了漩涡。"

石成着急地说:"这不明摆着的事嘛,她肯定是被人推下去的,她被人害死了!"

石成有些激动。常三鬼说:"这样的结论更不能下。既然你认为九花是被人推下去的,我问你,你觉得谁很有可能会把九花推下去呢?"

石成镇静了一下自己的情绪,认真地思索了一下,然后小心地说:"我不知道。但我敢肯定,与咱们捡到的罗镜有关系。"

常三鬼点点头,赞许地说:"不管真相是什么,这个罗镜是个很重要的线索。眼下是冬天,我们不可能到漩涡里去寻找,只能从罗镜入手了。"

石成说:"咱先把头巾取上来吧。可怎么取呢?"

常三鬼说:"这点事还难不倒我。"

他让安心把背着的东西放下,又让安心爬在崖畔上,然后抓住安心的脚脖子,自己也爬下,最后让石成抓住他的脚脖子,慢慢地把安心从崖畔上放了下去。等安心吊在崖畔下的时候,手已经抓着了头巾。安心说行了,石成用力,就把安心拉上来了。

石成抢过安心手中的头巾,仔细端详:"没错,这就是九花的头巾!"

常三鬼说:"你看仔细了?"

石成说:"错不了。"

冬日的太阳虽不强烈,但照在雪地上也是非常刺眼的。"眼下这里只能这么着了,咱到对面的庙上去看看。"常三鬼说。

石成说:"好吧。"

河水结冰,他们没费啥劲就过了河。站在这边的崖畔上,深潭升腾的水汽在太阳光的映射下,显现出绚丽的五色光彩。常三鬼感叹大自然美丽的同时,也为人的自私、贪欲和内心的肮脏感到无奈。"如果每个人都把心放正,有多少痛心的事就不会发生了!"常三鬼说。

石成说:"人都见不得人了,一个恨不得把一个弄死。"

"路上边的那院地方是谁家的?"常三鬼指着庙院对面的几孔窑洞问石成。

石成说:"老杨家的。不过,他们家已经没人了。"

"就是几年前死光了的杨家?"常三鬼颇感兴趣。

石成说:"就是。唉,好好的一家人不到两年的光景就死光了!"

常三鬼说:"好像杨家人死得不明不白。"

石成说:"现在那座院子还闹鬼呢。"

好像引起了常三鬼的兴趣,他扫开一块雪,在石台阶上坐下来:"你说说吧。"

石成也学着常三鬼那样坐下来,说:"你相信这个世界上有鬼吗?"

常三鬼笑了笑:"我不相信,鬼呢就隐藏在我们每一个人的心里。"

石成说:"我相信。我亲眼见过,还不止一次。"

常三鬼说:"你说说鬼长什么样子?"

石成说:"和人一模一样。"

常三鬼说:"那还不是人吗?"

石成说:"如果人死了,你还能看到她,你说她是人是鬼?"

常三鬼说:"这种事情不大可能。"

石成咽了口唾沫,说:"我从小体弱多病,不好抚养,我爸就让周阴阳给我看。周阴阳看过后,他说我的魂魄弱,很容易被鬼怪缠身。人们都说,魂魄弱的人能看见鬼呢。我爸死了之后,有一天夜里,我看见了他。他从门外进来,走到水缸边喝了一气水,然后走到我跟前,在我额头抚摸了一下,第二天我就病了,头疼得很厉害。"

常三鬼又把目光停留在那个窑院,说:"我认为那是你心里头的事。你说说杨家的事吧。"

石成说:"你别不信,去年三伏天的一个大晌午,我从老丈人家回来,路过那里时,我又看见了鬼。"

常三鬼示意他继续说下去。石成就又说:"那时候是正当午时,人们都说正当午时是鬼怪出没的时候,人一般这个时候是不出门的,就怕碰见不干净的东西。那天我也是急着回家,所以才碰上了。"

石成回想到那一刻,仍然表现出惊魂未定的神态。常三鬼看着石成,等着他的下文。石成接着说:"我就是从那里走过来的。"他用手指着杨家院子,"太阳正红,光线刺得人睁不开眼睛。我早知道杨家的事,连看都不敢往窑里看。四下里很静,静得人心神不宁,连漩涡畔上的水声我都听不到了。奇怪,那么响

异事

的水声我怎么就听不到呢？我就感到心在跳,头皮一下子就绷紧了。我紧张得连气都喘不过来了。这时我感到身后有人在跟着我,我不由自主地回头去看,却什么也没有看到。明明像是有人在跟着我,怎么就没了呢？就在我回过头来的那一刻,我的目光不由自主瞥向了那里。我就看到了鬼。"

安心吓得捂住了耳朵,不敢再听了。

石成平静了一下自己,又讲道:"就是那棵老榆树,就在那根伸出来的枝枝上,我看见了长刷刷吊着的杨家女子。可杨家女子前几年就死了,就吊死在那棵树上。那天村里人都去看了,从树上放下来的时候,早就没气了。她穿着红袄绿裤,舌头被勒出来很长,怕死人了！我看见她时也穿着那么个衣服,跟她死的时候一样……"

常三鬼沉思了一会:"是不是你眼花了？也许是你的心理作用。杨家女子死时那种情形早已印在了你的脑海深处,你每次路过这里的时候,都会想起那个情景,你就看到了。其实那是一种假象,由心而生,是一种幻觉。"

石成说:"不是假象,不是幻觉,而是真的,我就是看见了鬼。"

常三鬼说:"这样吧,一会咱到那里去看一看。"

石成说:"我不敢去。"

从河边到庙是段斜坡,全部用石头砌成台阶,既是上下的通道,又是看戏的人们坐的地方。

"庙会的日子好像是五月端午吧？"常三鬼说。

石成说:"是的。这是一座黑龙庙,每年的五月端午是庙会。黑龙老爷很灵验,求风得风,求雨得雨,求儿的,求女的,求财的,求官的,总之,求甚的都有。漩涡叫黑龙潭,是黑龙老爷的行宫。传说潭里有一条丈二长的黑龙,每年的端午节那天,正当午时它就会出现,在空中飞舞一圈,然后钻入潭中。"

常三鬼说:"必须是太阳光很强烈的时候,而且水流要很大,还要站在一定的角度才能看见。那种五颜六色的光在潭水上空形成的时候,就会出现像龙的图案。"

石成惊诧道:"你也知道?"

常三鬼说:"听说过。"

上了台阶,迎面是一棵低矮的却苍劲的古松,树干互缠互绕,给人诡异的感觉,横着伸出来碗口粗壮的枝干上挂着一口生铁大钟。庙院的地面用砂砖铺成,正殿雕梁画栋,甚是雄伟。站在如此震撼人心的庙前,不由使人心生畏惧。朱红色的庙门半开着,常三鬼三人轻轻进走,被迎面那座高大的神像逼得倒吸一口冷气,不由双腿一软,都跪了下去。

他们烧了纸,上了香,毕恭毕敬地磕了头,准备离开时,石成惊呼道:"你看,那是什么!"

其实常三鬼早就看到了。

在神像前的供桌上,摆放着一些用面捏的猪呀羊呀,有的非常逼真,有的只是个大概的轮廓,成型之后再染上颜色,把猪涂成红色,把牛染成绿色,或是几种颜色搭配使用,给人不伦不类的感觉。谁都知道把这些东西摆放在供桌上,很明显是供奉神灵的祭品。但是,在这座黑龙庙里,这些祭品代表着别的含义。

这座黑龙庙的起源很难考证了,但有一个传说却深入人心了。它的灵验和香火旺盛人人皆知,方圆百里甚至更远一些地方的人都会在每年的端午节前来敬神,目的五花八门。传说只要把活猪活羊给黑龙老爷领了牲,不管什么祈求都可以实现。宰了的猪羊肉用几口大锅做出来,所有赶庙会的人都可以分享,然后捏个面猪,涂上颜色供奉在神像前。每年庙会上的祭品肉多得吃都吃不完。

传说老早年间在长尾沟的后山上有一家姓许的人,本来家大业大,日子过得红红火火,可是到了许生宽的手上日渐败落。原因很简单,主要是这个许生宽不善经营家业,又染上赌博的坏习惯,不到两年许家彻底败落,几乎到了乞讨的地步。那年的腊月三十,也就是大年夜里,许生宽穿了一件破烂的老羊皮袄,拉了一根打狗棍,在新年的爆竹声中走出家门,他想趁着过年的时候讨要点好吃的,给在家的妻儿们过一个有肉有酒的年。一路走下来,除了没有讨要到酒肉,还挨了不少骂。许生宽走到黑龙潭前,天上开始飘起了雪花。他又冷又饿,便跑进黑龙庙里躲避风雪。那知庙里的供品丰富得吓人。他不管三七二十一,饱餐了一顿,然后头枕着供桌睡着了。睡着了的许生宽就开始做梦。他梦见有一个凶神恶煞的人站在他面前,瞪着一双恐怖的眼睛向他讨要供品。许生宽跪在他的脚下,声泪俱下地诉说着自己的不幸。那人说许生宽私闯宫殿,偷吃供品,已是死罪,只要许生宽肯做一件事情,不仅可以饶恕许生宽,还可以让他再次飞黄腾达。许生宽满口答应。那人说他是黑龙老爷的使者,只要为黑龙老爷敬献一个女人,黑龙老爷就会帮助许生宽的……

虽然只是一个梦,但这梦太真实了。回到家的许生宽满脑子都是那个梦。他想他到哪里去找一个女人呢?抬头看见了他的妻子,从侧面看这个女人还是有几分姿色的。于是他打定主意,为了能够找回以前的富贵荣华,许生宽决定牺牲自己的女人。他想,女人易得,富贵难求。在正月十五夜里,许生宽把妻子骗到黑龙潭,趁她不注意时,把她推进了漩涡里。那日是月圆之夜,之前还是月光如水,那一推之后,月亮迅速被一块黑云遮住,顿时天地一片漆黑,狂风大作,隐隐传来琴瑟歌舞之声,许生宽吓得尿湿了裤子……

几年以后,许生宽真的又发迹了,许家重新成为当地的富户,许生宽后来还讨了三房女人,儿孙满堂。他发家的途径还是赌博,逢赌必赢。

如今的许家更是家大业大,牛羊成群,但问及祖上之事,许家人均矢口否认。当然谁也不会追究这个传说的真实性,只是黑龙庙的香火更甚。

这只是个传闻,可让常三鬼震惊的是,在那些面猪面羊的中间,赫然摆放着一个面人!

六、九花的第一个秘密

常三鬼面对着那具小小的面人,惊骇得说不出话来。面人呈站立状,高不过半尺,却捏得棱角分明,栩栩如生。面人身材苗条,瓜子脸,柳叶眉,一双大眼睛充满了幽怨和诡异。最为突出的是一张小口,殷红如血,而脸又白得毫无血色,整体形象给人一中越看越阴冷,越看越后怕的感觉,连常三鬼这样经见过许多怪事的人也不由倒吸了一口凉气。常三鬼忽然觉得有一股阴寒之气在庙堂内咄咄逼人。他拉上安心惊慌逃出来。石成在常三鬼之前就逃了出来,正站在古松下等着。

常三鬼见到日头以后,心情舒缓了下来。虽然冬日的太阳不太温暖,但站在阳光下总能给人一种安全感。

"怎么会供着一个面人?"石成惊魂未定地说。

常三鬼说:"你知道那个传说吗?"

石成说:"知道……"

常三鬼说:"真有那好事?"

石成说:"应该有吧,都信。"

常三鬼说:"把面人供在神像前说明了什么?"

石成说:"把猪羊献给黑龙老爷后,就捏个面猪面羊供在神像前。不会把哪个人也杀了献给黑龙老爷吧?"石成显得非常惊讶,接着惊惧不安,"啊呀,肯定是这样,你没看出那个面人和九花很相似吗?"

常三鬼更加震惊:"你没看错吗?"

石成惶恐地回答:"它几乎和九花一模一样,只是……"

"只是什么?"

"它……它太吓人了……"

常三鬼真的从石成的眼睛里看到了一种惊恐。他也不由倒吸了一口凉气。

"九花肯定是被谁推进漩涡里了! 天呀,这可怎么办哪! 我们也没得罪谁啊!"石成哭喊起来。

"如果真是这样,那就太可怕了!"常三鬼自言自语道。他隐隐感到九花的走失隐藏着一个巨大的阴谋。

显然,摆放在供桌上样子和九花相似的小面人传递出一个信息:九花作为供品被人敬献给龙王爷了,就像传说中许生宽的女人一样,被推进了漩涡里。

看着非常悲痛的石成,常三鬼安慰他:"你不要太悲伤了,现在下结论还为时尚早,虽然有些现象表面看似乎说明九花很有可能被害了,但是,在没有见到九花的尸体,我们就不能排除九花还活着的可能。"

石成固执地说:"这不是明摆着的事嘛,面人都捏下了,摆放在了神像前,人怕早就死在漩涡里了!"

常三鬼说:"活要见人,死要见尸。如果就此下结论,极有可能被误导。"

石成可怜巴巴地说:"如今冰冻得那么厚,哪能找着尸体呢!"

常三鬼拍拍他的肩,说:"别担心,纸是包不住火的,真相只有一个。"

石成说:"要想见到尸体,怕只能等到明年开春了……"

他们从庙院出来,下了石台阶,在走过冰面的时候,石成滑倒了,由于距崖畔较近,险些滑下去,常三鬼急忙伸手拉住了。

到了通往前沟和后沟的路上后,常三鬼非要到杨家废弃的窑院去看看。石成说啥也不去,他只好一个人去了。

杨家的院子正好在漩涡畔上,路从院内经过,对面就是黑龙庙。常三鬼走进了杨家院子。冬日里,这儿显得更加荒芜、败落。窑洞的墙壁剥蚀得很严重,出现了不少的孔洞,麻雀们飞进飞出。仅存的一个窗户也已经变了颜色,想是也腐朽不堪,几片麻纸仍顽强地在风中缓缓动着,另几孔窑洞没了窗户,露出一个个黑洞洞的口子,显得深不可测,也添了几分阴森诡异。常三鬼是想到这儿发现点什么,可下过雪以后这里没有留下一个足印。院畔上的那棵老榆树,显然也没啥特别之处。常三鬼站在院畔上,看着脚下的漩涡,看着对面的黑龙庙,听着漩涡畔上的水声,他意识到这不是一个好地方。当地人有一种说法,睡到能听见水声的地方不好,至于怎么个不好,他也说不清,反正很少有人住在水声很响的地方。还有,这座院子太背,一年四季照到阳光的日子少之又少,且在水边,属于又阴又湿的地方,阳衰阴盛之地按迷信讲正是鬼怪滋生的极阴之处。更让常三鬼惊讶的是,院门正对着庙门,这是大忌,更是大凶之兆。当初建造这座院子的时候,不知哪个阴阳给看的,很显然是座凶宅呀!

常三鬼回到石成和安心身边,问石成:"杨家是怎么出事的?"

石成说:"也就是几年前,杨家突遭变故,二年之内大大小小死了十几口,都很突然,不是得猛病死了,就是崖畔上掉下去摔死了,有吊死是,有跳进漩涡淹死的,也有不知死因的。"

常三鬼又问:"杨家院子是什么时候修建的?"

石成说:"有好多年了吧,"

"哪个阴阳给看的?"

"二阴阳。"

"就是那个周二阴阳吗?"常三鬼说,"他好像是你们村的吧?"

石成说:"是我们村的。对了,周家是阴阳,咱们捡到的那个罗镜会不会是他们的?"

常三鬼说:"现在还不能肯定,不过这是个方向。听说周家三代是阴阳?"

石成说:"是,大阴阳、二阴阳都死了,现在当家的是三阴阳,叫周赶上,二阴阳是他大,大阴阳是他爷爷。"

常三鬼说:"阴阳不传三代,周家是个例外。"

石成说:"阴阳技艺的高低主要靠邪法,邪法都很邪恶,就是那种短命的法子,咒神咒人咒鬼咒万物,使用得多了,肯定要折寿的,所以阴阳最多干两辈,从来都不传第三代。"

常三鬼不由多看了几眼石成,说:"你年轻轻的怎么知道这些呢?"

石成说:"我也是听别人说的。"

常三鬼说:"是有这么个说法,我活了这么多年,走遍了整个黄土高原,还真没见过哪家阴阳干过三辈的。听说周家没落下啥好。"

"就是因为做了三代阴阳,到了三阴阳周赶上这辈遭报应了,连个后都没有。"石成有点幸灾乐祸,"都知道周家当阴阳做了伤天害理的事,可村里人都不敢说,都惧怕周家。"

"怕什么?"

"怕周家的短法子。"

常三鬼回头又看了一眼杨家废弃的窑院,说:"杨家和周家早年间有过节,听说杨家的事和二阴阳有关。"

石成神秘地说:"听老辈人说,二阴阳的老婆和杨家男人暗中相好,二阴阳为了报复杨家,才给杨家看下了这座院子。当时杨家人浑然不知,等醒悟过来时,已经是家破人亡了。"

常三鬼感叹道:"自古男女之事最是害人!"

他们顺着沟里那条路继续往下走。转过一个长满杏树的土崄子,在窝进去的沟渠里,常三鬼看到那里住着一家人。"周赶上和这家的婆姨暗中勾搭着。"石成指着那家人说,"他就是一头牲口,祸害了村里好几个婆姨!"

"他们的男人不管吗?"

"谁敢管?都怕周赶上。"石成愤愤地说,"周赶上的咒语厉害,短法子也多。他从不怕狗,他有一种邪法叫'禁狗法',狗见了他,只要施法,狗连嘴都张不开。大阴阳更厉害,白天从不出门,去哪里都是黑夜走,都让二鬼抬着。"

常三鬼说:"他不是最后摔下山崖死了吗?"

石成说:"他不是自己摔下去的,他是被二鬼扔下山崖的。那天他喝了酒,二鬼抬他时他睡着了。他以前经常使用短法子折磨二鬼,二鬼受够了他的气,趁他睡着时就把他扔下了山崖。"

对于石成的说法,常三鬼笑了笑。

石成以为他不信,又说:"周家的艺是跟南蛮子学的,二阴阳念动咒语的时候,嘴里都能喷出火星子呢。"

跟天黑以后,他们来到了张青元的家。虽然还没有找到九花,但今天的收获已经很不小了。在张家吃了晚饭,他们连夜赶回了滴水沟。

回到石成家,石成把一孔窑洞打扫开,蹲在地上烧炕。沟里阴,寒夜里阴风钻被,没盘热炕不行。常三鬼坐在暖暖的热炕上,仍然想着白天的事。炕角放一张小书桌,上面摆着几本书,都没有了书皮,前后缺页也不少。常三鬼顺手翻了翻,发现都是一些断案洗冤之类的故事书。常三鬼问仍在烧炕的石成:"你喜欢看书?"

石成说:"也不常看,只是闲着的时候翻着随便看看。我识字不多,也看不太懂,"

"你们石家以前不是书香门第吗?"常三鬼说。

石成说:"听我父亲说,祖上出过个秀才。"

常三鬼说:"以前的石家在长尾沟也算是数一数二的富户,怎么到了你这辈就败落了?连字也识不了几个?"

石成叹了口气:"唉,世事无常,一言难尽哪!"

常三鬼感到石成不想和他多谈,也就不再问什么。白天在雪地里走得多了,鞋都湿透了。安心坐在炕洞前给常三鬼烤着鞋和袜。常三鬼想到石家庞大的家业说败落就败落了,感到唏嘘的同时,也很想弄清楚其中的原因。这时候常三鬼觉得有点内急,忙下炕准备到外边去,可安心还没有把他的鞋烤干。常三鬼有点恼火,冲安心发了几句牢骚。石成见状,忙脱下自己的鞋让常三鬼穿。尿急,常三鬼只能将就穿了。可是,石成的鞋小,常三鬼的脚大,穿不上去。常三鬼说:"你怎么穿这么小的鞋?"

石成说:"我的脚小。"

常三鬼说:"女人的脚也比你的大嘛。"

石成说:"你就踩着后跟穿吧。"

无奈,常三鬼踩着石成的鞋后跟,就那么趿拉着出去了。

石成家的白狗看到常三鬼,咬得非常厉害。常三鬼尿着尿,心想,这狗也怪了,出来进去都咬,按说见了几次了,应该认得了,为什么还咬?更奇怪的是它面前的食盆里堆满了食物,它连一口也没吃。难道它不饿?他记得石成给它喂食时,它连石成都咬,莫非这狗疯了?

常三鬼在睡觉前有一个习惯,就是把白天所见、所想、所得一一都记录下来。

他还有一个习惯,不按常规出牌。

第二天,常三鬼没有出去,一连几天都是这样,大白天关着门呼呼睡觉,石成也不再催他。有天晚上安心起来尿的时候,发现常三鬼的被窝是空的,这是习以为常的事了,安心也不会大惊小怪的。

这天早饭后,常三鬼让石成去把周赶上请来,他觉得石成家的大门存在方位上的错误,或许这与九花的走失有很大的关系。他说大门的方位、座字和一家人的兴衰有莫大的关系,是不可以有半点差错的。石成没有反对,匆匆出门去找周阴阳了。

今日阳光不错,常三鬼站在院子里晒太阳,石成家的狗又冲他咬了起来。狗叫的声音已经嘶哑了,可它还尽最大的力气狂吠。常三鬼越来越感到这狗叫得奇怪。他很谨慎地走过去,发现这狗脱了不少毛。再看那狗已经很消瘦了,眼睛红得可怕。狗见常三鬼走近,咬得更起劲了,跳一跳的咬,似乎要扯断铁链扑过来一样,然后又冲着牛棚咬。难道牛棚里有什么东西值得狗咬吗?常三鬼绕开狗,走进了牛棚。

牛棚里的石槽上拴着一头牛和他的那匹红马,再没有别的东西了。常三鬼在牛棚里站了一会,也没发现什么,便走了出来。

周赶上在当地也算一个名人,作为阴阳、艺人,谁家都不想见他,但谁家也离不开他。周赶上的主要营生就是埋死人,同时也干一些与此有关的事,看风水地、择吉日等,类似石成家看大门方位的事是和风水有关的,也是非他莫属。另外算命,用偏方治病,解除病人心理上的负担,或是纯粹用迷信的方式骗人。

常三鬼和周赶上早就认识,只因为同属能人,内心互相排斥,一个看不起一个,很少往来。石成领周赶上进门,常三鬼躲进了窑里。

周赶上不论走到哪里总背着一个褡裢,前后的口袋都可以装东西。石成请他来是看大门的,这是风水,必须用到一件东西,正是罗盘,也叫罗镜。

常三鬼之所以让石成请来周阴阳看大门,就是想知道在漩涡畔捡到的罗盘是不是周赶上的。在这个地方能用到罗盘的人不多,只有阴阳才有这种东西。

周赶上站在石家院门前,细细地端详了一会,说:"门好像有点偏西。我下一罗镜看看再说。"

石成说:"那你下吧。"

周赶上说:"你知道规矩,罗盘出手一定不能空走。"

石成说:"你放心,不会让你空手回去的。"

周赶上在石家院门下摆放好一块石头,然后在他的褡裢口袋里取罗盘。他翻遍了前后口袋,甚至把里边的东西都翻出来,也没有找到他的罗盘。"怎么会找不到呢?"周赶上非常奇怪。

石成说:"是不是落在家里了?"

周阴阳说:"怎么会呢,一直在我的褡裢口袋里装着的,怎么能不见了呢?"

石成说:"会不会丢在哪个地方了了?"

周阴阳回想了一下,说:"有这种可能,但丢哪里了呢?"

石成说:"你好好想想。"

"这样吧,今天是看不成了,等我找到罗镜以后再给你看吧。"周赶上收拾好东西离开了。

石成急忙回到窑里,迫不及待地告诉常三鬼:"周阴阳的罗镜丢了!"

常三鬼说:"我看见了。"

"肯定是他害死了九花!"石成有点激动,脸涨得通红。

"这也不能说明九花是他害死的,况且九花是不是真的死了现在还不能下结论,因为没有足够的证据证明她死了。我们在漩涡畔捡到的罗镜真的是周阴阳的?他是怎么把它落在那里的?"常三鬼点上一锅旱烟抽起来,"但凡害人性命者,肯定有他害人的动机。如果九花真的是周阴阳害死的,那他为什么要害人呢?他和你们石家有仇吗?"

石成长叹了一声,把头深深地窝进裤裆里:"唉,家丑不能外扬啊!"

"难道……"常三鬼吃了一惊。

"是……周阴阳和九花有奸情……"石成吃力地说,"唉,家门不幸啊!"

这事太突然了。

七、一个疯女人的出现

九花和周赶上牵扯上了那种不光彩的苟且之事,这倒让常三鬼颇感突然。种种迹象表明九花的走失并不单纯,在这事的背后,常三鬼隐隐感到似乎隐藏着某些阴谋。在石家的热炕上,石成艰难地给常三鬼讲着周赶上和九花的丑事。石成讲得很慢,声音低沉,显得无奈又吃力。"那种事总是难以启齿的,给谁摊上也不能接受。男人最害怕的事不是没钱,而是老婆的不忠。没钱咱可以挣,如果老婆有了那种事,心里永远也不能接受。"石成咽了口唾沫,好像意识到了什么,忙说,"可也没有办法哪,谁让自己命不好呢?唉,一个人一个命,改变不了的。"

"其实你说的没错,作为一个男人,宁愿没钱也不想摊上那种事。"常三鬼说,好像是安慰石成,可连他自己都觉得没啥底气。

"我和九花的相识纯粹是偶然的。"石成又说,"那年黑龙潭庙会,九花来赶会。我们是在庙会上认识的。说是偶然细想起来也是一种缘分。那天敬神的人特别多,都乱跪着,跪下就磕头。我也跪在人群里磕头。我刚磕第一头,就和面前的人相撞了,头和头碰了一下,痛得我呲牙咧嘴。我抬头一看,见是个女的,她也按着头,眼泪花花在眼眶里直滚。那女子就是九花。那以后我们好上了,再以后我寻了媒人提亲,就把她娶了。"

常三鬼苦笑了笑,说:"唉,有好开头不一定会有好结果。家需要夫妻二人好好经营。"

"我不怪九花,都怪那个断子绝孙的周赶上。如果不是他三番五次调戏九花,九花不可能做对不起我的事。"石成愤恨地说。我和九花的感情一直很好,唯一让人揪心的是,我们没有孩子。"

常三鬼说:"没看吗?"

"看了,什么方子都想了,就是不见效。"石成无奈地说,"后来我们也就接受了这个事实,准备抱养一个孩子的时候,我发现了九花和周阴阳的肮脏事。"

他们正说着,忽然那白狗就狂吠起来,接着有个声音喝喊道:"瞎了你的狗眼,连我都咬!"是张青元的声音。

那狗咬得更厉害了。石成忙下炕去迎接。"狗是咋啦,看见谁咬谁,连我也咬?"张青元问石成。

石成说:"它是不想活了嘛。九花没了,它也想死!"

常三鬼听了这活,心里一动,好像想到了什么,可怎么也理不顺。石成领着张青元进门了。"你说的那叫个话吗,婆姨没了好像一点也不急,狗又碍着你什么了,你咒它?"张青元不满地说。

石成说:"看您老说的,九花没了,我比谁都着急,比谁都痛苦,恨不得立即找到她。"

张青元在嗓子眼哼了一声,便和常三鬼打招呼。"有消息了吗?"

常三鬼让他上了炕,说:"先喝口水暖暖身子再说。"

张青元着急道:"我女子死活不见人,我都急死了!"

常三鬼说:"九花的事现在看来并不简单,我既然答应了你,就一定帮你找到,不论是死是活。"

张青元家好几年没有喂牛了,每到开春的时候他就会把石成家的牛拉过去用几天,等该种的该播的都弄好以后再送过来。前天他去赶集,也是顺便打听九花的消息,在集上他看上了一头牛,价钱也不高,就买下来了。张青元家没有喂牛的石槽,知道石成家有,就过来问一下,想拉回去用。

"你买了头牛?"石成说。

张青元说:"冬天牛都便宜,来年开春就贵得买不起了。人家也是没有了草料喂才把牛卖了。"

石成说:"可我们就一口石槽,你拉走了,我们的牛哪儿喂?"

张青元就奇怪了,说:"你家不是有两口石槽吗?"

石成说:"没有呀,就一口嘛。"

张青元不高兴了:"明明牛棚里齐齐摆放两口石槽,怎么就没了?不想给就算了!"

石成苦笑笑:"以前两口来着,可今年夏天不小心打烂一口,就剩一口了,不信你去看嘛。"

张青元不信,下炕出门,来到牛棚前,果然见只有一口石槽。"真打烂了?"回到窑里,张青元总是不甘心,重新打一口石槽要花不少钱呢。

石成说:"不就一口石槽嘛,我怎敢骗你。"

张青元问:"打烂的石槽呢?"

石成说:"碎成几块了,我早扔到沟里去了。"

张青元叹了口气,不再提石槽的事。

女婿和岳父谈论石槽事的时候,常三鬼没有插话,认真地听着,细细地品味着每一句话。这是他长时间养成的一种习惯。对于别人的每一句话,每一个眼神,每一个动作,他总会细致地琢磨。他思考,这句话是真是假,这个眼神想要表达一种什么情感,那个动作的背后又隐藏着什么。

到了晚饭的时候,石成去了厨房忙碌,常三鬼在灯下记录着这几天的收获。这也是他多年来养成的一种习惯。

在常三鬼用毛笔写字的时候,张青元一个人坐着。忽然他自言自语道:"不对呀,今年过九月九我来的时候,我还见有两口石槽,怎么会是夏天打烂的?"

常三鬼的心头猛地跳跃了一下:"你说什么?"

张青元把刚才的话又说了一遍。

常三鬼皱眉:"果真如你说的那样,石成就说了谎话。可他为什么要说谎呢?"常三鬼把这也记了下来。

当夜无话,第二天一大早张青元就回去了,说他再到哪里去借一口石槽,万一借不到,就请石匠打一口,喂牛不能没有石槽。

张青元走后,常三鬼也起来了,闲着没事,信步来到沟里。冬日的清晨,寒风刺骨。常三鬼穿着一件用上好的绵羊皮缝制的皮袄,仍然尽量把脖子缩进衣领里,他顺着结了冰的河道缓缓地走着。他从前庄头一直走到后庄头,他没有看到石槽的碎片。石成说他把打烂的石槽扔到沟里了,为什么找不到呢?难道石成在说谎?那么石成为什么要说谎呢?他仅仅是不想把石槽给张青元吗,还是另有隐情?

当天的半夜时分,常三鬼被一种声音惊醒,竖起耳朵细听一会,竟然是拍窗户的声音。"谁?"常三鬼盲目地问一句,声音立刻消失,传来了轻微的脚步声,向院外走去了。常三鬼急忙穿好衣服,又裹了老羊皮袄。

常三鬼开门出来时,看到一个黑影闪身出了石家院门。常三鬼很奇怪,每晚睡觉前,石成做的第一件事就是把院门在里边关死,现在院门怎么是开着的?难道出去的那个人是石成?常三鬼来到石成门上,门关闭着,他伸手推了推,门在里边关死了。不可能是石成。常三鬼想,除非石成住的窑洞还有别的出口,这更不可能。修窑洞的时候,只有正门可以进出,其他地方都是封闭的,这样不仅节省材料,更是为了保暖。

那个黑影不是石成又会是谁呢?

常三鬼把老羊皮袄紧紧地裹在身上,走出了石家院子。没有月亮,但天并不太黑,只是很冷。出了院门口,常三鬼一眼就看见了那个黑影,就站在离他不远的地方。"你是谁?"常三鬼大声问。黑影没有回答,转身疾走。这时,常三鬼发现黑影走路的时候一条腿有点瘸。

定有蹊跷。常三鬼赶紧追了上去。

那个黑影看起来对村里的地形很熟悉,忽而转过一户人家的院子,忽而从某家人的门口经过,忽而上坡,忽而下坡,竟没惊动起一声狗叫。常三鬼不熟悉路,高一脚低一脚,跟得很吃力。开始时常三鬼怕跟丢了,不顾一切地追着,后来感觉那人并不想走出他的视野,走走停停,好像有意在等他。常三鬼更生疑惑。

黑影在常三鬼的前边一瘸一拐地走着,总是拉开一定的距离,不想让常三鬼赶上他,也不想丢掉他。夜很静,村庄里树多,虽然都落光了叶子,但寒风吹着树枝的声音呜呜咽咽,如哭坟的妇人一般,风大声高,风小声低,幽幽怨怨。

终于黑影把常三鬼引到一家院前突然消失了。常三鬼站在一棵大树下,极力四下搜寻那个黑影,可他已经看不到一瘸一拐的身影了。也就在这个时候一种更加可怕的声音传入常三鬼耳中。虽然常三鬼经常在半夜三更出没,也经历过很多惊心动魄的奇事怪事,但仍然心里有点发毛。当弄不清声音的出处,又浑然不知是何种东西发出的何种声音,那种隐隐潜伏在身边的危险才让人感到恐惧。

常三鬼把自己的身体紧紧贴在树后,吃力地捕捉着声音的来源。那声音时高时低,时有时无,低时呜呜咽咽,如泣如诉;高时凄厉阴森,如切心割肺般痛楚地尖叫。在这样一个寒夜里,听到这种可怕的声音,常三鬼只觉头皮发紧,头发根根竖起来,心跳加快,刻骨铭心的恐惧让他有了立即离开的想法。但是,今夜的事情并不寻常,也绝非偶然,定是有人想告诉他什么,才把他带到了这里。这样做的目的当然不是仅仅为了吓唬他。常三鬼这样想过以后,镇静了一下自己。对于这个世界上存在不存在鬼他从未探究过,但他相信仍然有很多奇事怪事不可避免地与有缘之人或是倒霉鬼相撞。

静下心来后,常三鬼终于听出声音来自哪里。夜里刮的是北风,而声音又来自西南方向,由于逆风,声音就不是很确切。常三鬼从树后走出来,然后寻着声音走了过去。这家人的院子看起来很大,院墙又高,是那种红砂石砌起来的,应该是一家大户人家。常三鬼顺着院墙一直走下去,来到后园子里。这是一座废弃的院落,荒草丛生,乱石成堆,几孔土窑洞在夜色中显得极其低矮、残破。声音就是从其中的一孔土窑洞里传出来到。

风突然停了,夜就更加死一般的静了,那种可怕的声音便越发真切、凄惨了。常三鬼听得出那是一种痛苦的又让人毛骨悚然的声音。常三鬼壮了壮胆,很小心地往那里靠近。脚下是厚厚的荒草,荒草里又有许多乱石,常三鬼走得很吃力,不知不觉浑身有些发热。突然脚下一绊,常三鬼摔倒了。他爬起来以后,额头上已经沁出细密的汗珠了。这时一串笑声自土窑洞内传出,声音尖利刺耳,再一次把常三鬼惊吓得跌倒在荒草丛中,手脸都被什么东西划破了。那串笑声持续了一会儿,猛然消失,夜又静了。

常三鬼费了好大的劲才爬起来,继续往窑洞前靠近。常三鬼怀着惊恐的心来到窑洞门口时,他什么也听不到了。常三鬼觉得此时的无声比有声更加让他不安。突然一团火球出现在他的眼前。他倒吸了一口凉气,吓得差点叫出声来。那团火球小小的,圆圆的,暗红的火焰缓缓移动着,由远而近。常三鬼吓得大气不敢出,眼睛死死地盯着它。他知道世间有鬼火,他也见过,可这么大一团他还是头一次看到。啊……一声凄厉的嚎叫在常三鬼背后的窑洞里陡然传出,这一惊吓更是非同小可,本来那团火球就让常三鬼惊恐万分,而身后这一声突然嚎叫形成前后夹击之势,常三鬼的心差点从嗓子眼里蹦出来。火球渐移渐近,常三鬼听到了脚步声,同时也看清了那团火球原来是个灯笼发出的红光,继而有一个手提灯笼的人向这边走过来。常三鬼抚抚胸口,急忙把自己隐在一个角落里。

来人背有点驼,走路看样子很吃力,虽然看不清脸,但常三鬼可以判断出这是一个年岁不小的老头。驼背老头来到土窑洞前,把灯笼放在脚下,取出钥匙打开了窑门,然后提了灯笼走了进去。

常三鬼从角落里走出来,悄悄出现在门口。驼背老头进去以后,没有关门,那门就大开着。常三鬼躲在门外的拐角,探头往里张望。

驼背老头进门之后,把灯笼挂在窑洞墙壁的一根木棍上。那时灯光正好照在他是脸上,看到这张脸,常三鬼不由倒吸了一口凉气,这是一张极其丑陋、恐怖的脸。渐渐窑洞里被灯光照满了,常三鬼已经看清楚了窑内的一切。天哪,常三鬼几乎不敢相信自己的眼睛。他抬手擦了擦额头的汗珠,忽然感到脊背寒冷异常,那心像被冻结了似的,浑身颤抖。他看到了什么呢?

从外面看,土窑洞的窑口很小,连窗户都小,门是那种厚重的双扇门,可里边却很深,是一个宽大的深洞。在窑洞的尽头砌有一盘黄泥土炕,炕上胡乱地堆着一些被子,灶洞里仍有火的余灰发出一些红火光。炕角放着一块大石头,一条铁链穿石而过,死死地拴着,铁链的另一头赫然连着一个女人的脚脖子,拴得更死。女人头发长而蓬乱,几乎遮住了整张脸。她像狗一样跪在棉被中,头窝在两腿之间,口里发出呜呜咽咽的声音。这种情景让常三鬼惊愕,更让他心生太多的疑虑。这是个什么样的人,为什么会被狗一样拴在这孔土窑洞里呢?就在这时被拴着的女人猛然抬起了头,放声大笑,哈……

常三鬼一下子就看清楚了她的脸。这是一个面容还算姣好的女人。

八、九花的红袄

那一串笑声凄厉诡异,在寂静的寒夜里要多惊心有多惊心,要多恐怖有多恐怖,还有那个驼了背的面目丑陋的老头,他像幽灵一样出现在这里,和疯女人相互作用,更让人感到无比的惊惧。常三鬼隐藏在门外的一角,在向内窥探的时候,觉得身后阴冷异常,似乎有双眼睛在死死地盯着他,一种看不到的巨大的危险正在向他逼近。他忽然想到那个腿有点瘸的人,他费尽心思似乎只有一个目的,就是要把他带到这里,让他看到这个女人,然后悄无声息地消失。常三鬼想,她是一个疯女人。

笑过后,疯女人像狗一样爬在炕上,一双僵硬的目光在昏暗的灯光里呆滞如死尸睁开的眼,嘴里不停地发出一种声音,是从喉咙处发出的嘶嘶声。"你们都不得好死……哈哈,不得好死……"疯女人突然开口说话了,声音清脆,吐字清楚,只是面无表情。

驼背老头对疯女人的表现不闻不问,他吃力地弯下腰,从脚下提起一个黑色的瓷罐,然后走到炕沿前,站在疯女人对面,一手提罐,一手伸进罐里,抓出把小米饭递过去。他做这一切的时候,动作机械、呆板,像重复了无数次一样,有一种僵硬的感觉。疯女人看到米饭后,很兴奋,嗷嗷叫唤几声,跪爬着,添食驼背老头手中的米饭。

自始至终驼背老头没有一句话,常三鬼疑心他是个哑巴。

疯女人吃完饭之后安静了许多,坐在脏乱的被窝上,把一块枕巾往头上扎,但枕巾很小,扎上去了很快又掉下来了,她又扎,不厌其烦地做着这样的动作。

驼背老头在疯女人玩头巾时,他费力地爬上炕,爬到了下炕的脚落,那里放着一个木桶子。驼背老头提起木桶,下了炕往门外走来。常三鬼急忙躲起来,同时也明白了那只木桶的作用。

灯笼里的灯油快要熬尽了,灯苗儿渐渐弱下去,窑里更加昏暗。驼背老头倒掉桶中的污物,把木桶放回原位,然后提了灯笼走出窑洞,关了门,顺着原路走了,那点灯火渐渐变成一团微弱的火球,最后消失了。

回到石成家已经后半夜了,常三鬼躺在被窝里仍在想一个问题,那个腿瘸的人会是谁呢?为什么要把他领到那儿去呢?仅仅是让他看一个疯女人吗?看来事情并不简单。

第二天午后常三鬼才起床。安心为常三鬼准备好了洗脸水,常三鬼胡乱地抹了一把,走出窑洞,来到院子里。石家以前是大户人家,如今虽已败落,但轮廓还在。由于庭院很大,石成又疏于清扫,角落的地方就长了荒草。石成正在用工具把那些荒草砍倒,然后抱到牛棚内,垫在牛粪上面。常三鬼走了过去。

"刚起来?"石成和他打招呼。

常三鬼应着:"枯草垫圈没有青草好。"

石成说:"夏天没顾得上砍,现在把枯草垫上牛卧着暖和。"

常三鬼说:"也是啊。对啦,问你个事,村里是不是有个疯女人?"

石成愣了一下,放下手中的活:"你是听谁说的?"

常三鬼说:"说来话长,你就说有没有?"

石成一下子显得紧张起来,警惕地瞅瞅四周:"你看到她了?快不敢乱说!"

常三鬼就奇怪了:"这是怎么回事?这么神秘?"

石成说:"这事你最好别打听,小心惹祸上身!"

常三鬼坦然地笑了,说:"我常三鬼一辈子啥没见过,惊心动魄的,千奇百怪的,都没能吓住,也可以这么说,我就是在一次又一次的惊险中寻求着真相。"

石成像是下了决心似的说:"你一定想知道的话,我也豁出去了。走回窑里我给你说。"

在窑里石成却迟迟不肯开口。常三鬼等着他。

"在我们村里谁都知道这事,可谁都不说。"石成终于开口了,"也不是不说,是不敢说。疯女人是周赶上的老婆,她是几年前才疯的,原来好好的,精精灵灵的一个女人,突然就疯了。有人私下里悄悄议论,说周赶上的老婆疯是因为周家三代是阴阳造成的,周家的短法子厉害,咒语把鬼神都能催动,害人害神害鬼,所以周家在周赶上这辈遭到了报应。说来还真是邪乎了,村里传过这话的人都受到了伤害,有人生了怪病,有人家里的牛猪突然死了,还有人脱了衣裳乱跑……反正怪事多了。后来才知道是周赶上施了短法子。打那以后,周家的事谁也不敢再说了。

常三鬼说:"真有这事?"

石成说:"我们村里人都信。"

常三鬼说:"如果周家真的会法术,又经常使用,自然不是什么好事。那种东西无时无有时有,谁也说不清。"

石成说:"石家肯定会法,我见过周赶上念法,嘴里都能喷出火星子呢。"

常三鬼说:"疯女人是周赶上的老婆,那还有一个驼背呢?"

石成说:"驼背是二阴阳在世时用下的人,一辈子在周家干。他肯定是看到了周赶上的什么秘密,所以才被周赶上弄哑巴了。"

"看起来周家是有故事的人家。"常三鬼说,"我得找一个合适的时机去会一会这个周阴阳,或许他与九花的走失也有着某种联系。"

"我总感到九花的走失与周阴阳脱不了干系。"石成说。

"说说看。"

石成说:"我就是有那么一种感觉。你想啊,九花和周赶上有那种关系,在漩涡畔捡到的罗镜又是周赶上的,还有黑龙庙里供奉在神像前的小面人,九花很有可能已经死了,就死在漩涡里,她是被人推下去的,目的很明确,就是用九花的死换取自己家的兴旺发达,九花就像许生宽的老婆一样被祭潭了。"

"你说得太可怕了,那样的事只是个传说。"常三鬼说,"虽然有些东西指向了周阴阳,但并不排除巧合、误会、还有陷害等情况。在九花走失这件事情上,我们现在掌握的线索太有限,轻易下结论反而会误导我们的正确判断。"

这之后常三鬼走出石家院子,顺着村路走着。他背着手,嘴里叼着旱烟锅。接下来他要做的是正式和村人接触,多方了解九花走失的事。首先他必须证实九花和周赶上的不正当关系,然后再从这种关系里寻求突破口。

冬日里,滴水沟村的碾道前总是聚集着一些人,那座石碾子被一头毛驴拉着,吱吱叫唤着,碾压着一种叫软糜子的谷物。这种东西是村人逢年过节吃的油炸糕的原料。常三鬼向这里走来。一个叫作出跳的年轻人蹲在一块石头上,很有兴致地讲着一件事。"昨天晚上我看到了一场非常精彩的炕头舞蹈。"出跳说,不管别人愿不愿意听,还是兴奋地讲着,"那是在靠窗户的炕上,点着灯,一丝不挂,一个白一个黑,一个粗一个细,那家伙,看得我流了一摊口水。"

做鞋帮的花娘的插一句:"光流口水了?"

几个人都笑了。笑声中常三鬼来了。

常三鬼是能人,更是一个传奇式的人物,几乎很少有人不认识他。常三鬼善言,和什么人都可以交流。谈及别的事你一言我一语,气氛热烈,当问及周家的事,尤其是九花和周赶上那档子事,这些人都闭口不提,甚至一个老汉借故走开,一个女人说去茅缸也走了,有一个女人说出来时间长了,再不回去她男人会打她的,往死里打。常三鬼感到提起周家好像是一个敏感的话题,没人接茬,更没人能够透漏出周家的哪怕微不足道的一点事,似乎有意为周家坚守着什么,又似乎刻意回避着周家,生怕惹祸上身。常三鬼想,周家在滴水沟的影响有多深可想而知。看起来还真不能小看周家。

花娘的似乎想和常三鬼套近乎,却又顾忌着什么。常三鬼看出来了,有意走到她的身边。花娘的用胳膊肘碰碰他,悄声说:"你去问出跳,他是夜游神,啥都知道。"

但还是让夜游神出跳听见了,他急了,吼道:"别问我,我什么也不知道!你以为我傻呀,你们不敢说的事我也不敢说,我还

异事

263

年轻,还没老婆,我不想让自己一夜之间突然变哑变瞎!"

出跳愤愤不平,跳下石头,扬长而去。

"这小子好对付。"花娘的伏在常三鬼耳朵上说,口里喷出的热气弄得常三鬼心有点儿痒。

越是找不到答案的事常三鬼越想弄明白。他看了一眼这个年近四十却还算白净的女人,心里猛然有了一个打算。他微微一笑,悄悄伸手在花娘的屁股蛋子上捏了捏。这一捏,让这个女人浑身都一阵颤栗。

"我们家就在那儿。"花娘的柔声说,并用手指给常三鬼看。常三鬼顺她手指的方向去看时,她又低声说:"我家死鬼出门啦,这几天不在……"

常三鬼笑了。

就在这天的半夜,常三鬼被一阵敲门声惊醒了。敲门的人是石成。他在窗外对常三鬼说:"快起来,出事了!"

常三鬼本是夜游神,睡觉特别灵醒,石成敲第一声门时他就醒了。常三鬼两三下穿上了棉衣棉裤,在下炕的时候拉了皮袄,急忙开门走了出来。夜里天气很冷,石成站在门口,抱着膀子,脑袋尽量往衣领里缩,好像出来已经很久了。

石成迫不及待地对常三鬼说:"周赶上的疯老婆跑了!"

常三鬼极为诧异:"跑了?"

常三鬼想起了疯女人像被狗一样拴着的情景。没人帮她,她怎么能跑得了呢?

石成家的狗有气无力地叫几声,声音哑哑的。它仍然被拴在牛棚前。

石成:"村里人都帮着找呢。"

常三鬼随石成来到院外,他们看到这里那里都有灯光、火把在闪烁,人声嘈杂,到处都有狗叫声。

"好像真的出事了。"常三鬼说。

石成说:"周家的事就是全村的事。周家人放个屁前村后村的人都得撵上闻。你是外人看看热闹,我得去帮忙,我怕周阴阳的短法子咒我。"

石成走了,常三鬼站了一会儿感到冷便回去了。

夜里石成不知为啥没给他们烧炕,窑里很冷。常三鬼点上灯,见安心蜷作一团,忙把自己的被子给他盖上。常三鬼装了一锅烟,对着灯火吸着。夜的寒意侵袭着他,他就想到石成的窑里暖和暖和。于是常三鬼再次走出窑门,来到石成的门前。常三鬼伸手推门,门却在里边插死了。

石成没去帮忙找人?他回来了?常三鬼敲门,里边毫无动静。常三鬼叫石成,也没人应答。

常三鬼真是丈二和尚摸不着头脑了。

周家人和村里人找了一个晚上都没有找到周赶上的疯老婆,正当人们疲惫地准备放弃的时候,疯女人却自己回来了。

这不奇怪,奇怪的是回来的疯女人竟然穿着九花走失时穿的红袄,头上拢着九花走失时拢的头巾,

九、勒狗

疯女人出现在人们的视野里的时候正好是第二天的中午。冬天日子短,村里人大多只吃两顿饭,即早饭和晚饭,中间的这段时间也都闲着,凑在一起,天上一句地上一句,消磨着时间。但有一点已成共识,周家的事他们绝对不谈。

花娘的是个很活跃的人,虽然光景过得很糟,却很少见她有烦心的事,她是属于那种不知忧愁的女人,且大大咧咧。她小名

叫酸枣,这是她在娘家时候的名字,嫁人之后没人这么叫她了。她有个女儿叫花,去年嫁人了,村里和她一辈或长她一辈的人都叫她花娘的。这个女人最喜好的话题就是男人女人之间的那点事,而且喜欢传播。在这个冬日的午间,闲散的人们懒懒地聚在一起晒太阳时,她不失时机地嚼开了舌头。

"昨天晚上我刚睡下,就有人来敲我的门,我没开。"叫酸枣的女人说。

一个老汉说:"你不就盼着有人半夜敲你的门吗,有那好事,你能放过?"

酸枣说:"爬球远远的。你们听我说,我没给他开门,可有人给他开了。"

"谁?"

她却不说,故意卖关子。

就这个时候,有人惊叫道:"这……这不是……"

在人们的旁边站着一个穿红袄的女人,她傻笑着看着这些人。她……她是啥时候站在这里的呢?人们吃惊不小。

也难怪人们吃惊,这个女人不是别人,正是昨天夜里跑掉的周家疯女人。在众人议论别的事时,她不声不响地出现,着实令人有些紧张。对周家的任何一个人和任何一件事村里人都很敏感,疯女人的突然出现一时让村人惊慌失措,谁也不敢说什么,也不敢采取什么行为,就都看着,不知如何是好。

疯女人披头散发,发间夹杂着一些细碎的杂草,脸上沾有尘土。没有了铁链的羁绊,她少了许多痛苦的表情,而一种久违的傻笑给人酸楚的感觉。

听说疯女人回来了,更多的村人都跑出来看,石成和常三鬼脚前脚后来到这里,常三鬼躲在人们身后,石成挤在了前边。

挤在了前边的石成仔细打量着疯女人,从上到下看了又看,之后就惊呼起来:"她穿的是九花的衣服!"

短暂的惊愕之后,酸枣说:"真的是,九花走失的那天就穿着这么个衣服,看,这个红袄,还有头巾,都是九花的。"

于是那天看到九花出走的人都说疯女人穿的衣服肯定是九花的。

疯女人傻笑着,指着石成说:"嘿嘿,你是个好人……我冷,你是好人,嘿嘿,他们都是坏人……"

周家人很快赶来了,强硬地把疯女人带走了。

人们渐渐散去,石成也准备离开,他想招呼常三鬼时,常三鬼却不见了。

酸枣凑过来,对石成说:"她真可怜!九花的衣服就让她穿吧,反正你也用不着了。"

石成白了她一眼,口气不友好地说:"看好你自己的门就行啦,少管闲事!"

酸枣不生气,笑着说:"我家的门从来都不关,你想来晚上也来吧。"

"你……"石成很生气。

酸枣却格格地笑出一串脆响。

石成回到家中仍没有看到常三鬼,问安心,也说不知道。石成心里想,这个人真鬼。

一直到晚上,常三鬼也没有出现。连着几天石成都没有看到常三鬼,心里不由产生了一种隐隐地不安。作为为常三鬼牵马的小童,安心对主人的突然消失并没有显得有多焦急,他该吃吃,该睡睡,好像啥事都没有发生过一样。对此石成很不理解,问安心,这个小家伙啥也不说,石成也很无奈。

这日早晨安心走出窑门,无意中来到牛棚前。这几日不常狂吠的狗就卧在牛棚前,安心的到来惊扰了它,竟然猛地跃起,向安心扑过来。安心毕竟是个小孩子,被这突如其来的危险吓坏了,连躲都不知躲了。结果,这只看样子挺凶恶的狗就扑上去了,狠狠地咬住了安心的腿。安心的腿被狗咬住后,他才发出了惊恐的喊叫声。石成闻声而出,看到了可怕的一幕。

安心已经被狗扯倒了。石成看到他家的狗咬着安心的腿,使劲往后拉,安心趴在地上,双手扒着地面,不想被狗拽走。

石成迅速跑过去,喝喊着狗,希望狗能松口,但那畜生根本不听他的,无奈石成飞起一脚,正踢在狗的脖子上,那狗疼痛不过才松了口,安心惊恐地爬了起来。

狗好像并不甘心,又冲石成狂吠起来,石成气恼不过,又踢了它几脚,结果那狗就躲进牛棚口,用两只前爪子刨土,喉咙处嘶嘶作响。

"老子一会就勒死你!"石成愤愤地说,又问安心被咬伤了没有。

狗只咬破了安心的裤子,没伤着他的肉,只是受到了不小的惊吓。

石成好像真的对这只狗失去了信心,脸上流露出一种凶恶的表情。他在石柱上解开拴狗的铁链,牵着狗往院外走。狗被石成拉着,抵触得很厉害,屁股向后撅着,四个蹄子使劲蹬着,怎么也不肯跟石成走。

安心远远地站在一边看。石成对他说:"找根棍子,狠狠地打!"

安心没有动。石成吼道:"没听见吗?让你找棍子!"

安心有些惊慌,急忙去找。石成使力拉狗,狗就是不跟他走。

安心找来一根棍子双手攥着,却不敢打狗。

"打呀!"石成吼道。

安心看看狗,看看石成,还是不敢打。

狗猗猗地叫着,声音凄惨,样子十分可怜。

"打呀,狠狠地打呀!"石成几乎是歇斯底里了。

安心猛地举起了手中的棍子,双眼一闭,棍子狠狠地落下去,重重地砸在狗干瘦的脊梁上。狗疼痛难忍,更加凄惨地嚎叫一声,往前蹿去,石成趁机拉着铁链,奔出了院门。

安心惊魂未定,仍然保持着砸狗的架势,过了一会,他才慢慢睁开眼睛,已不见了狗和石成,耳边仍然回响着狗那凄惨的嚎叫。安心忽然想起刚才棍子落在狗身上的一瞬间,他看到了狗的一滴眼泪。这个孩子的心忽然像被什么揪住了一样,他急忙丢掉手中的棍子,飞跑着追了出去。

石成拉着狗出了院子,往河湾走去。虽然狗的抵触情绪很强烈,但毕竟到了院外,安全感荡然无存,又怕棍子抽打,极不情愿地跟着石成走。石成抓着铁链,使出老力拉着,一不用力,狗就爬下不走了。

安心赶出来,跟在后边看着。

石成费了很大的周折才把狗牵到了河湾里,那儿有一棵老柳树。

安心不知石成要干什么,狗似乎有了预感,叫声很绝望。

老柳树有些年头了,树干的中间空了,斜斜地爬着,好像要倒的样子,但几年前就是这样。有一根胳膊粗的树枝横着长出。石成探着身体把铁链子绕过树枝。

安心意识到石成要干什么,连忙躲在不远处的一棵树后,探出头去看。

狗撅着屁股往后退,但无情的铁链扯住了它。它不能主宰自己的命运,它唯一能做的就是哀嚎。

石成抓着铁链的一头,用力拉,只几下,那狗就被吊在了空中。铁链深深地勒进了它的脖子里,它已经发不出声音来了,只有四只蹄子在空中无力地弹着。

安心被这一幕惊呆了。

狗被吊起来后,石成把这一头铁链拴在另一棵树上,然后扬长而去。

狗的四蹄渐渐不动了,舌头长长地被勒了出来。

安心过了好一阵子才敢走出树后,往这里挪过来。到了跟前,他才清楚地看到了两行狗的眼泪……

石成重新返回的时候,手里多了一把明晃晃的刀子。他见安心的脸色不怎么好看,就说:"没见过勒狗?"

安心点点头。石成说:"狗就是个畜生,和猪呀羊呀没区别。你不知道,狗肉非常好吃,尤其是下酒,一手抓着一块狗肉,一手端着一杯酒,哎呀,那就是神仙的生活!"

安心小心地看着他,他根本不知道喝酒吃狗肉是个啥感觉。

石成把刀子用牙咬着,挽起两只袖子,从狗嘴那儿开始剥皮。他先用刀子把狗的上嘴唇和下嘴唇的皮与肉分离开,然后一点点往下扯,扯到耳朵那里,用刀子割去两耳,再一扯,头上的狗皮就剥光了,血肉模糊的狗头光秃秃的,两只眼睛突出来,鼓圆鼓圆的;牙齿白生生的露出,狰狞恐怖。安心就不敢看了,想走,石成说:"把这只蹄子捉住,别让它摆。"

安心就抓住了狗的一只蹄子。石成又把刀子咬在嘴里,双手用力,只几下就把狗皮完完整整地剥了下来。安心虽然还抓着狗的蹄子,但目光却不敢落在精赤的狗身上。

石成剥下了狗皮,把黄土顺着嘴那儿装进去,包括四只蹄子都装得满满的。安心再看时,一只很壮实的狗出现在他的眼前。"这样皮子干得快。"石成说。

"它像活了一样。"安心说,声音很低,他咽了口唾沫,"就是没有眼睛,怪吓人的。"

石成笑了,说:"不就是一张狗皮嘛,有啥好怕的?"

石成把刀子在石头上磨了几下,用指头试了试,对安心说:"把蹄子捉好,我要给它开膛了。"

安心抓了两只蹄子,石成开始动刀子了。他先在狗的肚子那儿拉了一个口子,狗血染红了刀子,石成没有擦,有把刀子咬在嘴里,双手去刨狗的内脏。他把肠子、肝脏、心肺都摘除,扔到冰面上,血瞬间染红了厚厚的冰层。他把肚子、腰子留下。"这两样不能丢,狗肚子能治胃病,腰子才是好东西,吃啥补啥嘛。"石成说,刀子上的血粘在了他的嘴上和脸上,还有他那双满是鲜血的手,安心就觉得石成有些可怕。

把狗肉和狗肚子、腰子弄回石家,石成用砍刀把狗肉大卸八块,煮在了大锅里。

常三鬼这几天像是在人间蒸发了,毫无音讯。狗肉在锅里煮出香味的时候,张青元又来到了石成家。

再过几天就是农历新年了,各个村庄已经有了年的气息。女儿走失这么长时间,常三鬼这里又没有进展,张青元异常焦急,日日煎熬,老婆子又哭哭啼啼,他真是度日如年。在老伴的一再催促下,又来女婿家打探消息。得知常三鬼已经几天不见了踪影,张青元老汉更加着急,却一点办法也没有。他情绪低落,连口水也不喝,就准备回去。

"吃了肉再走吧。"石成挽留他。

张青元也闻到了肉香。"啥肉?"他问女婿石成。

"我把狗给勒了。"

"啥,你把狗勒了?"张青元的脸色瞬间变得非常难看,"你怎么能把狗给勒呢?它可是九花喂大的呀!它虽是畜生,可它和九花是有感情的,它通人性。"

石成不以为然,说:"这不假,但它连食都不吃,我不勒死它,它也会饿死的。现在它还学会咬人了,就今天把安心都咬了。今天敢咬安心,明天它就敢咬我了。"

张青元说:"九花还不知是死是活呢,她要是知道你勒死了她的狗,她该有多伤心呀!"

石成说:"现在说什么都晚了。你还是吃了肉再回去吧。"

"我不吃!你吃吧!"张青元气冲冲地说,转身出门,头也不回地走了。

当天晚上张青元做了一个噩梦,他梦见女婿石成把九花吊在一棵树叉子上,先是一件件剥去衣服。他看见九花赤条条地吊着,哭着叫他:"爸,救我……救救我呀……"他站在不远处,他想救女儿,可不知为什么,他像被人施了魔法一样,他动不了。他急呀,想喊,但他只是张开了嘴,却发不出声。石成拿刀子剥女儿的人皮。他看见女儿的皮被剥落,很大的一张,石成拿它做成了鼓,用两根鼓槌敲击着。鼓声咚咚,震得他耳朵疼。他看见石成一边敲鼓,一边冲着他笑,石成笑得好开心……他又看见石成把九花拉到漩涡畔,然后往下推。九花死死抓着石畔不松手,石成用脚踩她的手。九花的手被石成踩破了,血流了一摊。忽然他看见黑龙潭里窜出一条凶恶的黑龙,瞬时卷了九花,没入水中……

张青元惊醒之后,正是半夜时分。他坐了起来,擦着头上的冷汗,喘着粗气。就在这个时候,张青元听到有个声音呼唤他"爸……"这声音很轻微,似乎就在耳边,又好像在很远的地方,但张青元听得十分真切,这声音就是九花的,他太熟悉了,九花害怕的时候总是这么叫他。是九花!九花回来了!张青元掀开被子,迅速跳下炕,开门出去了。夜很黑,刮着丝丝寒风,但无声,夜就静得出奇。张青元在院子的四周找了很久也没有看到人。他感到很惊奇,明明听见有人在叫他,怎么又看不见人呢?他听岔了吗?

回到窑里,他叫醒了老伴,把刚才的奇怪事对她讲了,不想老伴也给他讲了一件更加奇怪的事情。

张青元的老伴对他讲,在她过寿的前一天夜里,也就是九花走失的头天夜里,她怎么也睡不着,心里慌得厉害。她反过来调过去,一直折腾到半夜。就在她迷迷糊糊刚要睡着的时候,忽然听到有人在叫她,那是她非常熟悉的声音,肯定是九花的。她知道她不会听错,是九花在叫她。她也很快坐了起来,本想叫醒张青元,但看他睡得酣,晓得明天要干的活多,就没忍心。她一个人披衣走了出去。那夜和今夜一样,也刮着丝丝的寒风,夜就是静得出奇。她也同样没有看见人,也再没有听到那个声音。

她很伤心,她抹着眼泪说:"咱娃娃肯定不在了,那是她的魂灵给咱传话。她是想让咱把她找到,入土为安。"

张青元也感到这事蹊跷,那个声音他们是千真万确听到了,不会假,更没有听岔。难道真是九花的魂灵给他们传话?他越发感到九花活着的希望非常渺茫。

几天之后就是新年了。在大年三十晚上,滴水沟里发生了一些更加离奇的事。

十、真实的活魂嚎叫

常三鬼一直到过年的时候也没有出现,石成认为他是回家过年去了,就没去找,并把安心也打发了回去。每年的除夕前几天,石成都会带着礼物去看张青元夫妇,今年他没去。张青元的老伴几天来一直站在院外的树下张望着,从早晨到傍晚,翘首期盼,到了腊月二十九,天已经黑透了,熟悉的身影还是没有出现。张青元走出来,说:"别等了,没了人也就没了情。"

老伴说:"去年的这个时候,咱女子正给咱蒸馍馍呢……"

老人抬手抹一把眼泪。

张青元拉了她的胳膊,扶着她往窑里走。老伴说:"今天邻家婆姨来串门,她给我说,她大死时就喊过她的名字。那个老汉是被山水冲走的。说那年下了一场大雨,山水从她们家的炕洞子里窜出来,把她大冲走了。她娘家是后沟乔家畔的。她大被山水冲进沟槽里,从她们家的院畔下过去。她说她坐在炕上做针线,心就慌得厉害。雨下得很大,雨声中她就听到了有人喊她的小名。她听得真真切切,是她大在叫她。叫了三声,一声比一声低,一声比一声远。她心慌得更厉害,披了一件布衫就跑出去了。沟里的山水大得怕人,响声大得怕人……到了天快黑的时候,前沟捞河柴的人捞起了一个人,已经死了,是她大。尸体是第二天山水退后拉回去的。她说她大被山水冲到她家底下的时候还活着,才叫她的……"

坐在家里的炕上,张青元听老伴慢慢地说着。"你不要瞎想,咱女子说不定还活着。"张青元说。

老伴又抹起了眼泪:"你不要安慰我,我心里明白着呢,女子是给我捎话了,她肯定不在了。"

张青元说:"有能人常三鬼给咱帮忙,是死是活很快就晓得了。"

说是这么说了,可张青元心里越来越没底了,这么些天过去了,常三鬼连一点进展都没有。他开始怀疑起常三鬼的能力了。

在滴水沟过年最隆重的肯定是周家了,除了周家别的人家无论从哪一方面都是不能跟比的。周家的地位,周家的实力,自然是不寻常的。在周家大院里,真正的周家人又少得可怜,只有周赶上和他的疯女人,其他的男人和女人不是长工就是佣人,只是为钱来到周家的。驼背老头是在二阴阳在世时来到周家的。那时的周家人丁兴旺,前院后院都住满了人。但是到了周赶上这一辈,周家人前前后后死了好几口子,都应该不是正常死亡。周赶上有一个弟弟,一夜之间全身肿胀,长满了脓疮,蛆虫蠕动,几天之后肚皮开窟,内脏外流,脸、胳膊、腿上的肉尽失,白骨现,异常恐怖,不敢视,却不死。又一夜,瘫在炕上的人莫名其妙的不见了踪影。后来传出那夜门未关,半夜走进一狼,拉走了。周赶上有一个模样很不错的妹妹,十九岁那年的某个夜晚,睡在家中的她在第二天的早晨死在了距滴水沟百里以外的地方。更为奇怪的是死因不明,全身完好无损,没有伤,像睡着了一般,衣着也都穿得很齐整。周赶上还有几个亲人死得也很蹊跷。村人偷偷议论,周家之所以发生这样的事,就是因为他们家三代是阴阳的原因。

驼背老头亲眼目睹了周家由兴到衰的过程,还有其他不为人知的内幕。他的变哑就是周家为了堵他的嘴,怕他把周家的秘密讲出去,用短法子把他弄哑的。其实驼背老头在周家是有贡献的,他来周家的时候身体远没有这样差,正当年富力强。可以说他把自己最强健的时候都付出给了周家。谁都不知道他来自哪里，更不知他姓什么，很多人连他叫什么都不知道。他对周家的忠实从没有人怀疑过。他对滴水沟的人来说一直就是个谜。

农历三十晚上，驼背老头早早就睡了，对他来说过年和平时没有两样。在他无言的生活中，快乐是不存在的，活着的真正意义就是不停地干活。也许是上了年纪的缘故，驼背老头夜里经常失眠，大年夜也不例外。还有，每天晚上他都必须起夜两到三次，从前院通往后院的小门进去，在后院的露天茅缸内站下尿一泡，每次都会把鞋淋湿。过年时都要在院子里点灯笼，今年的灯笼也是驼背老头挂起来的，由于是油灯，光便微弱，加之放在纸糊的灯笼里，能照亮的地方有限，且昏昏暗暗，蒙蒙胧胧，远处看就像一团暗淡的火球。

周赶上在每年的三十晚上都有看山的习惯。就是在人都睡了的时候，他一个人到山里去。传说大年夜是鬼年，小年夜才是人年。大年夜就是各种鬼怪出没的时候，也是它们最活跃的一夜。周赶上正是瞅准了这个时机才会出去的。

周赶上做这样的事情一直是很神秘的，从来都不让人跟着，也就没人知道他出去干啥。几乎所有的阴阳都会在过年的夜里去看山，他们说是去收法。至于怎么收就更没有人知道了。大年夜里好像一直就是这么喧嚣、嘈杂、不安宁。周赶上一个人走在去山里的路上。因为每年走的都是这条路，虽然夜很黑，但也没费啥周折就到了他要去的地方。这里是村子对面的一座山，其山很有特点，与别的山毫无瓜葛，是一座独山。如果从四个方向看它，它会呈现四种不同的形状，比如站在村里看，它就是一尊雄狮，并且越看越像，气势磅礴。很早就有人讲，滴水沟的风水不一般，奇就奇在这座山上。从山底到山顶土很少，多是那种红砂石,风吹日晒雨淋,形成多种自然景观。在山顶上有一块平坦之地,全是黄土,老早以前住过人,残垣断壁处处可见。也不知从何时起,这里成了坟地,周家的祖坟就在这里。往下还有一个更为宽大的土弯子,坟茔密布,乱石遍地,荒草丛生,树木形态各异。周赶上就是要来这里的,现在他已经站在了乱坟岗的边上。

这里有一棵只有树干没有树梢的老榆树,站在树下可以把整个村子尽收眼底。传说在大年夜里可以看到平时看不到的东西,具有这种能力的人就是阴阳了。阴阳不仅在阳间生活办事,他们还与阴间有牵扯。阴阳都有两种眼睛,一种是正常人的眼睛,另一种就是阴眼,可以看到阳间以外的东西,特别是在鬼魅活动最为猖獗的年三十晚上。他们不仅看到鬼们在做什么,更能看到现在活着的人死时是什么样,甚至因甚而死,信不信由你。那么周赶上这一晚又看到了什么呢?

周赶上能从每家的灯笼中看出他们下一年的运气,甚至有没有人去世他都可以看出来。夜风吹过乱坟岗的一每块石头、每一棵树、每一株荒草,所发出的声音或高或低,像人语、似鬼哭,夜就变得阴森恐怖。虽然每年都来,周赶上每年都会经历不同的惊险。他看到从石成家有一副丧抬出,漆黑的棺材闪着贼亮的光,雪白的扯丧布只有不大的一块。这只是很恍惚的,忽隐忽现,时而清晰时而模糊,出了村一直往西走了。周赶上知道,那是九花的灵柩。九花会在明年的某一天就以那样的方式出殡的。

周赶上把目光移到了他家。他家的灯笼年年固定在一个地方。他看到他家的灯笼和别家的还是有区别的。很多人家的灯笼灯光正常,是一种亮度,而他家的则忽明忽暗,呈变化的状态,这不是好兆头。周家明年要出事！周赶上心里极为忐忑，一种不祥的感觉陡然生出。就在这个时候，更加可怕的事情发生了，他家的灯笼忽然亮了一下，是那种刺目的亮，接着就弱下去，痛苦地挣扎了几下，熄灭了。周赶上倒吸了一口冷气，腿一软跌坐在荒草丛中，吓出了一身冷汗。他知道周家明年有一个人要走，会是谁呢？他还没有那个本事算。现在的周家只有他和他老婆两个人，不是他就是他老婆。

过了一会儿，灯笼又重新点亮了。周赶上在草丛中坐了很一阵子，腿软得无法站起来。他的周围不时有一些这样那样的响动让他不安。他从随身背的包里取出一根麻鞭，这是专门为看山准备的。在阴阳眼里这种东西具有驱邪的功能。周赶上紧紧抓住麻鞭的把儿，随时准备抽打。他的包里还有能让神鬼害怕的东西。

乱坟岗是滴水沟里最不干净的一处地方，既使大白天也很少有人来这里。滴水沟的很多人也不知道这些坟茔是谁家的，逢年过节也不见有人来上坟。多年以前孤魂野鬼就肆意出没，很多村人曾在太阳底下看到过令人惊异的事。有一年三伏天的晌午，村里一个叫疤子的老光棍在河里洗澡，他脱光了衣服，赤条条地坐在浅水里。很多人都认为，三伏天的晌午正是鬼们最为活跃的时候，甚至比夜里更为凶险，一般的情况下很少有人在这个时候出去，更不会到那些人们很少去的地方活动，即使非去不可也不会选择在十二点到一点之间。出事的那天太阳很毒，那种光几乎是白花花的，空气中弥漫着很浓的烧烤皮毛的煳味。疤子刚把肩膀露出水面，一种灼伤的疼痛让他急忙没入水中。这时候从村里走出一个女人，在这么热的天气里她竟然穿着一件大红袄。她往河湾里走来了。疤子在她出现在河边的时候才看见了她。这个女人年纪不大,长得也不难看。小河中有几块列石,是一种简易的桥。女人穿着绿面红花的鞋。她轻轻抬起一脚,缓缓落在第一块列石上。列石在上,疤子在下,相距不远。疤子把自己整个身体缩入水中,只有一颗头露在外面。女人另一只脚落在第二块列石上时,她把脸扭向疤子,疤子就看到了一张那么让他心动的笑脸。

这样的情景让睡在自家院畔树下的一个老汉看见了。他看见疤子在河里洗澡,一个穿红袄的女人过河。老汉睡不着,抠着脚趾缝里的干泥。老汉也在想,这么热的晌午,她怎么还穿着棉袄?他就看见疤子在穿衣服,然后就跟着那个女人走了,他们一直往山上走去,没入在那块乱坟岗里。那时太阳正在中天,亮晃晃的一轮白日,树的影子落在了树根下。

黄昏的时候,有个拦羊的从乱坟岗边上过,他看见疤子死在了一座坟前。他身上不穿一件衣服,赤裸裸遍布着数不清的血道子,就像被锋利的东西划破一样。最为奇怪的是他的下身丢失了……

还有每到夜深人静的时候,在乱坟岗就会传出嘈杂的声音,有人的说话声、笑声、喊声,有羊叫、猪哼、鸡鸣、狗吠……

更有许多离奇古怪的事。

是真是假?只有亲身经历过的人才知道。

关于乱坟岗的更多传闻周赶上比谁都知道得多,作为一个阴阳,他太明白在这个世界上有许许多多奇奇怪怪的事是很难说清楚的,信也好不信也罢,有一天如果你真的不巧也碰到了,千万不要惊慌,或许只是个幻觉,或许……

本来每年的这一夜周赶上都会顺顺利利地完成要做的事,虽然避免不了与不干不净的东西面对,但总能应对自如。然而今年的这一夜他就不会那么幸运了。

周赶上一手执鞭,一手摇着铜铃,往乱坟岗的中心走去。在他的前后左右一些东西飘忽不定,忽有阴风扑面,背后像有东西突袭,头发便直竖起来。周赶上虽然惊惧,但他显得很镇定,他不敢有丝毫的疏忽,一旦出现纰漏,让它们逮到机会,他就性命不保。他急促摇着阴阳铃子,金属相碰的声音虽不响亮但清脆,响成一片的铃声聒噪、刺耳,麻线搓的鞭子在他的另一只手里不停地甩动,啪、啪的鞭声接连不断。他的口中反复念动着一个个咒语,那些咒语在这样的环境中有了灵气,成了催神镇鬼避邪的法宝。

周赶上在快要结束他的仪式的时候,忽然看见从一座坟丘的后面缓缓地出现一个黑影,它像一个三尺高的圆柱体一样,好像很费力地往他这边跳过来。这样的事周赶上以前也经历过不少,但那都是隐隐约约的不甚清楚,像这么近距离这么清楚的还是头一次。紧张是避免不了的。不过周赶上毕竟是经历过的人,知道怎么应付。在那个东西快要近前的那一刻,他的麻鞭照准了抽过去,啪的一声,他以为搞定了,谁知并未倒,只是晃了晃。周赶上慌了神,把阴阳铃子摇得更快了,仓啷啷的铃声愈发地急促了,愈发地聒噪了。他的嘴里念动着咒语,呜呜哇哇,伊呀呀呀,念到急迫处,嘴里竟然喷出火星子来。这些火星子落在那个东西上,发出嗞嗞的声音。

纵然这样仍然不能制服,周赶上更加慌了神,不由向后退去。他在退的过程中把麻鞭交到拿铃的手中,空下来的手在包里抓出来一把五谷,向对方撒去。五谷扑啦啦打在那上面,丝毫没有被击倒。周赶上还有最后一招,不到万不得已时他不会用。那是几颗被祭起的鸡蛋,每一颗都包在一道十分厉害的符咒里,据说这东西非比寻常,再凶残的厉鬼只要被打中,都会灰飞烟灭的。

周赶上接二连三抛出了他的法宝,每一颗都准确无误地打在对方身上。周赶上没有看到期盼的结果,那东西好像并不怕他的法宝,固执地向他扑来。周赶上彻底崩溃了,精神防线一倒,剩下的只有逃命了。

那时,周赶上妈呀一声叫唤,掉头就跑,阴阳铃子、麻绳鞭子早不知丢到哪里去了。他慌不择路,一脚踏空,从高高的沙石崖滚了下去……

这个时候,在周家的驼背老头起来尿第一次。

周赶上一脚踏空的时候,他想到了他家的灯笼熄灭过一次,他知道那意味着什么,但他没想到会来得这样快。如果他死在大年夜里,等埋入土里也是第二年了,这和他看到的正好吻合。

但他没有死,也没有受重伤,只是擦破了几处,并无大碍,与受到的惊吓比根本算不了什么。他之所以能逃过此劫多一半来自他的运气。沙石崖虽高,但并不是立陡立陡的,这是次要的,他没摔死的原因是因为他掉下去的位置比较独特,那里是一个由山洪长时间冲刷形成的槽,有的地方宽有的地方窄,窄时仅有一尺。周赶上正是从那儿滑下去的,所以捡了一条命。

周赶上惊魂未定回到家里已经是半夜的光景了。由于惊吓、疲劳、擦伤,躺在炕上后,很快就睡着了。

午夜刚过,驼背老头起来尿第二次。他尿完回到窑里躺下不久,院里猛然响起了一种声音。那种类似牛嚎的声音让驼背老头震惊不已。他知道这是活魂的嚎叫声。据传人在死之前都是有预兆的,只是没人留意而已。张青元的村里有一个柳匠,就是编笸箩、簸箕的。那一年八月里,有一天晚上,张青元起夜给牛喂夜草,他就听到柳匠的院子里有响动,是那种木匠砍木头的声音。张青元和柳匠是邻家,他听得真真切切。十一月的时候,柳匠死于一场意外。他的棺材就是在院子里请木匠打的,情景和张青元几个月前听到的一模一样。

说人是有魂魄的,分为真魂和假魂,真魂在人死前的几个月就先离身走了。真魂走时都会发出像牛嚎一样的声音。很多年纪稍长一点的老人大多听过活魂的嚎叫,它从门里出来后嚎三声,下院子时嚎三声,出村的时候再嚎三声。根据声音的方位就可以大致判断出是谁的魂走了。过一段时间果然有人死了,和活魂走时相一致,很多人都信。

驼背老头听到的活魂嚎叫肯定是从周家发出的。他睡在窑里的炕上,声音就在院子里传来,那种粗闷的牛嚎一般的声音仿佛就在耳边,那么清晰,那么真实。驼背老头以前听过这样的声音,更知道它意味着什么。他不害怕,但也很紧张。他明白周家有一个人要走了,这是改变不了的。但也有一种情况可以阻止魂魄离去。那是一种机遇,更是一种巧合。如果有一个人的魂魄要离开,恰好被某人碰上了,而这个人不是一般的人,至少是阴阳或是懂法术的,只有这样的人才可以拦挡它。这样的机遇几乎是可遇而不可求,且充满了风险。据说一旦活魂的头发披散下来后,就再也阻挡不了了,必须把路让开,否则反受其害。

都说确有其事,知道的就信,不知道的千万别信。

活魂嚎叫的声音从周家开始,一直往漩涡畔的方向去了。在那声音消失的一瞬间猛然传出几声惊恐的马的嘶鸣。

十一、惊魂漩涡畔

滴水沟里的酸枣是一个不甘寂寞的女人,村人口中很多酸涩的事大多和她有关。其实也不能全怪她,她有男人,但一年四季在家的日子少得可怜。那人是个木匠,做窗子打柜子,手艺很好,尤其擅长打棺材,在四村八乡也是小有名气的一个人。做木工的手艺很成功,做人却很失败。

以前木匠正月出门腊月回家,今年酸枣做好了年茶饭,以为男人回家的日子不远,结果临近年关的时候,木匠捎来了话,说过年不回来了。木匠回不回来酸枣也不怎么期盼,何况今年和往年大不相同了。

木匠肯定没有回来,但很多人看到酸枣家里晚上不仅只有她一个人。过年了,窗户纸都换了新的,往日昏暗的灯光眼下就明亮了许多。不少人路过酸枣家的时候他们都看到了一种现象,在新糊的窗户上映出两个人的影子。其实见怪不怪,像这样的情景在酸枣家本就不是第一次。

可是接下来酸枣做了一件让人匪夷所思的事。

年三十晚上,在头一轮鞭炮声稀稀拉拉的那一段时间,好像夜里从来不出门的这个女人竟然悄悄地离开了家,顺着村路走下去了。她的脚步急匆匆的,一直往一个地方走去。转过几家院子,酸枣出现在石成家门前。石家的院门敞开着,灯笼吊在一根长长的木杆上,木杆压死在窑顶上。灯笼是木制的,糊了麻纸,四面写有"明灯高照"。酸枣爬在院门框上向里张望。窑里也点着灯,灯光映照在窗户上,是那种发红的暗。这里静得让酸枣有点害怕。九花走失了,石家大院只有石成孤单单的一个人,没有年的气息也属正常。酸枣怀着忐忑不安的心走了进去。走过空旷的院子,她来到了那个点灯的窑门前,伸手推门。门没有开。酸枣抬头看时,门是在外边锁着的。大年夜石成为何不在家呢?他到哪儿去了?

酸枣又把所有的门都试着看了看,无一例外都上着锁。无奈酸枣退出了石家,选择离开。

酸枣在这个大年夜里来到石成家她究竟想干什么?她的这一举动和九花的走失有没有关系?

酸枣回到家后不久,她就听到了活魂的嚎叫。其实这是很恐怖的事,酸枣一夜没有睡着。

大年夜里发生的事确实蹊跷,但接下来发生的另一件事就不仅是蹊跷那么简单了。

从滴水沟顺着水流的方向往前走,过漩涡畔,走杨家废弃的院子,转过一个长满桃树的黄土峁子,路就分成了两条,一条往沟口去了,出了沟就是大川;另一条拐入了更窄的沟里,那儿有一个叫作背沟的村子。说是村子其实只有一户人家。这家人姓刘,男人叫刘存定,女人叫黄三改。说这家人是因为他们和周赶上有牵扯,而周赶上又和九花的走失不无联系。

周赶上和这家人的牵扯要从黄三改说起。

黄三改在没有嫁人之前其实是一个很本分的女子。她在十七岁时嫁给了背沟的刘存定。这个人最大的毛病就是酗酒,简直是嗜酒如命。在新婚之夜时竟然喝得酩酊大醉,把一个水灵灵的大女子丢在一边不管。从那时候开始,黄三改就知道她嫁错人了,这辈子算是毁了。其实黄三改长得并不难看,只是刘存定把酒看得比她重要。在以后多年的生活中,这种状况一直没有改变,黄三改虽然心里难过,但也认命,直到周赶上走进了她的生活。

黄三改是那种臀部比较大的女人,有句老话讲,女人屁股大一定能养娃娃。黄三改四十岁前已经养了四个子女。最小的是在她三十六岁那年生的,是个小子。养这个小子的时候黄三改难产。背沟只有他们一家人，事先也没有做准备，以为都会像以前三个一样，顺顺利利就养下了，谁知就难产。在这紧要的关头刘存定却喝醉了酒，头朝下炕角蜷成一团，雷打不动。刘家儿女中最大的一个是十几岁的女子，她看到了那么多的血，吓得哭了。她用拳打，用脚踢她的父亲，最后又揪他的头发，掐他的皮肉，连喊带叫，刘存定鼾声如雷，就是不醒。黄三改还清醒，她让大女儿去村里叫人。那时天刚黑不久，十步以外就认不清人了。

牛家咀的豁豁去山里砍柴，有一种叫黑格栏的矮生灌木长在黄土崖畔上，这种东西晒干以后烧火火焰旺，豁豁就是砍这种柴的时候摔下了山崖，花红脑子都倒出来了。埋的时候用的阴阳是周赶上。周阴阳艺高心重，但豁豁家贫，没能拿到可心的报酬，草草把人埋了，连饭也没吃一口就赶回来了。

周赶上从前沟走后来，黄三改的大女子从背沟走出来，他们在路口碰上了。

这个女孩只知道叫人，却不知道叫什么人，以为是人就行。看到了周赶上就像抓住了救命的稻草，立即拉住手不放了。周赶上莫名其妙，问她又讲不清楚，只是哭着拉着他走。周赶上知道她家一定出事了，就跟着她走。

周赶上设想了好多种情况，连最坏的他都想到了，唯独生小孩他是怎么也没想到。看到当时的情况，周赶上也傻眼了，束手无策。黄三改几近昏迷，刘存定酩酊大醉，鼾声如雷，几个娃娃大的哭小的嚎，乱成一团。周赶上啥事都经历过，可唯独这种事没有，生小孩那是女人的事呀。可他也不能不管，既然来了，他或多或少都要帮些忙的。他这一生没别的本事，除了阴阳方面的知识，甚至连种庄稼也不会。他对他的技艺很有信心，好像从来也没有怀疑过，但面对流了很多血的女人，他犹豫了。然而不能再延误了,只能死马当活马医了。周赶上把他平生所学全部发挥了出来,又是念咒语,又是点香烧纸,把阴阳铃子摇得丁零当啷响,驱鬼的符咒到处贴。很多东西都是从书上学的,这类知识凡是阴阳都会;也有祖传的,这就是秘籍,经过长期实践总结出来的,效果就不一般。周赶上之所以出名,与祖传是分不开的。

经过一番折腾,黄三改转危为安,产下一子。周赶上松了一口气,擦了一把头上的汗。黄三改已经生育过三胎,很有经验,接下来的事她自己就能处理。

看似不大可能的事却有了结果,确实让人难以置信。两件毫不相干的事,生孩子和阴阳驱邪八竿子都打不着,但在阴阳的一番运作之后就起了作用。

周赶上和黄三改就这样逐渐走到了一起。在孩子满月的时候,周赶上作为上宾被隆重地请到刘家,成为最重要的客人坐在首席。他不仅为孩子取了名字,还被认为是孩子的保锁人。他给孩子取了一个毛桃的名字,刘家人很认可,尤其是黄三改毛桃毛桃叫了十几声。保锁人其实是孩子在未成年时的保护者,也只是一种精神上的依托,到了十二岁时经过脱锁的仪式后,孩子就长大了,就不需要保护了。传说每一个人在十二岁之前魂魄是不全的,很容易被邪气侵袭。

周赶上和黄三改真正有了那种关系是在毛桃白日庆祝时。后来刘存定知道了老婆的背叛,可他就当什么也没有一样,对此睁只眼闭只眼,装糊涂。

那日酒宴一散,周赶上并没有急着走,而是坐在炕上喝茶。刘存定早已喝得酩酊大醉,倒头呼呼大睡。黄三改长得不难看,几个月一直在家育儿,很少晒太阳,人就白净了许多,更加好看了。黄三改生毛桃时,周阴阳该看的都看了,从那时起,他已经有了一个打算。现在是他实施的时候了。

周赶上做这号事是行家,对拿下黄三改很有信心。通过他细致的观察和言语、行为的挑逗,他发现黄三改也有那种意思。在毛桃和另外几个孩子都陆续去睡后,周赶上说:"不早了,我得回去了。"

黄三改说:"没有月亮,天太黑了。"

周赶上说:"你家也没地方睡。"

黄三改说:"前后有两盘炕,还睡不下个你?"

周赶上说:"酒鬼呢?"

黄三改说:"他睡下就像死猪一样,天塌下来也醒不了,不到天亮不起来。"

刘家人住一孔窑洞,砌了两盘炕,一盘在门口,一盘在窑洞的最里边。刚开始是这么睡的,黄三改和几个娃娃睡在里边的炕上,周赶上和刘存定睡在门口的炕上。周赶上心里有事哪能睡得着,翻来覆去,窸窸窣窣。后炕的黄三改也没有睡着,可她又不知怎么对周赶上说。如果直接叫他,又怕他说自己太轻浮,低看了她。忽然她心中一动,爬出被窝,到了下炕角,那里放了一只尿桶子。她蹲在上面,故意尿出了很大的响声。在这样的声音作用下,周赶上蠢蠢欲动。但他不知几个娃娃是否都已睡着,所以不敢行动。黄三改尿罢,说:"外边冷,尿桶子在这边的炕上。急尿了你就过来尿。"

周赶上知道这是信号,再也没有什么顾忌了,下了前炕上了后炕。

这只是开始。以后周赶上每次去找黄三改必定要带两瓶酒,刘存定每喝必醉,一醉就是一夜。

周赶上和黄三改在一起是有私心的。周赶上的女人一直不生,黄三改又能生,他是想让这个女人给他生个一男半女的。但经过几年的努力,黄三改也没再生。在这个大年夜之后,周赶上越来越感到儿子对他的重要了。也许过了年的某一天,他就会死去,周家殷实的家产就没有人继承了。那样的结局他不想要。他一定要有自己的儿子。黄三改还不算老,只要努力说不定就怀上了呢。有了这样的打算,周赶上在正月初三的黄昏提着两瓶酒走进了背沟。

周赶上是刘家很受欢迎的人。对刘存定来说,周赶上来了他就有酒喝了;黄三改呢,她得到的就不仅仅是心灵上的慰藉了。

像往常一样周赶上照样把刘存定喝醉了,这个男人死猪一样睡了,周赶上和黄三改又开始了一场翻云覆雨的运动,到了极致时,黄三改不由叫出了声。"不敢叫!"周赶上低声说。黄三改:"人家不由了嘛……"周赶上:"忍着!"黄三改:"都怪你……"

黄三改的大女子已经出嫁,但炕上还睡着三个,老二也十几了,她就被他们折腾醒了,以为她妈怎么了,就问:"妈,你哪里疼吗?"

黄三改:"妈是肚子疼呢。"

女子:"那怎办呀!"

黄三改:"你周干大给妈揉揉就好了……"

周赶上是半夜离开的。正月的夜里寒意还是很浓烈的。周赶上穿着一件老羊皮袄,走出背沟的时候,寒风吹过脸颊,他不由把脑袋往衣领里缩了缩。作为一个阴阳周赶上更有理由相信这个世界上有鬼,因为他干的就是哄鬼的营生。从背沟到滴水沟必须要路过废弃的杨家老院和漩涡畔。杨家老院是怎么回事周家人比谁都更清楚。每回路过这里时,尤其是夜里路过,周赶上都非常小心。

刚出刘家门时感觉夜很黑,但走了一会儿,眼睛渐渐地适应了,看见路是模模糊糊的一条,周围的东西也是一些黑乎乎的影子。快走到杨家老院时,一股风从身后刮来了。本来风是从沟里往沟外刮的,是那种典型的西北风,骤然转向的风把老羊皮袄的衣襟都刮了起来。这种反差很大的变化让周赶上有些吃惊。类似这样的情况大阴阳和二阴阳也讲过,它不是自然形成,而是一种更加诡异的灵异现象。在人类生存的自然界里,有一些不为我们认知的东西也客观地存在着,只是我们的肉眼看不见,比如灵魂。灵魂是一个人的精神世界,它存在于人的肉体之外,控制着人的行为。当人死了之后它仍然不灭,像空气一样或东或西。尤其是那种冤死的、屈死的、暴死的灵魂会在某一时刻显现出来,因为它们不能安生,有一股歹毒的怨气聚集在一起,随时寻求报复。这都是大阴阳和二阴阳告诉他的。如果遇上了它们最好不使用法术,能避就避,万一避不开,就脱下一只鞋,把它扣住,等到适当的时机再放掉。这是阴阳学里很浅的东西,所有的阴阳都懂。

周赶上是周家阴阳的嫡传,道行更是不浅。周赶上穿的鞋都是他的相好做的,是那种千层底的布鞋。周赶上在阴风袭击后背的一刹那,本能的弯腰脱鞋,然后转身,口中念一句咒语,啪的一声把鞋扣下去。

就在他弯腰扣鞋的一瞬间,身边有一团模糊的影子一闪而过,掠起的风拂动了老羊皮袄上的毛,那些毛扫在他的脸上。周赶上急忙直起腰,四下看时,夜又静静的,啥也看不到。大阴阳讲,如果一次扣它不定,必然遭它伤害。周赶上穿好鞋,已经是提心吊胆了。这里距杨家老院子不远了,漩涡畔的跌水声也听到了。

二阴阳在临死的时候曾经告诉过周赶上,如果没有特别的事情尽量不要在夜里尤其是午夜的时候去那个地方,即使从那里路过也一定要快速走过去,不论看到或听到什么都不要停下来。周赶上知道他父亲指的是哪里。周家和杨家的事由二阴阳起,到周赶上这里也不一定算完。

周赶上加快了脚步,想很快通过那个地方。以前周赶上也在夜里路过这儿,但都很平安,今夜似乎不大对劲。

在看到杨家老院子的时候,周赶上就感到头皮开始发紧,其实他啥也没有看到,只是一种心理作用,他也知道,但这是无法克服的。现在他的脑海里清晰地浮现出一个画面:杨家那个长得水灵灵的女子长刷刷地吊在门前的树上,舌头被勒出来很长,眼睛大睁,眼珠子像要爆突出来一样,绣花鞋一只穿在脚上,一只掉在地上,蓬乱的头发在风中像荒草一样飘荡。他记忆最深的是那件印着大花的棉袄。那是一件绿面红花的非常鲜艳的袄。他尽量不让自己想到这个画面,可是满脑子全是它,怎么也抹不掉。在距杨家老院子不到十米时,有什么东西把土块或是石块丢在了他的身后。土块或是石块在他头上边划过时的声音他听得非常清楚,然后在距他身后不到一米的地方摔得粉碎,啪的一声,击碎的土渣弹起来打在他的裤腿上,疼是不疼,但让他惊魂不定。他知道这是鬼打石,碰上了是很麻烦的。周赶上加快了脚步,想几步冲过这个院子。

周赶上刚迈进残破的院墙豁口,面前的一幕使他几乎魂飞魄散,两腿一软竟然跌倒了。

那真是非常恐惧的一个画面。

十二、九花的第二个秘密

朦胧的夜色中,一棵枝干稀疏的老树在寒风中发出呜呜咽咽的低吟,似哭似唱,就有些哀哀怨怨。有一条碗口粗的树枝斜斜地伸出,在一团红光里,树枝上赫然吊着一个人。

这一惊更是非同小可,周赶上的心差点没从嗓子眼里蹦出来。在这一瞬间的画面里,周赶上清晰地看到了一张眼内滴血的脸,那血黑得极其醒目,就好像有一点光正好照在那张涂了白面一样的脸上,那种反差让人看一眼就永远忘不了了,刻骨铭心的恐惧把周赶上推到了一种难以承受的极限。

这真是太可怕了。周赶上过了好一会儿才从极度的惊惧中缓过来,不由向那里看了一眼,这又让他大吃一惊,那里只有一棵光杆杆老树,根本没有红光,也没有人吊着。周赶上的心骤然平静了不少。他以为自己是看花了眼,忙抬手使劲揉了揉眼睛,但也没看到刚才的那个画面。周赶上镇静了一下自己,吃力地爬了起来。夜突然就变得很静,好像连风都不刮了。

杨家的老院子从入口到出口不少于五十米,多年前杨家兴盛时砌有几尺高的土墙,但路还是从院里过。现在土墙几乎不存在了,所以路的另一边就是漩涡畔了。周赶上爬起来后不敢再停留,想快速走过去。

怕处有鬼,一点也不错。就在周赶上走到一半的时候,其中一孔窑洞的门哗打开了,有一团火球直向周赶上扑来,接着有一个阴阳怪气的声音幽灵一样在叫唤:"还我的命来……"

周赶上妈呀大叫一声,狂奔起来。他还没跑几步就被一个黑黢黢的影子挡住了去路。"还我们的命来……"又是那个幽灵一样的声音,仿佛就在耳边。

周赶上急忙转身,没了命般往回跑。他叫开黄三改的门,一脚踏进窑里,昏死在地上。他的衣服几乎被汗水湿透了,那张脸纸一样苍白……

这年滴水沟里真是怪事不断。

常三鬼来的时候骑着一匹红马,这么些天来一直拴在石成家的牛槽上。石成种地不多,根本没有草料喂它们,牛瘦得能看见条条肋骨。安心没回去之前他每天都要把马拉出去放一阵子。过年的这几天里,石成很少喂它们。

初六是小年,这一夜人们又点起了灯笼。小年夜也放鞭炮,这里那里都有鞭炮炸响的声音。夜深了,鞭炮声稀稀拉拉的时候忽然出现了另一种声音。这声音十分刺耳,也异常惊悚。它让人联想起大年三十晚上从周家传出的活魂嚎叫声。但谁都能听得出它们是有区别的。活魂的嚎叫粗闷如牛嚎,可它的声音如大风呼啸,似惊雷裂天。等鞭炮声过去以后,只有那声音的时候,人们才听清楚这是马的惊叫声。

滴水沟人的记忆里,对马的印象并不深。多少年里,只有周家有过一匹马。大阴阳出门是鬼抬轿,二阴阳在他四十岁之后才开始骑马,那是一匹没有杂毛的黑马,在二阴阳死前的半年里,那马每至夜深人静时总会猛然惊叫起来。二阴阳就说,滴水沟要出事了。

据说有的人确实能看见不干净的东西,大凡这样的人他们的魂魄都比较弱。更有甚者说还有一种人白天活在阳间,夜里就是给阴间办事的人,就像唐相魏征一样。某些动物也具有这样的能力,比如毛色为纯白的狗。二阴阳说,马的阴阳眼在动物里也是明显的,只是它们生性胆小,看见了也会躲开。他还说如果看见马在正常的情况下突然鼻孔里喷气,低下头,那就得小心,那是它看见了灵异的现象。也有极少数的马看见后会发出惊叫。

那年周家黑马的惊叫给滴水沟带来了一系列的祸事。第二年天大旱,庄稼几乎颗粒无收,出门乞讨者不下数十人,饿死者两三人。那年冬上一场大雪持续了近一个月,冻死了几乎所有的牲口。那马也死得蹊跷,忽一日,它仰天长嘶,挣脱缰绳,一顿狂奔,跳下了漩涡畔。这之后滴水沟好像再没见过马,直到常三鬼的马出现。

小年夜的马鸣村人都听到了,他们心里咯噔一下子,脑海里冒出了那年的情景。他们知道,来年的村子又是不太平的。又会有什么样的灾难呢?

还有一件事村人弄不明白。酸枣的男人过年没有回家,可是村里很多人都看见她们家的窗户上有时会出现两个人的影子,一个是女人,另一个是男人。那么这个男人会是谁呢?

小年夜里,石成家没有点灯笼,甚至窑内也没有点灯,整个大院黑森森的,寒风吹打着残破的墙头上的几尾荒草发出呜呜咽咽的响声。那时候拴在槽头的红马忽然嘶鸣起来,声音凄厉恐慌。马鸣的声音持续了一会儿后,渐渐淹没在了风中。在村人因为马的嘶鸣而心惊时,有一个黑影打开了石家的大门。石家的大门已经很破旧了,平日里开和关时都会发出咯咯吱吱的声音,但今夜它却悄无声息地开了。开了的大门很快又关上了,出来的人用一把锁子把门锁死了。从他的身影不难看出,这是一个男人。他在走上村路的时候明显能看得出有一条腿是瘸着的。天黑看不清他的脸,但从瘸着的腿来看,应该不是石成,石成的腿不瘸,好好的。他不是石成又会是谁呢? 石成家还有一个我们不知道的男人?

他顺着村路一瘸一拐地走着。村人都点着灯笼,光就四处照着。这个瘸子对村庄好像很熟悉,他沿着村路不停地走,尽量避开灯光。他虽然瘸着腿,但脚步匆匆,终于在一家人的院外停住了,细看这里正是酸枣的家。这时候酸枣家的窗户上又映出两个人的影子。瘸腿男人顺着墙根溜进院子,潜在窗下。他在指头上蘸了点唾沫,把窗户纸捅开一个孔,单眼往里看去。这一看不要紧,他惊得不由倒吸了一口冷气。在酸枣家的炕头上,赫然坐着一个男人。此人不是别人,正是消失多日的常三鬼。但见常三鬼喝着茶,面向窗户,看着这里,忽然笑了。这一笑让瘸腿男人又是一惊,急忙缩下头,顺原路退了出去,很快没入进夜色里。

常三鬼名如其人,行事方式与常人不同,给人很诡异的感觉。自去年失去踪迹以后到出现在酸枣家的炕头上,这么多天来他一直躲在这里吗?难怪过年后时常能在酸枣家的窗户上看到一个男人的影子。

酸枣是个不甘寂寞的女人,她最大的本事就是在很短的时间里把看中的男人弄到手。在村中的碾道边她一眼就看中了常三鬼,这个男人不仅有超常人的本事,在满足女人欲望上也一定是把好手。常三鬼那是见多识广的人,对酸枣的各种暗示他心知肚明,他决定投其所好。九花的事进展不大,他也很着急,不仅是这事过于蹊跷,还在于这个村的诡异,尤其是周家,村人对周家的事几乎是闭口不谈,摸不清周赶上和九花的确切关系,九花走失的事就理不出个头绪。所以在那个晚上常三鬼敲开了酸枣的门,他决定在这个女人身上寻找突破口。一夜的风雨情过后,酸枣已经离不开常三鬼了。其表现很多,其一就是给常三鬼做好吃的,只要家里有的她都会毫不吝惜地做给他吃。其二是她很快就开始给常三鬼做鞋。这女人心灵手巧,做鞋的功夫更是不比寻常。她先量着常三鬼的脚剪好样子,然后开始纳鞋底。他纳的鞋底的图案很特别,常三鬼看了后感到很眼熟。常三鬼的记忆力亦不同凡响,在大脑的深处他翻寻出和此有关的信息,在漩涡畔的雪地上他看到的脚印就是这样的图案,如出一辙。

"这样的鞋底你还给谁做过?"常三鬼看着这双做工精细的鞋底问酸枣。

酸枣一双妩媚的眼睛扑闪着,盯在常三鬼的脸上:"你说呢?"

"你给周赶上也做过!"常三鬼双手捧了她的脸,眼睛死死地看着她。

"你弄疼我了。"酸枣要挣开他,却没能够。

"你骗不了我的。"常三鬼很自信,放开了她。

酸枣避开常三鬼的目光,把脸扭向一边,说:"我是给周赶上做过那么一双,也给我家死鬼做过。怎么不可以?可那都是以前的事了嘛。"

常三鬼很兴奋,说:"做过就好。"

酸枣说:"我以为你会生气。"

常三鬼说:"我没有那么俗气。你可不可以给我讲讲你和他的事?"

酸枣低下头,说:"我不能讲,他说过,如果我把和他的事说出去,他会用短法子咒我的。他说他会让我变成满脸流脓的丑八怪,还要我变成哑巴,一辈子说不成话。"

"周赶上真的有那么厉害?"常三鬼却不以为然,从鼻孔里哼了一声。

"他那个人心眼歹毒,说到做到,村里有好几个人被他残害了。"酸枣说到周赶上仍然心有余悸。

"你是被他强迫的?"常三鬼说。

"不光是我一个。"酸枣说。

"九花也是一个了?"

"你别问了,我不想变成丑八怪。"

常三鬼很无奈,叹了一口气,说:"那好吧,我不强迫你,不过你记住,九花的事也许有一天会发生在你的身上。"

酸枣很镇定地说:"我和九花不一样,我再生不出来了。"

"周赶上让你们给他生儿子吧?"常三鬼说。

酸枣说:"我不想再提那个事,这个年我家死鬼男人不回来,咱俩好好地过几天快活的日子。"

常三鬼叹息一声,说:"我不能和你一起过年,我有家有老婆娃娃,他们在家等我回去过年呢。"

酸枣有些伤心,她说:"男人都是没有良心的鬼,抱着搂着的时候啥好听的都敢说,一下了肚皮,冷得就像个生人。"

常三鬼真的像厌倦了这个女人一样,准备立即就离开。酸枣也看出了这个男人的决心,她真的很伤心。这些天的缠绵让她享受到从未有过的快活,她不想这么快就失去他。在常三鬼将要出门的时候,果断地追上去,双手抱住了他的腰。"我不要你走。你想知道什么我都告诉你。"酸枣竟然哭了,她呜咽着说。

常三鬼看着门外太阳照下的树影,自信地笑了,把迈出去的一只脚收了回来。

周赶上的老婆一直不生,这无疑是他这一生最大的遗憾。老话讲不孝有三无后为大,他可不甘心周家在他这一辈断了根。

于是他决定找一个女人为他生一个儿子。凭他的实力这一点不难办到。他首先就看中了酸枣。那年酸枣也就是三十来岁,在村里的女人中应该是数一数二的了。周赶上很自信,他知道在村里没有他拿不下来的女人。"那都是命里该有的,躲都躲不开。"酸枣说,显得非常无奈。

那年七月是个多雨的季节,淅淅沥沥的秋雨一直不间断地下到八月底,庄稼烂在地里,空气中弥漫着很浓的霉味。木匠一直在门外干活,家里留一个活守寡的女人。绵绵细雨下得酸枣很烦。她把自己关在窑内,白天黑夜围在被子里。某天早上起来,她感到身上痒,对着镜子一照,雪白的肌肤上起了好多红色的斑点,这些斑点越挠越痒。她害怕了,找了郎中,吃了几副中药也没见好。七月刚完,她想到了周赶上。周赶上虽然是个阴阳,可他在医治疑难杂症这方面也有一定成就。周家阴阳之所以厉害,与此有直接的关系。那些天周赶上也正准备实施他的养儿计划,得到酸枣的邀请后立即答应。

天阴得厚,窑里便很暗。既然看病,就得先看。可是酸枣的病在肌肤上,不脱衣服是看不见的。酸枣先脱了外衣,可仍然看不到那些长在皮肤上的红斑。酸枣又挽起衣袖,但胳膊上的并不多。"腿上也有吧?"周赶上问她。

酸枣说:"大腿上的多,大腿弯子里更多。"

周赶上认真地说:"在没有吃透病情的时候我不能给你医治。"

酸枣很为难,说:"那怎办?"

周赶上说:"好办,把裤子脱下让我看。"

"可……"酸枣突然红了脸,她想她是太寂寞了,渴望有人陪她。

"要想看好你的病就听我的。"周赶上说。

"好……吧……"酸枣的声音很抖,也很弱。

酸枣开始脱裤子。她的动作很轻很慢,手就抖得厉害。她知道木匠回罢家有些日子了,现在给一个男人脱裤子,她的心就慌得厉害。

酸枣脱了裤子赤条条地裸露在周赶上的面前。天阴着,窑里暗。"窑里黑,把灯点上吧。"周赶上说。

灯就在炕墙上放着,周赶上顺手就点着了。

酸枣的腿非常具有诱惑力,修长、圆润,肌肤细腻白净,没有一点赘肉,只是起了一些红斑。周赶上看着这腿,眼睛直直的。

"这是我见过的最美的腿!"他由衷地赞叹道。

"啥?"酸枣夹住了腿。

周赶上似乎忘记了是来看病的。他久久地欣赏着酸枣的两条腿,目光贪婪,表情淫邪。

"我得的是啥病……"酸枣问,喉咙咕地叫唤了一声。

"让我仔细看看。"周赶上说,伸出双手在酸枣的腿上抚摸起来。

酸枣不由得呻吟了一下。

"这是湿热导致的一种皮肤病……"周赶上说,手就一直摸上去,他摸到了湿淋淋的一摊……

院外阴雨绵绵,这样的天气很容易勾起人的欲望。

"几天以后我的病就好了。"酸枣对常三鬼说,"就从那一天开始,他让我给他养儿子,可是我一直没有怀上。你不知道,周赶上就是个牲口,做那事的时候连牲口都不如。后来他见我生不出儿子,就不再理我了。"

"其实我不想知道你的事,"常三鬼说,"我只想知道周赶上和九花的事。"

酸枣觉得自己受了欺骗,感到很委屈,就伤心起来。"你欺负我!"她说。

常三鬼就拉了她的手,轻轻抚着,说:"我从来都不欺负女人。我认为只要两个人真心相好就够了。你想我们之所以能够在一起,这也是一种缘分,常言道百年修得同船渡,千年才能修得共枕眠,我们应该珍惜,不应该猜忌。你说对吧?"

这话让酸枣十分感动。女人嘛就爱听好话。"我不是不跟你讲他们的事,我怕说出来周赶上咒我。那个人太可怕了!他让你变成哑巴就是几句咒语和一道符的事。"

常三鬼说:"我告诉你,他就是在利用你们这些弱点才在村子里横行霸道,为所欲为。其实他并没有你们想象的那么可怕。况且咱两个人关起门来的话他一定不会知道。"

酸枣还是有点顾忌。她说:"万一走漏了风声,我就……"

"你是不相信我!"常三鬼叹了一口气,显得很无奈。

酸枣沉默了一会,像是下定了决心,说:"为了你,我啥都不怕了。我这就告诉你他们的事。可你一直要和我相好,不能负了我。"

"放心,我是一个很负责任的男人,等我把九花的事弄明白以后,我会好好陪你的。"常三鬼说的很诚恳。

"九花给周赶上怀过一个娃娃,但让石成给弄掉了。"酸枣开始讲述起九花和周赶上的事情。

十三、招魂

九花不像酸枣离了男人就没法活了。她不是那种很好看的女人,但她绝对不丑,如果要有兴趣的话仔细看她,就会发现这个女人越看越耐看，越看越吸引人的眼球。周赶上经常能看到九花，但他从没正眼瞅过。直到有一天他才发现，石成的这个女人真实地触动了他的心。那些天他正为酸枣给他生不出儿子烦恼。"他把我当成发泄欲望的工具，把九花当成养儿的工具。在村里还有几个女人任他欺负，想什么时候弄就什么时候弄。"那时酸枣躺在常三鬼温暖的胸前，低声叙述着。

石成家的茅缸在院门口的左边，是石头砌起来的一人多高的墙，以前上边搭有草棚，为的是挡雨挡风还有遮羞，后来渐渐腐朽坍塌，消失了踪影，墙上的石头也逐年被挪用到别的地方了，如今只留下半人高的石墙还遗漏着两个豁口子，蹲下后才勉强可以不让外边看见。九花在娘家的时候就有一个习惯，喜好黄昏去蹲茅坑。张青元只有两个女子，尤其疼爱九花，打小就没让她早起过，每天一直睡到太阳照在炕头上后才起来。她起床的第一件事就是吃饭，然后再玩或干点别的，临近傍晚的时候才去方便。九花的这种习惯由娘家带到婆家，一直没能改变。正是这样的生活方式让她走上了一条不归路。

周赶上每天都要出门，离家的时间或早或迟，但归来几乎都在那个时间段。那时九花从院门走出来，匆匆地进了她家的茅缸，然后蹲下去。周赶上就从旁边经过。九花完事直起腰紧裤带，她就看到了周阴阳，周阴阳也看到了她。这样的相遇几乎天天都有，除非周赶上不出门或是在外边过夜。开始的时候他们都不自然，慢慢也就习惯了，每次看不到对方还会想不出现的原因。直到有一天周赶上看到了她的红裤带。这年正好是九花的本命年。都说本命年是人运气最糟魂魄最浅的一年，很容易被邪神厉鬼左右，流年不利。穿红肚兜红裤衩系红裤带是为了避邪。那天周赶上喝了点酒，走路有点不稳，但内心却昂奋。进了村,打第一眼看见那个露天茅缸起,周赶上的心情就不是那么平静了。他现在十分期待再次看到那个画面。这样的心情以前绝对没有。他一边走一边等待着,甚至放缓了脚步。当他走到茅缸边上时,九花出现了。那时他们呈面对面的形式,墙上少去的一块石头正好在他们的直线上,九花大腿以上的身体他都可以看得见。九花正在紧裤带。那是一条颜色非常鲜红的带子。看到这条裤带周赶上停住了脚步。他的内心被触动了一下,产生了一个邪念。他念出了一句咒语。九花只看见周赶上的嘴动了动,马上感到一阵眩晕,十分惊愕,愣怔的一瞬间,裤带滑脱了手,裤子也就掉了下去。

当天夜里九花就出现了问题。她睡在炕上,噩梦缠身,连连被惊醒,出了好几身冷汗,第二天九花就病倒了。石成感到很奇怪,头一天还好好的,怎么说病就病了?他也能看出九花是很难受的。石成要为九花找个大夫看看,九花不让。只有她自己知道她是怎样得下的病。到了黄昏的时候九花连出去上茅缸的力气都没有了,她让石成给她找回方便的木桶,就在炕上解决了。石成给她倒污秽时,他看到了很多的血。石成很奇怪,距离那个日子还差近十日。这一天夜里九花的状况更差,不仅做噩梦还说胡话,有时还用手掐自己的脖子,直掐得连气都喘不过来了。天亮后,九花让石成去找周赶上,她说她的病只有周阴阳才能看好。石成也觉得九花的病蹊跷,看出不像是正病。这号病大夫是没法治的。石成就去了周家,把周赶上请来了。

一天不见九花憔悴了很多,头发蓬乱,衣衫不整,面色显得苍白。正是这样的形象又使周赶上内心一阵波动。他也糊涂了,怎样的女人才能更打动他呢?周赶上盘着腿坐在九花的面前。九花围着被子,他们中间隔一个胖枕头。九花的手款款放在枕头上,周赶上一只手捏着她的四根细滑的手指,另一只手搭在她的手腕上,那里有一只银手镯。石成站在地上准备伺候着。石成看着周赶上的手和九花的手在一起,就不忍看,把目光移开。

"哪里难活?"周赶上说,抓九花四指的手动了动,好像是那么捏了捏,九花的脸就红了红。

石成看见了,心猛地跳动了一下。"你就说你哪里难活嘛。"石成说,屁股一抬,坐到了炕沿上。

九花低下头说:"我就觉着我呀胸闷气短心慌,胳膊抬不起来,腿也动弹不了,眼花口干,头重脚轻,一阵一阵地发晕,什么也不想吃,光想吐。唉,也不晓得罪了哪尊神,胡梦瞎想,睡下好像人叫了,坐着好像棍撬了,站着又像鬼推了,一满难活地不行了。"

"从啥时候开始的?遇没遇到什么不正常的事?"周赶上还捏着九花的手不放。石成急忙倒了一杯水,递给周赶上。

周赶上没接。"你没看见他给我号脉,腾不出来手嘛。"九花说,把银镯子往上扯扯,手刚离开那镯子又滑下来了,碰到了周赶上的手上。

"也没有遇到啥不好的事,就是那天在茅缸里……我好像看见了……我的裤子怎么也穿不上去,不由我了……"九花说得很困难,但眼睛却盯着周阴阳。

周阴阳的手终于松开了。石成长出了一口气,又把水递给他。周赶上接住抿了一口。"我知道了。今年是你的本命年,你魂魄浅,阳气弱,阴气重,很容易被邪气附体。每个人都有这么几年,只要在这一年别戴孝,别出远门,见神敬神,见佛拜佛,夜里和中午不出去,也许能躲过一劫。"

九花害怕了,她对石成说:"要是躲不过去那咋办呀!"

石成说:"给你看嘛,又没说不管你。周赶大你再给详细看看,看能有什么更好的办法没有。"

周赶上说:"我又比你大不了几岁。"他转过头,"这样吧,你把你的生辰八字细细地说说,我好掐算掐算,再翻书看看。"

九花就详细地说了她的生辰八字。周赶上对应着那些数字,认认真真地掐算了一会,又取出破旧的书翻来翻去。最后他合上了书,不言语。"有没有办法?"九花问,"我能活过这一年吗?"

石成也期待着。

周赶上搓着双手,欲言又止。这更增加了九花的恐惧感。"你说呀!"

"你的处境很不妙。实话告诉你,你有两个魂已经走了。人有三魂七魄。魂是精神,魄为气质。当一个人的魂魄都没有时,他就是一具行尸走肉,活不了多长时间的。"周赶上说的缓慢,但九花已经是吓瘫了。

石成也听得惊恐不已。"那就没办法了?"他问。

周赶上说:"世间的事有阴就有阳,有因就有果,卤水点豆腐一物降一物。人有了病就得吃药,饿了就得吃饭,这是自然规律。我会想办法帮她把魂招回来。不过这是很麻烦的事,需要一定的时间,还需要不少的费用。"

九花就像落水的人抓住了救命稻草一样,竟然一把拉住了周赶上的手,急切地说:"你救救我吧,这事都是因你而起,你不能不管!"

周赶上说:"因为我吗?"

九花直逼着周赶上的眼睛:"那天黄昏,我在茅坑,你在路上走过时……"

石成迫切地问:"咋回事?"

周赶上一把拉起石成,走到门外,低声说:"是这么回事。那天我回来的时候,走过你们家外,看见九花从茅缸里走出来。九花的脚不沾地,却能走得很快。我知道这是魂魄,它要走。我就去拦,结果拦住了一魂,还是让两个魂走了。"

石成半信半疑,回到窑里。

"石成你快准备呀,让周阴阳给我找魂!"九花迫切地说。

周赶上说:"给活人招魂和给死人招魂不同,需要大量的镇物和作充分的准备,还需要一个绝对隐秘的地方。"

九花说:"石成你快想办法呀!你是个死人吗?"

周赶上说:"你放心,好好配合我就行。我先列出需要的镇物,让石成去准备。至于地点的问题你们就不用操心了,我会安排的。"

接着周赶上在一张纸上写出了招魂所需要的镇物,满满那么一大张。石成接过去,细细地看着。"桃木剑柳木弓五谷生铁羊毛菜籽这些都好弄,可像这无根水、无根草、阴阳尿是啥东西?"

周赶上说:"这些都不难办,无根水是天上的雨水,无根草就是没有根的草嘛。至于阴阳尿嘛也简单,找两个同年出生的男女娃,把他们的尿混合起来用。"

石成准备这些东西用了两天的时间,然后装在两个大筐里,用一条扁担挑着送到了周赶上家。周阴阳给九花选择的招魂地点就在周家后院的一孔土窑洞里。当天晚上,石成悄悄把九花送到了土窑内。

周赶上先进行的是围场,就是用符呀咒呀镇物呀把这孔土窑洞保护起来,不让邪神恶鬼闯进来。他用一张张符咒封锁了各个路口,挂起了红布。在窑前的树上,地面上插着用黄表纸剪的三角旗,并写有咒语。门口的正当中高高挂起一只斗,斗内盛有五谷,插有高香黄纸,一个五雷碗就悬挂在当窑顶。门和窗户用红布封死,只留一个小孔。一条白纸贴在红布上,写着"太上老君在此百无禁忌大吉大利",朱砂红笔点煞,更是醒目。窑里点着几盏长命灯,更多的符咒贴得到处都是。香烟袅袅,整个窑洞里充满了诡异的压抑。

那时周赶上的女人已经疯了,就关在另一孔土窑洞里。这个疯女人时不时就会发出令人毛骨悚然的惊叫声。周家的夜甚至是整个滴水沟的夜尽是幽灵遍地的恐惧。

石成把九花送到了那孔窑洞里,周赶上让他回去,因为那里不许任何人出入,害怕随时闯入的人会破坏招魂,而这里的咒语也会伤人的。石成就这么回了家,把九花和周赶上留在了土窑里。

那魂一直招了三个月。等九花走出那个窑洞的时候,她已经怀上了周赶上的娃娃。

在那孔狭小的窑洞里,九花有恐惧也有欣慰。她把自己的命运全部交给了周赶上。周阴阳就是她的福星,她能否活下去全看这个男人了。她怀疑这是周阴阳给她下的咒语,因为从那个黄昏开始,也就是她的裤带脱手裤子掉下去后,一系列的不适就让她打不起精神,就是一具行尸走肉。周阴阳的厉害每个村人都知道,得罪了他就像得罪了神一样。九花乖乖听从周阴阳的安排,为她招魂。招魂的准备很繁琐,但招魂的过程却不复杂。开始的时候周赶上每天摇铃念咒,挥动五色旗子招魂。他口中念念有词,上至玉皇大帝、王母娘娘、太上老君,下至十帝阎君、牛头马面,还有过往的诸神,如祖师爷、观世音菩萨以及当地的山神土地,石家的先人都一一点到,目的是请这些帮忙。渐渐地这样的程序少了起来,由一日三场改为一场。他们的饮食由驼背老头提供,就从那个小孔里塞进去。事情的变化是从十天以后开始的。那时正是黑夜。

这几天以后,九花感到身体不再那么虚弱,而且有好转的迹象,比如呼吸逐渐顺畅起来,夜里的噩梦也越来越少,饭也吃得顺口了。周赶上说,走了的两魂已经招回了一魂,感觉自然就好了。他又说,剩下的那一魂可是不好招的,得慢慢来。说过这话天就黑了。就从这一晚上开始了。

天黑下来以后,周赶上走出了这个土窑洞。很快那面的窑洞里就传出了疯女人的尖叫声,其声凄惨、阴森,听来让人毛骨悚然,同时还伴有噼啪的声音以及男人淫邪的、冰冷的笑声。这些天来,疯女人的叫声会不时地传来,九花早就听惯了,但那远没有今夜这样恐怖,这样惊心动魄。土窑里灯火摇曳,香烟袅袅,朦朦胧胧中一些物体的影子或大或小,或远或近,似鬼魅幽灵,九花发冷似的哆嗦起来。

在窑洞的顶上吊着一个用软柳圈成直径约两米的圆框,一周粘有长长的五色纸条,直坠至炕上。在纸条围成的圆圈内,放一张桌子,上点一盏油灯。周赶上说这盏灯从开坛至收坛,在整个招魂过程中要一直亮着,绝对不能让它熄灭。如果此灯一旦熄灭,招魂将会前功尽弃,那走了的魂就再也招不回来了,人就只有等死了。从走进这个窑洞起,九花一直被圈在那个圈内,守候着那盏灯,生怕它有什么闪失而导致招魂失败。现在发自内心的恐惧让她不停地战栗。面前的油灯豆粒大的火苗儿无声地燃着,不时地跳跃一下。窑门"咯吱"一声打开了。九花以为是周赶上回来了,但她没有听到脚步声,等了一会也没看到人。"周阴阳,是你吗?"九花声音颤抖地问。

那面窑里疯女人的叫声更加凄惨,好像被什么折磨着,要死要活的叫声痛苦、绝望,有时竟是撕心裂肺,听了真让人毛骨悚然。九花面对着无声的油灯,耳听着疯女人痛心疾首的呼喊,她确确实实感受到了一种来自夜的深处的恐惧,它像一只大手死死揪着她的心,那种不可名状的后怕让她对自己的生命失去了信心。一直静静不动的长长的纸条忽然开始动了起来,先是缓缓的,无声的,接着纸与纸之间相互摩擦,发出了窸窸窣窣的声音。灯苗儿也在似有似无的风中摇摇晃晃,渐渐地弱下去,好像很快就要熄灭了。在极度紧张的情况下,九花没忘伸手护灯。灯苗儿在她双手的保护下,慢慢稳定了下来。九花的手小巧玲珑,常年不干粗话,属于那种保养极好的,肤似凝脂,柔腻温软,洁若冰雪,清丽秀雅,别说长时间被灯苗儿烤着,就是只一会儿她也受不了了。她受不了细皮嫩肉被火烤着的灼痛,很快把手缩了回去。灯苗儿忽又弱下去,最后无助地跳跃了几下,熄灭了。九花急忙又去保护它,但已经迟了。熄了的油灯只留一点残余的灰烬发一种暗红的光,很快这种暗红的光也消失了,顿时土窑洞漆黑一片。疯女人还在绝望地嚎叫,其声更加惊心动魄。纸条发出的声音也愈发响了,九花感到了一种无助的惊惧。

子夜过后,疯女人的呼号弱下去,夜也开始变得幽静起来。九花把自己死死地裹在被子里,瑟瑟发抖。灯的熄灭让她彻底绝望了,她想她的魂魄再也招不回来了。她就等死吧。等死的感觉比死更难熬。因为她怕死,所以她才害怕。周赶上走进了门。

"灯怎么熄灭了?"周赶上惊慌地问。

九花像看到了保护神一样,掀过被子,跪爬到炕前,一把拉住周赶上。"周阴阳,周干大,你快救救我吧!"九花声泪俱下地哀求。

周赶上脱鞋上炕,坐下了。"灯熄灭了?"他问九花。

九花哭着说:"我想保护来着,可它烧疼了我,手一离开它就熄灭了……"

周赶上叹了一口气,很无奈地说:"不能怪你,这都是命里该有的,躲都躲不过的。你就认命吧。"

九花一下就瘫在了炕上,连话也说不出来了。周赶上点着了油灯,灯光一下子照在九花脸上。九花的脸惨白惨白的,一双眼睛大得出奇,连动都不动一下,绝望到了极限。周赶上急忙给她施救,好一会儿,九花才缓过来。"我真的没救了……"她低声问。

周赶上没有立马回答她。他掐指头算着。九花死死地看着他,把所有的活着的希望都寄托在了这个男人身上。

"只要你能帮我把魂魄招回来,你让我做什么都行,当牛做马我也愿意……"九花说得很坚定。

周赶上掐算了一阵,又找出书翻看了一阵,然后就默默地坐着。九花的心就要从嗓子眼里跳出来了。

"有!"周赶上说的很有力。

九花哇的一声哭开了。

"你先别高兴得太早,办法是有,可也难度很大。"周赶上说,面无表情,显得很阴冷。"你守护的是你的命灯,命灯一旦熄灭,就意味着生命的终结,再有本事的阴阳也无回天之力。还好,你的三魂已招回两魂,命灯的熄灭只是让招魂变得复杂起来,不会影响你的生命。我会尽我的能力把你的那一魂招回来。"

九花心中的一块石头总算是落地了。"周干大,不管用什么方法,你一定要帮我把魂招回来,我就算是变牛变马也会报答你的!"九花发自内心地说道。

"请不要叫我干大,我没有那么老。"周赶上说,"帮你是我一个阴阳的职责所在,况且我还挣着钱呢。"他故意停动了一下,瞥了一眼九花,九花正专注地望着他。"每个人的魂魄一旦离体,人就进入一个阴盛阳衰的阶段,这是人生命最薄弱的时候,如果呵护不好就会死掉。你现在就是典型的阴盛阳衰时期。要想平安度过去,就得补阳,只有阳盛了,生命才能得以延续,你就能度过这一劫。"

"你说,怎么补阳气?"九花迫不及待地问。

"在自然界里,万物都分阴阳,天为阳地为阴,男为阳女为阴,阴阳互补才平衡。"周赶上说的很缓慢,有意的间歇停顿让九花非常揪心。

"好我的你呢,你就说怎么补阳气吧。你都急死我了!"九花直想叫他爷爷。

周赶上可不忙,他竟然端起水杯喝了一口,然后又慢慢腾腾地说道:"过去有一种邪术,叫采阳补阴,就是找一个阳气非常旺盛的男子,吸取他的精气神,为女子补阳。"

"怎么吸取?"九花问。

"很简单,只要和男子睡够九九八十一天,吸取足够的阳气,就可以精力充沛,逢凶化吉,才有可能把那一魂招回来。"周阴阳说,"在和男子同眠的过程中,还必须施以符咒,必要的时候还得动用神灵。"

九花说:"你说咋弄就咋弄,我听你的。"

"好,既然答应了给你招魂,我就帮到底了。"周赶上终于下定了决心,"现在要找一个阳气十分旺盛的男人几乎是不可能的事。我也看过石成,他的阳气很弱,根本不合适。我是阴阳,阳气重,只能从我的身上采集阳气了。为了尽快召回你的那一魂,我们从今天晚上就开始。"

这让九花非常感动。"我甚也不说了。我会好好报答你的!"她涕泪说。

周赶上又是上香又是烧纸,把阴阳铃子摇得叮铃当啷响,布坛围坛,经过一阵忙碌后,周赶上和九花钻进纸圈子里。他们先是面对面地坐着,双手相推,四目微闭,然后他们把衣服全部脱掉,一丝不剩。油灯摇曳,朦朦胧胧中,周赶上吃惊地看着近在咫尺的女人。这个女人真是太完美了。她的身材无与伦比,该凸的凸,该凹的凹,凸起的丰满,凹下的神秘。周赶上伸出颤抖的手,从她的脚开始抚摸,一直摸到头,然后再从头往下,最后停留在了最深的地方。

九花越来越感到内心深处的激荡远比恐惧来得强烈。"这是给我补阳呢。"她这么想。

十四、石成家的一个秘密

那些天里,石成心神不宁,度日如年。他不知把九花送到周赶上跟前是对还是错。九花生病,让周赶上看这没啥问题,但周赶上是吃肉的狼不是吃草的羊,那个人最大的爱好就是不停地欺负女人。九花年轻,虽然不是太美丽,但她绝对不丑。九花就是一块肉,送到嘴边的肉狼会不吃吗?他后悔了,后悔当初不该做出那样的决定。可是无法挽回的损失让他无心吃饭无心睡觉。他每天都在想,这个时候他们在干什么。他不止一次偷偷跑到周家去看,可每次他连九花的面都见不着。石成很无奈,也更加痛恨自己。

石成知道,九花和周赶上发生那事只是时间上的迟早。

石成第一次往回寻九花时,他们还没有开始做那事呢。石成是中午去的。他先到了周家的前院,刚准备进后院就被驼背老头拦住了。石成说他是来找九花的,九花是他老婆。驼背老头双手比划着,说啥都不让他去。石成没办法,只好垂头丧气地回去。

三天以后石成又去了。这次他绕过了周家前院,直接到了后院。他被眼前的阵势震住了。五色旗和大大小小的符咒挂满了高高低低的树,贴得到处都是。周阴阳是真心给九花看病呢,石成这么想,可仍觉得与狼为伴迟早会出事,还是寻回去保险。门和窗户也贴满了符咒。石成听不到窑里有任何动静。他犹豫了。他在低矮的土墙豁口处停留了很长时间,直到天黑下来后。"九花,我是石成,我来寻你了。"石成喊道,声音并不高。

过了一会窑里传来九花的声音:"石成快往回走,不敢破了法术。"

"你跟我回去吧,我不放心!"石成说的是心里话。

周赶上出声了:"石成你想干什么,不想活了?招魂正到了紧要关头,你想半途而废呀!"

石成就再说不出啥来了。就在这天夜里,九花把自己脱得精光,任由周赶上肆意蹂躏。

两个月后,石成再次来到周家后院。这时九花已经给周赶上怀上了娃娃。

这次石成还是没能把九花寻回去。

当九花回到石家的时候,已经是几个月以后了,这时九花的肚子看得很明显了。石成晓得怕什么就来什么,他送出去的是一个干干净净的九花,可回来的却是一个被人弄大了肚子的九花,这是他无论如何都不能接受的。"没办法,我需要补充阳气。"九花说得很轻松。

石成双手抽打着自己的脑袋,万分痛苦的样子:"补阳气把肚子也补大了!"

九花说:"我也不知道。反正周阴阳说了,这个娃娃是阳气凝聚而成的,我一定要把他养下来。周阴阳说,娃娃和我一气,娃娃在我在,娃娃没了我也活不成。"

石成简直要发疯了,他捶胸顿足,声嘶力竭:"这是作孽呀……"

那以后周赶上来石成家的次数就多了。石成表面上不怎么反对,其实内心是十分痛苦的。眼看着九花的肚子一天天鼓了起来,石成真的是痛不欲生。九花和周赶上的事也在村里悄悄地传开了,石成连出门的勇气也没有了。可石成不敢对周阴阳怎样,他害怕周阴阳的法术,他不想让自己的后半生变成残废。周家的可怕在村里已是根深蒂固了。

作为一个男人,石成肯定咽不下这口气。在九花怀孕五个月后,石成偷偷给九花喝了一碗打胎药,很顺利地打掉了九花肚子里的娃娃。九花用一块红布把打下来的娃娃包起来,送给了周赶上。周赶上看着这个已经成型的娃娃,"天让我周家绝后啊!天哪……"他大叫一声,口吐鲜血,跌倒在地……

常三鬼庆幸自己能在滴水沟遇到酸枣这么一个女人,正是她的热情和对他的痴情,他才把九花和周赶上的事了解得这样清楚。其实在这事上常三鬼比较内疚,他和酸枣相好完全是一种利用,好像没有多少真情实感。人都是相互利用的嘛,他这样想负罪感就少了很多。

"我得去会会这个周赶上了。"常三鬼说

酸枣忧心忡忡,她说:"你小心些,周赶上那个人不好惹,他会法术。"

常三鬼笑了,说:"法术嘛,我也会,而且比他的厉害。"

这话说得让酸枣一愣一愣的,就觉得他这个人深不可测。

刚过罢年,天气开始转暖,但年的气息还没有散尽,各家窗户上的对联依然鲜红。多日不见太阳,走在阳光下的常三鬼就觉得有点眩晕。他从酸枣家出来,走过村路,出现在石成家的院门口。石成家的院门紧紧关闭着,又用一把铜锁锁死了。常三鬼望着瓦楞上的几株荒草若有所思。石成家的围墙都是用大石块砌成的,虽然已经残破,但也很高,翻墙进入的可能不大。常三鬼来回走了几圈,然后顺着墙根一直走到后院。石家的后院很大,可想兴盛时是何等的显赫,但如今早已荒废,庞大的后院被杂草乱石各种树木插满了。这里有一段围墙坍塌了,出现一个豁口子。常三鬼从这个豁口子走进去了。

石家的窑洞都是红砂石砌成的,前边是门和窗子,后背墙就全部封死了,原来进入后院的小门被石块插死了。常三鬼踩着厚厚的枯草,在树与树之间乱走,从这里也进不了石家。看来石成真的不在家,常三鬼想。准备离开的时候,他发现了一个秘密。常三鬼向那里走过去。在封死了的后背墙上,他看到了一个小窗户。它大小不足两尺,却安了双扇门。它开的地方距地面最多有三尺,且隐藏在树丛中,不仔细看是发现不了的。现在是冬天,树落尽了叶子,那方小窗户才从树枝中显现了出来。

常三鬼来到窗下。他发现窗台上有踩踏擦碰的痕迹,地面上的杂草也被踏倒了很多,这说明最近有人经常从这里出入。

他探手推了推窗户,在里边插死了。窗户上糊的是麻纸,有很多地方破了。常三鬼知道这种窗门如何才能关死,也知道怎么能打开它。他把手从破了的窗孔硬塞进去,很快就把窗户打开了。常三鬼吃力地钻了进去。

这个窗户孔开在窑洞的后墙上,正好和土炕一样高。常三鬼钻进去就到了炕上。这孔窑洞正是石成生活睡觉的地方。平时这个窗口被一张很大的年画给挂满了,根本看不出来。难怪常三鬼这之前没有发现呢。石成没在窑里。窑洞很深,门关着,窗户纸也旧了,窑里就很暗。常三鬼下了炕,来到门口。他以为院门锁着,窑门肯定也锁着。但他伸手拉门时,那门悄无声息的开了。常三鬼走出门,就到了院子里。

这么大一个石家院子看上去空荡荡的,连丁点声音都没有,死寂死寂的。常三鬼首先看到了他的红马。那马依然拴在牛棚里,老远常三鬼就看出马瘦了不少。石成的牛被牵了出来,在空地上的一个木桩子上拴着。这牛毛色依然鲜亮,看来石成对它还是很上心饲养的,常三鬼心里很不快,他向牛棚走去,他要看看他的马。在他快要走到牛棚的时候,牛槽底忽然站起一个人来。这人就像从马肚子下钻出来一样,倒把常三鬼吓了一跳。很快他们就四目相对了,也都吃了一惊。站起来的人正是石成。常三鬼看到石成手中拿着一把铁锨。他好像正在干活。

石成看到常三鬼显得很惊慌。这么长时间消失的人猛然出现在面前,不吃惊才怪呢。石成急忙弯腰飞快地铲了几下,弃了铁锨迎出来。常三鬼走过去。他们在牛棚口相遇了。

"这么多天你上哪儿去了?"石成站在牛棚口说,看样子有点紧张。

"我这个人野惯了,哪儿都去。"常三鬼笑着说。

石成一把拉住常三的胳膊,说:"没吃饭吧,快走,回窑里先喝口水。"

常三鬼想挣脱他看看自己的马,但石成拉得紧,只好跟着。"我不饿的。"常三鬼说。

"你说你这个人,走时连个招呼也不打。我还以为你不管九花的事了。"石成把常三鬼领回他住的窑里。

"你在家呀,我以为你不在呢。"常三鬼说,声音很低沉。"大门在外边锁着。"他又加了一句。

"又在外边锁着?"石成很是惊奇。

"不是你自己锁的?"常三鬼也惊奇。

石成说:"我把自己锁在家里,没事我玩捉迷藏呢?再说我也办不到呀!"

"不大可能。"常三鬼说。

"你走后,安心也走了,村里发生了一些怪事。有天夜里马又嚎又叫的,让人心神不宁。"石成说,忧心忡忡的,"家里的院门被人锁了几回了。明明我把院门在里边关上了,第二天却打不开。我出去以后才发现院门被锁了。"

"你是从后窗出去的吧?"常三鬼问他。

石成看了常三鬼一眼,"夏天为了通风才留下的。你也是从那儿进来的吧?"

"我去了后院,看见了那个窗户,就爬进来了。"常三鬼说,"不影响什么吧?"

"不影响。"石成硬挤出来一丝笑。

当天夜里,常三鬼从石成家溜了出来。这是正月十五的前一夜。月亮快圆了,月光却很清冷。常三鬼仍然裹着老羊皮袄,尽量把脑袋缩进衣领里。因为正月天里的夜好像更加寒冷了。

在村路上走的时候常三鬼总是感到身后有什么东西跟着他。他从月光下走进背影里,接着从另一片月光下出现了。那时他就走得很快,眨眼却不见了人影。不一会在他走过的路上急匆匆跟上来一个人。这人也穿着老羊皮袄,只是把头全部裹进了衣领里,根本看不清脸面。但他有一个非常明显的特征:他的一条腿瘸着,走路一拐一拐的。

常三鬼在走进周家前他已经看到了那个跟着他的瘸子。这一点对常三鬼来说很容易办到。他现在还不能确定这个瘸子的真实身份,可也不想惊动他。他装着没有发现一样,绕过周家的前院,从后院走了进去。

这一夜周赶上更加感到惶恐,总是心神不宁。他的疯女人也比往常闹腾得凶了一些。刚黑的时候,他发现有一只夜鸟落在他的窗户上,一声不吭,悄悄地蹲着。这是一种很不吉利的鸟,传说它能嗅到人死前的味道。只要它偷偷地扒在谁家的窗户上,十有八九这家要死人。这里人都知道,不怕它叫,就怕它听。周赶上越来越觉得他活不了多长时间了,种种迹象都把他往死的那方推呀。他知道他不可以再犹豫了,他必须尽快拯救自己。

月亮照在后院土窑洞的崖壁上的时候,关着疯女人的小窑里亮出了昏暗的灯光。从里面传出的疯女人的嚎叫更加惊心动魄。顺着门缝窥探,可以看到窑里正在发生的恐怖一幕。

一盏油灯挂在墙壁上,灯光里疯女人一丝不挂,赤条条地蜷缩在一个角落。她的一双眼睛露出一种极度的惊恐,死死地盯着对面,好像面对的是吃人的魔鬼。她披头散发,身体这儿那儿血迹斑斑,脚上拴着的铁链被解开,也沾染上了殷红的血。一条细细的麻鞭在她眼前缓缓地荡来荡去,一滴滴鲜血顺着鞭梢滴落。她的嘴几乎张到了极限,更加凄厉阴森的嚎叫从喉咙口发出来,很快就淹没在更加寒冷的夜里。

"你不要怕,来,站起来。看吧,你面前就是漩涡,只要你跳下去,就没人打你了,你还可以享福的。"一个阴森森的声音说。

疯女人尽量往后缩,浑身哆嗦着。她停止了嚎叫。但她仍然很惊恐。

"站起来吧,不然我就让锥子扎你!"冷冰冰的声音里夹着冷酷的笑。

长长的锥子慢慢伸过来,然后狠狠地扎进她的皮肉里,顿时一颗颗的血珠珠泪汩汩地冒了出来。要命的疼痛让她全身颤栗,撕心裂肺地嚎叫。

"只要你跳下去我就不扎你了,你真不听话。"一只手伸过来,揪住了她的头发。"看看,这都脏成啥了,也不说洗洗。你跳进漩涡里,把什么都能给你洗干净了。你为啥还不站起来跳下去呢?"

那手猛地一用力,揪下了几根,又揪下了几根。

她痛楚地站了起来。

"对了嘛,听话就好。来,往那里走。看好了,你的脚下就是漩涡,拿出勇气跳下去吧。"

她走到了炕沿前,停下了。

"跳下去你就解脱了,那是一个没有寒冷也没有酷热的地方,再也不会有人欺负你了。在那个世界里,你可以自由地活着。"声音仍然阴森。

她抬起了腿,向前迈了出去……

灯影摇曳,一个巨大的身影映在窑洞的墙壁上。

十五、雨夜杀人结

这天接近午夜时,周赶上发现他窑洞里的灯熄灭了。他记得他离开时灯还是亮着的,怎么就熄灭了呢? 这段时间周赶上身心俱疲,风吹草动他也疑心那是他死前的征兆。他很疲惫,忧心忡忡地推开窑门,走回去,点燃了灯。在灯苗儿亮起来的时候,他发现有一个人正静静地坐在他的椅子上。这一惊真的非同小可,差一点没把他下瘫在地。"回来了?"对方说。

周赶上定了定神,这才看清楚了来人。这人他认得。"是你?"周赶上的声音仍然有点抖,"你终于找上门来了。"

常三鬼很诧异:"你知道我要找你?"

周赶上在另一把椅子上坐下来,把身体瘫在上面。"从九花走失到你的出现,我就知道,你迟早会找我的。但我没想到你来得这么晚。"

"这也许是我的风格。"常三鬼笑了。

"你相信九花是我杀的?"

"谁说九花被人杀了?"

周赶上一愣,把身体坐直了。"九花没死?"

"你说呢?"常三鬼仍然笑眯眯的。

"你想知道什么?"周赶上感到很累,又把身体瘫下去。

"你认为你能活得出今年吗?"常三鬼说的很低沉,但周赶上惊心不已,他的头上甚至冒出了冷汗。他再一次坐直了,惊诧地盯着常三鬼看。

"你看到了什么,还是……"周赶上早就知道常三鬼不是泛泛之辈。

常三鬼站了起来,走到周赶上身边,伏在他的耳朵上说:

"不瞒你说,我是算出来的,你信吗?"常三鬼直起腰后,哈哈大笑。

这笑声让周赶上浑身发冷。

常三鬼又说:"首先说一说你为什么活不出今年。在大年三十晚上,你的魂已经走了,全村人都听到了。你想一个走了魂的人,他还能活多久呢?再看你的脸,整个蒙着一层晦气,眼睛灰暗,鼻歪嘴斜,一副没精打采的样子,只是假活着而已,死是迟早的事。还有,你至少有两次险些死掉。一次是在年三十的夜里,你去收法,被一个你没见过的东西所伤,跌下了山崖,差点死了。另一次是在前几天的晚上,你从黄三改家出来,走到杨家老院子,你看到了非常惊恐的一幕,如果不是你逃得快,那次你也死定了。"

常三鬼一口气说了这么多,听得周赶上心惊肉跳。"你是怎么知道的……"周赶上艰难地说,咕噜咽了一下唾沫。

"我曾在几年前得到过一本奇书,那里边的东西比你们周家三辈阴阳学的都多。"常三鬼说得很玄乎,可他很认真,"你没有忘记九花走失那个早晨的事吧?如果你不记了,我可以提醒你。那天早上你去过漩涡畔。"

"那也你知道……"周赶上不由得哆嗦了一下。

"我还知道你把罗镜都弄丢了。"常三鬼重新坐了下来。

周赶上费力地站了起来,脚下没踩稳,身体晃荡了一下。"那是有人让我去的那里,就是漩涡畔。"周赶上说得很急切。

"你不想死就详细地说一说。"常三鬼淡淡地说。

"我想先告诉你另外一件事情。"周赶上说。

"你说吧。"常三鬼说,心里却想,周阴阳也不过如此嘛,那个被村人说得那么厉害那么神乎其神的人在面对生死的时候也会做出和常人一样的选择。

周赶上在村人的心里那种令人谈之变色的形象已经根深蒂固了。他们害怕他，他们与他小心翼翼地相处，生怕某一天惹祸上身。但是有一个人却对周赶上的能耐产生了怀疑。谁呢？

石成因为一时之气弄掉了九花肚子里的娃娃，他知道自己是闯祸了，闯大祸了。周家三代单传，到了周赶上这里，女人不生，后又疯了，周赶上的着急村里人都能感觉得到。于是周赶上到处串门子，目的只有一个，就是想延续香火。可是好几年过去了也没见有哪个给他生出一男半女来。周赶上的绝望村人也可以感觉得到，后来九花糊里糊涂就给他怀上了，却被石成弄掉了，这无疑比刨了周家的祖坟还要让周赶上痛心愤怒。石成等待着厄运的降临。他在想如果某一天他突然变聋变哑，或是出现了什么意外事故，那肯定是周赶上给他施了法术。他在苦苦的煎熬中等待着那一刻。直到一年以后，他想象的灾难仍没有出现，他在庆幸的同时，开始怀疑起周赶上的能力了。

石成弄掉了九花肚子里的娃娃，这对周赶上来说绝对是灭顶之灾，他连杀了石成的心都有。可是不知为什么石成一天天的避开了他想象中的灾难。周赶上消沉了一段日子后，开始往石成家里跑了。他想让九花再给他怀一次。但多次后，九花却怀不上了。那一年石成出门的日子比往年多了好几倍，那都是九花有意安排的。

在石成出门的时候，周赶上还真拿这里当家了。但是他做梦都没有想到，他差点把命丢在了石家。

那年的连阴雨下得让人烦心。石成出门好几天了，每夜都有周赶上陪着，九花觉得这样的日子过得也算舒心。"那一夜的雨下得大了起来，一直就不停。"周赶上幽幽地说。那时常三鬼已经在周家的炕上睡下了。他们一个头朝上睡着,一头朝下睡着。

七月刚完,淅淅沥沥的秋雨从早晨往夜里下。周赶上每天都会在晚饭前来到石家,九花也会做最好的饭菜给他吃。八月刚开始的那一夜,九花的右眼从周赶上来家起就跳动得很厉害。九花很相信右眼跳灾的说法。"我的心也慌得厉害。"九花忧心忡忡地说。

周赶上想要儿子的急迫心情已经到了不顾一切的地步。在这个秋雨绵绵的季节里,让九花怀娃娃是他的头等大事。他不想在这最为关键的时刻因为九花的眼窝跳就放弃。"你根本不用心慌,石成去了你娘家,活没干完不可能回来,更不会冒着雨回来。就算他回来了,他又能怎么样?他敢得罪我吗?他不怕我把他变成聋子哑巴瞎子?"周赶上对他的威严毫不含糊。

"你早说要把他变成废人,可多长时间过去了,石成还好好的嘛。"九花不高兴地说。

周赶上说:"那是我看在你的面子上才放过他小子的,要不然他早被我弄残废了。"

"谁让你看我的面子了?有他在,咱俩就不得长久。"九花埋怨他说。

"有你这话我就放心了。你看着,我不仅要让他残废,我还要他连今年都活不出去。"周赶上说得很阴险。

九花从他的脸上看到了让她恐惧的东西。现在的九花已经是骑虎难下了。她必须给周阴阳养一个娃娃,那样她的后半生就会衣食无忧。九花是一个贪图富贵不甘平庸的女人,在石成那儿得不到的所有东西,周赶上都可以给她。"你及早动手,我可能又怀上了。"九花说。

这真是一个值得庆幸的好消息。周赶上一把拉过九花,把她紧紧地拥在怀里,当命蛋蛋一样心疼着。

由于九花有怀上的征兆,这一夜周赶上只是和她温存了一阵,就说他要回去,让九花好好休息。其实九花这些天也很累了,也没有过多的挽留。周赶上穿好衣服,开门出去了。那时的雨就下得大了起来。开始打雷是周赶上迈出石家门口第一步。周赶上一打开门,劈头就是一道闪电,把雨中的夜空照得如同白昼。接着他的腿刚迈出门槛,"咔嚓"就是一声霹雳,惊得他的另一条腿迟迟不敢跟上去。九花在窑里喊,让他别回去了。可不知为什么周赶上没听九花的劝说,坚定地走出了门。"我都不知我为什么那么固执,非要回去不可。"周赶上睡在炕上说。他的头枕着双手。"那一夜很怪,连阴雨天竟然响起了雷。"他又说。

"那是一种灾难前的征兆。"常三鬼说,"每一个被土掩埋的人,之前土神爷都会给他暗示。当你坐在土崖下歇息的时候,看到有土块掉落,或者有鸟儿惊飞起来,那就是土神爷给得暗示,让你赶快离开。给你的是很短的时间,你能快速离开就会逃过一劫,如果不当回事,或者动作过于迟缓,那就是你的灭顶之灾。这就是人常说的土神爷不做暗事。有时看见老鼠逃窜也要想到那是不是一种暗示。"

第一声响雷过后,周赶上把雨衣往好披了披,走进了雨中。他走过石家院子,一脚踩在水坑里,泥水四溅,很快就湿了鞋和裤子。到了院门口时他停下了。石成家的院门盖起来有些年头了,上搭的棚子这儿那儿都在滴水。门是两扇厚重的榆木门,距大人头顶不足一尺的地方就是一根粗壮的梁。门在周赶上进来时就从里边闩上了,现在周赶上又把它打开。

周赶上打开门,一脚迈过门槛,一脚还在里边时,从头上伸下来一根打成活结扣的绳子。那绳子刚好套进了他的脖子里。这一惊真的是非同小可,周赶上还没明白是怎么回事呢,就被那条绳子掉了起来。

绳子死死地勒进周赶上的脖子里,霎时就让他窒息难耐,眼睛渐渐就睁得大了,两条胳膊前后甩动,双脚无助地蹬呀蹬,身体晃荡着。这时他的头脑还清醒,他知道他不会逃过这一劫了。他真后悔不该不听九花的话。他想呼喊九花,让她救命,可喉咙被勒死了,任凭他如何想喊,可就是发不出一点声音来。又一道闪电划破夜空,把雨夜照亮了。在闪电即将消失的那一刻,他暴突的眼睛看到了一个人影,那个黑影在雨中急速地逃离。他只看到了个背影,但那人的一条腿瘸着,一拐一拐的身影在最后一瞬间映在了周赶上的脑海里。

闪电过后,又是一声惊天动地的炸雷,震得破旧大门上的棚子落下来不少尘土。雷声刚过,被吊起来的周赶上突然啪一声掉了下来。

周赶上惊魂未定,好长时间才爬起来,他解下脖子里的绳子,一时不明白究竟发生了什么。他没敢在这里多停留,急急慌慌逃回到九花窑里,浑身颤栗,已经说不出一句囫囵话了。这时的周赶上早没有了往日的威严了,他浑身湿透,像一只落汤的鸡,脸色苍白,狼狈不堪。九花哪知道发生了什么事,也被他吓坏了。她找出石成的衣服给周赶上换上,让他围了被子,在炕头坐好。炕头滚烫,不一会儿,周赶上渐渐从过度的惊恐中缓过神来,才把那惊心动魄的一幕对九花说了。这事听得九花心惊胆战,毛骨悚然,一夜没敢合眼。

第二天周赶上早早就离开了石家。他在出院门时,看到昨夜吊他的那根绳子还丢在那儿。他弯腰捡了起来,他发现绳子是断成两节的。这其实是一条破旧的麻绳,承受不了他的重量才被拽断了。他庆幸这是一条旧绳子,如果是条结实的新绳子,他就没这么幸运了。

后来周赶上每每想起那个雨夜的事仍然惊恐不已,闪电下的瘸子的形象已经深深地刻在了他的脑海里,那一刻的惊惧从此让他夜里睡不踏实了。他虽然没有看清瘸子的真实的面容,但他从那个背影依然感受到了死亡的气息。在滴水沟什么人要置他于死地呢?谁会有那么大的胆子呢?他的一些行为是给许多村人造成了很多的伤害,比如石成,可他在村里的威严一直是有保障的,从来没有哪个人因为他的过失而挑战他的地位,更没有哪个人敢对他不敬,像杀他这样的事他想都没有想过。他和九花把村里的每一个人都做了分析,最有可能杀他的只有石成,但石成的腿不瘸呀。"就他那个怂样你再借给他几个胆子也不敢杀人。"九花把石成是看透了。不是石成又会是谁呢?周赶上想破脑袋也想不明白。

从那个雨夜之后,周赶上到石家的次数少了很多,怕再碰到危险是一个方面的原因,主要还是九花已经怀孕,保胎是最重要的事情。他去了以后也不待太久,给九花送些好吃的,撂上些钱就走了。有时候石成不在,有时候就碰上了,周赶上也不避讳,虽然没有像在自个家那么理直气壮,可也不拿自己当外人。每次去了,石成借故走开,但周赶上从石成的眼睛里看到了一种掩藏不住的仇恨。他分析石成杀他的心都有。他认为石成是不敢杀他的,可他对九花肚子里的娃娃是一种威胁。周赶上斟酌再三,决定找石成好好谈一谈。

"罗盘也许就是在那一次丢失的。"周赶上越来越担心他会活不过今年。

十六、惊心活人祭

谈话是在石成家进行的。那日周赶上在前沟的村子里埋了一个死人,除了挣钱外,主家还另外给了他一些酬谢,其中有两瓶好酒。周赶上在离开的时候,又和人家要了一个猪肘子,一只烧鸡,还有几盘凉菜。他带着这些东西在天黑下来以后走进了石家院门。

在他和九花风来雨去的这盘炕上,九花摆好一张方桌,周赶上把那些下酒菜一一取出放好。冬日里的炕头一直是一个温暖的地方。平日里这儿属于九花,但周赶上一来,他就是座上宾,热炕头就轮他了。石成对此连一个屁也没有放过。今天石成见周赶上又来了,像往常一样准备离开,周赶上叫住了他。"今天他们给了我两瓶好酒,我又要了几个菜,咱俩喝几杯。"周赶上从来没有这样和颜悦色地和石成说过话。

"我从来不喝酒。"石成生硬地说。

"让你喝你就喝嘛。你喝我大的酒一点也不心疼,喝不醉不歇心。"九花对石成好像一直没有好言语。

石成放弃离开,脱鞋上炕,在桌子的一边盘腿坐好。他知道这个没人敢惹的家伙摆这桌酒菜一定不安什么好心。

九花先说:"不绕弯子了。我又怀上了周阴阳的娃娃了,你也知道。这不能怪我们,这都是命里注定的,我们也不想。周阴阳说了,我是前世欠了他的,这世来还。你知道,咱得罪不起他,他让你死都很容易,我的命还是他救的呢。"

周赶上打开酒瓶,九花倒酒。周赶上先端起一杯,"喝吧。"他说,仰脖子喝完。

石成也喝了。九花说:"周阴阳你说吧。"

周赶上就说:"我要说的和九花说的一样。很多人都说我命中无子,但我是阴阳,我有办法改变。上次你弄掉了我的娃娃,看在九花的面子上,我饶了你,但如果这一次你要再使坏,我发誓不会饶你!"

石成自己倒了一杯酒一饮而尽。

"我其实是想和你过日子的,可你看看这个家,除了这么大一座残破的院子,还能有什么? 我是个很现实的人,你说过你让我受苦了,我不想再受苦了。"九花说得很干脆,也很绝情。

石成很无奈,又喝了一杯。

"我是个什么人你石成知道。九花能平平安安把娃娃生下,我会给你们一笔一辈子都花不完的钱。"周赶上说得很轻松。

石成连喝两杯酒。

"你就是屁你也放一个呀!"九花声嘶力竭地吼道。

周赶上很有耐心。"还有第二种方案,你把九花让给我,我给你钱,你再娶一个。"他说,眼睛却不看石成。

石成又连喝三杯。"你也这么想?"石成说,死死地盯着九花。

"我早就想了。"九花把期盼的目光投向了周阴阳。

"那我就没话说了。"石成似乎有些失望,又好像有些释怀。他顺手拿起桌上另一瓶还未打开的烧酒,揣进怀里,溜下了炕,头也不回地走出门去。

那天夜里石成没有回家,第二天九花发现他睡在牛棚里,仍然醉得不省人事。

"那以后我很久没有用过罗镜,直到石成找我给他看院门,才知道罗镜丢了。"周赶上对常三鬼说。

"那晚喝酒时,你的罗镜放在哪里?"常三鬼问他。

周赶上回答说:"就放在我常背着的褡裢里。"

"里面还有什么东西?"

"都是阴阳该用的东西。"

"就少了一个罗镜?"

"就一个罗镜。"

常三鬼沉吟片刻,又问:"有没有这么一种情况,罗镜并不是那次丢失的,而是在那次以后丢失的?"

"有可能。"周赶上说,"自那回用过,一直再没有使用,直到石成找我给他家看院门,我才发现罗镜不见了。"

"九花走失的时候是怀着身孕的?"常三鬼忽然问到了另一个问题上。

"已经有三个多月了。"周赶上很郁闷地说。

常三鬼叹息了一声,有些感慨地说:"如果九花真的是遇害了,那就是两条人命啊!"

"就是的嘛。"周赶上说,他的担心好像是发自内心的。

"你会不会杀了九花?"常三鬼问,眼睛就死死地盯着周赶上。

周赶上竟然吃了一惊,随后就坦然地笑了。"我会杀死我的儿子?"他的口气却很生硬。

"也许九花根本没死,找不到是被你藏起来了。"常三鬼淡淡地说。

周赶上沉不住气了,他有些抱怨地说:"张青元花钱请你是让你帮助找九花的,你怎么……"

"我是干啥的我自己知道,不用你提醒。你作为九花的相好,和她走得最近,也容易产生纠纷,或是因爱生恨。不正当的男女关系是一切恶果的罪魁祸首。"常三鬼说,"还有,许多对你不利的线索都指向了你。九花走失的那天早晨你去过漩涡畔,因为那里留下了你的脚印。你那天穿的鞋如果我猜得不错的话,它是酸枣给你做的。我们在漩涡畔又找到了你的罗镜。你可以否认,但你的罗镜确实丢了这总是事实吧?"

周赶上张嘴想说什么,常三鬼挥挥手制止了。"你别忙,我还没说完呢。你老婆是怎么疯的不管我的事,但那次她从你家的后院逃出去,回来的时候却穿着九花的红袄,九花的衣服怎么会穿在你的女人身上呢?"

周赶上早就想说,苦于常三鬼不给他机会,现在趁常三鬼停顿的间隙,急忙插话说:"我没有杀九花,也没有把她藏起来。我的罗镜丢了不假,可我不知道是在哪里丢的,我认为是石成偷走了我的罗镜,目的是嫁祸于我。至于那天早晨我确实去过漩涡畔,那是有人叫我去的。我说的都是事实,没有必要对你撒谎。我知道你只是帮人寻求事实的真相,没有抓人的权利。我不怕你,所以大可不必说谎。"

"那你认为九花的走失和谁最有直接的关系呢?"常三鬼问他。

周赶上说:"最有可能的应该是石成。"

"说说你的看法。"

"在村里人的眼里,石成是一个即窝囊又让人同情的人。但这只是个表面现象,其实石成面善心恶表里不一。他是用心做事的人,这种人最可怕。"周赶上说,停顿了一下,见常三鬼认真地听着,接着又说,"九花走失的前几个月,我从石成的眼里看到了一种杀气,那是一种被仇恨烧红了眼的杀气。我周赶上这辈子没有怕过什么,可我在他的面前不敢正视那双杀气腾腾的眼睛。"

"你不是有法术吗?为何不用?"常三鬼笑了。

周赶上说:"法术是不能乱用的,否则就会折阳寿。"

常三鬼说:"是吗?你继续说你的看法。"

"没了。"周赶上说,瞥了常三鬼一眼,见他期待着,就又说,"自己的老婆和别人相好了,还两次怀了人家的娃娃,作为一个男人,谁心里也不好受,由此产生杀人的念头也不是不可能的。"

"也许你没有杀人,但你至少是九花走失案的罪魁祸首。你自私、贪婪,你丧失了伦理道德,你连起码的人的本性都没有了!"常三鬼说的义正辞严,后又感叹一句,"这是人类的悲哀啊!"他平静了一下自己的心态,"是谁让你去漩涡畔的?"

周赶上觉得他从来都没有这样窝囊过,石成可以弄掉他的娃娃,可以用那么一种仇恨的眼睛看他,而他又对他毫无办法。面前的这个人又这么对待他,对他说出那么刻薄的话。其实常三鬼他只是一个给别人说话办事的人,他有什么权利这样说他呢?然而,周赶上又觉得自己底气不足,竟然连反驳的话都不知怎么说。"九花走失的前一天夜里,我都睡下了,忽然听到有敲打窗户的声音,一个男人随后就说,九花叫我明天早晨到漩涡畔去见她。"周赶上说。

"那个男人是谁?你不认得?"常三鬼步步紧逼。

周赶上很无奈地说:"我没有看清他的脸。我穿衣出去后,只看到一个背影,我紧赶慢赶追出院子,也没追上。不过我看到他的腿有点瘸。"

"又是瘸腿男人!"常三鬼倒吸了一口凉气。他在想,这个瘸腿男人会是谁呢？他三番五次的出现又意味着什么呢？他每次总是出现在紧要关头，这绝不是偶然的。他和九花的走失一定有牵连。

"我把我知道的都告诉了你，希望你能尽快找出真相。"周赶上说，好像很诚恳的样子。

"我会的。不过真相没有大白的时候，你最好待在家里，哪儿也别去。我不是吓唬你，你现在的处境很危险，随时都有可能遭到算计。"常三鬼说得很玄乎。

周赶上一直是很自负的，常三鬼的话他并没有听进去，很快他就遭到了报应。

周赶上最担心的是他会不会活出今年，怎么样才可以不死。正月活出去了，二月也没啥大的事。到了三月的时候，他做了一个梦。他梦见他从一个很高的悬崖上掉了下去，下边是一潭黑汪汪的死水，他没有被摔死，他是被淹死的。周赶上知道，他不能再这么惊恐地等死，他要行动了。

已经是开春的季节，河里的冰全部化了，水从漩涡畔猛地跌落下去，击起很高的水花，响声轰鸣。山路上有驮着口袋送肥的毛驴在爬坡。山洼里农人开始了一年的劳作。这里那里都会传来悠扬的山歌小调。

这一段时间常三鬼又悄无声息地消失了。安心却出现在了石成家。

黑龙潭的庙会在五月端午。四月底的一天夜里，酸枣家的院外，有一个黑影在墙外鬼鬼祟祟地往里探头探脑。窑洞的窗户上亮着灯光，这人很利索地翻墙入院。在走过院子的时候，他的一条腿瘸着。他一瘸一拐地到了窗下，捅开窗户纸向里看。窑里只有一个人，酸枣孤零零地在油灯下做鞋。

这是前半夜。到了后半夜,周家夜里一直关闭的院门突然打开了,接着走出来三个人。月亮缺下去了,光就冷冷清清的,把他们的影子拉得长长的在地上。当月光照到他们的脸上后,就看清了他们的脸。驼背老头走在最前面,疯女人居中,周赶上压后。疯女人的腰里拴着一根麻绳,驼背老头像牵着狗一样拉着她。他们自出院门后一直走得很快。疯女人的脚步跟不上的时候,周赶上会推她一把,她就趔趄几下。每走过一家人的院外,都会引来几声狗叫。除了这断断续续的狗叫,夜更是死一般的静。

走完村路,他们往村外走去。

出村不久就是那座黑龙庙了。那庙在月光下显得异常冷漠,死寂死寂的。这三个人往庙上走去了。庙门前有一棵老树,一只夜鸟静静地蹲在枝头,见有人来了也不飞也不叫,就那么悄悄地看着。他们从大开着的山门走进去,走过青砖铺就的院子,推开红漆刷过的庙门。庙门没有发出一点响声。刚刚进入,整个大殿漆黑一片,周赶上点着了蜡烛。那点烛光只能照到很近的地方,远处愈发黑暗了。

周赶上从走上庙门开始他就觉得不对劲,哪里不对劲呢?他说不清楚,他想尽快离开这里。他跪下了,驼背老头也跪下了,疯女人却不跪。周赶上和驼背老头同时去拉她,她才跪下了。在微弱的烛光里,周赶上从背着的包里,取出一个小小的面人,虔诚地供奉在神像前。这是一个上了色彩的小面人,虽然捏得粗糙,但仍能看出是个女人像。它和以前供奉在这里的那尊酷似九花的面人摆在一起,一新一旧,看了更让人心悸。周赶上又从包里取出黄表,就着烛光点燃,看纸慢慢烧下去,他恭恭敬敬磕了三个头,驼背老头也磕了三个头。周赶上又压着疯女人的头让她也磕下去三个头,之后他们快速离开。在走出庙门时,周赶上忽然想到那儿不对劲了。从他们进庙到出庙,怎么就那么静呢?静得他连一丝一毫的声音都没有听到。有时候静比动更可怕。

他们出庙,就来到了漩涡畔上,站在这里依然感受到了水汽上袭的湿意。

"往前走吧!跳下去吧!"周赶上在疯女人的耳边说。

疯女人不但不往前走,反而向后退着。

周赶上一把扯住她。"你不跳我就打你,我用锥子扎你,我把你的头发一根根揪光了,我再用刀子把你的眼睛剜出来。我要让你变成瞎子。我还不给你吃饭,饿死你。我会法术,让你浑身溃烂,连一点好肉都没有。"周赶上说得很缓慢,但异常阴冷,听的驼背老头浑身起了一层鸡皮疙瘩。

疯女人拼命往后退,周赶上用力往前拉。"快帮忙!"周赶上说。

驼背老头伸手去推她。在两个男人大力的推拉下,渐渐把疯女人逼到了悬崖畔上。疯女人奋力挣扎,口里发出绝望的呼啸声,虽然低沉,但很有力道。

"快,把她弄下去!"周赶上气急败坏地说。

驼背老头感到浑身发软,双手竟然使不上力。那时周赶上咆哮一声,不顾一切使出全身力气,双手猛然往外狠狠推去。

疯女人就这样被推下了悬崖,跌进了漩涡。她在跌落前的一瞬间,这个可怜的女人竟然哭了,声音由小到大,由呜呜咽咽到号啕大哭,在扑通一声落水后,哭声戛然而止……

河水跌落悬崖的声音在那一刻停止了。

过后,轰鸣的落水声如爆发的山洪一样狂野、暴戾,振聋发聩。其实河水不是很大的。

十七、牛棚里的玄机

常三鬼再次出现在石成面前时,距端午节只剩几天了。

这之前滴水沟又发生了一件事。

酸枣的男人木匠回来了。那天黄昏他从前沟回来,路过漩涡畔时,他惊恐地发现在黑龙潭的水边漂浮着一具尸体。站在漩涡畔上木匠只能从死者衣着的颜色上判断这是一具女尸。由于害怕木匠没敢下去仔细看,只是把他发现女尸的事在村里传开了。

听说黑龙潭惊现女尸,滴水沟的人就炸开了锅。他们首先想到的就是九花。很快就有一个半大小子把这一消息告诉了石成,让他赶快去看。那时石成正在牛棚里忙着。他用一把铁锨在厚厚的牛粪上挖出一个个小坑,然后再把那些小坑一一填起来。安心的突然出现把石成吓得不轻。"你在找东西吗?"安心很好奇地问他。

石成平静了一下自己,咽了口唾沫,说:"我试一试牛粪解冻了没有,准备把牛粪起出去上到地里。"

这时给他报信的半大小子就来了。

"你把马牵出去,让它吃一会草。"石成说,解开了马缰绳,交给了安心。

安心说:"草刚出芽,马揪不住。"

石成生硬地说:"总比拴在槽上挨饿强!"

安心就牵着马出去了。石成又在牛棚里乱挖了一气,这才急匆匆往黑龙潭赶去。

石成赶到的时候,这里早已聚集了很多村人,有的站在漩涡畔上看,有的已下到了水边,把尸体拉了出来。

周赶上是最后一个来到这里的,那时几个村民已经把尸体抬了上来,就放在漩涡畔的砂石上。

村人都以为是九花,但看了尸体后他们全都大吃一惊,因为所有的人都认识,尸体根本不是九花,而是周赶上的疯女人。面对这么蹊跷的事,人们一个个惊得大气都不敢出了。石成仅仅看了一眼就离开了。周赶上的表情很复杂,没有一个人能看出他此时此刻的心情。但村人知道他们现在该做什么。他们从周家找来一丈白布,把疯女人的尸体紧紧地裹了起来,准备抬回去,周赶上制止了他们。"死在外边的人不能进村!"周赶上冷漠地说。

一群人就不知怎么办了,都看着周赶上。

"就放在下边的石庵里。"周赶上的声音硬邦邦的。

没有一个人说反对的话,在场的男人七手八脚抬的抬帮的帮,还有几个怎么也插不上手,只好站着看。把尸体弄到悬崖中的石庵里,村人还不愿散去。"没拴好,跑出来了。"周赶上说,见人们的目光都在他身上,又说,"谁知就走进了漩涡里了。也好,活着也是受罪。"

有个老女人也附和:"就是,死了比活着好!"

"唉,不如死了!"又有人说。

村人陆续散去,周赶上和驼背老头站在漩涡畔上,面对着黑龙潭的水和黑龙庙,谁也不知道他们在想些什么。但有一点周赶上肯定会担心的,那就是他还能不能活过今年。

疯女人的尸体在石庵里放了两天,第三天的头上有人发现尸体不见了,吓得赶快就离开了那儿。又过了两天,周赶上雇了一班吹鼓手,呜哩哇啦开始埋他的疯女人。棺材是新打的,用的是上好的柏木料子,棺盖上还雕刻着花草。吹鼓手在前边吹,十几个后生抬着棺材紧随其后,赶在中午前抬到了周家坟地,很快就入土了。

可是有人却在心里嘀咕,疯女人的尸体几天前就不见了,周赶上在祖坟里埋进去的会是谁呢?疯女人的尸体到哪里去了?这样的想法咋敢说出来,只能烂在肚子里。

周赶上埋完人的那天夜里,安心被尿憋醒了。他摸黑爬起来,到院子里去尿。安心尿完准备回去时,他看到石成的窑洞里还亮着灯光。这个少年很好奇,便走过去,爬在窗户上。他面前的窗户纸正好破了一个洞,他就从那里看进去。窑里的炕上点着盏油灯,石成坐在灯前,手里捧着一样东西。暗淡的灯光照在它的上面,红绿的颜色反而更加醒目。安心看到它,不由倒吸了一口冷气,心里感到非常恐惧。因为石成手里捧着的是一个上了颜色的小人。这样的小人安心见过,在黑龙庙里,供奉在神像前的也是这么个小人,当时安心就被它惊吓得不轻。现在安心再次看到它,同样的恐惧让这个孩子不知所措。

窑里,石成捧着那个小人,目光死死地盯着它,流露出一种难以割舍的惜别之情,眼睛慢慢湿润了,很快流下了两行眼泪,那些泪珠珠在灯光里也能发出一种晶亮的东西来。石成用手指抚摸着小人,从那黑黑的头发、大大的眼睛、清瘦的脸颊,一直到脚上的绣花鞋,那么细心,那么认真,好像是在抚摸一件珍贵的宝贝,浓浓的情深深的爱,一股脑儿的都体现了出来。接着石成的脸起了变化,由深情到麻木僵硬,很快脸上的皮肉就抽搐起来,眼睛突显凶残,仇恨的目光像要喷出火来。他的双手死死把小人攥紧了,微微颤抖着。最后他把一根针凶狠地插进小人的腹部。安心吓得差一点叫出声来,赶忙离开。那一夜安心再没有睡着。第二天中午常三鬼回到了石家。

常三鬼是和张青元一起走进石成家的。那时石成正坐在牛棚口搓麻绳。他已经搓好了一根长长的麻绳,又在搓着另一根。张青元来的目的是想和石成商量一件事情。张青元觉得今年风调雨顺,想再种一块荞麦,只是家中的牲口粪都用完了,包括鸡窝里的鸡粪也没有了。他知道石成家的牛圈里有牛粪,想弄一些回去种荞麦。"不行,就那么一点粪,我还要种地呢。"石成当即表示不能把牛粪给张青元。

明明牛圈里有那么多的牛粪,石成却不愿给自己,张青元很生气,他说:"你种地?自九花走失以后,你到过地里没有?草都长得一尺高了!那地还能种吗?"

"那是我的事,不用你管。"石成很生硬地说。

"好啊,人在情在,人不在了,情也没了!"张青元说得很伤心。

想到女子至今活不见人,死不见尸,女婿又是这般对待自己,张青元就在这里待不下去了。老汉没喝一口水就走了。临走他恳求常三鬼尽快帮他找到九花,如果是嫌钱少了,等有了九花的下落,他一定会重重地酬谢。

张青元走了,常三鬼对石成说:"我看你的心事很重,知道你很难受。其实你也不必太在意,我很快就会给你一个满意的答复。"

石成懒懒地说了一句:"猴年马月的事吧?"

常三鬼意味深长地笑笑,转身离开,刚走了几步,又折回来,突然问:"对了,我忘了问你,白狗哪去了?"

石成一愣,没有立即反应过来。

"我只是随便问问,没有了它的叫声,我反而不习惯了。"常三鬼又说。

"死了。"石成说,"狗肉我都吃了。"

"死了?怎么死的?"

"饿死的。它不吃食,饿死是迟早的事。"

常三鬼想到牛棚里去,但石成坐在牛棚口,没有要让开的意思。常三鬼放弃了这个想法,走到牛槽前探头往里看。石成默默地观察着常三鬼的一举一动。

从遗留在使用的牛槽旁的几块石头上,常三鬼能够判断出这里原来也放着一口石槽的。可他听石成说,那口石槽被打碎了。他的红马被安心牵出去了,石成家的黄牛拴在槽上吃干草。圈里的牛粪已经积了很厚的一层,常三鬼记得石成曾经往里边垫过青草,现在青草没有了,牛粪的上边又垫了一层土。常三鬼停留了一会,然后走开了。

夜里常三鬼睡不着。他反复地在思考一件事情。从他进石家的时候,他就感觉到那狗叫得有些蹊跷,它疯狂的叫声里边似乎隐含着某种暗示。张青元说,那狗是九花喂大的,和九花有着很深的情感。狗每次叫的时候,好像都是冲着牛棚里的,牛棚里会有什么呢?还有,喂牛的石槽也消失得古怪。石成说石槽是夏天打烂的,可张青元说他在九月九还看到过,他也去沟底找过石槽的碎片,但连一块也没有发现。是石成说了谎,还是张青元记错了?牛棚里究竟隐藏着什么秘密?和九花有没有联系?

常三鬼睡不住了,他披了一件衣服,悄悄地走了出来。天上没有月亮,夜就黑得伸手不见五指。常三鬼在门口站了站,返身回去了,很快他又出来,手里多了一盏油灯。为了防止油灯被风吹灭,常三鬼用另一只手遮着灯苗儿。他就这么着走进了牛棚。他的马和黄牛拴在一个槽上,黄牛卧在粪坑里,马还嚼着草。所有的牛粪由于长时间的踩踏和发酵,都很瓷实,起的时候必须用镢头掏,很是费力气。可是,石成的牛棚里有一块地方很明显有松动的痕迹。常三鬼感到很奇怪,准备进一步探究的时候,石成不知什么时候出现在了他的面前。"你在找什么吗?"石成冷冷地问他。

常三鬼没防着,就吃了一惊,可他瞬时就镇静了。"我找个合适的地方拉屎。"他平静地说,把油灯举起来,四下里照,真的像在找一个合适的拉屎地儿。

"你睡迷糊了吧,茅缸在院外。"石成说,感觉他的口气很不友好。

"我知道。我就是不想到院外去嘛。"常三鬼说得很轻松,"这里好,我就拉在这里了。"在一个角落,常三鬼开始解裤带。

石成说:"还是拉到外边去吧。"

"也是,拉在这里多脏。"常三鬼说,走出了牛棚,然后打开院门出去了。

石成在牛棚里站了很久。

端午节的前几天,黑龙潭庙会已经开始了准备工作。各个村的会长齐聚滴水沟,他们把黑龙庙院里里外外彻底地打扫了一遍,庙前庙后挂起了五色彩旗,点亮了油灯,点燃了高香。一时间香烟缭绕,很远都能闻到它的味儿。五月初三的早晨,有人拿一个大木槌,敲响了那口生铁大钟。厚重的钟声响起,它告诉沟前沟后的人,黑龙潭庙会起会了。

常三鬼是被黑龙庙上的钟声惊醒的。他是个夜游神,晚上睡的少,白天睡的多,这么些天来一直是这样。昨天夜里他算是睡了一个安稳觉。被钟声惊醒后,常三鬼并没有很快就起来。早起的安心从门外走进来,他告诉常三鬼两件事,一件是黑龙潭起会了,第二件是牛棚里不知为什么多出了一个坑,还有一种难闻的臭味。头一件事不稀奇,常三鬼已经知道了,对二一件事他非常感兴趣。他没有细问,三两下穿好衣服,随安心走进了牛棚。

的确如安心所述,在牛棚里赫然出现了一个坑,被挖出的牛粪堆了几堆。常三鬼一进牛棚就闻到了一种奇怪的令人恶心的气味。他说不出这是什么东西的味道,也找不到气味的出处。再看那几堆牛粪,常三鬼知道这应该是在夜里挖出来的,因为昨天还没有这个坑。从几堆零乱的牛粪上不难看出,这个坑原来很深,但不知是什么原因仓促间填起来不少。"找把铁锨去。"常三鬼说。

有一把铁锨就放在牛棚口,安心很快把铁锨递给常三鬼。常三鬼拿到铁锨,跳进坑内,向下挖起来。"你偷偷去看看石成在不在。"常三鬼说。

安心便走出牛棚,悄悄来到石成的门上,扒着门缝往里看。他看见石成还睡在炕上,就又抬手推了推门,门在里边闩死了。然后安心轻手轻脚地离开。

安心回到牛棚里时,他看见常三鬼把坑挖的更深了,一口石槽被他挖了出来。

"石成在炕上睡着,门在里边插着。"安心对常三鬼说。

常三鬼说:"回窑里寻把笤帚来。"

安心找来笤帚,递给常三鬼。

常三鬼细细地把粘在石槽上的牛粪和土扫干净。在扫干净的石槽里常三鬼发现了几处暗红色的东西。经过他的仔细辨认,他肯定这是凝固了血迹。

这一发现让常三鬼震惊不已。

十八、惊魂漩涡畔(二)

　　每年的黑龙潭庙会都能吸引着成百成千的善男信女,他们不顾路途遥远,提前出门,甚至带上干粮,目的就是给黑龙老爷上一炷香,烧几张纸,为自己祈福,没儿的求儿,没女的求女,有病的祛病,有灾的驱灾。黑龙老爷的灵验已经是家喻户晓了。这几天里,香火鼎盛,烧香和烧纸的烟雾从早到晚不间断,布施箱里的钱满了一箱又一箱。在神像前,供奉着一头又一头整猪整羊,像用面捏的鸡呀牛呀更多。虔诚的人们用不同的方式表达着自己的心愿,希望得到神神的保佑。

　　与黑龙庙相邻的村子,每一家人过的不仅是端午节,他们更看重的是庙会。这几天里,他们接待着来自四面八方的香客,或是亲戚,或是朋友,也可以是毫不相干的陌生人,只要开口投宿、求食,都不会被拒之门外。黄三改家为了招待远道而来的亲朋,早早就杀了一只羊。初三的黄昏刘存定走进滴水沟,从石成家的门口走过。石成从露天的茅缸里出来,双手正在系裤带。"串了?"石成问。

　　刘存定说:"家里宰了只羊,我是来请周阴阳吃羊肉的。"

　　刘存定说着,也走着,就走过去了。

　　很快周阴阳在前,刘存定在后,又走过石成家。石成在院子里看到了他们。周赶上往石家院里瞥了一眼,见石成看他,忙把目光移开,匆匆走过去。

　　当时石成正因为牛棚里的事伤神。常三鬼让他说一说牛棚里的事,他却说不清楚。他从常三鬼的眼睛里看到了太多的不信任。

这天晚上,周赶上在黄三改家吃了羊肉,又和刘存定喝了酒。黄三改家里来了好几个亲朋,都知道周赶上是有名的阴阳,纷纷要求给他们算命。看在黄三改的面子上,周赶上耐着性子给他们一一算过。这样之后夜已经深了,大家都瞌睡了,准备就寝。由于人多,周赶上想回去。黄三改再三挽留他,周赶上很固执,坚持要走。"他注定要在那晚出事,要不怎么留他都不听呢!"这是黄三改后来对滴水沟里几个女人讲的。

当地人讲,人死是有预兆的,阎王爷要你命时,总会想些办法提前通知你,但非常可惜的是人却觉察不到。然而有一些人他们超出了常人的范围,能够在不为人注意的细节中搜寻出死亡的气息。像周赶上这样的人他们就具备某些特异功能。出于对自己的保护,只能用天机不可泄露来掩盖。如果让这些人去改变一个人的生死,这样的能力还是没有,包括他们自己的命运也不能够主宰。一个人死了,关于他死前的一些征兆会在他死后被传得沸沸扬扬,更是神乎其神。

那夜周赶上不听黄三改的劝说,执意要回去。他从背沟的黄三改家出来,时间正好是午夜。农村人肯讲半夜是鬼怪活动最猖獗的时候,一般没有紧要的事情谁也不愿意在这个时间段出门。

黑龙庙上已经点起了灯,好些灯都在亮着,但照到的地方却不多。灯光里不时有人影在晃动,每隔一段时间会把那口生铁大钟敲响。周赶上不是那种固执的连命都不要的人。上一次杨家院子的惊魂他没有忘记,他之所以敢在这个时候走过杨家老院子,给他壮胆的正是对面庙上的灯光和不时出现的人影。他走出背沟,顺着路就走过来了。在接近杨家老院子的时候,他的心里还是不免有些紧张,但看到庙上的灯光,他镇定了很多。他一脚跨进了残破的院子。夜本来就黑,对面庙上的灯光照着,不仅起不到照亮的作用,反而让夜变得更加黑了。

连一丝风也不刮,除了漩涡畔上的水声,再没有其他的杂音了。周赶上已经在杨家院子里走过一半了,这个时候他的心莫名其妙地跳动得很厉害,总是感到身后有什么在跟着他。他知道这是心理作用,人之常情,根本不用紧张。其实他最害怕的还是那棵枝叶稀疏的树,他知道杨家女子就是吊死在这里的。那夜的情形又在眼前晃荡起来。不用怕,庙上有灯也有人,他想,为自己壮胆。他现在后悔了,真应该听黄三改的话,在她家住一夜的。可是一切都晚了。

周赶上眼看就要走出杨家院子了,那时他的目光在对面,他看到庙院的灯光里有一个人影在晃动。他的心愈发平静了下来,把目光收回来的时候,无意中瞥了一眼那棵老树。这一瞥不要紧,真是惊魂的一刻,吓得他浑身发软,腿肚子抽筋,一下子僵住了,动弹不得。

老树枝叉上不知什么时候多出来一团红光,就像从暗淡的灯笼里发出来的一样。这种像血色一样的光正好照在一张苍白的脸上。这张脸和他上回看到的脸一模一样。那绝对是一张女人的脸,长长的头发披撒下来,遮住了额头和一只眼睛。另一只眼睛睁得特别大,像用力往出勒一样,一道血痕从眼角流至嘴角,异常的醒目。那口咧着,舌头掉出来很长,是一种发黑的颜色,隐约的好像有几个白点。身子的上半部能看见,是穿着一件印着大花的棉袄,下半部看不见。这活脱脱就是杨家的那个女子,她当年就是吊死在这棵树上的。她冤魂不散,已经是第二次和周赶上索命了。周家和杨家的恩怨不是一辈人的事,滴水沟知道实情的人恐怕已经不多,也没有谁敢把真相说出来。有一点知道的人却是不少,当年二阴阳为了掩盖事情的真相,曾经诅咒过,传说驼背老头就是被那诅咒给弄哑的。这事不是本篇要讲的。

又一次惊现当年的情景,周赶上的受惊程度可想而知了。周赶上心里想喊叫,可嘴里却发不出声。很多人在很多危险的情况下都会出现相似的情景。"还我的命来……"呜呜咽咽的声音就回响在耳边。

周赶上在极度的惊恐中产生了一种求生的欲望,他知道他不应该等死,他要摆脱掉这些不干净的东西。那时他不再去看那个画面,双手捂住了耳朵,更不想听那个幽灵般的声音。他想尽快离开这个是非之地。他的腿可以迈动了,就在他准备一口气冲出杨家老院子时,在他面前的不远处,瞬间出现一团红光,也是像灯笼一样,光越发暗淡了。这团光挡在了周赶上的面前,阻止了他回家的路。他感到了潜在的危机,开始一步步向后退。一股微弱的风从他身后掠过,他感到了阴冷的同时,杨家窑洞前又先后出现两团火,它和树上的和阻在路上的几乎一样。他在为这些红光惊悸的同时,他隐隐发现它们在无声地移动,正在拉近着他和它们的距离。这回周赶上的魂都要被吓出来了。他奋力转身,想要从来路逃掉的时候,他赫然看见,来路也出现了一团火球,他被这几团火球包围了。这一惊更是非同小可,周赶上顿觉死亡已经来临。

那些灯笼一样的火球缓缓移动着,周赶上面对着它们,只能后退。没有火球的地方是杨家的院畔,也是漩涡畔,几十丈高的红砂石崖下边正是深不可测的黑龙潭。

"还我们的命来……"四周好像都是同样的声音。

周赶上后退着,他双手捂着耳朵,嘴里拼命地嘀咕:"不是我干的……不是……"

周赶上一脚向后踏空,掉下了漩涡畔……

每年的端午庙会都要请一班最好的戏子,唱几天大戏。戏台就搭在漩涡畔那方平整的砂石台上。今年也是一样。五月初四后晌戏班来了,接着搭戏台,晚上就唱了一出《忠保国》。

张青元和他的家人一到庙会的日子提前几天就来到了女婿家,一直要住到庙会结束。今年九花的走失让他们没有一天好心情,别说看戏了,就是请他们吃八碗也如同嚼蜡。石成也没有主动去请他们。晚上吃过饭,常三鬼和安心去看戏,让石成和他们一块走,石成说他心里烦,不想去。戏散后,由于人太多,安心和常三鬼被挤散了。安心回到石家,等了好一阵子也不见常三鬼回来。石成的门也在里边闩死了。

戏散之后,戏子们都到指定的地方去休息了,戏台上只留下一个照场子的人。这个人身材魁梧,面色黝黑,但一双眼睛却炯炯有神,使那张狭长的脸威严了许多。唱戏的时候戏台上点着好几盏灯,现在只留一盏照明。灯光昏暗,漩涡畔上就朦朦胧胧。那个照场子的男人睡在戏箱上。天气尚早,他还没有睡着。就在这个时候,他看见有个人向这里走来,那个人迎着灯光,是怕灯光耀眼,就用一只手遮在额头。他虽然看不清来人的脸,但这个人有一个非常明显的特征,那就是他有一条瘸着的腿。瘸腿人走过灯光,走进戏台,看见了照台的人。

"老哥,就你一个人照看着?"这个瘸腿的人问。

照台的人坐起来,回答他:"是我一个人,你想干啥?"

"你别误会。"他笑笑,"是这样的,我是从很远的地方来的一个赶会人,这里没有亲戚,也没有朋友,不怕你笑话,我连个睡觉的地方也没有。我是想借你们的戏台住一宿。"

"原来是这样啊,"照看戏台的人长吁了一口气,"我还以为你想干啥呢。你要不嫌弃的话,你就住一宿吧,反正我也是一个人。"

"有个睡觉的地方我就很知足了,哪里还敢嫌弃呢。"这个人显然因为有了睡觉的地方而心满意足。

"你就睡在戏箱上,只是就一块被子。"照戏台的人说。

"没事,就凑合一夜嘛。"瘸腿人说,在一只很大的戏箱上躺下就睡。

"虽说已经是五月,可夜里还很冷,容易着凉。"这个人真是出于一番好心,"这样吧,我把你送到戏班住的地方,和我们的男戏子凑合一宿吧。"

瘸腿人忙说:"那怎么能行,万万使不得。这里就很好了。我看得出你是个好人,要不你回去睡,这里我给你照看着。"

"这怕不好吧。"

"你不放心我吗?"

"不是的。"

"对面就是黑龙老爷的正殿,有黑龙老爷俯视着一切,谁还敢做坏事呢。你说是不?"

"我不是那意思,我就是觉着不能让你替我在这受罪。"

"对我来说能睡在这里已经是享福了。"

"其实……不瞒你说,我今晚还真有事呢。"他笑着说。

"你放心去吧,"瘸腿人真诚地说,"保证你明天早上回来少不了一件东西!"

这个人临走的时候伏在瘸腿人的耳边低声说:"我有个相好的,她给我留了一碗羊肉……"

瘸腿人看着他走远,嘴角掠过一丝狰狞的笑。

过了一会儿,他从戏台里走出来,一瘸一拐地走进茫茫夜色里。

十九、谁是瘸子

在漩涡畔不远的地方,长一棵毛脑柳树,五月的日子里,它长得枝繁叶茂。端午节的前夜,戏散后不久,从戏台里走出一个瘸子,一直来到这棵柳树下。树不是太高的,但很粗壮。他站在树下抬头望了一眼巨大的黑黢黢的树冠,弯腰在草丛中找出一把短把斧头,很熟练地插进背后的裤带里。他向手心里吐了口唾沫,双手互相搓了搓,然后开始爬树。虽然他是个瘸子,但他动作敏捷,三两下就爬上了树。上树之后,他用斧子砍下好些柳枝。然后他把这些柳枝运到河边。接下来他在藏斧子的地点又取出几根麻绳,他用麻绳把柳枝绑缚在一起,做成一个简易的筏子。最后他把柳枝做的筏子推进河水里。河水虽然不是很大,但从这里一直到漩涡畔都是顺坡而下的水流,筏子也向下漂去。

瘸子抓紧系筏子的麻绳,随筏子往漩涡畔走去。到了距漩涡畔不足一丈的地方,他把麻绳拴在河边的一株酸刺上。戏台的灯光已经能照到这里了,却很微弱。他做完这些的时候,没有停下来,又向河的上游走去。这个时候在戏台的一个角上,有一个黑影晃荡了一下,倏忽间就消失了。

距漩涡畔不足百米的地方有一个很高的沙石悬崖,崖中有一些上古遗留下的石窟,有的距地面很高,有的与地面一样高低,但都很深,内里互通,大的穴窟可容纳上百人聚集,小的只有一孔窑洞的大小。据说这些石窟是北魏时期的东西,窟内遍布着上万尊雕刻精美的石雕,大小形态各异,大到十几丈,小到寸许。瘸子逆河而上,到了这里的时候,他走进了最低的一个石窟。很快他就走了出来,但他的背上却多背了一个东西,他的嘴里也捂着一块手巾,那手巾又宽又长,几乎把整个脑袋都包严了。

他背着这个东西顺原路返回,到了柳枝绑缚的筏子前,他放下了背上的东西。戏台上的灯光照到了这里,模模糊糊看清了这个东西,赫然是个人,具体说是一具死尸!

这具尸体穿着簇新,上着红,下着绿,头上插着花朵,脸上也被精心打扮过。他在背的过程中弄乱了死者的头发,现在他把它平放在水边的砂石上,细细的整理着死尸的衣服和头发。他做这些事的时候竟然是那么细致认真,好像是在对待一个刚刚熟睡的婴儿,动作轻柔,生怕弄醒了,又怕弄疼了。他作完这些后,小心地抱了起来,轻轻地放进筏子里。

漩涡畔的周围弥漫着一种怪异的令人作呕的气味,这样的气味终于让一个人承受不了了,忍不住呕吐了起来。他的呕吐声惊扰了沉浸在一种情感里面的瘸子。他受惊了一般抬起了头,他就看见了蹲在河边酸刺丛里的人。他好像意识到了什么,几步跳到酸刺跟前,就要把系在酸刺上的麻绳解开。但是有一个人的手伸了过来,抓住了麻绳,死死地拽住了。

"真的是你呀,你个没良心的王八蛋!"抓住麻绳的人痛斥道。

"你住嘴！你知道我最恨别人说我什么吗？我最恨有人说我是王八蛋！"他歇斯底里地喊叫道，"我他妈就是一个完美无缺的王八蛋！"

"可你也不该弄死她呀，怎么说也是你老婆呀！一日夫妻百日恩，难道你们就没有一点情感了吗？"他痛心疾首地说。

这时候那个呕吐的人走出了酸刺林，出现在他的面前。"你还是没能算计过我呀！"常三鬼笑着说。

"你比鬼都鬼！"他说，悄悄从身后的裤带上抽出那把斧头，猛然挥起猛然砍下，麻绳瞬间被砍断，筏子在水流的作用下冲出去，跌下悬崖，落进黑龙潭里。

这一招谁也没有想到，因为他的动作太快，水流也急，等反应过来已经来不及了。

张青元手里拿着剩下的一节麻绳，走出酸刺林，双手掐住了他的脖子。"你还我女子的命来！我老汉跟你拼了！"

他快被掐得窒息了，顿时恼羞成怒，奋力挣脱张青元，一把将他推倒，然后放声狂笑。笑声狂野，放荡不羁。

"原来你就是那个瘸子！"常三鬼冷笑着说，"你真是煞费苦心呀！"

他阴冷地说："知道了又能怎么样？就凭你们俩能杀了我？"

"那么加上我呢？"一个更加阴冷的声音在他身后说。

他立马回头，看到了一个威严的人站在不远处。看到这个人他大吃一惊，这不是那个照看戏台的人吗？

"我给你介绍一下，他是县保安队的队长。"常三鬼说。

"我叫安平安,常大能人和张青元告你谋杀妻子,我是来抓你的。你可有话要说?"安队长严肃地说。

"他们凭什么告我,有什么证据能够证明我杀了九花?"他说,"就凭那具发臭的尸体吗?别说它已经沉到了潭底,就是摆在你们面前又能怎样?"

"石成,你太相信你自己的能力了。"常三鬼说,"在这个世界上,任何事情都是人在做天在看,违背良心、违背道义的人和事迟早会受到惩处的。老话讲得好,不是不报,时机未到。在你们滴水沟至少有两大不仁不义之人。其一是周赶上。周赶上确实是个十恶不赦的恶人,死十回都洗刷不了他的罪行。其二是你石成。周赶上的恶是与生俱来的,而你则是后天的,由恨而生恶。"

"我是恶人也是被他们给逼得。"石成说,"我石家几辈都是老实本分的人,从不与人争高低。到了我这辈,我更加小心谨慎,生怕惹怒了谁招来祸事。"

"这其实就是你的弱点。周赶上正是看到了你的这种弱点,所以才敢那么胆大包天地欺辱你。"常三鬼说。"这也是你们滴水沟人共同的弱点。周赶上利用你们的懦弱和迷信心里,欺男霸女,无恶不作。你们隐忍多于反抗。当你把九花送给周赶上让他招魂的时候,悲剧已经注定了。九花不仅和周赶上相好了,还怀上了周赶上的娃娃。作为一个男人,这是你人生中最大的耻辱。你是爱九花的,于是由爱生恨,恨到极限时,你便产生了杀人的念头。你的计划是杀死九花嫁祸周赶上,你先偷走了周赶上的罗镜,这对你来说不是太难的事,然后你杀死了九花,把尸体放进喂牛的石槽里,埋入牛棚的粪堆中。你以为你做得神不知鬼不觉,但是仍然没有避开另一双眼睛,那就是你家的白狗。你也知道那狗和九花是有感情的,正因为它看到了你杀九花的那一幕,它才那么疯狂的嚎叫,它是想念它的主人,也是为她鸣不平,更是一种提醒,它是想告诉人们它的主人就埋在牛棚里。它嘴里不会说,可它的心里什么都明白。后来你也意识到了这一点,你便残忍地弄死了它。记得我问过你狗呢,你说饿死了,可安心说是你勒死的。那夜你杀死了九花,又赶到周赶上家,告诉周赶上九花让他第二天早晨到漩涡畔去。周赶上虽然没有听出是你,可他看到了一个瘸子。你的腿非常健康,并不瘸,之所以装成瘸子,是为了造成一种错觉和误导。是啊,看到瘸子的人不少,但知道是你的人恐怕还没有。如果不是今天夜里亲眼看到瘸子就是你,我还没有十分的把握确定九花就是你杀的。有了这个发现一切便都合情合理了。"常三鬼一气说了那么多,也许是累了,停顿了下来。

石成冷笑了一声,说:"就凭这些你就断定我杀了九花?"

"怪不得我到你们家去,狗死命地咬我呢。它是在向我告状呢。"张青元坐到那儿起不来了。

安队长冷冷地注视着石成,好像时刻提防着他逃跑。

"你处心积虑地杀人,又千方百计嫁祸周赶上。"常三鬼说,"你让周赶上去漩涡畔,目的就是要嫁祸他,造成是他把九花推下漩涡畔的假象。然后你穿上九花的衣服,用头巾把头包裹起来,走出了家门。你的身材和九花的差不了多少,那样一装扮,远看活脱脱就是九花。你去了漩涡畔,你看到了周赶上留下的脚印,知道他已经来过了。你脱去了九花的衣服,又把周赶上的罗镜丢在那里。我后来就想,如果我的这种推测是成立的,那么九花的衣服到哪里去了？直到周赶上的疯女人出现。我是被你引到周家的，为的就是让我看到疯女人。那夜我看到的也是一个瘸子。疯女人的逃走应该是你放掉的，当逃走的疯女人再次出现时，竟然穿着九花走失时的衣服，这能说明什么呢？如果不仔细考虑就会认为衣服是从周家穿出来的。这也是你嫁祸周赶上的吧。但当时疯女人说了一句话，表面看是句疯话，可仔细一想就有了一层意思。疯女人说她冷，说你是好人。这就说明她当时很冷，是你给了她衣服穿，所以你才是好人，也就是说疯女人身上的衣服不是从周家穿出来的，那原本是九花的衣服，由你在那一天穿出去，而后给了疯女人，嫁祸周赶上。嫁祸周赶上是你的第一步计划。当你发现我没有按你划定的道道走，不能很快置周赶上于死地，你决定实施第二步计划，就是亲手干掉他。"

常三鬼手背操在身后，围着石成一圈一圈地绕，缓缓地叙述着。

石成在常三鬼说的过程中也很认真地听着，既不表示认可，也不做反对，但是他的眼睛却不停地四下里瞟来瞟去，伺机想做点什么。

"你对周赶上是非常了解的，包括他内心的一些真实想法，他想要什么和最害怕什么你都清清楚楚。"常三鬼又头头是道地讲起来，"在那个雨夜里，你想把周赶上吊死在院门上，可你选择的绳子太旧了，竟然被拽断了，周赶上侥幸捡了一条命。大年三十的夜里，你又以瘸子的身份去到周家。你知道周赶上有收法、看山的习惯，于是你弄灭了他家的灯。周赶上看山的主要环节就是看灯。那种从灯上就能看出一家人在来年的运气的说法都知道。你这样做首先在心理上给周赶上造成一种压力,让他感到他活不了多长时间了。接着你去了周赶上收法的乱坟岗。你把一条牛毛砂毡裹在身上,给周赶上在精神上的恐惧是巨大的。周赶上虽然是个阴阳,可他非常迷信,当他感到自己对付鬼魅的伎俩——失去作用的时候,他的精神彻底崩溃,于是他惊慌失措,跌下了山崖。他是被你惊吓的。"

石成突然插话:"你是怎么知道的?"

常三鬼自信地笑了,说:"你在前边走我在后边跟,相距不到十米嘛。"

"你跟踪我?"石成很惊讶,"就算这样,你也不能肯定我用的是牛毛砂毡。"

"你忘了吧,你家铺的砂毡都是牛毛的,是张青元给你们擀的。我到你家时有五条,后来成了四条了。"常三鬼说,"正月初一的夜里,我又去了乱坟岗,捡到了你丢弃的牛毛砂毡。"

石成突然像泄了气的皮球一样,一屁股跌坐在水边,很无奈地说:"从杀死九花那一刻开始,不,是从你踏进我家门的时候起,我就知道我杀人的事是瞒不过你的。你这个比鬼还鬼的人,没有什么事能难住你的。我不怪你,我就是恨,我恨九花,我更恨周赶上。以前我是那么爱她,那么疼她,可是我万万没有想到她会背叛我,把我伤得那么严重。我遍体鳞伤,我的心都碎了,而后死了。我的心一旦冷了死了,我就感到我变得非常冷酷非常残忍。我杀死了九花,我还要杀死姓周的。大年三十夜里让他侥幸逃命,杀死他的想法越来越强烈了。趁他从黄三改家回来路过杨家老院子时,我又一次惊吓他,本想吓得他跳崖,谁知又一次让他捡了条命。昨天夜里,他到黄三改家去吃羊肉,回来的时候,我又扮鬼吓他,结果就被我吓得掉下了漩涡畔,这会儿怕早成了黑龙老爷的跟班了。哈哈……"

石成笑得开心,笑得狂野。

周赶上死了! 常三鬼非常吃惊。

"我知道你昨天晚上逼得周赶上跳了崖。"常三鬼明显地感到说这话底气不足。"那是他罪有应得。从表面看这只是一个由违背道德良心而引发的杀人事件,但它有一个不可忽视的大背景,那就是人性的丧失和贪欲的不断膨胀,具体表现在那个可怕的传说上。许生宽的发迹是因为把老婆献给了黑龙老爷,但那只是个传说。周赶上把老婆推下漩涡畔却是实实在在的,因为他不想死,想活得更好。你呢,在杀死九花后,你就准备把她敬献给黑龙老爷,所以你才捏了个小面人,提前供奉在神像前。你本来早就该把九花丢进漩涡里,你之所以没有这样做原因有二,其一正逢隆冬,漩涡已结冰,其二是主要的,你想等到黑龙潭庙会时再把九花献给黑龙老爷,大概比平时更灵验。你这叫一举两得,即杀死了九花,又保佑你日后兴旺发达,不能不佩服你的心眼多呀!"

"其实我还有很多事情不明白,可我也不想再去弄明白了,我太累了……"石成说完这话,一头扎进水里,顺水而下,眨眼就跌下了漩涡畔。

这太突然了,常三鬼连个思想准备也没有,事情就在眼皮子底下发生了。"这也许是他最好的归宿。"常三鬼说,突然也感到很累,他就在砂石上坐了下来。

河水跌下悬崖,那声音就大得吓人。

第二天就是端午节,也是黑龙潭正会。在这一天里,除了上庙敬神的,几乎所有的人都围在漩涡畔上往下看。漩涡里有好几个男人在打捞着尸体。打捞上来的头一具是女尸,却不是九花,而是周赶上的疯女人。这个女人的尸体怎么又出现在漩涡里?人们心头的疑虑重重的时候,很快第二具尸体也被打捞了上来。仔细看后确认是九花,尸体已经开始腐烂,奇臭无比。这以后直到傍晚也没有打捞上来石成和周赶上的尸体。石成和周赶上活不见人死不见尸,又成了一个难以破解的谜团。

在当天的庙会上悄悄地传播着一种怪异的说法。他们说周赶上在死前是有预兆的。周赶上是初三夜里死的,初三的白天,庙上已经有人开始忙着为庙会做着准备。午时,有一个庙会的副会长,他的精神状态一直不太好,据说他就长一对阴阳眼。那天他忙了一个上午后,感到很累,就在挂着生铁大钟的老树下歇息。这里正好面对着杨家老院子。那个时候他看见有一个人从前沟来,到了杨家老院子时,停住了。很快他就往漩涡畔走过去。他走得很缓慢,一直那么走,到了畔上也不停,就那么走下去了。这人很肯定地说,他看到的那个人就是周赶上。这就奇怪了,周赶上明明是夜里才被石成惊吓得跌下漩涡畔的,怎么之前就有人看见他跳了漩涡畔呢?这太不可思议了。

还有,周赶上在黄三改家吃羊肉的时候也出现了一件怪事。羊肉是盛在一个大铁锅里的,连锅端上炕,一群人围锅而坐,用大碗盛了羊肉吃。周赶上是嘉宾,坐在炕头。黄三改在地下伺候着客人,需要什么她就给他们递什么。当时黄三改内急,慌忙出去。他家的茅缸在院子的一个拐角处。她匆匆进去,唰唰的解决掉,又匆匆出来。她一边走一边系着裤带,到了院子中央,他系好了裤带,她就看见周赶上从门口出来,急急地走过她的身边。黄三改很奇怪,他这是去哪里?"你走呀?"黄三改说。但周赶上不吭声,很快就走得不见了踪影。黄三改愈发纳闷了,以为自己招待不周,惹他生气了。黄三改悻悻地回到窑里,回到窑里的黄三改顿觉毛骨悚然,三魂吓走了两魂。她赫然看见周赶上仍然坐在炕头吃着羊肉,头上正冒着缕缕热气……

2013/1/8 于王家湾山中